Das Haus am Königsforst

Myriane Angelowski, geboren 1963 in Köln, studierte Sozial-arbeit. Nach mehreren Jahren als Referentin für Gewaltfragen folgte die Aufnahme einer selbstständigen Tätigkeit als Coach. Sie lebt und arbeitet in Köln. www.angelowski.de

MYRIANE ANGELOWSKI

Das Haus am Königsforst

KRIMINALROMAN

emons:

Bibliografische Information der Deutschen Nationalbibliothek
Die Deutsche Nationalbibliothek verzeichnet diese Publikation
in der Deutschen Nationalbibliografie; detaillierte bibliografische
Daten sind im Internet über http://dnb.d-nb.de abrufbar.

© Emons Verlag GmbH
Alle Rechte vorbehalten
Umschlagmotiv: photocase.com/Steffz
Umschlaggestaltung: Tobias Doetsch
Gestaltung Innenteil: César Satz & Grafik GmbH, Köln
Lektorat: Hilla Czinczoll
Druck und Bindung: Pario Print Sp. z o.o, Kraków
Printed in Germany 2024
Erstausgabe 2014
ISBN 978-3-95451-437-3
Originalausgabe

Unser Newsletter informiert Sie
regelmäßig über Neues von emons:
Kostenlos bestellen unter
www.emons-verlag.de

Dieser Roman wurde vermittelt durch die Autoren- und Verlags-
agentur Peter Molden, Köln.

Für Maren

Köln-Rath, Am Gieselbach

Freitagmorgens postierte er sich neben dem Ginsterbusch und richtete seinen stummen Vorwurf gegen die Fassade. Wie ein Mahnmal harrte er vor ihrer Villa aus, bei Wind und Wetter. Und seine lautlosen Schreie zeigten Wirkung. Seinetwegen ließ sie freitags die Rollläden vorerst unten und geisterte durch halbdunkle Räume.

Rendel Sukowa hätte die Polizei rufen können. Auch ein Gespräch mit seinen Eltern hatte sie erwogen. Aber die Konsequenzen, die das nach sich gezogen hätte, wollte sie ihm ersparen. Schließlich stand er nur da, und wenn sie es ganz genau nahm, schuldete sie ihm ein paar Antworten. Schon vor Wochen hatte sie ihm ihre Unterstützung zugesagt und sich auch tatsächlich um die Angelegenheit gekümmert. Nur, das Ergebnis ihrer Recherchen gefiel ihm sicher nicht. Deshalb drückte sie sich davor, mit ihm zu sprechen. Deshalb und weil sie eigene Sorgen hatte und ihn nicht weiter unterstützen konnte. Seine Eltern waren gefragt. Aber genau da lag der Hase im Pfeffer, seine Familienverhältnisse waren schwierig, allerdings nicht im klassischen Sinne. Rendel Sukowa wich dem ganzen Thema aus und tilgte ihn aus ihrem Gedächtnis, wenn er dann verschwand. Bis zum nächsten Freitag.

In der Nacht hatte es geschneit, das konnte sie durch das milchige Glas im Badezimmer erkennen. Ein kleiner Schneeberg ruhte außen auf dem Fenstersims. Dieser Winter machte ihr Leben noch komplizierter.

Nachdem sie wegen einer Grippe über eine Woche das Bett gehütet hatte, war sie noch schwach auf den Beinen und später aufgestanden als geplant. Eigentlich wollte sie längst unterwegs sein. Obwohl sie im Verzug war, griff sie nach der Bürste und strich seelenruhig und ausgiebig ihre Haare glatt, ohne dabei in den Spiegel zu schauen. Für sie war es nicht von Bedeutung, ob sie pünktlich zum Arzttermin erschien. Der Doktor nahm sie so oder so an die Reihe.

Sie spritzte Wasser in Falten, die ihre Augen wie Strahlen umgaben, tastete nach ihrer Brille, schluckte die morgendliche

Ration Tabletten und freute sich auf eine Tasse Bohnenkaffee, die erste nach verordneten Teetagen.

Für ihre Verhältnisse schritt sie zügig die Stufen zum Erdgeschoss hinab, die rechte Hand immer am Holzgeländer. Ihre ausgetretenen Lederpantoffeln boten den Füßen kaum Halt. Schwach drang erstes Morgenlicht durch bernsteinfarbene Butzenscheiben, die oberhalb der rustikalen Eingangstür eingefasst waren, und streifte die Stiegen. Gegen ihren Willen musste sie lächeln, als ihr klar wurde, welchen Anblick sie bot. *Das Gespenst von Canterville schreitet ins Parterre.* Klein, zierlich, gekämmt zwar, aber halbherzig gewaschen. Der dünn gesteppte Bademantel schützte wenig gegen die frostige Temperatur, die im Treppenhaus herrschte. Rendel stutzte. Die Villa war nicht gut isoliert, aber diese Kälte konnte sie sich beim besten Willen nicht erklären.

Die Türschelle zerriss jäh die Stille.

Augenblicklich vergaß Rendel die Irritation um die eisige Luft, verlor einen Hausschuh und wäre beinahe über die letzte Stufe gestolpert. Kurzzeitig stand sie wie erfroren. Lediglich ihre Augen huschten zwischen Tür und dem Schlappen, der wenige Meter über die Steinfliesen geschliddert war. Beim zweiten Klingeln zuckte sie vom Scheitel bis zu den Zehen, löste sich dann aus der Erstarrung, angelte umständlich nach ihrem ausgerissenen Pantoffel, entriegelte und öffnete eine Handbreit.

Levi. Durchzug fuhr unter ihr Nachthemd und blähte den Bademantel auf. Beim Anblick des Jungen wich sie zurück. So nah hatte sie ihn lange nicht gesehen. Seine Locken waren einem kahl rasierten Schädel gewichen. Dadurch stachen die Augen hervor, wirkten dunkler, verlorener. Offensichtlich war er noch weiter gewachsen, sein Kreuz schien breiter, die Statur stämmiger. Wie immer trug er hellblaues Leinen, auch die dünnen Stoffturnschuhe waren dem Wetter nicht angemessen. Hemd und Hose wiesen vom Schnee feuchte Stellen auf. Allein durch seinen Aufzug zog er Blicke und Gespött auf sich, da genügte Rendel ihr gesunder Menschenverstand. Wie konnten ihn seine Eltern so herumlaufen lassen?

Mit gesenktem Kopf stand Levi im Wind, wie ein Stier, der jeden Moment zum Angriff übergeht. Jetzt sah er sie direkt an. Durchsichtiger Schleim rann ihm aus der Nase. Jugendliche Mundwinkel zuckten mürrisch.

Mitleid überschwemmte Rendel. »Komm«, sagte sie nur und trat zur Seite, weil ihr schlagartig klar wurde, dass sie ihn nicht immer weiter ignorieren konnte.

Auf zittrigen Beinen ging sie ins Musikzimmer vor und stolperte über zwei persische Läufer. Sie machte Licht, bot ihm einen Platz an, schlurfte zu einem der bodentiefen Fenster, hängte sich mit all ihrer Kraft in die Schlaufe, um den dämmernden Morgen hereinzulassen, zog die Jalousie aber nur halb nach oben, mehr Kraft brachte sie nicht auf. »Im Grunde bin ich ganz froh, dass du geklingelt hast. Wenngleich ich …« Ihre Stimme versagte, als sie sich zu ihm umdrehte.

Levi saß auf dem Klavierhocker, seine Hände schwebten über den Tasten des Pianos. Aber ohne ihre ausdrückliche Genehmigung wagte er nicht, sie zu berühren. Solche Grenzen überschritt er nicht. Sie fiel ihm gegenüber in einen Sessel, betrachtete ihn aufmerksam. Das Kissen mit feinem Fasanenmotiv nahm er komplett ein. Die filigran geschwungenen Füße des Bänkchens wölbten sich unter seinem Gewicht leicht nach innen.

An der Wand über dem Piano hing eine überdimensional große Kopie von François Bouchers Porträt der Madame de Pompadour, erdrückend gerahmt. Gegenüber der mit Goldfäden durchzogenen Chaiselongue verstaubten zwei Gitarren in Ständern vor drei handelsüblichen Metallnotenständern nebst Fußbänkchen. Rendel registrierte das Ticken der Wanduhr und suchte Augenkontakt zu Levi, ohne ihn zu finden, und ließ ihm Zeit. Mit Worten war der Junge immer sparsam.

In all den Jahren, in denen Rendel ihn unterrichtete, hatte sich ihre Kommunikation auf das Nötigste beschränkt. Wenn sie sprachen, dann über Musik. Diese Leidenschaft konnten sie teilen, andere Themen hatte auch Rendel geflissentlich gemieden. Nun wartete sie, bemüht, die Augen offen zu halten, obwohl Müdigkeit sie zu überrollen drohte. Eine Nebenwirkung dieser grässlichen Tabletten und Folge der vergangenen Krankheitstage.

»Eine Ewigkeit ist vergangen«, flüsterte Levi schließlich, ohne sie anzusehen. »Sie wollten jemanden schicken, einen Dozenten von der Hochschule, irgendjemanden, der meine Mutter … überzeugt … Aber niemand ist gekommen.«

Im Laufe ihrer Berufsjahre hatte sie viele Schüler kommen und gehen sehen. Aber niemals war ihr eine solche Begabung untergekommen. Damals hatte Rendel Sukowa Levis Eltern einen Besuch abgestattet und ihnen empfohlen, ihren Sohn als Jungstudent für die Rheinische Musikhochschule anzumelden, damit sein Talent adäquat gefördert werden konnte. Aber Marietta und André Fischblut hatten sich unbeeindruckt gezeigt.

»Hör mir zu, Levi, ich habe mit Verantwortlichen der Musikhochschule gesprochen, rein theoretisch kannst du eine Aufnahmeprüfung machen, es gibt die Möglichkeit, öffentlich vorzuspielen.«

Er strahlte, sein Lachen reichte bis zu den Ohren. »Wirklich? Wann?«

»Der nächste Termin ist im Frühjahr. Und am besten wäre es, wenn du Stunden bei einem der Professoren nimmst, das würde deine Chancen erhöhen.«

Augenblicklich ließ Levi die Schultern hängen. Seine Fingernägel kratzten in das weiche Holz des Pianobänkchens, die Euphorie schien verflogen. »Dafür bekomme ich keine Erlaubnis. Niemals!«

»Aber du musst unbedingt Unterricht nehmen und deine Eltern von der Wichtigkeit überzeugen. Am besten belegst du auch einen Meisterkurs bei einem erfolgreichen Pianisten …«

Levi zog die Augenbrauen fragend zusammen.

»In solchen kostspieligen Kursen unterweist ein Virtuose seine Schüler«, erklärte Rendel. »Allein kannst du es ansonsten einfach nicht schaffen, egal, wie begabt du bist! Darüber hinaus musst du spielen, jeden Tag mehrere Stunden, um einer der Besten zu werden und damit du ein Stipendium bekommst.«

»Geld haben wir genug«, stieß Levi hervor.

Rendel lehnt sich vor. »Ich bewundere deine Beharrlichkeit,

aber bei aller Liebe, deine Bedingungen müssen sich verbessern. Du musst üben, üben und noch mal üben, ansonsten verschleuderst du dein Talent. Allein aus Mitleid nimmt dich die Hochschule nicht auf. Es ist an der Zeit, sich von allem zu befreien, was dich hindert, deinen Traum zu leben.«

Tränen liefen Levi über die markanten Wangenknochen.

Sofort bereute Rendel ihre Worte. Sie erkannte, dass sie ihm die Hoffnung nahm. Schon immer hatte sie ihn schonen wollen, aber irgendwann musste er gewissen Tatsachen ins Auge sehen, oder nicht? Rendel Sukowa kamen noch mehr Zweifel, als er wie ein angeschossener Wolf aufheulte und mit offenem Mund hemmungslos weinte. Speichel tropfte auf Rendels Teppich.

Unerwartet sprang er vom Hocker und stieß ihn nach hinten. Seine Halsschlagader schwoll an, die Gesichtsfarbe wechselte von Blass zu Dunkelrot. Einen Moment schien er unschlüssig, dann drehte er sich um die eigene Achse, machte einen Satz nach vorn, verpasste den Notenständern einen Tritt, dass sie nacheinander umfielen und eine der Gitarren schwankte.

Rendel drückte sich in ihren Sessel. Levis Wutausbruch überraschte und überforderte sie gleichermaßen. So eine heftige Reaktion hatte sie ihm nicht zugetraut. Er bedachte sie mit einem verächtlichen Blick und rannte aus der Tür.

Sie war einen Moment wie versteinert, nahm dann die Brille von der Nase und rieb sich die Augen. Als sie in der Diele ein lautes Poltern vernahm, glitt ihr die Sehhilfe aus der Hand. Sitzend tastete sie nach ihr, ohne sie zu fassen zu bekommen. Und weil ihre Füße nicht gleich in die Pantoffeln fanden, erhob sich Rendel Sukowa barfuß.

Mit unsicherem Schritt und konturenhaft sehend, erreichte sie den Flur. »Levi? Komm, lass uns in Ruhe reden!«

Rendel vernahm ein leises Klirren. Merkwürdigerweise kam es aus dem Obergeschoss. Sie blinzelte am Geländer entlang nach oben. Schemenhaft erfasste sie eine Gestalt, die mit Tempo die Treppe hinunterschoss und direkt auf sie zukam.

Beinahe gleichzeitig fuhr ein Schmerz in Rendels Brust, der ihr die Luft zum Atmen nahm. Sie schrie, verlor das Gleichgewicht, stürzte zu Boden und schlug mit dem Hinterkopf auf.

Enge umklammerte ihr Herz wie ein Stahlkorsett. Rendel versuchte, tiefer und ruhiger zu atmen, aber sie hechelte stoßweise, hyperventilierte mit weit aufgerissen Augen.

Blut sickerte aus einer Wunde, die sie nicht sehen konnte, rann den Bauch hinab und sammelte sich unter ihrem Rücken, bildete eine Lache, noch bevor Rendel Sukowa ihren letzten Atemzug getan hatte.

Brühl, Ausbildungseinrichtung der Polizei LAFP

Lou verließ den Polizeibus als Letzte und trottete hinter Maline und den anderen her. Sie unterhielten sich lautstark und steuerten dabei geradewegs auf die Sporthalle des Trainingszentrums zu. Mit einem Kloß im Hals blickte Lou zur Aschebahn, die in grellem Flutlicht erstrahlte. Sie wurde von einer dünnen Schneeschicht bedeckt, junge Kollegen in Joggingoutfits liefen sich bereits warm.

»Kommst du?« Maline hielt Lou die Tür zur Halle auf, deshalb legte sie einen Zahn zu und betrat das Gebäude. Die Turnschuhe der Kommissarinnen hinterließen nasse Minipfützen auf dem Linoleum.

»Ich glaub, ich pack das nicht«, sagte Lou.

»Quatsch, mach dich doch nicht so verrückt!«

»Warum habe ich bloß mit dem Joggen aufgehört? Noch vor einem Jahr war ich richtig gut in Form. In letzter Zeit habe ich meinen Schweinehund einfach nicht mehr im Griff. Und bei der Frage joggen oder noch einmal umdrehen gewinnt jeden Morgen mein Bedürfnis nach Schlaf.«

»Das geht uns doch allen so«, sagte Maline.

»Nur mit dem Unterschied, dass du fit bist und mehr als zwei Hosen hast, in die du noch hineinpasst.« Lou endete mit einem Seufzer, der aus tiefster Seele kam.

Laut Erlass des Innenministeriums wurde die körperliche Fitness sämtlicher Polizeibeamter einmal im Jahr gecheckt, und zwar in den Disziplinen Schwimmen und Joggen. Strecken und Zeiten waren nach Alter gestaffelt. Lou musste in ihrer Kategorie zwölf Minuten laufen und dabei mindestens eintausendachthundert Meter zurücklegen. Danach standen vierhundert Meter Schwimmen an, die sie in sieben Minuten zurücklegen sollte. Im Wasser war sie unschlagbar. Die Vorgaben zum Joggen brachten sie hingegen mittlerweile an ihre Leistungsgrenze. Deshalb lag ihr dieser Termin seit Wochen im Magen.

Lou hatte trainieren wollen und sich eigentlich ein Netz mit doppeltem Boden geschaffen. Wenn sie morgens nicht rechtzeitig aus dem Bett fand, wartete die gepackte Sporttasche griffbereit in ihrem Büroschrank. Jede Mittagspause hatte sie im Trainingsraum des Präsidiums verbringen wollen, immer war ihr etwas dazwischengekommen. Und auch die Aussicht auf acht geschenkte Überstunden, die einem laut Erlass gutgeschrieben wurden, hatte sie diesmal nicht motivieren können.

»Hier ist es schweinekalt«, stellte Maline fest, als sie den verwaisten Umkleideraum betraten.

Lou sank auf eine der Holzbänke, während Maline mit einer Zugstange das Oberlicht schloss und anschließend eine silberne Thermoskanne aus ihrer Umhängetasche zauberte. »Zitronentee?«

»Vielleicht später.«

»Jetzt mach nicht so ein Gesicht.« Maline schob ihre Tasche unter die Bank. »Wir joggen ganz langsam zusammen los, und wenn du dann ein bisschen eingelaufen bist, geben wir Gas. Ich ziehe dich schon ins Ziel!«

Lou winkte ab.

»Was ist denn los mit dir? Geht es hier wirklich nur um das Sportabzeichen, oder hängst du gedanklich schon wieder bei Clemens?« Maline holte Luft. »Mensch, er hat dich nachweislich belogen. Da ist es kein Wunder —«

»Quatsch, um ihn geht es gar nicht.« Lou wollte jetzt weder an ihren Verflossenen noch an diesen schrecklichen Fall denken, der mit ihm im Zusammenhang stand. »Frieda fliegt nun doch schon vor Weihnachten nach Kanada.«

»Ich dachte, es geht erst im Januar los«, sagte Maline.

»Anfang des Jahres ist die Infoveranstaltung der Organisation ›Work@World‹, bevor Frieda dann durchs Land reist und arbeitet. Aber vorher möchte sie unbedingt zwei Freundinnen meiner Mutter besuchen, die in Niagara-on-the-Lake leben.« Lou nahm ihre Wollmütze vom Kopf. »Die Vorstellung, ohne meine Kleine Weihnachten zu feiern, finde ich gerade unerträglich.«

»Deine Kleine wird flügge und macht Nägel mit Köpfen«, antwortete Maline lächelnd. »Erst hat sie Wilson verlassen, und nun verschwindet sie über den Teich. Ihr beide habt ganz offensichtlich gute Arbeit geleistet.«

Lou seufzte erneut. Richtig, das Lob musste sie sich fairerweise mit Henry teilen. Ihr Exmann hatte einige Fehler, aber in Sachen Frieda hatte er seine Sache grundsätzlich richtig gemacht und darüber hinaus zugunsten seiner Tochter auf seine Karriere verzichtet, die er durchaus hätte machen können. Nach wie vor war er als Sicherheitsberater in der Verkehrsdirektion der Polizei Köln tätig. Lou machte in der Regel keine große Sache aus Henrys »Opfer«, aus ihrer Sicht taten ungezählte Frauen das Gleiche, ohne jemals dafür einen Funken Anerkennung zu bekommen.

»Mir geht alles auf einmal zu schnell«, sagte Lou und nahm die Joggingschuhe aus der Sporttasche. »Helene ist auch völlig fertig. Sie ruft fast jeden Tag an oder steht vor der Tür.«

»Deine Mutter hängt eben an ihrer Enkelin.«

Lou schnürte die Laufschuhe. »Friedas Flieger geht in elf Tagen, einundzwanzig Stunden und zwei Minuten.«

Maline stemmte die Hände in die Hüften. »So kenne ich dich ja gar nicht!«

»Ich weiß. Im Augenblick entdecke ich auch ganz neue Seiten an mir. Es ist nur … Ich denke, es wird sehr still im Haus werden, ohne Frieda. Du bist ja auch auf und davon.«

Maline wich zurück, nur minimal, aber Lou entging es nicht. Sofort ärgerte sie sich über ihre Bemerkung. Sie wollte Maline kein schlechtes Gewissen machen.

»Entschuldige bitte«, sagte sie schnell. »Es war immer klar, dass du nur vorübergehend bei mir wohnst und … Alles okay, wirklich.« Innerlich war sie allerdings nicht überzeugt. Vor ein paar Wochen war Malines Suspendierung aufgehoben worden. Der finale Schuss auf einen Mörder hatte zu Zwangsurlaub geführt. In dieser Zeit hatte sie einen Camper erstanden, ihre

Sachen gepackt und war aus Lous Reihenhaus ausgezogen. Angeblich brauchte sie Freiheit.

»Es ist ein irres Wohngefühl«, schwärmte Maline jetzt zum x-ten Mal, vielleicht auch, um das Thema zu wechseln. »Heute Nacht habe ich den Camper am Rheinufer direkt an der Zoobrücke abgestellt und beim Aufwachen den Morgennebel mit Blick auf den Rhein genossen.«

»Unter der Zoobrücke? Ich könnte mir vorstellen, dass du die ganze Nacht Autolärm hörst. Darfst du denn überhaupt da stehen?«

»Ich bin mir nicht sicher, aber im Moment ist es mir auch egal. Es ist einfach herrlich, so unabhängig zu sein und …«

»… ohne festen Wohnsitz«, brummte Lou. »Suchst du eigentlich noch nach einer Wohnung?«

»Klar, ich habe heute einen Termin im Kölner Süden.«

Als sie endlich losjoggten, bekam Lou schon nach ein paar Metern Seitenstechen. Ihre Waden fühlten sich an, als zöge sie Bleikugeln hinter sich her. Die Kollegen, die gleichzeitig mit ihnen gestartet waren, liefen bereits in einiger Entfernung.

Lou fluchte, kämpfte unauffällig weiter gegen ihre Schmerzen, die sich nicht wegatmen ließen. Sie hielt nur unter größter Kraftanstrengung mit Maline Schritt, die leichtfüßig zu laufen schien und keine Anzeichen von Anstrengung zeigte. So dermaßen in Form war sie, seitdem sie mit dem Rauchen aufgehört hatte. Zu allem Überfluss begannen nun auch wieder diese verflixten Knieschmerzen.

»Wir werden immer langsamer«, stellte Maline fest.

»Sehr aufbauend.« Lou stieß die Worte zwischen zwei Atemzügen hervor, biss die Zähne noch ein Stück zusammen und stoppte dann abrupt, die Hände auf die Knie stützend. »Los, lauf allein weiter, ansonsten schaffst du die Strecke nicht in der vorgegebenen Zeit.«

»Ich lass dich nicht zurück.« Maline war stehen geblieben.

»Red keinen Unsinn! Ich habe tierische Schmerzen in der Seite und bin völlig fertig.« Lous Ton war heftiger als beabsichtigt.

Maline spurtete davon. Sie würde die verlorene Zeit spielend aufholen, davon war Lou überzeugt und nahm sich vor, von nun an jeden zweiten Tag zu joggen oder die Mittagspausen im Fitnessraum des Präsidiums zu verbringen. Schluss mit Ausflüchten. Der innere Schweinehund konnte sich warm anziehen.

In der Schwimmhalle vermied Lou Blickkontakte mit Kollegen. Sie fühlte sich in die sechste Klasse zurückversetzt, als sie bei den Bundesjugendspielen weder den Anforderungen beim Weitsprung noch beim Tausend-Meter-Lauf gerecht geworden war. Ihre Klassenkameradinnen hatten damals mit klaren Worten nicht gegeizt. »Louisa wollen wir nicht im Team haben.« Kindheitserinnerungen, manche stachen noch nach Jahren wie kleine Nadeln.

Wegen des frühzeitigen Ausscheidens aus ihrem Lauf musste Lou nicht ins Wasser. Die Regeln zur Feststellung der körperlichen Fitness waren an diesem Punkt eindeutig. Jogging abgebrochen bedeutete: für heute nicht bestanden.

»Du kannst auch einfach eine Stunde powerwalken, medizinballweitwerfen und tausend Meter schwimmen«, hatte der junge dynamische Trainer augenzwinkernd erklärt.

Altersbonus. Hilfestellung für Übergewichtige. Nein, danke! Lou wäre dem Schnösel am liebsten an die Gurgel gesprungen. Stattdessen hatte sie demonstrativ verkündet, dass sie in vier Wochen die Lauf- und Schwimmprüfung in der vorgegebenen Zeit ablegen würde. Diesem gestählten Muskelpaket wollte sie es zeigen!

Jetzt sah sie zu, wie die Kollegen Bahnen kraulten, und verfolgte Malines Endspurt auf der Innenbahn. Parallel ging sie in Gedanken eine Liste mit Sachen durch, die Frieda für ihren Auslandsaufenthalt brauchte. Irgendwie musste sie es in den nächsten Tagen schaffen, mit ihrer Tochter in die Stadt zu fahren. Trekkingrucksack, ein neues Tablet. Friedas Must-have-Liste wurde immer länger.

Clemens schlich sich in ihre Überlegungen. Maline hatte recht. Diese Geschichte nagte tatsächlich an ihr.

Seit Monaten versuchte Lou, Kontakt mit ihm aufzunehmen, aber er beantwortete weder Briefe, noch reagierte er auf SMS oder Anrufe. Lou seufzte und winkte Maline, die ihre Zeit geschafft hatte.

Sie verschränkte die Arme vor dem Bauch. Vielleicht war es viel wichtiger, dass sie sich endlich klarmachte, dass Clemens sie durch sein Verhalten extrem verunsichert hatte. Für die Konsequenzen, die sich aus seinem Handeln ergeben hatten, war er ergo selbst verantwortlich. Schluss. Ende. Lou setzte sich kerzengerade. *Sie* musste sich diese Affäre und alle Konsequenzen, die sie nach sich gezogen hatte, verzeihen.

Als ihr Smartphone klingelte, nahm sie das Gespräch mit ihrem Chef an und schleuderte sich endgültig aus den Schuldgefühlen und der damit verbundenen Gedankenspirale um Clemens Kohlmann.

Königsforst

Levi trat mit voller Wucht gegen das Gatter, das den Eingang zum Königsforst an der Rösrather Straße markierte, und lief in den Wald hinein. Mit beiden Händen packte er die erstbeste kniehohe Tanne an den Zweigen und versuchte, sie mit aller Kraft aus dem Boden zu reißen. Die Stiche der Nadeln spürte er nicht. Dem fragenden Blick einer Joggerin wich er aus, dem Spaziergänger im Lodenmantel, der kurz darauf vorbeikam und ihn neugierig musterte, schrie er seine Wut entgegen. »Was gibt es denn da zu glotzen?«

Der Mann verschwand mit eiligem Schritt hinter einer Ladung gefällter Kiefern, während Levi schluchzend auf den Waldboden sank. Erst jetzt bemerkte er die Flecken auf Hemd und Hose. Blut. Es klebte auch an seinen Händen. Er raffte Schnee zusammen und rieb ihn über seine Finger, bis sie vor Kälte knallrot wurden. Eine Amsel flog heran, legte den Kopf schräg und zwitscherte. Levi griff einen Tannenzapfen und warf damit nach dem Vogel, der aufgeregt flatternd verschwand. Unter der dünnen Schneedecke vermoderte Laub, die Fasern seiner Hose saugten sich voll Nässe. Die eisigen Temperaturen erreichten Levis Bewusstsein, und gleichzeitig klangen die ersten Akkorde von Franz Liszts »Totentanz« in seinem Kopf an. Kompositionen überschwemmten ihn regelmäßig, verscheuchten seine Gedanken, nahmen von ihm Besitz. Levi drehte sie laut oder auch leise, meist aber waren sie ohrenbetäubend. So entfloh er der Gegenwart, katapultierte sich aus unangenehmen Situationen und bekam nicht mit, wenn ihn Fremde musterten oder hässliche Kommentare abgaben. Blicken konnte er ausweichen. Worten nur, wenn die Melodien in seinem Kopf alles übertönten.

Levi hastete los, mied Wege, lief im Takt der Musik querfeldein, sprang über verschneite Äste, stolperte durch Senken, fiel hin, raffte sich wieder auf und kämpfte sich durch dichtes Geäst. Menschen sah er kaum, bis er die Wassertretstelle am Giesbach erreichte. Hier stand eine Gruppe Huskybesitzer beieinander, lamentierte und blockierte den Zugang zum Wasser. Levi stoppte den »Totentanz«. Einer der Hunde zog aufgeregt an der Leine, seine Besitzerin konnte ihn kaum halten.

Levi duckte sich hinter aufgestapelten Stämmen, lugte an der Seite vorbei. Die Vierbeiner bellten nun durcheinander und zerrten an ihren Geschirren. Schon näherte sich ein Mann mit zwei aufgebrachten Tieren. Als er nur noch wenige Meter entfernt war, stürmte Levi davon. Er hörte Rufe und das Lärmen der Hunde.

Weg. Bloß weg.

Levi holte Liszt zurück. Noch lauter, noch ungestümer. Seine Beine rasten mit der Musik um die Wette. Trotzdem schafften es Gedanken, in sein Bewusstsein zu dringen. Längst war er überfällig. Aber er konnte nicht nach Hause. Die Stille, die ihn dort erwartete, ertrug er heute nicht. Zudem wollte er sich Rica nicht aussetzen, die ihn sonst mit Blicken durchbohrte.

Levi lief, bis der »Totentanz« in seinem Kopf zu Ende getanzt war. Jetzt hörte er die Fahrzeuge auf der nahen Autobahn, blieb stehen und gönnte sich eine Verschnaufpause. Er holte tief Luft und rannte weiter, als Schneeregen einsetzte. Sein Ziel hatte er nun klar vor Augen.

Köln-Rath, Am Gieselbach

Maline stellte den Streifenwagen direkt vor einem Rettungsfahrzeug ab, das mitten auf der Straße des Wohnviertels parkte.

Die Auffahrt der kleinen Stadtvilla, die hell erleuchtet hinter schulterhohen Hecken thronte, versperrten insgesamt drei Dienstwagen. Blaulichter rotierten geräuschlos, Schnee reflektierte ihr kaltes Licht.

Lou deutete mit dem Kinn auf einige ältere Herrschaften. Sie drängelten sich hinter rot-weißem Absperrband, machten lange Hälse und beobachteten die Kollegen von der Spurensicherung, die in Overalls umherliefen. Noch fehlten am Tatort die nötige Ruhe und routinierte Gelassenheit.

Maline entdeckte Ben Stollberg, der heute seine erste Mordkommission leitete, gerade mit einem Pressevertreter sprach und gleichzeitig einen Schutzpolizisten heranwinkte.

Gemeinsam stiegen sie aus dem Wagen. Sofort steuerte Ben auf sie zu, schlug den Kragen seines Mantels hoch, rückte seine Nickelbrille zurecht, lächelte zur Begrüßung und machte sie mit den ersten Fakten vertraut.

»Bei der Toten handelt es sich um die siebzig Jahre alte Rendel Sukowa. Sie liegt erstochen im Treppenhaus, wir warten auf den Rechtsmediziner.«

»Wer hat sie gefunden?«, fragte Lou.

»Constantin und Alea Sukowa, Sohn und Enkelin der Toten.« Ben deutete auf einen übergewichtigen Mann in heller Daunenjacke, der im Fond des Rettungswagens saß und ein Kind an sich drückte. Jemand hatte eine Decke um die Schultern der beiden gelegt.

Maline atmete durch. »Ich spreche mit ihnen.«

»Dann schaue ich mich zuerst im Haus um«, sagte Lou und schritt über einen größtenteils verschneiten Steinplattenweg zur Villa hinauf, während Ben auf ein Fernsehteam zueilte, das gerade aus einem Bully stieg.

Maline ging auf das Rettungsfahrzeug zu. Dabei hatte sie Vater und Tochter im Blick, zog ihren Dienstausweis aus der Jackentasche und beschränkte sich bei der Begrüßung auf das Notwendigste.

»Es ist so kalt«, flüsterte Constantin Sukowa. »Wie lange müssen wir denn noch hier bleiben?«

Seine Augen waren gerötet, der dunkle Oberlippenbart ließ

sein Gesicht noch fahler erscheinen. Die Wollmütze hatte er bis zu den Augenbrauen heruntergezogen. Ein flächendeckendes Tattoo zierte seinen Hals, kein Tuch, wie Maline aus der Ferne irrtümlich angenommen hatte. In Zeige- und Ringfinger seiner rechten Hand hatte er sich Engelflügel stechen lassen. Sukowas Jacke wies am Bund des rechten Ärmels hässliche rotbraune Flecken auf.

Das Mädchen zitterte am ganzen Körper, Tränen kullerten, und aus ihrer Nase lief gelber Rotz.

»Es gibt da ein paar Dinge, die ich Sie fragen muss«, sagte Maline.

»Aber ich habe doch schon alles gesagt, eben, dieser Polizistin und ihrem Kollegen.«

»Ich weiß, aber ich bin von der Kripo, wir brauchen Informationen aus erster Hand.«

Sukowa holte Luft. »Wir wollten meine Mutter besuchen und sind heute Morgen schon früh zu Hause losgefahren.«

»Wo wohnen Sie denn?«

»In Heiligenhaus, das ist ein kleiner Ort im Bergischen, keine zwanzig Kilometer entfernt.«

»Wann sind Sie hier eingetroffen?«

»So gegen halb neun.«

»Haben Sie heute frei? Was machen Sie beruflich?«

»Ich bin Barpianist in einem Hotel in der Innenstadt und fange meist erst um achtzehn Uhr an zu arbeiten.«

Maline stutzte. Sie hatte Schwierigkeiten, sich Constantin Sukowa in einer Hotellounge vorzustellen, wo er Evergreens klimperte. »Ich brauche die Daten Ihres Arbeitgebers, reine Routine.«

»Okay.«

»Hat Ihre Mutter Sie erwartet?«

»Wir wollten sie überraschen, sie hat gestern am Telefon so deprimiert geklungen, da dachte ich, sie könnte eine kleine Aufmunterung vertragen.«

»Warum ging es ihr denn nicht gut?«

»Ach, es gab keinen besonderen Grund. Ihr ist ein bisschen die Decke auf den Kopf gefallen. Die Influenza hatte sie niedergestreckt, und dazu plagten sie noch andere Sorgen. Ihr allgemeiner Gesundheitszustand war nicht der beste.«

»Und wenn sie nicht zu Hause gewesen wäre?«

»Wo sollte sie so früh am Morgen sein? Außerdem besitze ich einen Schlüssel. Ich habe also geöffnet, Alea hat die Tür aufgestoßen und losgeschrien …« Behutsam legte er einen Arm um seine Tochter und küsste sie auf die dicke Strickmütze. »Du meine Güte, sie ist doch erst fünf Jahre alt.«

Er drehte sich zur Seite und sprach leise in Malines Richtung. »Sie hat ihre Oma da liegen sehen, in einer Blutlache. So schnell konnte ich gar nicht reagieren. Ich meine, wer rechnet denn auch mit so etwas?«

Es begann erneut zu schneien. Maline lächelte Alea zu und streckte eine Hand aus. Flöckchen schmolzen auf ihrer Haut. Das Kind vergrub daraufhin ihr Gesicht in der Jacke ihres Vaters.

»Magst du süßen Zitronentee?«, fragte Maline die Kleine dennoch, winkte gleichzeitig einen Schutzpolizisten herbei und wandte sich dann an Constantin Sukowa. »Es wäre gut, wenn wir einen Moment ungestört reden könnten.«

Es dauerte eine Weile, bis Alea neben dem jungen Beamten im Streifenwagen saß. Nur an der Hand ihres Vaters hatte sie die wenigen Schritte zum Einsatzfahrzeug gemacht. Jetzt hielt sie einen Becher Zitronentee aus Malines Thermoskanne in den Händen und hielt Blickkontakt mit ihrem Vater, der bei offener Tür neben Maline in einem der Rettungsfahrzeuge saß.

»Ist Ihnen beim Betreten des Hauses etwas aufgefallen?«, nahm Maline den Faden wieder auf.

»Nein.«

»Haben Sie jemanden auf dem Weg zum Haus oder im Garten gesehen?«

Sukowa atmete scharf aus und trommelte mit den Fingern gegen das Armaturenbrett. Vielleicht verlor er langsam die Geduld. Maline hatte durchaus Verständnis, aber sie konnte ihn noch nicht entlassen. »Haben Sie Ihre Mutter angefasst?«

»Gott bewahre! Nein. Ich bin mit meiner Tochter in die Küche und habe die Polizei gerufen!«

»Und wie kommen dann die Blutflecken auf Ihre Jacke, wenn

Sie die Tote nicht berührt haben?« Maline deutete auf einen Ärmel.

Er drehte den Arm nach außen, anscheinend hatte er die Flecken noch nicht bemerkt. »Keine Ahnung …«

»Überlegen Sie noch einmal. Sie sind hinter Ihrer Tochter ins Haus, sie hat geschrien, und Sie haben das Kind weggerissen.«

Sukowa zog ein Papiertaschentuch aus der Jacke und wischte sich über die Stirn. »Ich habe Alea an den Küchentisch gesetzt und die Tür geschlossen.« Seine Stimme zitterte jetzt. »Dann bin ich in den Flur zurück. Ich dachte, ich wusste ja nicht … Ich hatte die Hoffnung, dass sie noch lebt, und habe ihren Puls gefühlt. Aber da war nichts … kein Leben … Dann habe ich die Polizei gerufen.«

Tränen. Er versuchte nicht, sie zurückzuhalten.

Schneeflocken fielen jetzt dichter. Alea klebte mit großen Augen hinter der Scheibe des Streifenwagens.

»Hatte Ihre Mutter Ärger? War sie in Streitigkeiten verwickelt? Gibt es etwas, das wir wissen sollten?«

»Sie hortete einiges an Bargeld und auch Schmuck.« Sukowa sah Maline direkt an. »Alles ist weg, ich habe nachgesehen, nachdem ich den Notruf abgesetzt hatte. Jemand hat die Zimmer im Obergeschoss durchwühlt. Vielleicht waren es Trickbetrüger, die Nachrichten sind doch voll von solchen gemeinen Überfällen! Diese Gegend ist eigentlich friedlich. Ich meine, Einbrüche in Pkws kommen auch hier vor. Auf den Parkplätzen rund um den Königsforst sollte man keine Wertgegenstände liegen lassen. Gerade in letzter Zeit kam es vermehrt zu Diebstählen. Aber Mord … Das ist doch … da fehlen mir wirklich die Worte!«

»Erzählen Sie mir ein bisschen, wie war Ihre Mutter?«

»Ein Schlaganfall zwang sie letzten Sommer, ihren Beruf endgültig aufzugeben. Bis zu dem Zeitpunkt hat sie immer noch Musikstunden gegeben. Gitarre und Klavier. Aber Schüler, die ihren Tagesablauf diktierten, wenn sie zu unterschiedlichen Zeiten klingelten, das ging einfach nicht mehr. Die Umstellung ist ihr schwergefallen. Wenn Sie wollen, gebe ich Ihnen die Nummer von Mutters Hausarzt.«

Maline nickte, legte ihre Hände locker aufs Lenkrad und ließ Constantin Sukowa Zeit.

»Ich wollte mit Alea herziehen«, fuhr er schließlich fort. »Gleich nach Weihnachten, damit ich mich besser um sie kümmern kann.«

»Haben Sie sich gut verstanden?«

Er hob die Augenbrauen. »Wieso?«

»Ich muss diese Frage stellen.«

»Komischerweise hat uns gerade ihre Krankheit zusammengebracht«, antwortete er zögernd. »Nach dem Schlaganfall konnte sie ihren linken Arm nicht mehr richtig bewegen, deshalb musste sie meine Hilfe annehmen. Ich habe mich endlich gebraucht gefühlt und hatte einen festen Platz in ihrem Leben. Das war nicht immer so, und ich habe es irgendwie genossen.«

»Gibt es jemanden, der nach Ihrer Mutter gesehen hat? Pflegedienst oder auch Nachbarn?«

»Ja, natürlich.« Constantin Sukowa schien sich zu entspannen. »Ich schreibe die Namen auf. Können wir dann gehen?«

»Hatte noch jemand einen Schlüssel zu ihrem Haus außer Ihnen?«

»Ihr Nachbar Halberstein, er wohnt gleich da vorn.« Sukowa zeigte auf ein Haus, das neben der Villa stand. »Ich würde Alea gern nach Hause bringen.«

»Dann lassen Sie bitte Ihre Personalien und die Anschrift bei meinen Kollegen von der Schutzpolizei. Und erstellen Sie uns bitte die Liste mit den Bezugspersonen Ihrer Mutter.«

Sukowa zog den Reißverschluss seiner Jacke hoch.

»Wir brauchen auch die Namen ihrer ehemaligen Schüler, können Sie uns da einen Überblick verschaffen?«

»In diesen Dingen war meine Mutter sehr ordentlich. Sie hat Namen, Termine und Einnahmen akribisch in einem Notizbuch festgehalten. Es liegt mit Sicherheit auf ihrem Sekretär im Arbeitszimmer.«

»Wir schauen nach.«

»Ich möchte natürlich so schnell wie möglich ins Haus, es gibt ja auch eine Menge zu regeln, jetzt, wo meine Mutter …«

»Es kann dauern, bis die Arbeit des Erkennungsdienstes abgeschlossen ist. Stellen Sie sich am besten auf ein bis zwei Tage ein.«

»Okay.« Sukowa stieg zusammen mit Maline aus, machte die wenigen Schritte zum Streifenwagen und öffnete die Tür.

Alea schlang ihre Arme um seinen Hals. »Wer kümmert sich denn jetzt um die Kaninchen?«, fragte das Kind mit weinerlicher Stimme.

Sukowa drückte seine Tochter an sich. »Wir füttern die beiden noch schnell.«

»Jetzt können Sie nicht in den Garten«, sagte Maline. »Und eine Frage habe ich noch. Wohnen Sie allein?«

»Nein, ich lebe mit meiner Freundin und deren Kindern zusammen.«

Maline stutzte. »Und trotzdem wollten Sie nach Weihnachten zusammen mit Ihrer Tochter herziehen?«

Sukowa strich sich über den Oberlippenbart. »Ja, ich habe den Gedanken erwogen, auch wenn Veronika nicht begeistert war. Es sollte ja kein Dauerzustand werden.«

»Okay, dann brauchen wir auch die Daten Ihrer Freundin.«

Malines Handy vibrierte in der Innentasche ihrer Lederjacke, als sie sich Stichpunkte zu ihrem Gespräch auf einem Block notiert hatte.

Die Stimme der Stationsschwester des Pflegeheims, in dem ihr Vater wohnte, klang aufgeregt. »Ich versuche Sie seit einer halben Stunde zu erreichen, aber irgendwie hatten Sie keinen Empfang. Sie sollten sich beeilen, wenn Sie sich noch von Ihrem Vater verabschieden wollen! Es geht ihm sehr schlecht.«

Königsforst

Nach einer gefühlten Ewigkeit schälten sich die Umrisse der Blockhütte aus dem Wald. Hütte war leicht untertrieben, dieser Klotz war größer als die meisten Einfamilienhäuser, die Levi kannte. Mit Sicherheit konnten sich nur stinkreiche Leute so ein Wochenenddomizil leisten.

Regelmäßig suchte Levi hier Zuflucht, in diesem Schlupfwinkel fand er Ruhe. Nur selten verirrten sich die Besitzer her. In den vergangenen Jahren hatte er sie zweimal gesehen, draußen auf dem Weg, und zugehört, als sie einige Worte mit einem Paar wechselten. Demnach waren die Schmitts seit dem Ruhestand oft auf Reisen, besaßen ein Haus in St. Peter Ording und hielten sich vorzugsweise in Spanien auf.

Beherzt sprang Levi auf die niedrige Mauer und checkte das Areal. Einsamkeit gähnte ihm entgegen, vor dem Gebäude schlief der Tag. Lediglich die Geräusche der nahen Bundesstraße waren hörbar.

Reifenspuren, Kaminrauch, Licht, Fußabdrücke im Schnee. Nichts davon war zu sehen. Er eilte an einem leeren Zwinger vorbei, in dem eine altersschwache Hundehütte verrottete. Die Witterung hatte ordentlich an der roten Lackfarbe genagt. Der Maschendrahtzaun, der den Zwinger umgab, war rostig, ansonsten aber unversehrt.

Unbeobachtet erreichte Levi die Hintertür, die in einen flachen Anbau führte. Den Bewegungsmelder hatte er schon vor Monaten vorsorglich mit einem der Ziegelsteine zertrümmert, die neben der Hundehütte lagerten. Auch wenn sich Levi nicht vorstellen konnte, wem der Melder verdächtige Bewegungen anzeigen sollte. Das nächste bewohnte Haus stand mindestens zwei Kilometer entfernt. Und der alte Mann, der offenbar beauftragt war, hier nach dem Rechten zu sehen, kam seinen Aufgaben nur schlampig nach. Levi hatte ihn bisher ein einziges Mal um das Gebäude schlurfen sehen.

Zügig öffnete er die unscheinbare Tür, die niemals verschlossen wurde. Dahinter verbarg sich ein kleiner Vorraum mit einer reduzierten Auswahl an Arbeitsgerät, einer stets aufgeräumten Werkbank und einem Brennholzvorrat, der anscheinend nie zur Neige ging. Levi schritt an einem Satz abgefahrener Sommerreifen vorbei zu einer weiteren Tür, die zweimal gesichert war. Zum einen mit einem soliden Zylinderschloss, das nicht so leicht zu knacken war. Aber was nützte das beste Schloss, wenn der dazugehörige Schlüssel unter einem umgedrehten Blumentopf verwahrt wurde? Zum anderen sollte ein ganz normales Vorhängeschloss eine Barriere bilden. Zugegebenermaßen ein besonders rustikales Exemplar, aber der Schlüssel befand sich stets auf der oberen Kante des Türrahmens. Ein ebenso fahrlässiges Versteck, zumal sich im Haus ziemliche Werte befanden. Levi sperrte auf und gelangte über eine schmale Treppe ins geräumige Wohnzimmer hinauf. Obwohl die Räume nicht beheizt wurden, empfing ihn eine angenehme Temperatur, das luxuriöse Vollholzhaus war gut isoliert. Trotzdem schaltete Levi die Heizung ein.

Er zog das Messer aus seinem Hosenbund und schaute sich suchend um. *Du verdammter Idiot! Warum hast du es überhaupt mitgenommen!* Levi lief von Zimmer zu Zimmer, stöberte und suchte lange, bis er ein Versteck erspähte, das er vorerst für geeignet hielt. Später würde er einen besseren Platz finden. Er riss sich die Klamotten vom Leib und sprang unter die Dusche.

Wasser direkt aus der Leitung. Levi schloss die Augen. Meisterkurse. Musikstunden bei einem Professor. Aufnahmeprüfung. Rendel Sukowa war doch einfach nicht bei Trost. Wie sollte er diese Hürden nehmen? Ihre Worte hatten wie Hohn geklungen. *Du musst üben, ansonsten verschleuderst du dein Talent.*

Rendel Sukowa hatte ja keine Ahnung! Levi drehte das Wasser noch heißer. Bilder tauchten auf, die ihn wehmütig werden ließen.

Sein halbes Leben hatte die Familie ein ganz normales Leben geführt. Einfamilienhaus. Neubaugebiet. Bankschulden. Geräumige Kinderzimmer. Ein Klavier. Hightechküche und Pelletöfen. Zwei Autos. Urlaubsreisen an die Nordsee. Kindergeburtstage. Vorbei, diese Familie gab es nicht mehr. *Als Kind folgst du deinen Eltern, egal, wohin sie gehen.*

Inzwischen war er erwachsen. Eigentlich konnte er abhauen, Pianist werden, sich Vorschriften und Bevormundung entziehen. Aber so einfach lagen die Dinge nicht. Seufzend schnappte er sich ein Handtuch und ging ins Schlafzimmer.

Der Luxus, der in diesem Haus sogar in Details zu finden war, fing ihn ein und besänftigte ihn. Markennamen prangten an sämtlichem Inventar. Sein Vater hatte solche Labels angebetet, bevor die Familie in ein altersschwaches Fachwerkhaus gezogen war. Levi zog Hose sowie Rollkragenpullover des Eigentümers aus dessen Schrank und betrat das Wohnzimmer.

Hier bogen sich Regale unter der Last von Büchern, fast ausnahmslos gebundene Werke. Überwiegend Enzyklopädien mit medizinischen Inhalten. Levi mochte die Vorstellung, dass die Bände das Wissen der Schmitts festhielten. Vielleicht hatten sie sich das Wochenendhaus sogar als Bleibe für ihre Wälzer angeschafft. Ein Haus im Wald für die Lektüren eines alternden Paares. Der Gedanke ließ ihn lächeln.

An einem Regentag hatte sich Levi mal einige Akten angesehen. Die Ordner mit den vergilbten Unterlagen standen im Vorraum, unten neben dem Regal mit Sauerkrautdosen, Wurstgläsern und Fruchtsäften in Tetra-Pak-Kartons. Beim Rausziehen der Dokumente hatte Levi damals auch eine Packung Rattengift gefunden, die offenbar vom oberen Regalboden, auf dem Lackfarben und Pflanzenschutzmittel verwahrt wurden, eine Etage tiefer gerutscht war. Jedenfalls hatte er die Papiere von Dr. Johanna Schmitt und Professor Gerold Schmitt genau studiert. Sie hatte als Psychologin gearbeitet, er als Kinderchirurg. Laut der ewig alten Steuerunterlagen hatte das Ehepaar zusammen ein ordentliches Sümmchen verdient, jedenfalls in den siebziger und achtziger Jahren. Neuere Bescheide hatte Levi nicht entdeckt.

Er trat an das Fenster. Da das Blockhaus auf Stelzen gebaut war, ragte es ungefähr zwei Meter über dem Boden in den Wald und ließ den direkten Blick auf schneebedeckte Zweige einer Tannengruppe zu. Dahinter erstreckte sich der Königsforst, ein zweitausendfünfhundert Hektar großes Naturschutzgebiet, das mit seinen Ausmaßen über dreitausend Fußballfeldern entsprach. Naherholungsgebiet für gestresste Kölner, eingerahmt von den Autobahnen A 3 und A 4. Der private Garten der Familie Fischblut, wie sein Vater scherzhaft zu sagen pflegte. Levi konnte diesen Spruch nicht mehr hören.

Er näherte sich dem Wandschrank. Ein Sony-Plattenspieler glänzte neben diversen Hi-Fi-Geräten und einem schnurlosen Telefon. Levi ging in die Hocke und zog gezielt Albinonis »Adagio in g-Moll« heraus. Diese Aufnahme war eine seltene

Klavierversion des Stückes, welches ansonsten meist von einem ganzen Orchester gespielt wurde. Beinahe ehrfürchtig legte Levi die Schallplatte auf den Teller und schaltete das Gerät ein. Keine Minute später lag er auf dem Designersofa. Die Komposition hörte er über extrem gute Kopfhörer, die er erst bei einem seiner letzten Besuche im Schrank unter dem Flachbildschirm entdeckt hatte. Levi zog eine Kamelhaardecke über seine Beine, entspannte bei der Musik völlig und vergaß die Schmitts, Rendel Sukowa und die Welt außerhalb des Wochenendhauses.

Köln-Rath, Am Gieselbach

Lou schlüpfte in den Spurensicherungsoverall, streifte Schuhüberzieher sowie Latexhandschuhe über und verschaffte sich einen ersten Eindruck. Kollegen vom Erkennungsdienst setzten Spurentafeln, begannen die Leiche zu entkleiden, damit sie erste Untersuchungen durchführen und den Körper mit Folien abkleben konnten. Zuvor hatten sie Auffindesituation, Fundort sowie Lage fotografiert.

Lou schätzte die Tote auf höchstens einen Meter sechzig, graue Haare reichten ihr bis zu den Schultern. Sie waren gekämmt, ordentlich gescheitelt, wie gerade erst zurechtgemacht. Der geblümte Bademantel war zusammen mit dem Nachthemd bis zu den Oberschenkeln hochgerutscht. Die knochigen Beine waren nach innen gedreht, die Knie berührten sich fast. Ihre Arme lagen im rechten Winkel vom Körper abgespreizt, so als wollte sie die Muskeln spielen lassen.

Die Villa war groß, allein das Treppenhaus beeindruckend. Ein gigantischer Kristallleuchter baumelte von einer Decke, die Lou auf mindestens sieben Meter Höhe schätzte.

Im Erdgeschoss zählte sie vier Türen. Hinter der ersten befand sich die Küche, gefolgt vom Esszimmer. In beiden Räumen waren die Rollläden heruntergelassen. Lou drehte an altertümlichen Lichtschaltern.

Über knarzende Dielen erreichte sie das Wohnzimmer. In einem Regal stand ein in die Jahre gekommener Farbfernseher, darüber Stereoanlage mit CD-Player. Den Zimmern haftete der Charme vergangener Zeiten an. Teewagen, Kommoden mit Marmorplatten, Erker mit schweren Gardinen, antike Möbel und teure Teppiche. Alles wirkte ordentlich und aufgeräumt. Und auch wenn das Inventar die besten Zeiten hinter sich hatte, so wehte doch ein Hauch vergangenen Wohlstands durch die Räume.

Hinter der nächsten Tür verbarg sich ein Musikzimmer. In der Mitte des Raums glänzte ein weißer Bechstein-Flügel mit sichtbaren Gebrauchsspuren, daneben standen zwei Gitarren. Lou fielen die Notenständer ins Auge, die durcheinander auf dem Boden lagen. Sie warf einen Blick auf das einzige Fenster, bei dem der Rollladen halb hochgezogen war. Sorgfältig untersuchte sie den Rahmen auf Einbruchsspuren und fand nichts. Dafür bemerkte sie Spuren im Schnee. Soweit sie erkennen konnte, führten einige zum Fenster, um sich dann an der Wand zur Garage zu verlieren.

Lou rief Ben und zwei Kollegen vom Erkennungsdienst, gemeinsam gingen sie in den Garten hinaus. Die meisten Schuhspuren waren verwischt, allerdings fanden sie auch brauchbare Exemplare, die von allen Seiten fotografiert wurden. Anschließend sicherte ein Kollege vom Erkennungsdienst die Eindrücke mit roten Plastikmanschetten und sprühte zur Stabilisierung der Spuren vorsichtig mehrfach Flüssigwachs auf, bis sich eine zusammenhängende Schicht bildete. Der zweite Experte rührte Gips zum Abbinden in kaltem Wasser an und verteilte die zähe Masse zügig mit Hilfe eines Spachtels.

Lou und Ben erhofften sich von dieser Maßnahme neben Informationen zu Profil, Größe und Art des Schuhwerks auch aufschlussreiche Erkenntnisse über das Gangbild, Fußanomalien und vielleicht sogar die Anzahl der Personen, die im Zusammenhang mit der Tat stehen konnten. Da es wieder zu schneien begann, deckten die Kollegen die Spuren ab.

Lou ließ sie in Ruhe arbeiten und setzte ihren Rundgang drinnen im Musikzimmer fort. Ihr Blick schweifte erneut durch den Raum. Dabei registrierte sie die Brille, die neben ledernen Hausschuhen lag, die unter dem einzigen Ohrensessel abgestellt standen. Sie fotografierte die Position, hob dann die Brille hoch und betrachtete die Gläser, die so dick waren, dass sie an der Innenseite über das Horngestell ragten.

Schließlich nahm sie sich das obere Stockwerk vor und inspizierte ein Badezimmer ohne Heizung. Hier gab es nichts Auffälliges zu entdecken. Von dort gelangte sie direkt ins Schlafzimmer. Blickfang waren, neben dem riesigen Doppelbett, von dem nur eine Seite bezogen war, Unterlagen, die auf dem Fußboden verstreut lagen. Lou rief einen Fotografen, bevor sie vorsichtig über das Durcheinander hinwegstieg und sich einer sperrigen Kommode näherte.

Die oberste Schublade war ein gutes Stück herausgezogen. Bescheinigungen und Urkunden lagen durcheinander, es herrschte das reinste Chaos. Lou öffnete die beiden anderen Laden. Hier lagerten Briefe und Ansichtskarten, ordentlich in Reihen gesteckt. Sie nahm einige Kuverts heraus und betrachtete Zeitzeugnisse eines Lebens.

Im nächsten Zimmer herrschte Ordnung, in Regalreihen verstaubten Bücher. Vor dem einzigen Fenster baumelte ein Plissee bis zur Kante der Heizung.

Zum Schluss betrat Lou ein Zimmer, das Rendel Sukowa offenbar als Arbeitszimmer gedient hatte. Hier brannte Licht. Bücher und Ordner waren aus den Regalen gerissen. Zwei Schränke standen weit geöffnet. Fotos, Briefe, Kontoauszüge und Unterlagen jeder Art lagen verstreut auf dem Boden. Auch die Schubladen eines Sekretärs standen offen, die Schreibfläche war leer gefegt. Lou bemerkte eine Tür mit heruntergelassenem Rollladen. Als sie ihn hochzog, blickte sie auf einen geräumigen Wintergarten. Topfpflanzen, fachmännisch in Luftpolsterfolie und Jutefilz verpackt, warteten hier auf den Frühling. Viele Blumenkübel hatten gigantische Ausmaße.

Lou schloss die Tür, ging ins Erdgeschoss zurück und schickte zwei Kollegen vom Erkennungsdienst nach oben, damit sie dort ebenfalls Spurenbilder aufnahmen. Zudem ordnete sie die anschließende Versiegelung der beiden durchwühlten Zimmer an und begrüßte danach Heinrich Meller.

Der Rechtsmediziner nahm jetzt die weitere Untersuchung

der Leiche vor. Lou mochte Heinrichs ruhige, systematische Art, die jedem Tatort guttat. Sein Mundschutz verdeckte den weißen Vollbart und das in den letzten Jahren entstandene Doppelkinn. Er kniete im Sicherheitsoverall neben der Toten. Lou betrachtete den Körper, der rotviolette Totenflecke aufwies.

»Von einem Sexualdelikt gehe ich zum gegenwärtigen Zeitpunkt nicht aus«, sagte Heinrich.

»Suizid kommt auch nicht in Frage.« Ben deutete auf die Einstichstelle in Brusthöhe. »Die Tatwaffe ist nicht auffindbar.«

»Nicht so schnell.« Heinrich schüttelte den Kopf. »Das Fehlen von Tatwaffe und Abwehrspuren deutet nicht zwangsläufig auf einen Mord. Manche Herzstiche lassen dem Opfer durchaus Zeit, die Waffe zu verstecken, um ein Tötungsdelikt vorzutäuschen. Auch wenn ich in diesem Fall nicht davon ausgehe.«

»Nach was für einer Waffe suchen wir denn?« Lou richtete diese Frage an den Mediziner. »Dolch? Schraubenzieher? Küchenmesser?«

»Da will ich mich ungern irgendwelcher Spekulation hingeben. Die Größe der Einstichstelle lässt nicht unbedingt Schlussfolgerungen auf die Klingenbreite zu. Ich muss mir zuerst den Stichkanal genauer ansehen, nach der Obduktion wissen wir mehr.« Heinrich Meller betrachtete die Hände der Toten eingehend. »Abwehrspuren sehe ich wie schon gesagt nicht. Auf den ersten Blick hat der Täter von vorn angegriffen und nur einmal zugestochen.«

Lou beobachtete, wie er den Schädel nach möglichen Frakturen abtastete und Mund, Ohren sowie die Nase auf Fremdkörper untersuchte. Anschließend sah er sich den Hals genauer an, suchte nach Würgemalen und testete die Beweglichkeit.

»Genickbruch kann ich ausschließen. Am Hinterkopf gibt es lediglich eine Schwellung, die mit großer Wahrscheinlichkeit vom Aufschlag herrühren wird.«

»Was glaubst du, wie lange sie hier liegt?« Lou ging neben Meller in die Hocke.

»Die Leichenstarre ist im Rumpfbereich noch nicht ausgebildet und betrifft bisher nur Fuß-, Hand- und Kiefergelenk.«

Der Rechtsmediziner nahm ein Sondenthermometer aus seinem Arbeitskoffer. »Die Farbe der Totenflecke und die nicht abgeschlossene Leichenstarre lassen darauf schließen, dass die arme Frau nicht länger als drei Stunden tot ist. Und das ist schon großzügig gerechnet.«

Ben sah Heinrich Meller über die Schulter. »Kannst du den Todeszeitpunkt vielleicht noch etwas konkretisieren? Auch, damit wir den Datenumfang eingrenzen können, den wir von den Telefonanbietern benötigen?«

Lou machte gedanklich einen Haken auf ihrer imaginären Tatort-To-do-Liste. Das Feststellen, Speichern und Übermitteln vollständiger Verbindungsdaten aller Mobilfunkteilnehmer, die sich in den Funkzellen rund um den Tatort bewegt hatten, gehörte mittlerweile zur Standardmaßnahme, weil viele Täter ein eingeschaltetes Handy bei sich trugen. Damit ließ sich im konkreten Fall möglicherweise ein Aufenthalt in der Nähe zum Fundort nachweisen, wenn dies abgestritten wurde. Da entsprechende Daten nach sieben Tagen gelöscht wurden, war an diesem Punkt immer Eile geboten.

»Genauer geht es im Augenblick nicht«, sagte Heinrich und betrachtete den Auflagebereich des leblosen Körpers intensiver. Lou registrierte, dass hier weder Totenflecke noch offensichtliche Verletzungen zu sehen waren. Meller schob das Thermometer in den After der Leiche. Um den Todeszeitpunkt anhand der Messwerte später noch exakter bestimmen zu können, musste er diesen Vorgang in Abständen wiederholen.

Ben wandte sich direkt an Lou. »Was glaubst du? Fremdtäter oder Beziehungstat?«

»Es gibt Indizien, die auf Raubmord hinweisen, gleichzeitig möchte ich nicht ausschließen, dass Rendel Sukowa ihren Mörder gekannt hat. Der oder die Täter sind gezielt vorgegangen, im Haus sind nur Bereiche durchwühlt, in denen es etwas zu holen gab. Was mich irritiert, sind die Notenständer, die kreuz und quer im Musikzimmer übereinanderliegen. Außerdem stehen Hausschuhe unter einem Sessel.«

»Das Opfer wurde barfuß gefunden«, sagte Ben.

»Es sieht also so aus, als hätte sie sich am Morgen im Musikzimmer aufgehalten, um dann aus irgendeinem Grund ohne Pantoffeln und Brille in den Flur zu gehen«, sagte Lou.

»Das ist merkwürdig.« Ben machte sich eine Notiz. »Hausbefragungen habe ich schon veranlasst, vielleicht bringen aufmerksame Nachbarn uns irgendwie weiter.«

»Ich lasse die Tote zur Rechtsmedizin abtransportieren.« Heinrich erhob sich.

»Wann kannst du sie dir ansehen?«, fragte Ben. Er wollte sicherlich so schnell wie möglich mit der Staatsanwaltschaft telefonieren, damit die gerichtliche Obduktion von Rendel Sukowa schleunigst angeordnet werden konnte.

»Ich habe noch Fälle, um die ich mich zuerst kümmern muss. Ich melde mich, wenn ich so weit bin.«

Meller packte seine Utensilien zusammen, während Ben mit Rendel Sukowas Hausarzt sprach. Der junge Mann war gerade eingetroffen, öffnete die Knöpfe seines Trenchcoats und machte einen betroffenen Eindruck. »Ich bin so schnell gekommen, wie ich konnte! Rendel Sukowa war eine meiner Lieblingspatientinnen, mein Vater hat sie schon versorgt, als ich noch ein Junge war.«

»Ich weiß, es ist nicht Ihr Fachgebiet, und das Opfer wird ja noch genau untersucht«, sagte Lou, »aber können Sie uns sagen, wie stark Frau Sukowas Sehschwäche gewesen ist?«

Dr. Bender löste den Seidenschal vom Hals und stopfte ihn in seine Manteltasche. »Das weiß ich nicht genau, aber ich habe sie nie ohne Brille gesehen.«

Maline erschien an der Haustür. Blass, mit Tränen in den Augen.

Lou schob ihre Kollegin aus dem Gewusel, fort von der Leiche, von 3M-Klebefolie und der Tatortaufnahme, hinein in die Küche.

»Was ist los?«, fragte Lou.

»Meinem Vater geht es gar nicht gut, ich habe eben einen Anruf erhalten.«

»Mensch, warum bist du dann noch hier? Fahr zu ihm!«

»Ich habe noch mit einer Nachbarin gesprochen, die sich als wichtige Zeugin aufgespielt hat. Allerdings stellte sich heraus, dass sie im Prinzip nichts wusste.« Maline reichte Lou ihren Notizblock. »Hier, meine Einschätzung zu Constantin Sukowas Vernehmung. Es gibt einige Dinge, die wir abklären sollten. Aber jetzt muss ich dringend los. Sorry, dass ich vom Tatort abhaue.«

»Soll ich mitkommen?«

»Ich packe das schon.«

Lou begleitete Maline zur Haustür. »Ich seh mir deine Notizen an, mach dir keine Gedanken. Fahr ins Pflegeheim, und wenn ich irgendetwas tun kann, dann ruf mich an. Egal, was hier los ist, ich bin da, wenn du mich brauchst.«

Als sie die Haustür schloss, nahm Lou erstmals den starken Durchzug wahr. Soweit sie gesehen hatte, waren alle Fenster im Haus geschlossen. Die schlichte Tür neben der Küche, die leise klappernd gegen den Rahmen schlug, bemerkte sie erst in diesem Augenblick. Vielleicht weil sie mit Raufasertapete verputzt war wie die Wand und sich dadurch kaum abhob. Entschlossen drückte Lou die Klinke herunter.

Eine Steintreppe führte hinab. Auf dem oberen Treppenabsatz standen Gartenschuhe und leere Einmachgläser. Lou machte Licht, stieg hinunter und gelangte in einen engen Keller mit niedriger Decke. In den Regalen entdeckte sie Handwerkszeug, Glühbirnen, Farbeimer und ausrangiertes Küchengerät wie Toaster und eine Fritteuse. Das einzige Fenster des Raumes war ein Oberlicht, angebracht in ungefähr zwei Meter Höhe, rechteckig, gerade so groß wie zwei Scout-Tornister. Es stand sperrangelweit offen, nach rechts angeschlagen.

Der Fanghaken an dem altertümlichen Hebelstangenverschluss war funktionsfähig, wie Lou feststellte. Sie zog einen Stuhl heran und begutachtete den Holzrahmen. Einbruchsspuren konnte sie nicht entdecken.

Lou warf einen Blick nach draußen. Sie befand sich auf Augenhöhe mit dem Garten. An dieser Stelle war er schmal, die geschätzte Entfernung zum Nachbargrundstück maximal sieben Meter. Neben einer Regentonne trotzte ein geräumiger Holzkäfig dem Frost, zwei Kaninchen hoppelten umher. Lou wollte sich gerade wieder zurückfallen lassen, als ihr etwas

Weißes auffiel, das im Laufring des Fensterscharniers steckte. Es sah aus wie dünne Fäden oder Fasern eines Stoffes. Lou verließen die Kräfte, sie sprang auf den Kellerboden zurück, untersuchte den unebenen grauen Estrichboden und konnte eindeutig feuchte Stellen ausmachen.

»Lou?« Ben erschien auf dem Treppenabsatz. »Bist du hier unten?«

»Ja! Und ich glaube, ich weiß jetzt, wie der Täter oder die Täter ins Haus gekommen sind! Schick den ED herunter, sie sollen sich den Keller, aber vor allem das Fenster mal gründlich ansehen und abpinseln.«

Köln-Rath, Donarstraße

Mutter steht mit dem Rücken zu mir am Fenster, sie hält Ausschau nach Levi. Ich verstehe auch nicht, wo er bleibt. In letzter Zeit erlaubt er sich Alleingänge. Konsequenzen scheinen ihm schnuppe.

Ich halte das Leseheft in der Hand. Nach Gerhard Hauptmanns »Biberpelz« steht heute »Die Jungfrau von Orleans« auf dem Plan. Ungekürzte Fassung. Allein der Hinweis auf dem Cover schreckt mich ab. Unmotiviert schlage ich das Werk auf. *Prolog. Eine ländliche Gegend. Vorne zur Rechten ein Heiligenbild in einer Kapelle; zur Linken eine hohe Eiche.* Ich muss aufpassen, dass mir die Augen nicht zufallen.

Vielleicht will sich Levi einfach vor der Deutschstunde drücken. Mutter hat einen Hang zu veralteten Werken. Von moderner Literatur hält sie wenig. Levi erreicht sie damit überhaupt nicht. Grundsätzlich vertrete ich wie Mutter die Ansicht, dass es Pflichtliteratur gibt, an der wir nicht vorbeikommen. Aber im Augenblick ist mir nicht nach Dichtkunst, und deshalb kann ich ein Stöhnen nicht unterdrücken.

Mutter fährt herum, setzt sich mir gegenüber mit dem Rücken zum Fenster an den breiten Holztisch und beginnt einen Monolog über Friedrich von Schiller. Sie spricht mit ihrer Lehrerinnenstimme, allerdings viel leiser als früher. In letzter Zeit fehlt ihr ein bisschen die Kraft, was durchaus verständlich ist, bei ihrer ständigen Appetitlosigkeit. In den vergangenen Wochen hat sie rapide an Gewicht verloren, die Wangenknochen stechen deutlich hervor.

Seit Jahren erteilt uns Mutter Hausunterricht. Ich sehe die Vorteile, brauche keine Klassenkameraden oder Freundinnen in meinem Alter. Diese Dinge werden überbewertet, denke ich. Außerdem halte ich mich ungern in der Welt hinter dem Zaun auf. Dort gibt es zu viele Menschen, die uns anfeinden. Mutter wird nicht müde, uns vor den Gefahren da draußen zu warnen.

Es schneit wieder. Meine Wollstrumpfhose kratzt. In unserem alten Leben hätte ich mich niemals in so ein grob gestricktes Ungetüm gezwängt. Hier muss Mutter mich gar nicht erst überreden. Ich trage sie freiwillig, weil ich immerzu friere.

Wo Levi nur steckt?

In der Früh ist mir an ihm nichts Besonderes aufgefallen. Bei den Morgengebeten hat er zweimal seinen Einsatz verpasst, aber mein Bruder ist oft nicht bei der Sache. Um kurz vor acht ist er zu Frau Sukowa aufgebrochen, nachdem er Wasser vom Brunnen geholt und ins Haus getragen hat. Dass er freitags zum Musikunterricht darf, ist ein Zugeständnis. Er wird extrem unruhig, wenn er nicht spielen darf. Mein Bruder braucht Musik wie die Luft zum Atmen.

Mutter versucht, Schillers Biografie spannend zu erzählen. »Friedrich war der einzige Sohn neben vier Schwestern. Schon im Alter von dreizehn Jahren verfasste er Theaterstücke …«

Ich kann mich kaum konzentrieren. Deutsch gehört sonst zu meinen Lieblingsfächern. Im Prinzip haben Levi und ich die reguläre Schulzeit beendet. Mutter möchte, dass die Bezirksregierung unsere Abschlüsse anerkennt, und hat deswegen mehrmals an die Behörde geschrieben, aber sie antworten nicht auf ihre Briefe. Inoffiziell unterrichtet Mutter uns weiter. »Bildung ist ein lebenslanger Auftrag.« Dieser Satz gehört zu ihren Lieblingsaussprüchen.

Ich schaue aus dem Fenster und entdecke zu allem Überfluss Jeremy, hinten bei der Tanne, die wir nach dem letzten

Weihnachtsfest eingepflanzt haben. Sofort bin ich unheimlich angespannt, Mutter darf ihn nicht sehen. Ich schaue sie an und versuche wirklich, mich zu konzentrieren.

»Auf Befehl des Herzogs Karl Eugen musste Schiller 1773 in die Militärakademie eintreten und beginnt ein Rechtsstudium. In dieser Zeit liest er Shakespeare und Rousseau, obwohl in der Akademie schöngeistige Literatur verboten ist …«

Ich gaukle Interesse vor, während sich mein Blick an Mutter vorbeischleicht. So unauffällig wie möglich schiele ich nach draußen. Jeremy hat mich anscheinend gesehen, er winkt herüber und tänzelt bis zum Teich, der von einer dünnen Eisschicht überzogen ist.

Gott sei Dank liegt Vater im Bett, nicht auszudenken, was passiert, wenn er Jeremy entdeckt. Seit Wochen steht er nur zum Beten auf oder unternimmt lange Spaziergänge. Wenn es ihm einigermaßen gut geht, besucht er Samy Krispin, den einzigen Freund, den er hat.

»Am siebten September des Jahres 1788 begegnete Schiller zum ersten Mal Johann Wolfgang von Goethe …«

Levi wurde letzten Sommer von ein paar Typen angegriffen, als er im Königsforst unterwegs war. Blutig haben sie ihn getreten und ihm Waldboden in den Mund gestopft. Erst als ein Spaziergänger zur Hilfe eilte, haben die feigen Schläger von ihm abgelassen. Jeremy war auch dabei, er musste sich später bei meinem Bruder entschuldigen. Er war der Einzige, den Levis Retter erkannt hat.

Jeremy. Wie er in der Tür stand und rumgestottert hat. Ich mag keine Besucher, da reagiere ich genauso abweisend wie Mutter. Aber seinem Blick habe ich standhalten können, als er damals so unerwartet erschien, um kleine Brötchen zu backen. Jeremy ist schmal und sogar ein wenig kleiner als ich. Aus der Nähe wirkte er kein bisschen bedrohlich mit seinen Rehaugen und dem weichen Singsang in der Stimme. Allerdings habe ich mich neben ihm zum ersten Mal schäbig gefühlt, in meinem Baumwollkleid, das mir bis zu den Fußknöcheln reicht, und der altmodischen Frisur. Kein Mensch trägt mehr gerollte Zöpfe oberhalb der Schläfen. Rot bin ich auch geworden – jedenfalls wurde mir heiß.

Mutter ist es natürlich nicht entgangen. An dem Abend hat sie mir die Haare abgeschnitten. Radikal. *Du kannst es in der Welt nur weit bringen, wenn du nie fragst, ob du gefällst.* Damit meinte sie nicht nur meine Eitelkeit. Ich habe so viele Fehler, Schwächen, die mir ausgetrieben werden müssen. *Siebzehn ist ein gefährliches Alter.* Mutter betonte die Worte bedeutungsschwer. Ich stimmte ihr zu, auch wenn ich nicht genau wusste, was sie damit meinte. Jedenfalls habe ich mich nicht gewehrt, als sie die Schere in die Hand nahm. Anschließend ließ ich mir den Schädel mit Vaters Rasierklinge kahl rasieren. Ohne Protest oder Gegenwehr.

»Hörst du mir zu?« Mutter schafft es, zu mir durchzukommen.

»Natürlich. Schiller wechselte das Studienfach und wandte sich der Medizin zu.« Mit den Jahren habe ich mir angewöhnt, meinen Gedanken nachzuhängen und trotzdem zuzuhören. Mutter ist beruhigt und doziert weiter.

Jeremy Dupont beobachtet mich seit dem vergangenen Sommer, und neuerdings verschafft er sich Zutritt zu meiner Welt. Er kommt über die halb fertige Steinmauer an der Ostseite, dem einzigen Abschnitt, an dem unser Grundstück noch zugänglich ist. Die Mauer, die bald das Haus auch von der Waldseite abschirmen soll, misst bisher nicht einmal einen halben Meter Höhe. Zuerst hatte die Baufirma falsche Steine geliefert. Jetzt liegen die Quader im Garten, weil Levi unheimlich langsam vorankommt. Trotz seiner Statur ist er Musiker und kein Handwerker, körperliche Arbeit liegt ihm nicht.

Hinter dem Wall erstreckt sich unmittelbar ein Hügelgräberfeld im Königsforst. Schon um 750 vor Christus wurde dieses Gebiet besiedelt. Als wir herzogen, hat Vater uns mit der neuen Umgebung vertraut gemacht. Geschichte ist sein Wissensgebiet. Bei Ausgrabungen entdeckte man ein riesiges Gräberfeld mit Sarkophagen, Aschegefäßen, Steinkisten sowie hölzernen Kammern und brachte die Fundstücke ins Römisch-Germanische Museum. Doch es wurden nur ungefähr fünfzig der geschätzten zweihundert Gräber ausgehoben.

Es ist ein beruhigendes Gefühl, dass in unserer unmittelbaren Nachbarschaft ein frühzeitlicher Totenacker liegt, in dem mit

Sicherheit noch menschliche Überreste ruhen. Manchmal, wenn der Wind von Nord kommt, weht ein leichter Rauchgeruch herüber. Auf dem Gräberfeld wurden früher Brandopfer dargebracht, eine angenehme Vorstellung. Von Toten geht keine Bedrohung aus, sie sind mir lieber als die Lebenden. Außerdem haftet solchen Plätzen etwas Mystisches an, das jede Epoche überdauert, sagt Mutter, und ich weiß haargenau, was sie meint. Solche Orte haben eine Seele.

Jedenfalls heftet sich Jeremy regelmäßig an meine Fersen, sobald ich hinter dem Zaun unterwegs bin. Neulich habe ich mein Tuch vom Kopf gerissen und ihm meinen Kahlkopf präsentiert. Ich dachte, das würde ihn abschrecken. Im ersten Moment ist er tatsächlich zurückgezuckt, aber dann hat er gelächelt und mir einen Kussmund zugeworfen. Ich werde nicht schlau aus ihm.

Mutter nimmt ihr Heft demonstrativ in die Hand. »Du liest bitte den Thibaut, ich übernehme die anderen Figuren.«

Ich sammle mich und überfliege die Zeilen. *Erster Auftritt. Thibaut d'Arc, seine drei Töchter, drei junge Schäfer, ihre Freier.*

»Fängst du nun endlich an?«, fragt Mutter. »Oder muss ich rausgehen und den Jungen hinter den Tannen hervorzerren?«

Blut schießt mir in den Kopf. Im gleichen Moment sehe ich Jeremy über die Mauer springen, in Windeseile, als könne er den Ärger riechen, den es geben wird, wenn er nicht blitzartig verschwindet. Ich beginne zu lesen und klebe am Text, wohl wissend, dass ich mir jetzt keinen Fehler mehr erlauben darf.

Köln-Rath, Am Gieselbach

Die Wände zierten Karnevalsorden. Drei penibel geputzte Vitrinen, davon zwei gefüllt mit Kölschgläsern, auf denen bunte Logos staubfrei glänzten. Im dritten Glasschrank wurden Fanartikel des FC Viktoria verwahrt. Lou trat näher und warf einen Blick auf Baseballkappen, Trikots, Wimpel und Schals.

»Früher haben wir sogar in der Zweiten Liga mitgemischt, jetzt kämpfen unsere Jungs in der viertklassigen Regionalliga

West«, sagte Bernd-Boris Halberstein. »Trotzdem, Sie müssen mal ins Stadion kommen. Da steppt der Bär!«

Ben und Lou fanden einen Platz in der stylischen Couchlandschaft, über der ein Druck von Klees »Tod und Feuer« hing, ein überwiegend in Orange gehaltenes Ölgemälde des Künstlers, das Lou noch nie gefallen hatte. Insgesamt wirkte das Inventar des Wohnzimmers aber ausgesucht und geschmackvoll. Sandfarben gestrichene Wände. Steinfliesen in Terrakottafarbe.

Bernd-Boris Halberstein hatte sich von den Vitrinen wegbewegt, saß in einem Ledersessel und kraulte Adonis. Der deutsche Schäferhund lag nun ganz ruhig zu seinen Füßen, nachdem er sich beim Eintreffen der Ermittler fast überschlagen hatte. Das Tier wirkte edel und flößte Lou Respekt ein. Vom Sofa aus konnte sie die Einbauküche sehen, auf deren Anrichte ein gewienerter Kaffeevollautomat dampfte, zudem roch es himmlisch.

»Ich backe Apfelkuchen«, sagte Halberstein, als er Lous Blick bemerkte. »Mein Enkel kommt nach dem Fußballtraining vorbei.« Er rückte eine Vase zurecht, die auf dem Couchtisch stand, und strich sich über die Ärmel seines blütenweißen Hemdes. Lou bemerkte Altersflecken, die sich auf seinen Handrücken aneinanderreihten.

»Constantin Sukowa hat angegeben, dass Sie mit seiner Mutter befreundet waren«, sagte Lou.

»Kann man so sagen.«

»Sie besitzen sogar einen Haustürschlüssel zu ihrer Villa.«

»Ebenfalls richtig.«

»Können wir den Schlüssel mal sehen?«

»Natürlich.« Adonis folgte ihm zu einem Sideboard. Halberstein nahm einen Schlüssel mit Einkaufschip-Anhänger aus einer Schale und hielt ihn in die Höhe.

»Hat er die ganze Zeit dort gelegen?«

»Selbstverständlich!«

»Haben Sie ihn mal jemandem geliehen?«

»Natürlich nicht!«

»Wer weiß, dass Sie ihn verwahren?«

»Kein Mensch, außer vielleicht mein Enkel.«

»Wie alt ist er?«

»Neun, warum fragen Sie?«

»Wir müssen ausschließen, dass sich jemand mit Ihrem Ersatzschlüssel Zugang zu Frau Sukowas Haus verschafft hat«, sagte Lou mit Blick auf Ben, der von einem Niesanfall geschüttelt wurde. Tierhaarallergie, der Ärmste hatte bereits gerötete Augen.

»Wann haben Sie Ihre Nachbarin zum letzten Mal gesehen?« Lou sprach lauter, um Ben zu übertönen.

»Ich kann immer noch nicht glauben, dass sie ermordet wurde.« Halberstein kam zum Tisch zurück, nahm Platz und zündete sich eine Zigarette an. »Sie war eine herzensgute Seele. Wirklich, da können Sie fragen, wen Sie wollen. Wir sind alle bestürzt. Dass so etwas überhaupt möglich ist, hier in unserer Gegend.«

»Haben Sie sich regelmäßig getroffen?«

»Sehen Sie, unsere Gärten grenzen aneinander.« Er zeigte aus dem Fenster. »Es gibt einen Durchgang, durch den gelange ich direkt zur Rückseite ihres Hauses.«

Lou und Ben spähten hinaus.

»Von hier können Sie nichts sehen«, sagte Halberstein. »Da müssen Sie schon am Komposthaufen vorbei bis hinter die Hecken gehen.«

»Es fanden also gegenseitige Besuche statt«, stellte Lou fest.

»Dienstags und donnerstags haben wir eine Runde durch den Königsforst gedreht. Früher jedenfalls, als Rendel noch besser zu Fuß war. Seit ihrem Schlaganfall ging sie nicht mehr so gerne vor die Tür. Einmal in der Woche bin ich für sie einkaufen gegangen. Na ja, und in den letzten Tagen habe ich sie ebenfalls etwas umsorgt, sie kam ja überhaupt nicht aus dem Bett wegen dieser abscheulichen Grippe. So etwas kann einen alten Menschen ja regelrecht niederstrecken.«

Er drückte die Zigarette in einem Kristallaschenbecher aus, um sich gleich eine neue anzustecken. »Till ist gestern rüber und hat ihr eine Portion Hühnersuppe gebracht. Es war seine Idee. Rendel hatte einen Narren an dem Jungen gefressen.«

»Hat Ihr Enkel etwas gesagt, als er zurückkam?«

»Nein, aber er war höchstens zehn Minuten drüben und ist dann gleich zum Fußball, er ist ziemlich talentiert.«

»Wie ist er ins Haus gekommen? Hat er geklingelt, oder haben Sie ihm den Schlüssel mitgegeben?«

»Er hat geklingelt, musste dann aber mit dem Schlüssel reingehen, weil Rendel nicht aufgemacht hat. Mit solchen Aufgaben kann ich ihn bedenkenlos betrauen, Till ist ein verantwortungsvoller Junge.«

Lou lehnte sich vor. »Haben Sie eine Ahnung, wer Ihre Nachbarin überfallen haben könnte?«

»Ich kann mir die Tragödie beim besten Willen nicht erklären.« Halberstein klopfte seinem Hund auf den Rücken und zog an seiner Zigarette. Eine goldene Armbanduhr schlackerte um sein Handgelenk. »Hier leben viele alteingesessene, aber auch zugezogene junge Familien. Der Stadtteil ist attraktiv, auch durch die Anbindung an die Autobahn. Aber im Grunde ist Rath ein ruhiges Fleckchen, schon fast dörflich mit den vielen Einfamilienhäusern, dem Königsforst, der Nähe zum Bergischen Land.«

»Hat sich Frau Sukowa über jemanden aufgeregt?«, fragte Lou. »Pflegedienst? Familie? Hat sie Ihnen vielleicht irgendetwas anvertraut?«

Halberstein stieß erneut Qualm aus und schüttelte den Kopf.

»Und wie war Frau Sukowas Verhältnis zu ihrem Sohn?« Ben schob sein benutztes Taschentuch in die Jeans. »Wie würden Sie ihre Beziehung beschreiben?«

»Im Großen und Ganzen in Ordnung. Gut, unmittelbar nach Rendels Diagnose, also im letzten Sommer, da hat Constantin seine Mutter etwas bedrängt. Sie sollte ihm die Villa übertragen, und darüber sind sie aneinandergeraten. Wahrscheinlich hatte der Junge Angst, dass Rendels Pflege sein Erbe verschlingt. Dabei hortete Rendel richtige Werte. Schmuck, aber auch Aktien.« Er lehnte sich vor und flüsterte weiter. »Bargeld hatte sie auch immer im Haus, obwohl ich ihr mehrfach geraten habe, es auf die Bank zu bringen.«

Er lächelte, und in seiner Stimme schwang durchaus Verständnis mit. »Constantin sind schon sein ganzes Leben die Scheine zwischen den Fingern zerronnen. Seit der Scheidung hing er etwas in der Luft. Aber ansonsten kann ich nichts Schlechtes über ihn sagen. Er ist ja eine imponierende Erscheinung, allein mit seiner Körperfülle und diesen Tattoos. Aber da sieht man mal wieder: Der äußere Schein kann trügen. Das stelle ich sowieso regelmäßig fest. Ich engagiere mich ja in der Jugendarbeit als sportlicher Betreuer. Dabei kommen einem Piercing, Tattoos, aufgepumpte Muskeln und unmögliche Klamotten unter. Aber die meisten Halbstarken sind doch ganz umgänglich. Na ja, als Halbstarken kann ich Constantin wohl nicht mehr bezeichnen, immerhin ist er längst Vater.« Er streichelte den Kopf des Schäferhundes.

Ben und Lou ließen ihn reden.

»Jedenfalls hat er sich um seine Mutter gekümmert, ihren Papierkram erledigt und sich nützlich gemacht. An meine Tochter darf ich solche Erwartungen nicht haben, sonst duckt sie sich wie die Schildkröte in den Panzer. Aber ich will mich gar nicht beklagen, durch sie habe ich Till. Er ist ein großartiger Junge, ganz anders als der Große, zu dem ich leider nicht mehr durchkomme. Aber ach, ich schweife ab! Nein, auf den Constantin lassen wir nichts kommen, gell, Adonis.« Der Hund bellte wie zur Bestätigung. »Am Morgen ist er ja auch schon wieder in aller Herrgottsfrühe hier gewesen.«

Lou war sofort hellwach. »Sie haben ihn heute gesehen? Wann?«

»So gegen halb acht an der Shell-Tankstelle.«

»Sie wissen sogar die Uhrzeit?«

»Selbstverständlich. Der Kiosk gegenüber der Tankstelle öffnet jeden Morgen exakt um sieben Uhr, und um sieben Uhr dreißig kaufe ich mir dort die ›Rundschau‹.«

»Sind Sie ganz sicher? Haben Sie Constantin Sukowa wirklich erkannt?«

»Einhundertprozentig. Ich habe ihm auch gewinkt, aber anscheinend hat er mich nicht gesehen.

»Wo ist diese Tankstelle?«, hakte Ben nach.

»An der Hauptstraße gegenüber vom Bäcker. Sie können sie nicht verfehlen.«

Lou schob Halberstein ihre Visitenkarte über den Couchtisch und stand auf. »Wir müssen los, falls Ihnen noch etwas einfällt, dann melden Sie sich bei uns. In Ordnung?«

Er erhob sich ebenfalls und geleitete die Ermittler zur Tür. Adonis folgte ihnen ein bisschen träge, es schien, als habe er seine ganze Energie bei der Begrüßung verbraucht.

»Ich hoffe nur, dass Sie den Täter schnell finden«, sagte Halberstein. »Wissen Sie, die Leute schimpfen ja immer auf die Grenzöffnung und die dadurch stattfindende Überschwemmung mit Osteuropäern. Aber wenn Sie mich fragen, ist das alles Unsinn. Wir sollten uns alle lieber an die eigenen Nasen packen, oder etwa nicht?«

Lou wollte etwas erwidern, aber aus der Küche erklang eine Eieruhr. Halberstein wurde unruhig und schob die Beamten unmissverständlich aus dem Haus. »Ich muss den Kuchen aus dem Ofen holen. Till mag ihn nur, wenn er goldbraun gebacken ist.«

Köln-Niehl, Nordpark-Residenz

Maline schickte nun sowohl den Pastor als auch die Pflegerinnen aus dem Zimmer. Sie wollte in Ruhe Abschied nehmen und allein das Unausweichliche akzeptieren. Ihr Vater starrte aus gläsernen Augen, ohne sie zu sehen, schaute durch sie durch, als wäre sie aus Plexiglas, lediglich das Fenster in eine andere Welt. Seine Hände ruhten gefaltet auf der Bettdecke. Er war völlig abgemagert, nur noch Haut und Knochen.

Röchelnd kämpfte er um jeden Atemzug.

Parkinson und mehrere Schlaganfälle hatten Alfred Brass' Bewegungsmöglichkeiten und schließlich auch seinen Geist zerstört. Sein Rückzug aus dieser Welt hatte schon vor Jahren begonnen, sein Lebenswille hatte sich schleichend verflüchtigt. Seit dem letzten Kollaps lag er im Wachkoma, und nun war eine Lungenentzündung als weitere Komplikation aufgetreten.

Dr. Schott hatte ihr noch einmal die körperlichen Prozesse erklärt, die so kurz vor Alfreds Tod abliefen. Zum ersten

Mal war ihr die Haltung der Ärztin aufgefallen. Trainierte Körperspannung. Lächelnde Augen. Ab einem bestimmten Punkt hatte sie nur noch auf ihren Mund gestarrt. Knallrote Lippen, die versuchten, die Fakten verständlich darzustellen: Schwächung des Flimmerepithels. Verschmutzter Schleim. Verengte Luftwege, die immer weiter mit Schmutzpartikeln angereichert wurden. Altersbedingte verringerte Produktion von Antikörpern. Der Erreger der Lungenentzündung, der auch deshalb leichtes Spiel hatte, weil der Patient im Wachkoma lag. Husten sowie andere schützende Reflexe blieben aus.

Soweit Maline verstand, kämpfte ihr Vater gegen eine ganze Armee multiplexer Komplikationen, denen er nichts entgegensetzen konnte. Lebensverlängernde Maßnahmen kamen nicht in Frage, dazu hatte sich Alfred Brass schon vor Jahren unmissverständlich geäußert.

Dr. Schott hatte geduldig jede Frage beantwortet, versichert, dass sie für alle Fälle in der Nähe blieb.

Maline drückte die Starttaste des alten Kassettenrekorders, sobald sie allein war. Sie hatte ihn schon vor Wochen für diesen Moment in dem schmalen Schrank neben dem Waschbecken deponiert. Die schlechte Aufnahme des Chors verstärkte die beklemmende Situation. *So nimm denn meine Hände und führe mich …* Ihr Vater hatte den Ablauf seiner letzten Stunden bis ins Detail geplant. Das Lied gehörte ebenso dazu wie die Fürbitten, die seine Tochter am Totenbett sprechen sollte.

Aber Maline brachte kein Wort über die Lippen. Die vorgesehenen Gebete fielen ihr nicht ein. So saß sie einfach da, legte ihre Hände auf die des Vaters und überlegte, wer wohl so bei ihr sitzen würde, wenn der Tod eines Tages bei ihr anklopfte. Gleichaltrige nahe Verwandte gab es nicht, mit der Initiative von entfernten Angehörigen konnte sie nicht rechnen. Ihre letzte Beziehung war mal wieder gescheitert. Kinder spielten in ihrem Leben keine Rolle, sie hatte nicht einmal eine Patenschaft vorzuweisen.

Auf dem Nachttisch ihres Vaters verwelkte ein Weihnachtsstern. Die roten Blüten hingen schlaff über dem Topf. Maline fürchtete sich vor den bevorstehenden Feiertagen, und es brachte gar nichts, Gedanken dazu immer zu verdrängen. Ihr Onkel hatte sie eingeladen. Aber Maline hatte ihn dazu überredet, die Weihnachtstage bei seiner neuen Bekannten, wie er sie nannte, in der Nähe von Dresden zu verbringen. Er hatte sie gerade erst kennengelernt, und Maline gönnte ihm das späte Glück von Herzen, wollte nicht, dass er ihretwegen auf diese Zweisamkeit verzichtete.

Den Heiligen Abend feierte sie sowieso bei ihrem besten Freund, seiner Frau und ihrer niedlichen Tochter. Allerdings reiste das Trio am ersten Weihnachtstag zur Familie, wie die meisten Leute, die Maline kannte. Dann verwandelte sich Köln in eine Geisterstadt. Das Ausfüllen der Feiertage war seit Jahren ein Problem, eigentlich seit ihr Vater ins Pflegeheim gekommen war. Lou würde sie dieses Jahr bestimmt wieder einladen, aber Maline wollte einfach niemandem zur Last fallen.

Sie hatte Freunde, richtig gute Kontakte, reale, nicht nur auf ihrer Facebook-Seite. Und doch, am Heiligen Abend verabschiedeten sich auch die Leute, die eigentlich wenig mit Familie am Hut hatten und vornehmlich den Rest des Jahres auf sie schimpften, in eine Welt, in die nur im äußersten Notfall »Fremde« mitgenommen wurden. Verlassenheitsgefühle. Dagegen musste sie wie eine ungezählte Schar Menschen ankämpfen.

An Weihnachten zeigte sich, wer ohne Partnerin durchs Leben lief, wessen Familie fehlte oder wo es zu Kontaktabbrüchen gekommen war. An Weihnachten wurde sichtbar, was sonst kaschiert werden konnte. Manche Menschen zeigten sich allerdings auch so großherzig, dass einem förmlich die Luft wegblieb. Maline hatte beides erlebt. Für dieses Jahr zog es sie nach Holland, vielleicht nach Westkapelle. Zu der Zeit waren die Strände und Gastronomien dort wie leer gefegt oder in der Hand der Einheimischen. Dort wäre sie auch allein, aber die enge Konfrontation mit Paaren und Familien bliebe aus.

Malines Herz zog sich zusammen, der Text des Liedes erreichte ihr Bewusstsein. *Ich mag allein nicht gehen, nicht einen Schritt: Wo du wirst gehn und stehen, da nimm mich mit.* Eine Welle aus Trauer und Einsamkeit riss Maline fort. Ihr fehlte in diesem Moment die Kraft, sich dagegenzustemmen.

Köln-Rath

Mutter hat mich ohne Levi losgeschickt.

Wir verrichten Näharbeiten als Beitrag zum Gemeinwohl. Handarbeit, bei Kerzenlicht und ohne Nähmaschine. Mutter und ich stopfen und bessern Kleidung aus, die meiner Meinung nach nicht immer der Mühe wert ist. In letzter Zeit bleibt ein großer Teil der Arbeit an mir hängen. Mutters Augen werden immer schlechter, zudem plagen sie ungeheure Rückenschmerzen. Langes Sitzen strengt sie an. Wir gehen nicht zum Arzt. Niemals. Gebrechen sind gottgewollt, sie sind sein Auftrag an uns und Prüfung zugleich.

Ich sammele ungern Wäsche ein. Grundsätzlich meide ich Menschen und mag keine fremden Häuser. Vielleicht, weil ich die mitleidigen Blicke nicht ertrage. Aber es gibt keine Alternative. Mutter und Vater nehmen den Dienst am Nächsten sehr ernst, und da wir keine Besucher auf unserem Gelände haben wollen, müssen wir selbst umherfahren. Das dient auch unserem Schutz. Neugierige können wir auf dem Grundstück nicht gebrauchen.

Dabei geht es vor allem um Jonah, alles dreht sich immer um Jonah.

Ich trete mit aller Kraft in die Pedale und drücke mich gegen den Wind, der unnachgiebig bläst. Zudem wirbeln Schneeflocken, ich muss vorsichtig fahren, die Reifen meines Fahrradanhängers sind ziemlich abgefahren. Noch bevor ich die erste große Kreuzung erreiche, sind meine Finger rot gefroren. Autos donnern vorbei, die Auffahrt zur A 3 ist quasi um die Ecke. Eine Fußgängerampel bremst mich aus.

Ich bin auf dem Weg zu Bender. In seine Oberhemden sind an der Nackenseite Etiketten eingenäht, auf denen sein voller Name steht. Dr. Emanuel Felix Bender. Er war Arzt, davon erzählt er gern. In seinem Haus riecht es seltsam, und ich habe das Gefühl, dass dort irgendwelche Gase ausdünsten. Die Art, wie er mich ansieht, gefällt mir auch nicht. Bender versucht mich immer in ein Gespräch zu verwickeln und stellt Fragen über meine Familie. Vor ihm muss ich auf der Hut sein.

Ich lasse mein Rad auf dem Bürgersteig stehen und durchquere den Vorgarten im Stechschritt. Kaum habe ich die Haustür erreicht, schwingt sie schon auf. Anscheinend hat er mich erwartet. Bender trägt einen schwarzen Rollkragenpullover. Seine Haare liegen akkurat. Hinter den Brillengläsern durchbohren mich Glubschaugen, die eine undefinierbare Farbe haben. Er begrüßt mich überschwänglich und streckt mir seine Hand entgegen, die ich nur flüchtig streife, auch weil sie sich anfühlt wie ein toter Fisch. Unter der Garderobe sehe ich das Wäschepaket. Er folgt meinem Blick und hebt es hoch. Ich mache einen Schritt auf ihn zu, nehme ihm das Bündel ab und eile die Stufen hinab, meinem Rad entgegen.

»Ich habe noch weitere Sachen für dich, die genäht werden müssen«, ruft er mir hinterher.

Mit Beton in den Beinen drehe ich um, aber er macht keine Anstalten, mir irgendetwas zu übergeben. »Komm rein«, sagt er stattdessen. »Ein paar Oberhemden, die geflickt werden müssen, warten in der Küche. Und Kakao habe ich auch gemacht, es gibt sogar Sahne.«

Ich bleibe stehen, während er ohne ein weiteres Wort verschwindet.

Seid höflich zu den Leuten, gerade zu denen, die uns zugewandt sind. Ja, Mutter, ich gebe mir Mühe.

»Schließ die Tür und wärm dich einen Augenblick«, höre ich Bender rufen. »Draußen ist es doch bitterkalt.«

Kakao mit Sahne. So etwas gibt es bei uns nicht. Das klingt zu verlockend. Ein Nachbar schaufelt Schnee vom Bürgersteig. Unsere Blicke kreuzen sich, bevor ich ins Haus gehe.

Wärme fängt mich ein. Unentschlossen steuere ich auf die Küche zu und bleibe im Flur stehen. Hinter dem mattierten Glas der Tür erkenne ich Benders Silhouette. Im Radio läuft der Wetterbericht. Gehörlosenlautstärke. »Die Kaltfront hält an.«

Zaghaft stoße ich die Tür auf. Bender steht in der Mitte der Küche, lächelt und hält mir einen Becher mit der Aufschrift »Moin« hin. Eine dicke Sahnehaube lacht mir entgegen. Im Augenwinkel nehme ich eine Bewegung wahr und drehe den Kopf. Am Küchentisch sitzt eine Gestalt lesend hinter einer Zeitung, das Gesicht zusätzlich von einer Hutkrempe verdeckt. Mich beschleicht ein mulmiges Gefühl, aber die Person sieht nicht einmal auf, auch nicht, als ich beginne, den kochend heißen Kakao durch die Sahne zu schlürfen.

Bender hantiert mit dem Rücken zu mir an der Spüle, plaudert zuerst Belanglosigkeiten, um mich dann, wie zu erwarten, hinterrücks mit Fragen zu bombardieren. »Wie fühlst du dich?« —»Was macht dein Bruder?« —»Ich habe deine Mutter lange nicht gesehen. Geht es ihr gut?«

Ich schweige, sinke auf die Kante eines Stuhls direkt an der Tür, bereit, jeden Moment aufzuspringen. Fluchthaltung. Den Stoffbeutel mit den Hemden, die ausgebessert werden müssen, habe ich mir umgehängt, damit ich ihn auf keinen Fall vergesse.

Den Tisch ziert ein Adventsgesteck. Kleine Holzengel hocken in Zweigen und säumen eine braune Kerze. Schlagartig schmeckt der Kakao merkwürdig. Bitter und irgendwie faulig. Ich ekel mich auf einmal, kann nicht richtig schlucken. Mir wird heiß und kalt. Meine Hände sind schweißnass, und ich habe das Gefühl, dass sich die Wände auf mich zubewegen. Bender fährt herum. Seine Glubschaugen durchbohren mich wie Laser. Mein ganzer Körper zittert. Kakao schwappt aus der Tasse auf den Boden.

Unerwartet umfassen Hände meine Finger. Ich spüre eine Art Stromschlag. Die Gestalt am Tisch hat die Zeitung weggelegt und sich zu mir herübergebeugt.

Rabenschwarze Augen. Vater. Ich kann kaum atmen, bin wie betäubt. Regungslos sitze ich da. Völlig perplex.

»Was ist los mit dir?« Benders Stimme, ganz dicht an meinem Ohr.

Ich versuche aufzustehen. Meine Beine sind wie Pudding, gehorchen nicht. Aber ich muss raus, ich will weg. Mit enormem Aufwand mobilisiere ich meine Kräfte, entziehe Vater meine Hände. Taumelnd stoße ich den alten Doktor zur Seite und schaffe es auf die Straße. Ich schreie, brülle mir die Seele aus dem Leib. Der Nachbar. Keuchend laufe ich auf ihn zu, reiße meine Arme hoch. Aber er sieht nicht einmal auf, schippt Schnee, scheint völlig versunken und tut so, als könne er mich nicht hören.

Polizeipräsidium Köln, Walter-Pauli-Ring

Constantin Sukowa wirkte gereizt, nachdem er belehrt worden war, und schaute von Lou zu Ben. »Hören Sie, ich weiß einfach nicht, worauf Sie hinauswollen! Und ich habe wirklich nicht die Zeit, stundenlang Fragen zu beantworten. Außerdem finde ich es überhaupt nicht okay, dass Sie Beamte zum Haus meiner Freundin schicken, die mich vor den Augen der Kinder abführen, als sei ich ein Schwerverbrecher.«

»Sie haben den ganzen Tag nicht zurückgerufen«, sagte Ben. »Obwohl Ihnen meine Kollegen mehrfach auf die Mailbox gesprochen haben.«

»Entschuldigung! Ich habe einfach eine Menge zu erledigen! Immerhin ist meine Mutter ermordet worden, und meine Tochter ist völlig verstört. Und jetzt kann ich sie nicht einmal ins Bett bringen und ihr eine Geschichte vorlesen.«

»Wir möchten die Tat so schnell wie möglich aufklären, und dafür —«

»Dann fangen Sie endlich an«, erregte sich Sukowa, öffnete den Reißverschluss seiner Lederjacke und griff sich an die Brust. Auf seiner Stirn glänzten Schweißperlen.

»Es gibt gewisse Ungereimtheiten«, sagte Lou. »Wir haben einen Zeugen, der aussagt, dass er Sie heute Morgen schon um kurz nach halb acht an einer Tankstelle in Köln-Rath gesehen hat.«

Sukowa riss die Augen auf.

»Sie haben meiner Kollegin gegenüber aber angegeben, dass Sie erst um acht Uhr dreißig —«

»So war es auch, da bin ich ganz sicher!«

»… am Haus Ihrer Mutter eingetroffen sind«, beendete Lou den Satz. »Wie erklären Sie sich dann die Aussage des Zeugen?«

»Was weiß ich! Der hat sich eben geirrt!« Sukowa entledigte sich seiner Jacke und leerte das Wasserglas in einem Zug, das Ben zu Beginn der Vernehmung vor ihm abgestellt hatte. Beim Schlucken bewegte sich sein Halstattoo.

»Sie waren also heute Morgen nicht an der Tankstelle?«, nahm Lou den Faden wieder auf.

»Doch, doch. Ich habe mir Kaffee geholt, aber viel später.«

»Und wie erklären Sie sich dann das hier?« Ben tippte auf eine DVD. »Das sind die gesicherten Daten von der Überwachungskamera der Tankstelle an der Rösrather Straße. Darauf sind Sie deutlich zu erkennen. Sie kommen mit einem Becher Kaffee aus dem Verkaufsshop, und zwar exakt um sieben Uhr dreiunddreißig, also eine Stunde früher, als von Ihnen angegeben.«

Sukowa blieb der Mund offen stehen. »Ich weiß nicht, ich hätte schwören können, dass es viel später war.«

»Von dieser Tankstelle ist es ein Katzensprung bis zum Haus Ihrer Mutter. Wie wir auf dem Video sehen können, sind Sie unmittelbar von der Tankstelle weggefahren. Wohin?«

Constantin Sukowa zuckte mit den Schultern. »Also das kann ich Ihnen beim besten Willen nicht sagen.«

»Es war kalt, Sie hatten Ihre Tochter im Auto.« Lou half ihm auf die Sprünge. »Wenn Sie nicht direkt zu Ihrer Mutter gefahren sind, dann müssen Sie uns jetzt sagen, wo Sie waren.«

»Ich glaube, ich bin planlos herumgefahren.«

Lou schlug mit der flachen Hand auf den Schreibtisch. »Entschuldigen Sie bitte, aber das glaube ich Ihnen nicht! Sie werden doch wohl noch wissen, was Sie heute Morgen gemacht haben!«

»Welche Schuhgröße haben Sie?«, fragte Ben.

»Vierundvierzig, wieso?« Schweißflecken zeigten sich unter den Achseln seines T-Shirts. »Ich war es nicht und bestehe jetzt auf einen Anwalt!«

»Natürlich, Sie können einen Anwalt anrufen, und wenn Sie keinen haben, dann bestellen wir einen Pflichtverteidiger«, sagte Lou. »Es ist nur so: Sie reiten sich immer schlimmer in die Sache hinein. Wenn Sie nichts mit dem Tod Ihrer Mutter zu tun haben, dann sagen Sie uns jetzt um Himmels willen die Wahrheit. Was wollten Sie bei ihr? Warum sind Sie so früh zu Ihrer Mutter gefahren?«

»Wir hatten eine kleine Meinungsverschiedenheit, vorgestern am Telefon …«, sagte Sukowa kleinlaut.

Lou sah von ihren Unterlagen auf. »Unserer Kollegin haben Sie heute Morgen gesagt, dass Ihre Mutter am Abend vorher bedrückt geklungen hat und Sie deshalb am nächsten Morgen hingefahren sind. Was stimmt denn nun? Gab es eine Meinungsverschiedenheit, oder wollten Sie sie aufheitern?«

»Wir hatten Streit.«

»Warum?«, fragte Ben.

Sukowas Mundwinkel zuckten. »Ich habe mir eine Summe von einem ihrer Konten … geliehen, sie ist dahintergekommen und hat sich aufgeregt.«

»Wie wir erfahren haben, haben Sie etwas größere Geldsorgen«, sagte Lou.

»Wer behauptet denn so etwas?«

»Das haben wir ermittelt.«

Sukowa schnaubte verächtlich. »Okay, ich bin zurzeit knapp bei Kasse, deshalb habe ich mir ja auch eine Summe von meiner Mutter geborgt. Seitdem sie erkrankt ist, kümmere ich mich um ihre Geldangelegenheiten und dachte, dass sie mal zweitausend Euro entbehren kann, aber sie hat sich fürchterlich aufgeregt. Ein Wort gab das andere, ich habe sie ziemlich angeschnauzt. Es hat mir später leidgetan, ich wollte sie persönlich um Verzeihung bitten. Deshalb habe ich Alea ins Auto gepackt und bin hergefahren. An der Tankstelle hat mich aber der Mut verlassen, ich meine, ich wollte sie nicht schon um halb acht überfallen und bin umhergefahren.« Sukowa nahm ein Informationsblatt des Weißen Rings auf und fächerte sich Luft zu.

»Brauchen Sie eine Pause?«, fragte Lou. »Sollen wir das Fenster öffnen?«

»Nein.«

»Ihre Mutter hatte heute Morgen einen Termin zur Blutuntersuchung. Die Sprechstundenhilfe der Praxis hat angerufen und einen unserer Kollegen am Draht gehabt. Wussten Sie, dass sie zum Arzt wollte?«

»Nein, davon hat sie nichts erwähnt.« Sukowa schwitzte wieder stärker und fuhr sich über den Oberlippenbart. »Das wundert mich jetzt wirklich, denn eigentlich war sie wegen der Grippe noch ziemlich wacklig auf den Beinen.«

»Konnte Ihre Mutter ohne Brille gut sehen?«, fragte Ben.

Sukowa schaute erstaunt. »Nein, wieso?«

»Wann sind Sie in Heiligenhaus aufgebrochen?«, fragte Lou.

»Ich weiß es nicht genau, aber wir sind früh los, weil ich nicht schlafen konnte.« Er schien sich nun bestens zu erinnern. »Alea habe ich mitgenommen, weil sie ebenfalls wach war und quengelte. Sie liebt Mutters Kaninchen und hat sich Sorgen gemacht, wegen des Winters und des Schnees. Deshalb habe ich sie mitgenommen, damit sie sieht, dass alles in Ordnung ist. Auf der A 4 war Stau, sonst wären wir noch früher in Köln gewesen.«

Sukowa goss Wasser nach, trank, bevor er weitersprach, und fasste sich erneut an die Brust. »Ich bin erst mal zur Tanke, um mir einen Kaffee zu holen. Alea hat im Kindersitz geschlafen, auch als ich rumgefahren bin. Als wir dann zum Haus kamen, ist alles so abgelaufen, wie ich es Ihnen berichtet habe. Alea hat meine Mutter auf dem Fußboden liegen sehen. Es war schrecklich.«

»Warum haben Sie uns nicht gleich die Wahrheit gesagt?«

»Ich weiß es nicht! Panik, denke ich.« Sukowas Augen flackerten. »Aber ich schwöre, dass ich nichts mit der Tat zu tun habe, ehrlich!«

»Waren Sie auch im Keller?«

»Nein, wieso?«

»Warum sollten wir Ihnen jetzt glauben?«, fragte Lou. »Sehen Sie, das ist das Problem, wenn wir angelogen werden. Ihre Glaubwürdigkeit ist dahin.«

»Aber ich … Hören Sie, ich habe einen Fehler gemacht, und dafür entschuldige ich mich.« Sukowa japste jetzt förmlich nach Luft. »Ich … ich, oh Gott, ich kann kaum atmen, ich … mir ist so fürchterlich schlecht.« Constantin Sukowa fasste sich an die Brust. »Ich …« Er sackte unmittelbar vom Stuhl und fiel zu Boden.

Lou war bei ihm, nahm seine Hand. »Herr Sukowa! Können Sie mich hören?«

Er stöhnte mit offenen Augen. Sofort lockerte Lou den Gürtel am Hosenbund.

»Ich rufe den Notarzt«, rief Ben und stürzte aus dem Büro.

»Herr Sukowa! Ich muss Ihren Oberkörper hochlagern und ziehe Sie nun zur Wand! Herr Sukowa?«

Keine Reaktion. Lou tastete nach seinem Puls.

»Verdammte Scheiße«, schrie sie in Richtung Flur. »Wo bleibt denn der Rettungswagen? Er hat einen Herzinfarkt und verliert das Bewusstsein!«

Lou lagerte Constantin Sukowa nun doch auf den Rücken und drehte sich zu den Kollegen um, die im Türrahmen standen. »Schnell, meine Handtasche!«

Jemand reichte ihr die Tasche über die Schulter. Lou kippte den Inhalt aus, griff nach ihrem Schlüsselbund und riss ein gefaltetes Beatmungstuch aus einer Plastikfolie, das sie für Notfälle stets bei sich trug.

Max Conrady ließ sich neben Lou auf die Knie fallen. »Ich übernehme die Beatmung«, sagte der Dienststellenleiter des KK 11 und begann umgehend mit zwei Luftstößen.

Lou positionierte ihre Handflächen auf Sukowas Brust, gab dreißig Druckmassagen auf den Brustkorb und achtete auf die richtige Drucktiefe. Gott sei Dank lag ihr letzter Erste-Hilfe-Auffrischungskurs erst ein paar Wochen zurück. Sie hatte die Worte des Sanitäters noch deutlich im Ohr. Tief drücken, auch wenn Rippen dabei brechen, die Frequenz sollte ungefähr zwischen achtzig und hundert Mal pro Minute betragen.

Während sie pausierte, übernahm Max den Patienten und beatmete ihn ganz ruhig. Lou starrte unentwegt auf die tätowierten Engelflügel auf Sukowas Fingern. Als Max wieder an sie übergab, machte sie mit der Herzmassage weiter.

Sie drückte, zählte leise, versuchte, im Rhythmus zu bleiben, auch wenn sie das Gefühl hatte, kaum durch Sukowas Körperfülle durchzukommen.

»Sollen wir den Defibrillator holen?«

Lou hörte die Frage eines Kollegen hinter sich, reagierte aber nicht. Sie brauchte ihre volle Aufmerksamkeit für Constantin Sukowa.

»Die Sanitäter sind da.« Bens erlösende Stimme. Er nahm ihre Hände und führte sie zum Schreibtischstuhl.

Drei Ersthelfer übernahmen das Feld ruhig und routiniert. Max begleitete den Krankentransport auf den Flur.

Der Spuk war vorbei.

Lou blieb erschöpft zurück, erst jetzt begann sie zu zittern.

Köln-Rath, Donarstraße

Ich gehe mit dem Handballen über das Zeichenblatt, um die Konturen zu verwischen. Stillleben. Die Obstschale, die auf dem Tisch steht, ist mir nicht besonders gelungen. Irgendetwas stimmt nicht mit der Anordnung der Früchte. Kein Wunder, ich bin aufgewühlt und möchte, dass dieser grässliche Tag zu Ende geht.

Seit zwei Stunden habe ich den Platz am Fenster nicht verlassen, zeichne und habe zugeschaut, wie der Winter das Grundstück einnimmt. Jetzt fliegen Schneeflocken gegen die Fensterscheiben, schweben dicht und bilden einen schönen Kontrast zur Dunkelheit. Die Eisschicht auf unserem kleinen Fischteich dürfte heute um einiges stabiler geworden sein. Die Temperaturen sind weiter gefallen.

Mittlerweile ist das Abendessen vorbei, und so, wie es aussieht, wird wohl auch das Neunzehn-Uhr-Ritual ohne Levi stattfinden. Das allein ist schon unverzeihlich, aber was dem Fass den Boden ausschlägt, ist, dass Levi nicht da ist, um Jonah zu baden. Es ist seine Aufgabe. Er muss ihn in die Wanne heben, seitdem Vater so kränkelt. Niemand sonst ist dazu in der Lage, und der Kleine freut sich jeden Abend darauf. Ich verstehe Levi einfach nicht. Sein Verhalten ist inakzeptabel, da stimme ich Mutter zu.

Sie hat den ganzen Tag geschimpft.

Natürlich vorwiegend auf Levi. Aber auch, weil ich mit einem langen Riss in meinem Rock von Dr. Bender zurückgekehrt bin. Ich kann ihn mir nicht erklären und habe ihr eine beliebige Rechtfertigung aufgetischt. Sie hat mich merkwürdig angesehen und nicht weiter nachgefragt. Wie ich nach Hause gekommen bin, weiß ich nicht genau. Ich kann mich nicht erinnern, dass ich den Weg zurückgeradelt bin. Aber mein Fahrrad steht in der Garage, und Benders Flickwäsche liegt in der Nähecke, dort, wo ich Stunde um Stunde sitzen muss, um Stiche zu setzen.

Immerhin ist mein Ekel verflogen. Ich bin immer noch überzeugt, dass mir der Doktor etwas in den Kakao gerührt hat, und habe für die Zukunft einen Entschluss gefasst: Egal, was mir Glubschauge anbietet, ich werde höflich und bestimmt ablehnen!

Vater habe ich nicht erwähnt, auch wenn ich völlig durcheinander bin und keine Antwort auf die Frage finde, was er in Benders Küche zu suchen hat. Aber Mutter muss nicht alles wissen, auch wenn sie letztlich jedes Geheimnis kennt.

Ich werfe den Kohlestift auf den Tisch und radiere an den Rundungen der Äpfel herum. Wieder und wieder rubbele ich mit dem speziellen Knetgummi über Linien. Mist, jetzt fransen die bescheuerten Konturen aus und gefallen mir noch weniger. Ich greife mir einen weichen Bleistift und versuche, mein Werk zu retten.

Mutter tigert durchs Haus. Dabei hustet sie und klagt über Übelkeit. Das Weiß um ihre Pupille ist gelblich verfärbt, das ist mir eben wieder besonders aufgefallen. Da wir keine Spiegel besitzen, weil unsere Eltern die Eitelkeit nicht fördern möchten, sage ich ihr nicht, was ich sehe, damit sie nicht zusätzlich beunruhigt ist. Auch wenn ich glaube, dass diese Verfärbungen kein gutes Zeichen sind. Ich halte meinen Mund, reden würde sowieso nichts ändern. *Gebrechen sind Prüfungen, Aufträge an uns.* Ich weiß, Mutter, ich weiß.

Ihre Nervosität überträgt sich auf mich. In regelmäßigen Abständen verschwindet sie in der Garage, die uns als Schuppen dient, und trägt Holzscheite ins Haus. Normalerweise heizen wir nach dem Abendessen nicht mehr, aber heute lässt Mutter das Feuer nicht ausgehen. Mein Bruder soll es warm haben, wenn er nach Hause kommt.

Ich stiere ihm durch den Winterabend entgegen, wünsche ihn mir so sehr herbei, dass es wehtut. Levi, Levi, wo steckst du nur? Es ist eine Sache, wenn mein Bruder mal für ein paar Stunden abhaut. Eine andere Geschichte ist es, den ganzen Tag fortzubleiben. So etwas ist noch nie vorgekommen.

Im Zusammenhang mit seinem Verschwinden kommen mir beängstigende Gedanken. Levi und ich haben einen geheimen Zufluchtsort, vielleicht ist er dort. Wenn dem so ist, dann verhält er sich äußerst leichtsinnig und riskiert, dass ich ihn verrate.

Die andere Idee ist so absurd, dass ich sie kaum zu denken wage, aber vielleicht hat er Frau Sukowa um Hilfe gebeten. Ich weiß, es klingt verrückt. Wir brauchen keine Hilfe, da kann Levi mir erzählen, was er will. Er sollte einfach mehr beten und auf sein Schicksal vertrauen. Aber an dem Punkt zeigt er sich zunehmend uneinsichtig und beschimpft mich sogar. »Verrückte Idiotin« hat er mich neulich genannt und mich damit unheimlich verletzt. Wenn Levi uns verraten hat, dann nur wegen seiner blöden Musik.

Ich kenne seinen sehnlichsten Traum, er möchte an der Kölner Musikhochschule angenommen werden. Für Levi ist Frau Sukowa der Schlüssel zu den Toren dieser besonderen Akademie. Angeblich unterhält sie gute Kontakte zu den Lehrenden, und mein Bruder glaubt, dass sie sich für ihn einsetzt. Ich habe ihm davon abgeraten, mit Frau Sukowa zu sprechen, weil ich ihr nicht traue. Ihr geht es nicht um Levi, sie ist von Ehrgeiz zerfressen, und mein Bruder soll schaffen, wofür ihr Talent nicht reichte. Da folge ich uneingeschränkt Mutters Argumentation. Vor ein paar Jahren ist diese Person hier aufgetaucht und hat unsere Eltern angeschrien, weil Levi angeblich nicht richtig gefördert wird. Sie wartet doch nur auf eine Gelegenheit, um ihn in die Öffentlichkeit zu schleifen und uns an den Pranger zu stellen. Am liebsten hätte sie uns damals schon das Jugendamt auf den Hals gehetzt. Ich war wie Mutter der Meinung, dass Levi den Unterricht bei ihr abbrechen sollte. Aber an dem Punkt hat sich Vater ausnahmsweise durchgesetzt.

Irgendwie habe ich mich immer vor Frau Sukowa gefürchtet. In meinen Augen ist sie eine klassische Denunziantin.

Die Zustände bei uns sind ja ähnlich wie bei den Krispins. Denen haben sie schließlich auch ihre Kinder weggenommen. Sozialarbeiter und Polizisten sind bei den Freunden unserer Eltern eingefallen und haben sich aufgeführt, als würde es sich bei der Familie um den Ableger der »Fundamentalistischen Kirche der Heiligen der letzten Tage« handeln. Jener Sekte, die sich von den Mormonen abspaltete und Polygamie predigte. Vor einigen Jahren befreite eine Spezialeinheit in Texas über fünfhundert Anhänger dieser Glaubensgemeinschaft aus den Fängen ihres Gurus. Bejubelt von den Medien und Leuten, die sich immer als Retter aufspielen müssen. Politiker. Kirchen. Menschenrechtler. Ich meine, ich kenne die genauen Umstände nicht und weiß nicht, wie Warren Jeffs diese Gemeinschaft geführt hat. Aber ich bin mir sicher, dass uns die Menschen in eine Reihe mit solchen Fanatikern stellen, da mache ich mir keine Illusionen.

Früher haben wir solche Inhalte ganz offen am Themenabend diskutiert. Wir leben nicht hinter dem Mond, wie viele Leute glauben. Vater hatte sogar mal eine Weile eine Zeitung abonniert und uns ermutigt, unsere Meinung zu äußern. Levi ist dann manchmal ausgerastet, hat sich bei Themen wie Kirche und Lebensentwürfe unheimlich ereifert. Einmal hat er Vater mit Warren angesprochen und dafür eine schallende Ohrfeige kassiert. Also wirklich, zwischen diesem widerlichen Jeffs und Vater gibt es überhaupt keine Parallelen. Levi muss einfach immer provozieren. Themenabende finden nicht mehr statt, seitdem es Vater so schlecht geht.

Die Krispins wurden unserer Meinung nach kriminalisiert und kurzerhand ihrer Elternrechte beraubt, weil sie eine ganz eigene Auffassung vom Leben haben. So etwas geht schnell in diesem Land, sagt Mutter. Manchmal habe ich das Gefühl, dass wir auch beobachtet werden. Ich sehe Augen. Im Garten. Über den Hügelgräbern, auf dem Speicher und ganz sicher manchmal nachts neben meinem Bett. Dann ziehe ich die Decke über den Kopf und rühre mich stundenlang nicht.

Oh Gott! Vielleicht wurde Levi tatsächlich abgeholt. Einverleibt. Weggesperrt. Isoliert von uns, seiner Familie. Die Hexe Sukowa ist zu allem fähig.

Mutter bringt noch mehr Kerzen herein und zündet sie an. Sie spürt meine Anspannung und weiß, dass mich eine schreckliche Unruhe plagt. Wortlos nimmt sie meine Zeichnung hoch und wirft einen Blick darauf. »Die Proportionen stimmen nicht«, sagt sie scharf und verlässt die Küche.

Mutter ist meine größte Kritikerin.

Ich greife mir mein Werk erneut, arbeite lustlos weiter. Omas Küchenuhr tickt gleichmäßig. Noch fünfundzwanzig Minuten bis neunzehn Uhr.

Was ist, wenn Levi nun doch in eine Prügelei geraten ist? Manchmal kann sich mein Bruder nicht beherrschen, dann schreit er los und schlägt auch mal zurück. Er lässt sich so leicht reizen, und die Typen aus Jeremys Clique sind nicht zimperlich. Der Königforst ist riesig, und mein Bruder hat null Orientierungssinn. Er findet nicht nach Hause, schon gar nicht in der Dunkelheit. Immer wieder verschwinden da Menschen, im Königsforst, meine ich.

Mit einem Ruck setze ich mich auf und pfeffere den Zeichenblock auf die Eckbank. Mein Stillleben ist nicht zu retten. Höchst angestrengt schaue ich in die einbrechende Nacht, als könnte ich Levi herbeigucken. Jonah hat schon hundert Mal nach ihm gefragt, ich höre ihn nebenan wimmern.

Mutter gibt mir ein Zeichen. Es ist Zeit, wir müssen zu Jonah, können ihn nicht länger warten lassen. Ich folge ihr zögernd, spüre, dass ich sauer auf Vater bin. Er kümmert sich um gar nichts. Ich weiß, dass er krank ist, aber er könnte trotzdem in den Wald gehen und nach Levi suchen. Ich traue mich nicht, Mutter diesen Vorschlag zu unterbreiten. Sie sagt ansonsten wieder so schreckliche Sachen. *Aber mein liebes Kind, wir haben Vater doch gemeinsam hinter dem Haus begraben, daran musst du dich doch erinnern.*

Polizeipräsidium Köln, Walter-Pauli-Ring

Ben beruhigte die Kollegen, die vor Lous Büro herumschlichen, weil sie sich sorgten.

»Die Sanis klangen optimistisch«, meinte Ben und reichte Lou einen starken Kaffee.

Max erschien im Türrahmen und setzte sich ebenfalls. »Mensch, das war haarscharf. Glaubt ihr denn, dass er seine Mutter getötet hat? Die Presse rückt uns ganz schön auf die Pelle. Eine alte Frau, die in ihrem eigenen Haus erstochen aufgefunden wird, so etwas beunruhigt die Leute.«

»Sukowa widerspricht sich andauernd, und ein Motiv hat er auch«, sagte Ben. »Außerdem hat seine Mutter einiges zu vererben.«

»Was ist mit dem Obduktionsbericht?«

»Heinrich hat versprochen, sich zu beeilen«, sagte Ben. »Das LKA ist jedenfalls informiert. Sie schicken ein Team zur Funkzellenmessung raus, und wir warten auf die Analysen, die sich aus den anderen Spuren ergeben.«

»Irgendwelche konkreten Ermittlungsansätze?«

»Es hat den Anschein, dass die Villa ziemlich gezielt durchsucht wurde«, sagte Ben. »Oft wird bei einem Raubmord ja das ganze Haus auf den Kopf gestellt, das ist hier nicht der Fall. Wir sollten uns bei der Suche nach dem Täter auf Personen aus dem Umfeld der Toten konzentrieren. Möglicherweise hat Rendel Sukowa den Einbrecher überrascht, die Auffindesituation legt diesen Schluss nahe.«

»Vielleicht musste sie ja sterben, weil sie ihm ins Gesicht geschaut hat«, sagte Lou. »Der oder die Täter wussten vermutlich nicht, dass sie ohne Brille sehr schlecht sah, oder sie haben die fehlende Brille im Eifer des Gefechtes nicht bemerkt.«

»Eingestiegen sind sie wahrscheinlich durch das Kellerfenster«, sagte Ben. »Wir werden abwarten und sehen, was die Auswertung der Spuren ergibt. Am Scharnier des Fensters wurden jedenfalls Fasern gesichert, vielleicht gibt die Analyse einen entscheidenden Hinweis.«

Max seufzte. »Macht Schluss für heute, es ist schon wieder spät.«

»Ich fange noch mit dem Tatortbericht an«, sagte Lou. »Jetzt habe ich alles noch ziemlich genau vor Augen.«

»Und ich will noch die Akte für diesen Fall anlegen und

die Spuren herausarbeiten«, sagte Ben und folgte Max auf den Flur.

Lou sah auf das Display ihres Smartphones. Keine Nachricht von Maline. Sie atmete noch einmal tief durch und begann mit dem Papierkram.

Nach und nach verstummten die Stimmen auf der ersten Etage. Schließlich verabschiedete sich auch Ben in den Feierabend. Seine Frau hatte den Wagen, er wollte die nächste Citybahn hinaus ins Bergische Land nehmen, die auch in Rösrath hielt.

Lou blieb zurück und schrieb sich die frischen Bilder aus dem Kopf. Zwischendurch sprangen ihre Gedanken zwischen Maline und Constantin Sukowa hin und her. Diesen beiden Menschen begegnete heute der Tod. Jedem auf seine Weise.

Königsforst

Stürmischer Wind ließ Schneeflocken vor den Fensterscheiben der Blockhütte tanzen. Die Kopfhörer waren Levi von den Ohren gerutscht. Leise kratzte die Nadel über die Endrillen der Langspielplatte. Im Regal leuchtete das Display eines Radioweckers. Einundzwanzig Uhr durch.

Als er das Wochenendhaus der Schmitts keine fünf Minuten später verließ, trug er seine eigene Kleidung. Die Schlüssel lagen am gewohnten Ort. Frierend eilte Levi am Rande des Königsforsts entlang. Schon nach wenigen Metern waren seine Turnschuhe vom Schnee durchweicht, und er hatte Schwierigkeiten, voranzukommen. Die Gummisohlen boten kaum Halt. Immerhin schneite es jetzt nicht mehr.

In Gedanken legte er sich Ausreden zurecht, die seine Abwesenheit erklären konnten, und verwarf sie wieder. Ihm fiel einfach keine plausible Begründung dafür ein, warum er einen ganzen Tag wie vom Erdboden verschluckt gewesen war und sogar das abendliche Ritual mit Jonah verpasst hatte. Wahrscheinlich weinte er sich die Augen nach ihm aus dem Kopf und ließ sich nicht beruhigen.

Wie in Trance klaubte Levi so viel Reisig unter dem Schnee hervor, wie er tragen konnte. Vielleicht besänftigte Brennmaterial die erregten Gemüter. Und Jonah? Was sollte er ihm sagen? Er kam mit Situationen, die von seinem normalen Tagesablauf abwichen, einfach schlecht zurecht. *Es ist an der Zeit, sich von allem zu befreien, was dich hindert, deinen Traum zu leben.* Levi kämpfte gegen eine Welle der Traurigkeit, die ihn erneut fortzureißen drohte. Rendel Sukowa hatte gut reden, was wusste sie von seinen Problemen!

Als das Grundstück seiner Eltern in Sicht kam, blieb Levi stehen und wippte unschlüssig von einem Bein auf das andere. Den Gedanken an eine gute Ausrede hatte er verworfen, aber für das Blut auf seinen Sachen brauchte er eine nachvollziehbare Erklärung. Nach einiger Abwägung hielt er einen Einfall für akzeptabel. Kurzerhand legte er das Holz ab, setzte sich auf den schneebedeckten Waldboden, schob das Hosenbein hoch, bekam einen faustgroßen Stein zu fassen und schlug ihn so lange auf sein Knie, bis es zu bluten begann. Zusätzlich riss er sich mit den schroffen Kanten des Steins Haut auf. Zufrieden war er mit dem Ergebnis nicht, der gewünschte Effekt blieb aus, deshalb fasste er einen radikaleren Entschluss.

Von der Waldseite gelangte er ohne Probleme auf das Grundstück, schlich zur Garage und nahm eine Säge von der Wand, zögerte nicht und ratschte sich mit Schwung in seine rechte Wade. Levi biss die Zähne zusammen. Blut sickerte aus der klaffenden Wunde. Humpelnd näherte er sich dem Wohnhaus und öffnete die Tür.

Köln-Niehl, Nordpark-Residenz

Der Übergang vom Leben in den Tod vollzog sich bei Malines Vater fließend. Beinahe unbemerkt setzte schließlich seine Atmung aus. Maline konnte nicht genau sagen, wann Alfred Brass' Herz zum letzten Mal geschlagen hatte. Sie nahm keine Anhaltspunkte, kein letztes Aufbäumen wahr. Die Musik spielte, und die Zimmertemperatur blieb konstant. Schließlich wurden seine Hände einfach kalt. Maline blieb sitzen, hielt keine Träne zurück und dachte an ihren Vater, erinnerte sich an viele schöne Momente mit ihm und war dankbar, dass er so friedlich eingeschlafen war.

Sie blickte kurz auf, als die Zimmertür geöffnet wurde und Dr. Schott den Raum betrat. Flurlicht streifte für einen Moment ihr Profil, bevor das Schummerlicht des Raumes sie verschluckte. Die Ärztin knipste die Notbeleuchtung an, fühlte Alfred Brass' Puls, horchte mit ihrem Stethoskop sein Herz ab und schaltete die Geräte aus. Dann zog sie einen Stuhl heran, setzte sich wortlos und legte eine Hand auf Malines rechte Schulter. So saßen sie still, und Maline war dankbar für den Beistand, den Dr. Schotts kleine Geste ausdrückte.

Köln-Rath, Donarstraße

Kerzenlicht erhellte die Küche. Spärliches Inventar warf Schatten. Levi störte die Kargheit. Mittelalter. Das Wort traf den Einrichtungsstil, wenn davon überhaupt die Rede sein konnte, am ehesten.

Im Zentrum des Raumes stand ein großer Holztisch mit vier einfachen Stühlen und Jonahs Spezialsitz. Über dem altertümlichen Ofen baumelten Siebe und Schöpfkellen. Hightechküche – Fehlanzeige. Die Fußbodenheizung ersetzte ein Kamin. Das Geschirr der Familie passte in ein einziges Regal. Schränke, Rollcontainer, trendige Einrichtungsgegenstände suchte man hier vergebens. Sie lebten ohne Strom. Wasser holten sie aus dem Brunnen im Hof, aber immerhin wurden Regengüsse aufgefangen und für die Toilettenspülung verwendet. Dieses eine Zugeständnis hatte es gegeben, wahrscheinlich weil sämtliche Alternativen aufwendig und lästig gewesen wären. Zum wiederholten Mal fragte sich Levi, wie seine Eltern ihr Einfamilienhaus gegen diese Bruchbude hatten eintauschen können.

Seine Zähne schlugen leise aufeinander, er fror entsetzlich. Zu seiner Verwunderung brannte ein Feuer. Kurzerhand entledigte er sich seiner teils durchnässten Kleidung, wärmte sich in Unterhose mit dem Gesicht zum Feuer vor der Glut. Die Wunde an seinem Bein brannte, Blut sickerte auf den Boden.

Levi hörte Rica und seine Mutter nebenan gemeinsam mit Jonah lachen. Unerklärlicherweise hatte er Heißhunger auf Frikadellen. Das Wasser lief ihm im Mund zusammen.

Die Anwesenheit seiner Mutter spürte er im Rücken, noch bevor sie ein Wort sagte, und er drehte sich zögernd um. Sie trat nah an ihn heran, ihre Brust berührte seinen Bauch.

»Was hast du dir nur dabei gedacht, den ganzen Tag fortzubleiben und uns solche Sorge zu bereiten!« Ihr Atem roch säuerlich, die Betonung war Anklage und Vorwurf zugleich.

»Jonah weint. Ich muss zu ihm!« Levi wollte an ihr vorbei, aber sie fasste ihn am Oberarm, nicht besonders kraftvoll, trotzdem blieb er stehen.

»Du hättest es erst gar nicht so weit kommen lassen dürfen«, sagte sie hustend.

»Deshalb will ich jetzt –«

»Schweig!«

Levi gehorchte. Er sah Rica aus Jonahs Zimmer kommen, die Stiegen hinaufhuschen und spürte einen Stich in der Magengegend. Sie hatte ihn keines Blickes gewürdigt. Was blieb ihm, wenn er sie als Verbündete verlor?

Seine Mutter hob seine Sachen vom Boden auf. »Warum sind sie so schmutzig? Musst du dich immer wie ein Schwein im Schmutz suhlen? Zieh dich ganz aus und wasch dich gründlich.«

Sekunden später stand er nackt im Halbdunkeln und hielt sich die Hände vor seinen Penis.

»Worauf wartest du?« Der Ton seiner Mutter wurde noch schärfer.

Levi schrubbte sich unter ihren Augen am Kupferzuber mit eisigem Wasser.

»Was ist mit deinem Bein passiert? Hat dich jemand verletzt? Waren es wieder diese Jungen?«

Reflexartig wollte er antworten und seine Rechtfertigung aufsagen. Im letzten Moment schluckte er die zurechtgelegten Worte herunter und entschied sich für eine Lüge, die sie ihm quasi in den Mund gelegt hatte. »Ja, sie haben mich den ganzen

Tag festgehalten und bedroht. Einer hatte ein Messer dabei und hat mich verletzt.«

»War dieser Jeremy auch dabei?«

»Ja.«

Sie schüttelte kaum merklich den Kopf. Im Licht der Kerzen inspizierte sie die Wunde. »Es ist kein tiefer Schnitt, aber ich muss ihn mit ein paar Stichen nähen, damit keine Bakterien eindringen.«

Levi schluckte. Seine Mutter war flink mit Nadel und Faden, aber meist ging sie wenig zimperlich vor. Von ihren schlechten Augen ganz zu schweigen.

»Lass nur, Mutter, die Schmerzen sind erträglich.«

Sie stieß ihn unsanft auf einen Stuhl. »Rede keinen Blödsinn! Um so eine Sache muss man sich kümmern, da gibt es nichts zu diskutieren.«

Laut rief sie Rica, die noch mehr Kerzen brachte und Garn in eine Nadel einfädelte, die sie vorher mit reinem Alkohol desinfizierte. Levi war dankbar, als seine Schwester ihm kurz über den Kopf streichelte. Er wäre gern in ihre Arme gesunken, sehnte sich so sehr nach tröstenden Worten.

Seine Mutter nahm einen Tupfer, tränkte ihn mit der hochprozentigen Flüssigkeit und drückte ihn ohne Vorwarnung auf die Verletzung. Levi schrie. Die Wunde brannte wahnsinnig, der Schmerz trieb ihm Tränen in die Augen. Äußerlich unberührt, begann seine Mutter Stiche zu setzen, stieß die Nadel in die Haut, während Rica die Schnittstelle zusammendrückte. Schweiß brach Levi aus, seine Hände umfassten die Kanten der Sitzfläche.

Das »Impromptu op. 90 Nr. 3« wehte in Levis Gedanken. Er drückte die Augen fest zusammen und ließ sich von Franz Schuberts Komposition forttragen. Rica und seine Mutter agierten wie Figuren in einem Stummfilm. Schmerz spürte Levi nicht mehr. Die Strapazen des Tages fielen von ihm ab.

»Fertig!« Rica fasste ihn an den Schultern und rüttelte ihn sanft. Die Melodie verklang, die Wunde pochte und spannte an der Naht. Seine Mutter schmierte eine Paste auf den Schnitt, die tatsächlich Linderung brachte, und legte einen Verband an. Rica machte Ordnung und verschwand im Obergeschoss. Levi zog frische Kleidung über, seine Mutter sank hustend auf die Eckbank und starrte ihn an, klein und ausgemergelt.

Er hatte Bärenhunger, aber nach achtzehn Uhr nahm die Familie keine Nahrung zu sich, deshalb wagte er nicht nach Essen zu fragen. Für heute hatte er nicht den Hauch von Entgegenkommen zu erwarten.

»Hast du etwas zu sagen?« Die Stimme seiner Mutter zitterte.

Ja, das hatte er.

Ich hasse dieses Leben.

Ich will, dass Jonah gesund wird! Ich will auf die Musikhochschule.

Ich bin unglücklich hier, in diesem Haus. Ich will fließendes Wasser, Strom aus der Steckdose. Eine richtige Badewanne, wieder ein eigenes Zimmer. Ich will mein Klavier zurück.

Sie kramte einen Bleistift sowie einen Stapel Papier hervor und legte beides vor ihn auf den Tisch. Ruhig und ohne Eile. Er wusste, was sie von ihm erwartete.

»Kann ich zuerst zu Jonah?«, fragte Levi.

Sie nickte und verschwand mit schleichendem Schritt in ihrem Schlafzimmer.

Levi stand auf und näherte sich hinkend der Tür, hinter der sein kleiner Bruder wartete.

Als Jonah endlich eingeschlafen war, verließ Levi das Zimmer auf Zehenspitzen.

Länger als üblich hatte er die Hand des Kleinen gehalten, ihn aufgeregt vom Tag plappern lassen. Vorwürfe, Vorbehalte und Distanz gab es hier nicht. Jonah kuschelte sich selig in die Arme seines Bruders. Der Schnee war sein großes Thema, Eislaufen einer seiner sehnlichsten Wünsche. Levi hatte ihm das Versprechen gegeben, dass er eine Runde mit ihm auf dem Teich im Garten drehen würde. Bald. Sehr bald. Uralte Schlittschuhe, die den Umzug überstanden hatten, hingen wartend am Haken über Jonahs Bett. Er hatte gestrahlt, sodass seine mandelförmigen Augen glänzten, und dann hatte er ein ernstes Gesicht gemacht.

»Ich darf nicht raus.«

»Wir werden Schlittschuh laufen! Indianerehrenwort.« Feierlich hatte Levi dem Kleinen dieses Versprechen gegeben und ihn anschließend mit an Bord der »Antilope« genommen. Gemeinsam waren sie mit Gulliver in See gestochen.

Unter dem Kommando von Kapitän William Prichard hatten sie dem Ozean bis zum Kap der Guten Hoffnung getrotzt und waren bei der Meerenge von Madagaskar in einen gefährlichen Sturm geraten. Die gigantischen Wellen hatten Lemuel Gulliver und die Brüder an die Küste einer unbekannten Insel gespült, auf der vierzig Fuß hohe Gerste reifte. Jonah sank in Träume, nachdem Gulliver herausgefunden hatte, dass sie auf der »Insel der Riesen« gelandet waren. Einen Augenblick hatte Levi ihm beim Schlafen zugeschaut, dann vorsichtig seine Hand aus dessen Faust gezogen und ihm liebevoll über das unförmige Gesicht gestrichen, bevor er das Zimmer verließ.

Am Esstisch brannten immer noch Kerzen. Die Schneewolken hatten sich verzogen, der Vollmond schaute durchs Küchenfenster.

Obwohl Levi todmüde war, setzte er sich auf die Eckbank, nahm Ricas Block in die Hände und betrachtete die Kohlezeichnung. Obstschale. Birnen mit Äpfeln und Pflaumen. Wahrscheinlich hatte ihr das Bild wieder nicht gefallen, er hielt es für perfekt. Vorsichtig trennte er das Blatt vom Karton. Levi hob Ricas Bilder auf, sammelte all ihre Werke in einer großen Mappe.

Er zog den Papierstapel heran und las die Zeile, die seine Mutter in die erste Reihe geschrieben hatte. Das vierte Gebot in ergänzter Form. Ihre Anweisung war unmissverständlich. Levi nahm den Stift, hielt ihn verkrampft und kritzelte die verlangten Worte. Die Zwischenräume seiner Finger begannen zu jucken.

In seinem Kopf brauste Tomaso Albinonis »Adagio« auf und steigerte sich bis zum Fortissimo, während er Buchstabe für Buchstabe aufs Papier brachte, die sich in die weiche Oberfläche des Holztisches drückten. *Du sollst Vater und Mutter ehren, auf dass du lange lebest und ihnen gehorsam zugetan bist.*

Köln, Promenade am westlichen Rheinufer

Am Rheinufer nahe der Zoobrücke stand nur ein Wohnmobil. Licht brannte nicht. Kurz entschlossen war Lou zu dieser späten

Stunde vom Büro hergefahren, weil Maline einfach nicht an ihr Handy ging und auch nicht auf Textnachrichten reagierte. Schwungvoll parkte sie ihren Citroën CX neben dem Caravan und stieg aus. Malines Smart war nicht zu sehen. Frostig blies der Wind von der anderen Rheinseite.

Vor Kälte schlotternd, bahnte sich Lou durch den Schnee einen Weg zur Tür und klopfte halbherzig. Wie zu erwarten, blieb es im Fahrzeug ruhig. Sie sah auf ihre Armbanduhr. Gleich Mitternacht. Nur wenige Schneeflocken schwebten vom Nachthimmel. Als Lou gerade überlegte, ob sie zum Pflegeheim fahren sollte, sah sie ein Fahrzeug kommen.

»Was machst du denn hier?«, fragte Maline, als sie aus dem Auto gestiegen war.

Lou zog die Schultern hoch. »Ich hab mir Sorgen gemacht und dir bestimmt zehn Nachrichten geschickt. Wie geht es deinem Vater?«

Maline öffnete den Camper. »Er ist ... hat die Augen für immer zugemacht.«

Obwohl Lou damit gerechnet hatte, wusste sie nicht genau, wie sie reagieren sollte. »Möchtest du allein sein?«

»Nein.«

»Hast du Tee?«

»Klar«, sagte Maline. »Aber ich glaube, ich brauche jetzt einen Schnaps. Das war ein schlimmer Tag! Und wenn du nichts dagegen hast, würde ich gerne einen Augenblick hier draußen sitzen. Trotz Kälte und Schnee.«

Wenige Minuten später hockten sie in Decken gewickelt auf Klappstühlen direkt am Rhein. Es schneite wieder heftiger. Gegen das Frostwetter trugen sie Mützen und Handschuhe. Unter ihnen floss der dunkle Strom. Am Uferrand hatte sich eine schmale, dünne Eisschicht gebildet. Schiffe fuhren vorbei, beleuchtet und beinahe geräuschlos gerieten sie für einen Moment ins Blickfeld, um Minuten später wieder zu verschwinden.

Maline goss Marillenschnaps ein. »Auf Alfred!«

Sie kippte mehrere Gläser hintereinander, während sich Lou mit einem Kurzen zufriedengab. Das Zeug brannte in der Kehle und wärmte von innen.

Maline gab Geschichten über ihren Vater zum Besten. Anekdoten, witzige und traurige Erinnerungen. Sie erzählte vom Tod ihrer Mutter, die Malines Geburt nicht überlebt hatte, und von Alfred, der immer versucht hatte, seiner Tochter den frühen Verlust zu ersetzen. Zwischendurch schenkte sie Schnaps nach, wobei Lou wiederholt aussetzte. Sie wollte einen klaren Kopf behalten.

Lou rückte nah an Maline heran, legte einen Arm um ihre Schulter, stellte Fragen und reichte ihr ein Taschentuch, als Tränen kamen. Sie hörte zu und stellte sich vor, wie die Szene auf Außenstehende wirken musste. Zwei eingemummelte Frauen saßen mitten in der Nacht einsam und allein am Rhein, kippten Schnaps, lachten, weinten und erzählten Geschichten, während sich auf ihren Mützen Schneehauben bildeten.

Als die Marillenflasche über die Hälfte geleert war, dozierte Maline über die guten alten kölschen Schlager, die ihr Vater besonders gemocht hatte, und stimmte »Wir kommen alle in den Himmel« an.

Als sie immer neue Lieder schmetterte und die Worte verwaschener wurden, nahm Lou ihr die Flasche aus der Hand und führte sie in den Camper. Es dauerte, bis Maline unter der Decke lag. Lou zog einen Stuhl heran, deckte sie zu und wachte an ihrem Bett, bis sie eingeschlafen war.

Köln, Promenade am westlichen Rheinufer

Möwen weckten Lou, und für einen Moment wähnte sie sich am Meer, im Haus ihrer Schwester in Cornwall. Sie liebte die Morgenstunden dort, wenn alle schliefen und sie durch das Cottage geistern konnte. Solche Momente machten das Leben lebenswert.

Lou suchte eine bessere Liegeposition, sämtliche Glieder schmerzten. Sie schlug die Augen auf. Neben ihr auf der Pritsche schnarchte Maline. Cornwall, von wegen. Doch bevor sich die Gedanken um Dorit gleich wieder verflüchtigten, nahm Lou sich vor, ihre Schwester anzurufen. Sie musste dringend ein paar Geschenkideen für ihre Nichten notieren. Enttäuschte Gesichter ertrug sie am Heiligen Abend nicht. Dieses Jahr würde in Helenes Haus in Marialinden gefeiert. Ohne Frieda, zum ersten Mal seit vielen Jahren.

Obwohl ihr der Kopf ein bisschen brummte, erhob sich Lou von der dünnen Matratze. Sie warf einen Blick auf ihre Armbanduhr und stöhnte. Vier Uhr dreißig. Trotzdem verspürte sie kein Verlangen, wieder ins Bett zu kriechen, streifte Jeans sowie Pullover über und versuchte, so wenige Geräusche wie möglich zu machen. Bevor sie den Camper verließ, schrieb sie Maline eine Notiz und klebte sie an die Kaffeemaschine.

Draußen war es nicht ganz so dunkel, wie Lou erwartet hatte. Der Schnee ließ die Nacht heller erscheinen. Zudem hing Nebel über dem Fluss. Vereinzelt fuhren Autos über die Rheinuferstraße. Spätheimkehrer. Frühdienstmenschen. Motorgeräusche schallten leise herüber, die Schneedecke schluckte einen Teil des Lärms. Gähnend schlug Lou den Kragen ihrer Jacke hoch, stapfte zu ihrem Citroën und machte sich auf den Weg in den Kölner Norden. Auf der kurzen Fahrt begegneten ihr nur vier Fahrzeuge.

Lou parkte den Wagen unter dem Carport, stahl sich leise ins Haus und die Stufen hinauf. Als sie am Zimmer ihrer Tochter vorbeikam, warf sie einen Blick hinein. Frieda lag nicht in ihrem Bett. Ach ja, DVD-Abend, der letzte im Kreis ihrer Freundinnen für eine lange Zeit. »Friends« schauen oder »Desperate Housewives«. Fertigpizza. Tratschen, Lachen, Unbeschwertsein.

Lou betrat das Zimmer und sank auf Friedas Bett. Bilder klickten wie Dias. In diesem Raum hatte die Wiege ihrer Tochter gestanden. Fingerfarbenhände hatten die Wände verziert, bevor sie Prinzessinnenbildern weichen mussten. Hier herauf hatten es Barbiepuppen geschafft, vorbeigeschmuggelt an Lous wachsamen Blick, gehätschelt und geliebt, bis Tokio Hotel auf der Bildfläche erschienen war. Schulaufgaben. Wutausbrüche nach der Scheidung. Unzählige Meinungsverschiedenheiten. Unzählige schöne Momente. Pubertät. Friedas Engagement im Tierschutz, WWF-Poster, die erst abgehängt wurden, als Taylor Lautner angesagt war. »Bis(s) zum Morgengrauen«, bis zum Abwinken. Teenagerträume, die verwehten und Platz für politisches Engagement machten. Stoppt Massentierhaltung. Gorleben abschalten. Dann kam Wilson. Für ihn hatte Frieda politisch motivierte Aktionen längere Zeit unterbrochen. Der erste richtige Freund hatte jede freie Minute geschenkt bekommen, der Schmerz um diese Trennung war verflogen, gehörte der Vergangenheit an, wie all die vielen Jahre.

Lou verkniff sich eine Träne und streckte sich auf dem Bett ihrer Tochter aus. Ihr Duft fing sie ein, verhalf ihr zu einem tiefen Wohlgefühl und erneutem Schlaf.

Köln-Rath, Donarstraße

Vom Radnetz einer Kreuzspinne tröpfelte Tau. Die aufgehende Sonne wärmte nicht. Es roch nach Winter. Längst waren die Kraniche Richtung Süden aufgebrochen.

Ihre Gesichter waren ernst und blass. Gegen die Kälte sollten Decken schützen, aber sie froren erbärmlich. Wortlos stieß er die Spitzhacke in den gefrorenen Boden, der kaum nachgab. Gemeinsam trugen sie die Erde mit einer Schaufel ab.

Es dauerte, bis sie eine Grube ausgehoben hatten. Erst nach Stunden mühevoller Arbeit reichten die Maße des Erdlochs aus. Auf ein stilles Kommando hoben sie das Leinentuch an. Der Körper darin wog schwer. Er nahm den schweflig-fauligen Geruch wahr, der sich auch schon im Haus ausgebreitet hatte. Betend ließen sie die sterblichen Überreste hinabgleiten, dabei klappte eine Seite des Stoffes auf, und der Schädel wurde sichtbar. Strähnig hingen Kopfhaare herab. Haut löste sich vom Gesicht, faserig und trocken. Am Hals zeigten sich hässliche violette Striemen. Tote Augen. Blutleere Lippen formen ein Wort: *Versprechen.*

Levi schreckte hoch. Sein Atmen ging stoßweise. Wieder dieser Traum, wieder diese schrecklichen Bilder. Das Laken unter seinem Körper war schweißnass. Obwohl er keine Uhr besaß, wusste er, dass der Morgen bald dämmerte, und beruhigte sich, auch wenn er nicht wieder einschlafen konnte.

Als er seine Mutter kommen hörte, schloss er schnell die Augen und lag steif. Ihre Lippen berühren die Stelle zwischen seinen Augen. Er nutzte die seltene Nähe und schmiegte sich für den Bruchteil einer Sekunde an ihren rechten Arm, wollte ihre Wärme spüren, wünschte sich, dass sie ihm summend übers Haar strich, wieder so war wie früher und eine Geste der Zuwendung zeigte. »Mutter …«

»Morgens schweigen wir bis zum ersten Gebet, mein Liebling. Gewöhn dich bitte endlich daran.« Energisch drückte sie einen Zeigefinger auf ihren Mund, entzog sich und schlug die Decke zurück. Er drehte sich auf die Seite, und sie wickelte das verbundene Bein aus, begutachtete die pulsierende Wunde. Levi warf einen Blick auf seine Wade. Sie war geschwollen, der schwarze Faden mit Blut verkrustet. Behutsam berührte seine Mutter die Verletzung, strich Salbe auf die Stelle und legte einen neuen Verband an.

Levi ließ sich umsorgen, sah, dass sein Laken blutig war. In der Nacht hatte er sich die Finger eitrig gekratzt. Bis weit nach Mitternacht hatte er geschrieben und danach mit knurrendem Magen auf dem Holzbänkchen unter dem Marienbild gekniet, die Heerscharen der Engel angerufen und um Vergebung gebeten. Um Vergebung und Schutz. Beim Schreiben war ihm klar geworden, wie egoistisch er in letzter Zeit gedacht und gehandelt hatte. Ich. Ich. Ich bin unglücklich. Ich will Pianist werden, also kümmert euch um mich. Aber es ging nicht allein um ihn. Er hatte Verantwortung, für Jonah und auch für seine Schwester. Und das Ehrenwort, das er seinem Vater gegeben hatte, galt sein ganzes Leben.

Seine Mutter weckte jetzt Rica, die im gleichen Zimmer unter der Dachschräge schlief. Wie jeden Morgen murrte sie und klammerte sich an ihre Träume. Die Kussstelle auf Levis Stirn fühlte sich an wie gefroren. *Gewöhn dich endlich daran!*

Im Zimmer lag die Temperatur nahe dem Gefrierpunkt. Abhärtung. Sogar im Winter schlief die Familie, außer Jonah, bei offenen Fenstern. Eine überflüssige Maßnahme, denn durch die morschen Rahmen kamen die Jahreszeiten sowieso ungehindert ins Haus. Levi strich über den klammen Bettbezug. Als seine Mutter das Zimmer verließ, kletterte er aus den Federn. »Rica!«

Sie knurrte. Ständig klagte sie über Müdigkeit. Schuld waren die Hausaufgaben, die ihre Mutter überreichlich verteilte, dann natürlich auch die körperliche Arbeit. Holz sammeln und hacken, dazu die endlosen Flickarbeiten, die Rica aufgebrummt bekam. Levi vermutete hinter diesen Beschäftigungen Taktik, die im Fall seiner Schwester aufging. Vor Erschöpfung war sie oft zu keinem klaren Gedanken fähig. Levi beugte sich über sie und rüttelte sie heftig. »Wach auf, ich muss dringend mit dir reden!«

Maulend zog Rica die Decke über den Kopf, drehte ihm den Rücken zu. Levi blieb hartnäckig. »Jetzt wach endlich auf! Es tut mir leid, dass ich dir gestern solche Angst gemacht habe. Aber ich habe etwas Schreckliches erlebt und …«

Seine Schwester schnellte herum und schien auf einmal hellwach. »*Du* hast was Schlimmes erlebt? Mensch, was hast du dir nur dabei gedacht, den ganzen Tag zu verschwinden?«

»Ruhe! Alle beide!« Ihre Mutter stand in der Tür, winkte Rica herbei, die augenblicklich gehorchte und den Raum verließ. Levi hätte vor Wut schreien können und schlug mit den Fäusten gegen das Bettgestell. Er musste und wollte sich endlich Rica anvertrauen.

Rendel Sukowa. Auf einmal stand sie neben ihm und legte ihre kalte Hand auf seine Schulter. *Lebe deinen Traum.* Brechreiz überfiel Levi. Mageninhalt drängte ohne Vorwarnung nach oben. Levi hinkte aus dem Zimmer, die knarrenden Stufen hinab und riss, gerade noch rechtzeitig, die Haustür auf und würgte saure Galle hervor. Dampfender Schleim schmolz im frisch gefallenen Schnee.

Eine Hand packte ihn am Oberarm. Ohne ein Wort an ihn zu richten, zog ihn seine Mutter ins Haus und knallte die Tür.

Minuten später knieten sie bei den Morgengebeten.

Schon nach kurzer Zeit machte sich Levis Bein bemerkbar, die Wunde pochte wahnsinnig, seine Kehle brannte. Aber nach seinen Eskapaden vom Vortag zog er es vor, zu schweigen, und die hirnrissigen Gebete hatten unter allen Umständen vor Sonnenaufgang stattzufinden.

Nicht einmal Jonah war von ihnen ausgenommen. Levi konnte sich nicht erinnern, dass die monotonen Endlosgesänge jemals ausgefallen waren. Selbst als seine Mutter mit Jonah in den Wehen gelegen hatte, hier in diesen zugigen Räumen, hatte sie es geschafft, im Kreis der Familie kniend zu beten. Vorbildlich, wie sein Vater immer gern betont hatte.

»Im Licht des anbrechenden Morgens ersehne ich einen guten Tag für die Menschheit.« Die Gebetsstimme seiner Mutter erreichte ihn. »Ich will Liebe bringen, wo Hass regiert. Brot zu den Hungernden, Güte zu denen, deren Herz verschlossen ist.«

Levi riskierte einen Blick, obwohl er die Augen eigentlich geschlossen halten musste. Sie knieten auf Kissen, eine Armlänge voneinander entfernt, symbolisch ausgerichtet nach den Himmelsrichtungen. Versteinert. Graue Gesichter mit ausdruckslosen Zügen. An die kahl geschorenen Köpfe konnte er sich nicht gewöhnen, und er hasste den übertrieben besänftigend klingenden Gesang, den vor allem seine Mutter von sich gab. Levis Blick traf Jonah. Sein Bruder schwankte. Ihm fiel es schwer, im Gleichgewicht zu bleiben, auch wenn er sich zur Stabilisierung an einem Stuhl festhalten durfte.

Zu allem Überfluss betrat Rendel Sukowa den Kreis und streckte ihre blutverschmierten Hände anklagend Richtung Zimmerdecke. *Allein aus Mitleid nimmt dich die Musikhochschule nicht auf.* Levi kniff seine Augen so fest aufeinander, bis sie zu tränen begannen. Verschwinde!, schrie er, ohne den Mund zu öffnen.

»Segne das Wasser und lass es niemals versiegen.« Ricas Stimme drang zu ihm durch. »Schicke mir einen Menschen, dem ich Gutes tun kann, heute an diesem besonderen Tag, den ich begehen will wie meinen letzten.«

Levi blinzelte vorsichtig mit einem Auge. Rendel Sukowa war verschwunden. Erleichtert streckte er sein Bein und versuchte, den Verband ein wenig zu lockern. Stille. Minutenlang. Zu lange. Hier stimmte etwas nicht. Seine Mutter tadelte ihn wortlos durch Blicke. Er hatte den Faden verloren. Welcher Vers war an der Reihe? Wie waren Ricas letzte Worte gewesen?

»Leite mich zu Ehrlichkeit und Gehorsam sowie zu innerem Frieden«, stieß seine Mutter wenig friedvoll hervor. »Danke für alles, was du an diesem Tag für mich spendest.«

Nach diesem Satz gingen die endlosen Verse von vorne los.

Eine Stunde beteten sie immer und immer wieder die gleichen Psalmen. Er riss sich zusammen, drückte die Schmerzen weg. Seine Aussetzer würden die Gebetszeit ansonsten verlängern.

Köln-Nippes, Gustav-Nachtigal-Straße

Als Lou an diesem Morgen zum zweiten Mal erwachte, lag sie unter Friedas Bettdecke. An einem ganz normalen Samstag hätte sie eine Runde über den Wochenmarkt gedreht, sich ins hektische Treiben auf der Neusser Straße eingereiht und sich mindestens zwei Espressi in einer der kleinen Kaffeebars gegönnt, die auch in diesem Stadtteil wie Pilze aus dem Boden schossen. Aber der Mord an Rendel Sukowa machte ihr heute einen Strich durch den lieb gewonnenen Ablauf.

Nur schleppend fand sie ins Badezimmer, duschte und überlegte beim Föhnen, ob es nicht besser war, ihrer Schwester wegen Weihnachten ganz abzusagen. Es konnte sehr gut sein, dass die Arbeit der MK »Villa« bis dahin nicht abgeschlossen wäre. Begeistert würde Dorit nicht reagieren, und irgendwie widerstrebte es Lou, ihre Schwester vorsichtshalber auszuladen. Weihnachten allein mit ihrer Mutter ertrug sie dieses Jahr nicht. Sie wollte ein volles Haus, Kinderlachen und Rituale, die ansonsten keinen Spaß machten.

Als sie fünfzehn Minuten später das Bad verließ, hörte sie Geräusche aus der Küche. Zudem lief das Radio. Lou ging die Treppe hinab.

Ihre Mutter stand vor dem Herd und schlug Eier in einer Plastikschüssel auf. Wie immer war sie perfekt zurechtgemacht. An den Fingern wertvoller Goldschmuck, die schlohweißen

Haare waren hochtoupiert. Sie trug ein petrolfarbenes Strickkleid, das ihre hellblauen Augen besonders zur Geltung brachte. Wie immer war sie leicht gebräunt. Helene Vanheyden flog regelmäßig auf die Kanaren.

»Was machst du denn hier?«

»Einen schönen guten Morgen wünsche ich dir auch. Ich habe mich gestern um meine Enkeltochter gekümmert. Sie war in einem ganz erbärmlichen Zustand, als ich hier ankam.« Ihre Mutter kam selten ohne Vorwurf in der Stimme aus, wenn es um Frieda ging.

»Eigentlich wollte ich dich sprechen, aber du gehst ja nie an dein Handy, wenn ich anrufe. Also habe ich mit meiner Enkelin telefoniert und sie in einem Moment erwischt, als sie gerade ziemlich down war. Ich bin gleich hergefahren, habe sie aufgepäppelt und zu ihrer Verabredung gefahren. Sie gibt es nicht zu, aber deine Tochter verlässt dich ungern.«

Lou goss Kaffee in einen Becher. »Danke, dass du dich gekümmert hast. Dummerweise stecke ich gerade jetzt mitten in einer Ermittlung.«

»Du steckst doch immer in einem Fall.« Demonstrativ hielt sie eine Pfanne in die Höhe. »Rührei oder Spiegelei?«

»Egal.«

Helene gab Fett in die Pfanne. »Aber glaub ja nicht, dass du den Heiligen Abend schwänzen kannst! Einmal im Jahr wirst du dich doch wohl von deinem Job loseisen können.«

»Darum geht es doch gar nicht. Meinst du, ich bin Weihnachten gerne im Polizeipräsidium?«

»Manchmal habe ich fast den Eindruck.« Helene verquirlte zwei Eier in einer Glasschüssel und gab die Masse in die Pfanne, Öl zischte leise.

Lou hasste solche Schlagabtausche. Ihre Mutter hatte ihrer Arbeit noch nie etwas abgewinnen können und entfachte gern ein Feuer um dieses mittlerweile über zwanzig Jahre währende Streitthema. Überraschenderweise zündelte sie jetzt nicht weiter und stellte ein perfekt gebackenes Rührei vor Lou auf den Tresen.

»Malines Vater ist gestern Nacht gestorben.«

»Das ist ja schrecklich, die Ärmste.« Helenes Anteilnahme war ehrlich, sie mochte Maline. »Wie geht es ihr, kommt sie klar?«

»Es hilft ihr, dass er an Gott glaubte und seine Beerdigung genau geplant hat.«

Lou biss sich auf die Unterlippe. Das war ein heikles Thema. Seit Jahren wollte sich Helene mit ihren Töchtern zusammensetzen, um alle Angelegenheiten zu besprechen, die nach ihrem Tod bedeutsam werden konnten. Aber sowohl Lou als auch Dorit sagten solche Termine regelmäßig ab. Beide wollten sich damit einfach nicht auseinandersetzen. Offenbar hegte Lou tief in ihrem Unbewussten die absurde Hoffnung, dass ihre Mutter nicht sterben konnte, wenn ihr Tod nicht geregelt war.

Lou gab reichlich Salz auf das Ei und schob sich eine Gabel in den Mund.

»Ich wollte etwas mit dir besprechen«, sagte Helene.

Lou triumphierte innerlich. Sie hätte jede Wette abgeschlossen, dass ihre Mutter ein Anliegen im Gepäck hatte und nicht ausschließlich wegen Friedas Abschiedsschmerz angereist war, und konnte sich ein Grinsen nicht verkneifen. »Was hast du auf dem Herzen?«

»Vielleicht sollte ich zu dir ziehen … nur für eine Weile, wenn Frieda abgeflogen ist.«

»Was? Warum? Du liebst dein Haus und deinen Garten.«

»Das stimmt, aber ich denke, dass du etwas Gesellschaft vertragen könntest.«

Lou starrte ihre Mutter an.

»Und in letzter Zeit fühle ich mich einfach oft allein. Meine Freundinnen sterben nacheinander, ständig renne ich auf irgendeine Beerdigung. Immerhin werde ich dieses Jahr fünfundsiebzig und will einfach mehr Zeit mit meinen Töchtern verbringen.«

»Dann fahr doch mal ein paar Wochen zu Dorit. Sie freut sich bestimmt, wenn du sie länger besuchst. Du schwärmst immer von Cornwall und fährst so selten hin.« Lou entschuldigte sich gedanklich bei ihrer Schwester, die mit Sicherheit nicht scharf auf einen wochenlangen Besuch ihrer Mutter war.

»Dorit lebt so beengt«, sagte Helene. »Da habe ich immer das Gefühl zu stören.«

»Aber ... was soll das denn heißen? Was sagt denn Nikodemus dazu?«

»Es ist meine Entscheidung, außerdem hat er endlich mal Urlaub genommen und ist mit seinem Vater bis nach Silvester vereist. Aber davon abgesehen, könnte er uns hier genauso gut zur Hand gehen.«

Diese Aussicht übte auf Lou durchaus einen gewissen Reiz aus. Nikodemus war die gute Seele des Hauses in Marialinden, fleißig, diskret, zuverlässig und ein begnadeter Koch. Der Gedanke an seine Geflügelleberpralinen im Pumpernickelmantel oder seine Variante eines Mandarinensüppchens verursachte bei Lou Speichelfluss. Aber bei aller Liebe konnte sie sich nicht vorstellen, dauerhaft mit ihrer Mutter unter einem Dach zu leben.

»Ich werte dein Schweigen mal positiv«, sagte Helene.

»Dieses Haus ist einfach sehr klein«, sagte Lou. »Hier gibt es kaum Möglichkeiten, sich aus dem Weg zu gehen.«

»Dafür komme ich ganz gut in die Stadt«, konterte Helene. »Ich hätte nämlich Lust, mich in einem Chor anzumelden. Die Treffen finden donnerstagabends in der Nähe vom Mediapark statt. Wir würden uns kaum sehen, tagsüber bist du im Präsidium und abends habe ich meine Verpflichtungen, so etwas lässt sich ja einrichten.«

»So weit die Theorie!«

Helene ließ sich nicht beirren. »Und Nikodemus kann abends zu seinem Vater fahren, er wohnt ja sozusagen um die Ecke.«

»Du scheinst mit deinen Vorüberlegungen aber schon sehr weit zu sein.«

»Lass Oma doch in meinem Zimmer wohnen.« Frieda betrat die Küche, gab ihr einen flüchtigen Kuss, ging zu Helene und stellte sich demonstrativ an ihre Seite. Lou hatte sie nicht kommen hören. Beim Anblick der beiden spürte sie ein flaues Gefühl in der Magengrube. Sie waren sich einig. Ganz unmissverständlich.

»Das Haus ist doch groß genug.« Frieda hängte ihre Daunenjacke über eine Stuhllehne, gab Kaffee in eine Tasse und rührte Zucker hinein. »Du bist dann nicht so allein, Mama.«

»Vielleicht will ich ja alleine sein«, hörte Lou sich bissiger als beabsichtigt sagen.

Frieda fuhr sich durch die roten Locken. »Oma aber nicht!«

Lou hatte das Gefühl, dass der Boden unter ihren Füßen nachgab. Sie schaffte es kaum, ihre Mutter anzusehen.

Immerhin musste sie Helene zugutehalten, dass sie nicht gleich mit Sack und Pack eingezogen war. Ihre Mutter neigte durchaus zu solchen Aktionen. Trotzdem stellte sie Lou vor vollendete Tatsachen, indem sie Frieda bereits auf ihrer Seite hatte. Die beiden sahen herüber, erwartungsvoll.

»Wieso bist du überhaupt schon da?«, fragte Lou, auch um Zeit zu gewinnen. »Ich dachte, dass du bei deinen Freundinnen frühstückst.«

»Du weichst aus, Mama.«

Kluges Kind. Lou fiel Friedas Ähnlichkeit mit Henry auf. Je älter sie wurde, desto mehr kam sie nach ihrem Vater. Rote Haare. Braune Augen. Unzählige Sommersprossen, die nun im Winter besonders hervorstachen und von Frieda dafür umso mehr gehasst wurden. Der Pubertätsspeck hatte sich längst in Luft aufgelöst, Frieda war hoch aufgeschossen, und um ihre Mundwinkel zeichneten sich leicht spöttische Züge ab. Henry, wie er leibte und lebte. Lediglich in den Wangengrübchen erkannte Lou sich selbst.

»Wir müssen das Ganze jetzt nicht abschließend besprechen«, lenkte Helene ein. »Lass uns ein anderes Mal ganz in Ruhe reden.«

Lou schob ihr Ei zur Seite. Der Appetit war ihr vergangen. »Ich muss ins Büro«, sagte sie und ließ das Duo in der Küche stehen.

Polizeipräsidium Köln, Walter-Pauli-Ring

Vater ist tot.

Gedankenverloren wischte Maline Krümel von der anthrazitfarbenen Arbeitsfläche. Ihr Schädel brummte trotz Schmerztablette. Die Zunge fühlte sich pelzig an, und der Magen knurrte. Mechanisch füllte sie den Behälter des Kaffeeautomaten mit Wasser und fischte eine Tasse aus dem Hängeschrank über dem Spülbecken. Anschließend schob Maline ein Tomatenbaguette in die Mikrowelle und starrte auf die Retro-Prilblumen, die als Handtuchhalter dienten. Rot. Gelb. Rot. Sie waren der einzige Farbklecks in der ansonsten steril wirkenden Küchenzeile des Kriminalkommissariats 11.

»Was machst du denn hier? Wieso bist du nicht zu Hause geblieben?« Lou klang gereizt, stellte ihre Tasche ab und zog den Mantel aus. »Mensch, du solltest doch ausschlafen, es dir gemütlich machen oder endlich Wohnungen besichtigen.«

»Ich habe alle Termine abgesagt. Außerdem fressen mich meine Gedanken, wenn ich heute im Camper bleibe. Die Arbeit wird mich ablenken, ich kann im Augenblick sowieso nichts tun.«

»Du musst die Beerdigung organisieren, damit bist du doch ganz schön beschäftigt.«

»Unsinn, es wird nur eine kleine Trauerfeier. Mit dem Bestattungshaus hatte ich gestern Abend noch telefoniert, den Tisch für das Reueessen habe ich klargemacht, und die wenigen Verwandten rufe ich von hier aus an.«

Lou nahm ihre Tasche und verschwand ins Büro.

Minuten später folgte Maline mit ihrem Baguette, setzte sich an ihren Schreibtisch und drehte die Heizung höher. »Du wolltest doch mit Frieda frühstücken.«

»Sie hat bei einer Freundin übernachtet und, ach, sagen wir einfach, es hat sich erledigt.« Lous Smartphone klingelte. Sie zog eine Augenbraue hoch, als sie das Gespräch nach wenigen Sekunden beendete.

»Was ist los?«

»Ich hatte Frieda versprochen, heute mit ihr shoppen zu gehen, und daran hat sie mich jetzt noch mal erinnert. Wir sind heute Abend am Neumarkt verabredet, sie braucht noch ein paar Kleinigkeiten für Kanada.« Lou seufzte. »Diesmal darf mir nichts dazwischenkommen. Ich habe sie schon zwei Mal versetzt.«

Ben kam ins Büro, er trug noch seine Jacke, Schal und Mütze. Die Brille war beschlagen. »Die Profilspurenauswertung ist schon da und hat ergeben, dass die gesicherten Abdrücke im Garten von zwei verschiedenen Schuhtypen stammen. Bei dem einen Paar handelt es sich um Dockers, der Markenaufdruck lässt sich eindeutig erkennen, Größe vierundvierzig. Der Eindruck des anderen Schuhs wurde am Kellerfenster gesichert, leider lassen sich da die Merkmale weniger deutlich bestimmen, wir wissen jetzt lediglich, dass es sich um Schuhe in Größe neununddreißig handelt. Detailliertere Angaben zum Profilmuster der Dockers und deren Auffälligkeiten gehen uns gleich zu, zusammen mit dem maßstabgerechten Abdruck.«

»Dockers sind Allerweltsschuhe«, stöhnte Lou.

»Vielleicht, aber die Sohle weist an einer Stelle offenbar einen markanten Riss auf«, meinte Ben.

»Dummerweise kann ich mich nicht erinnern, welche Schuhe Sukowa getragen hat, als ich ihn am Tatort befragt habe«, sagte Maline. »Sein Zustand ist übrigens stabil. Ich habe eben in der Klinik angerufen.«

»Das sind ja gute Nachrichten.« Ben schien wirklich erleichtert.

»Also selbst wenn wir uns Sukowas Schuhsammlung ansehen und eine Übereinstimmung haben, würde es lediglich beweisen, dass er sich im Garten aufgehalten hat«, sagte Lou. »Und damit sind wir keinen Schritt weiter, der Garten gehört seiner Mutter. Der andere Eindruck hilft uns quasi überhaupt nicht, jeder zweite Mensch hat Schuhgröße neununddreißig.«

»Aber die Spur der Dockers war frisch, was Constantin Sukowa uns dann erst einmal erklären müsste«, sagte Ben. »Bisher hat er jedenfalls nicht erwähnt, dass er sich am Freitagmorgen im Garten seiner Mutter aufgehalten hat.«

»Er benimmt sich verdächtig, hat ein Motiv und tischt uns Lügen auf«, schaltete sich Maline ein. »Aber ich kann mir einfach nicht vorstellen, dass er seine Mutter umbringt, während seine Tochter im Auto schläft.«

»Ich habe schon von Tätern gehört, die viel abgebrühter waren«, meinte Ben und schob sich einen Kaugummi in den

Mund. Lou und Maline lehnten ab, als er ihnen ebenfalls einen anbot.

»Was ist mit dem Buch über ihre Schüler, das Frau Sukowa geführt hat?«, fragte Lou. »Ergibt sich da vielleicht ein Ansatzpunkt?«

Maline verschränkte die Arme hinter dem Kopf. »Ich habe schon einen Blick hineingeworfen. Sie hat wirklich sehr genau festgehalten, wem sie wann Unterricht erteilt hat, wie viel die Person bezahlt hat, ob bar oder per Überweisung.«

»Das ist doch hilfreich«, meinte Ben.

»Hilfreich wäre es, wenn sie neben den Namen auch Geburtstage und Adressen notiert hätte. Was glaubst du, wie lange es dauert, bis ich all ihre Schüler gecheckt habe? Ich kann ja nicht mal sehen, ob es sich um ein Kind oder einen Erwachsenen handelt. Ich sage euch, das dauert Wochen, bis ich da durchgestiegen bin! Das ist echt eine Sisyphusarbeit. Wie sieht es eigentlich mit Verstärkung aus? Bisher ist unsere MK ziemlich schwach besetzt.«

»Wir bekommen zwei Leute zur Unterstützung«, sagte Ben. »Einer kümmert sich dann komplett um die Schülerliste, denn theoretisch muss man mit jedem sprechen.«

»Eigentlich müssten wir die Liste dann auch mit den Daten angrenzender Behörden abgleichen«, sagte Lou. »Die Musikschüler können ja aus einem riesigen Einzugsbereich kommen. Der Stadtteil Rath ist immerhin ein Randgebiet, kurz dahinter fängt die Zuständigkeit des Rheinisch-Bergischen Kreises an.«

Maline stöhnte. »Wann kommt der Kollege?«

»Wahrscheinlich noch heute«, sagte Ben.

»Hier ist übrigens die Aufstellung der entwendeten Gegenstände.« Lou reichte Ben Unterlagen über den Tisch. »Sukowa gibt an, dass ungefähr viertausend Euro fehlen, Goldschmuck und Uhren im Wert von zweitausend Euro sowie diverse Gegenstände wie zum Beispiel ein vergoldetes Metronom und drei Hutschenreuther Kerzenständer aus den zwanziger Jahren, Wert um die siebenhundert Euro.«

»Was ist denn ein Metronom?«, fragte Maline.

»Ein Gerät, das den Takt vorgibt. Dieses war ein besonders

dekoratives, wertvolles Stück«, antwortete Lou. »Fotografien der Gegenstände liegen bei. Das Geld verwahrte seine Mutter angeblich in ihrer Kommode im Schlafzimmer und den Rest im Arbeitszimmer. Diese beiden Zimmer wurden tatsächlich durchwühlt.«

»Dieses Taktgerät und die Kerzenständer lassen sich ja wohl kaum zu Geld machen.« Ben überflog das Papier.

»Ein paar Euro bekommst du immer dafür«, meinte Lou. »Da können wir nur hoffen, dass bei den Spuren, die der Erkennungsdienst im Haus und an der Leiche gesichert hat, Fremd-DNA gefunden wird und der Täter schon mal in Erscheinung getreten ist. Apropos, was ist denn mit der Faserspur am Scharnier?«

»Ich mache noch mal Druck«, versicherte Ben.

»Und was haben die Hausbefragungen ergeben?«, fragte Maline und biss in ihr Baguette.

»Nichts.« Ben seufzte. »Ich habe mir gestern Abend mal die Ordner durchgeschaut, die wir aus Frau Sukowas Arbeitszimmer mitgenommen haben. Sie hat regelmäßig zwei Unternehmen beschäftigt, die Arbeiten am Haus durchgeführt haben. Die eine Firma kümmert sich seit Jahren um ihren Garten, und die andere putzte einmal im Quartal alle Fenster. Laut Terminkalender waren beide Firmen kurz vor der Tat vor Ort. Wir müssen heute Kontakt zu diesen Betrieben aufnehmen, Personen überprüfen. Wenn wir Glück haben, ist vielleicht jemandem etwas aufgefallen. Außerdem werden wir Constantin Sukowas Freundin einen Besuch abstatten und einen Blick auf seine Schuhe werfen. Herausgeben muss sie uns nichts, aber wir können sie ja darum bitten. Sie wird schließlich auch wollen, dass wir mit unseren Ermittlungen vorankommen.«

»Es ist Samstag«, gab Maline kauend zu bedenken. »Die Betriebe haben sicherlich geschlossen.«

»Versucht trotzdem euer Glück, und zwar ohne Voranmeldung«, sagte Ben. »Wir sollten das Überraschungsmoment nutzen.«

»Was ist denn mit Heinrich?«, fragte Maline. »Hat er sich schon gemeldet?«

Ben machte ein langes Gesicht. »Ich stehe ihm permanent auf den Füßen. Angeblich will er Rendel Sukowa heute noch obduzieren.«

Königsforst

Levi brauchte Ruhe. Er musste seine Gedanken ordnen und hatte sich wieder ins Haus der Schmitts verzogen, obwohl ihm seine Mutter befohlen hatte, die Begrenzungsmauer weiterzubauen. Arbeitsaufträge, Sanktionen und ihre Standpauken waren ihm im Augenblick egal. Er drehte das Wasser wärmer und hoffte, dass sich die Ereignisse des vergangenen Tages verflüchtigten. Aber die Bilder klickten unentwegt in seinem Kopf, verstörten ihn und ließen sich nicht abschütteln.

Levi trocknete sich mit einem Frotteehandtuch ab, tupfte über die Wunde am Bein, während er parallel zum Versteck schielte. Das Messer war im Badezimmer der Schmitts nicht sicher, er musste es wegschaffen, am besten sofort. Oder später. Aber auf jeden Fall heute. Hundertprozentig.

Eilig streifte er seine Sachen über, ging ins Wohnzimmer, stellte den Flachbildschirm an, der an der Wand protzte, und hetzte durch Programme. Afghanistan. Werbung. Sitcoms. Paketdrohnen. Koalitionsverhandlungen. Er checkte zusätzlich die lokalen Sender. Rendel Sukowa wurde nicht erwähnt. Beruhigt stellte er das TV-Gerät aus. Chill, Alter. Bisher hast du dich gut geschlagen!

Gegen seinen Willen musste er grinsen. Seinem Vater hätte diese Ausdrucksweise nicht gefallen. *Beherrsche dich in Wort und Gedanken. Den Slang lassen wir auf der Straße, wo er hingehört.* Levi kicherte, steigerte sich in einen Lachkrampf, bis ihm Tränen über das Gesicht rannen und ihm bis zum Ansatz seines Hemdes liefen. Wieder tauchten Bilder auf. Rendel Sukowa klebte an ihm, blutverkrustete Lippen berührten sein Ohr. *Du musst üben, üben und noch mal üben.* Levis Mundwinkel zuckten. Vielleicht wurde er langsam verrückt. Irre wie Tante Isabella, die ohne Punkt und Komma Dialoge mit Gott und einer imaginären

Person namens Carlo geführt hatte, schon Jahre bevor sie vom Dach der Grundschule gesprungen war.

Vielleicht steckte die Geistesgestörtheit in den Genen der Familie. So etwas konnte sich durchaus fortsetzen. Biologie. Die Lehre der Vererbung. Seine Mutter nahm auch diesen Unterricht sehr ernst. *Psychische Krankheiten können sich von Generation zu Generation manifestieren.*

Er musste einen Weg finden, wie er sein eigenes Schicksal in die Hand nehmen und gleichzeitig Jonah helfen konnte, ohne die Familie zu verraten. Sein Glück konnte er nur finden, wenn er seinem kleinen Bruder half, da war er sicher.

Nachdenklich näherte er sich einem Regal und legte den Kopf schräg. Hier standen überwiegend gebundene Grundlagenwerke, deren Titel er herunterbeten konnte. Klinische Elektroenzephalografie. Persönlichkeitsstörungen: Leitlinie und Quellentext. Die Bindungstheorie. Forschung und Anwendung. Seine besondere Aufmerksamkeit galt dabei einem Wälzer mit dem Titel »Wiedemanns Atlas klinischer Syndrome«. Auf dem Cover waren Kinder mit verschiedenen Missbildungen abgebildet. Levi zögerte jedes Mal, bevor er das Buch hervorzog. Es war, als berührte er eine verbotene Schrift, ein Werk, von dessen Inhalt Gefahr für ihn ausging. Unsinn, natürlich. Aber auch jetzt musste er sich dazu überwinden, es in die Hand zu nehmen.

Das Kapitel, das er suchte, fand er auf Anhieb und schlug es auf. Seine Augen huschten über einen Abschnitt, den er komplett auswendig kannte. Jedes Wort hatte sich in sein Hirn gebrannt.

Nach einer Weile ließ er das Buch neben den Sessel sinken, ging zum Plattenspieler, suchte eine bestimmte LP heraus, legte sie auf und ließ sich auf dem Sofa nieder. Ergriffen lauschte er Ravels »Klavierkonzert für die linke Hand in D-Dur«.

Musik wehte durchs Haus und trug Levi eine Idee zu, die sich festsetzte.

Das eigene Glück kann ich nur finden, wenn ich meinem kleinen Bruder helfe.

Er rannte ins Schlafzimmer und zog eine Sammelmappe

hervor, die er unter dem Bett verbarg. Darin befanden sich Ricas eindrücklichste Zeichnungen. Er hatte sie in Sicherheit gebracht, wollte verhindern, dass seine Schwester sie in einem Anflug von übersteigerter Selbstkritik vernichtete. Levi zog eine bestimmte Radierung hervor, knickte sie sorgfältig, ging ins Wohnzimmer und schrieb ein paar Zeilen auf einen Bogen Briefpapier, den er im Schreibtisch fand. Anschließend schob er Zeilen und Zeichnung in einen braunen Umschlag und versah das Kuvert mit einer Adresse, die er abschreiben musste.

Entschlossen nahm er einen zweiten Umschlag und kritzelte einen Straßennamen sowie die Postleitzahl darauf, die er auswendig kannte. Anschließend verfasste er ein paar Zeilen, las sie mehrmals, bevor er sie ins Kuvert steckte, und setzte einen letzten Brief auf, den er an die Kölner Musikhochschule adressierte. Diese Anschrift fand er in einem dicken gelben Telefonbuch, das er aus dem Keller holen musste. Er nahm drei Briefmarken aus dem Holzkästchen mit der Aufschrift »Krimskrams« und beklebte die Umschläge.

Levi erledigte die Handgriffe, als wäre er im Wochenendhaus der Schmitts zu Hause, schob die drei Briefe in seinen Hosenbund, damit er sie später auf keinen Fall vergaß, und begleitete dabei Ravels Klavierkonzert pfeifend.

Heiligenhaus

Die Tür im zweiten Stock war nur angelehnt. Dahinter ging es lautstark zu. Ein Kind weinte, weitere lieferten sich ein Wortgefecht, und dazwischen vernahm Lou deutlich die Stimme einer Frau, die zur Ordnung mahnte.

Zaghaft schubste Lou die Wohnungstür auf. »Hallo?«

Alea kam aus einem Zimmer gelaufen. Lou erkannte Constantin Sukowas Tochter sofort wieder. Das Kind blieb stehen, Lou fielen ihre dunklen mandelförmigen Augen auf. Sie trug eine Wollstrumpfhose und ein rosa T-Shirt mit Lillifee-Aufdruck. Lou stützte ihre Hände auf die Knie. »Ich möchte gerne mit Veronika Engels sprechen.«

Die Kleine verschwand. Unmittelbar erschien eine stämmige Frau mit wachem Blick und runden Wangen. Sie trug Rock, Lederstiefel und Strickjacke. Ihr Händedruck war energisch. Lou stellte sich vor.

»Kommen Sie herein«, sagte Veronika Engels. »Wir gehen in die Küche.« Im Vorbeigehen schloss sie zwei Türen, die sofort wieder geöffnet wurden, dahinter lugten neugierige Kinderaugen hervor.

»Die nerven heute wieder mal gewaltig.« Frau Engels bot Lou einen Platz an, räumte mit wenigen Griffen den Tisch von Spielzeug und benutzten Tellern frei. Die Küche war ziemlich klein und funktional eingerichtet. Wände mit Zeichnungen plakatiert. Am Kühlschrank hingen Stundenpläne.

»Wie viele Kinder haben Sie denn?«

»Vier Söhne, dazu noch Alea. Sie macht unsere Rasselbande komplett.«

»Haben Sie etwas vom Krankenhaus gehört?«, fragte Lou. »Wie geht es Ihrem Freund?«

»Die Ärzte sind zufrieden, er erholt sich sehr gut.« Frau Engels füllte einen Wasserkocher, gab Teebeutel in eine Kanne und zog einen Holzstuhl heran. »Das war vielleicht ein Schreck … Danke noch mal, Sie haben Constantin das Leben gerettet.«

Lou winkte ab.

»Doch, wirklich!«

Ein etwa siebenjähriger Junge kam in die Küche und beschwerte sich lautstark über einen seiner Brüder. Frau Engels schickte ihn hinaus.

»Was kann ich für Sie tun? Viel Zeit habe ich nämlich nicht. Mein Großer muss zum Fußball.«

»Wann ist Ihr Freund am Freitagmorgen mit Alea nach Köln aufgebrochen?«

»So gegen sechs Uhr dreißig, denke ich. Constantin lag der Streit mit seiner Mutter im Magen, und er wollte das Thema so schnell wie möglich aus der Welt schaffen. Deshalb ist er so früh los.«

»Wissen Sie, worum es bei der Auseinandersetzung gegangen ist?«

Wieder erschien eins der Kinder, diesmal weinend. »Der Lasse haut mich immer.«

»Entschuldigung.« Frau Engels nahm den Jungen an die Hand und rauschte aus der Küche. Lou hörte sie im Nebenzimmer den Konflikt regeln. Konsequent und deutlich.

Köln-Rath

Levi baut Mist, und ich kann es ausbaden. Mutter schickt mich allein auf die Samstagsrunde, weil mein lieber Bruder sich schon wieder verdünnisiert hat.

Ich muss Essensspenden und Gaben mildtätiger Menschen abholen. Manche Leute unterstützen uns regelmäßig mit Lebensmitteln, überlassen uns Sachen, die entweder abgelaufen sind oder die sie selbst nicht mehr verzehren wollen. Samstags fahren wir herum und holen die Spenden ab. Ich esse allerdings nur Ausgesuchtes, von bestimmten Menschen. Von anderen Sachen lasse ich die Finger, manches hat einfach einen merkwürdigen Beigeschmack. Da kann Mutter mich ruhig Dummerchen nennen.

Als wir nach Köln zogen, haben wir uns weitestgehend selbst versorgt. Wir hatten sogar zwei Ziegen, aber nachdem sich die Nachbarn ständig über das Meckern beschwerten, haben wir sie abgeschafft, bevor Behörden sich für die Sache interessierten. Soweit es möglich ist, ernähren wir uns aus unserem Garten. Mutter backt regelmäßig Brot, den Rest stecken uns wildfremde Menschen zu. Das ist erniedrigend, ich komme mir vor wie eine Bettlerin. Dabei haben wir Geld. Auf der Bank und im Haus. Meine Eltern sind vermögend. Der braune Lederkoffer, der auf dem Speicher steht, ist bis oben hin voller Scheine. Daraus können wir uns bedienen, wenn es ohne Geld nicht geht. Aber es geht, erstaunlich gut sogar.

Blöderweise ist es schon Mittag. Um die Zeit sind viele Leute unterwegs, sie kaufen fürs Wochenende ein und starren mich an, wenn ich an ihnen vorbeiradele. Manchmal rase ich stellenweise über den Bürgersteig und schließe während der Fahrt einfach die Augen. Klar, das ist rücksichtslos und gefährlich. Aber ich will so schnell wie möglich vorwärtskommen und niemanden ansehen. Sollen die Glotzer doch an die Seite springen und mir ruhig Schimpfworte nachrufen. Sollen sie doch.

Der Verkehr staut sich über die gesamte Hauptstraße. Vor dem Platz an der Kirche drängeln sich die Menschen vor Marktständen. Es ist schweinekalt, meine Strickjacke hält den Wind kaum ab. Ich hätte so gern eine Daunenjacke.

An der Bäckerei halte ich kurz an. Das ist der einzige Stopp, den ich mir erlaube. Frierend drücke ich meine Nase an die Schaufensterscheibe. Lebkuchenhäuschen sind mit bunten Süßigkeiten beklebt und stehen neben Schalen mit Weihnachtskeksen. Wenn die Tür des Ladens aufschwingt, strömen Wärme und ein unwiderstehlicher köstlicher Duft auf die Straße.

Früher haben wir Plätzchen gebacken, zusammen den Adventskranz gebunden und unsere Nikolausstiefel auf die Fensterbank gestellt. Längst hat die Vorweihnachtszeit ihren Glanz verloren. Jonah hat sie nie erlebt. Der Gedanke macht mich unsagbar traurig.

Ich steige aufs Rad und fahre durch zu den Kiesewetters. Das Rentnerpaar legt das Essen, das ich mitnehmen darf, immer in einer Tüte vor der Garage ab. Das ist mir ganz recht. So gibt es keine Wartezeit und keine Fragen. Ich halte an und lege den schweren Beutel in den Fahrradanhänger.

Unverzüglich mache ich mich auf den Weg zu Frau Jaschke. Bei ihr muss ich klingeln, aber sie macht nie viele Worte, und meist drückt sie mir eine Leckerei in die Hand. Heute ist es ein dickes Stück Christstollen. Bei ihr kann ich ruhig zugreifen, sie hat sanfte Augen, ist bestimmt eine von den Guten und würde mir nie etwas tun. Ich schmecke Butter heraus, lasse den Kuchen auf der Zunge zergehen und wische mir Puderzucker von den Lippen. Eigentlich muss ich solche Köstlichkeiten ablehnen, aber das schaffe ich bei Frau Kiesewetter nicht immer. Ich gestatte mir dieses kleine Geheimnis, auch wenn mich mein schlechtes Gewissen danach verfolgt.

Um Dr. Benders Haus mache ich einen riesigen Bogen, verlasse die Hauptstraße, fahre durchs Feld und strampele über

Umwege zu den Marquards. Sie sind meine letzte Station. Hier muss ich immer zweimal klingeln, bevor jemand zur Tür kommt. Diesmal öffnet eins der Mädchen. Sie trägt eine lila Jogginghose und einen Pulli mit Rentieraufdruck. Auf ihrem Scheitel sitzt ein Haarstrang, der mich an einen Springbrunnen erinnert. Ich beuge mich zu ihr hinunter. »Ist deine Mama zu Hause?«

Sie hält sich die Hand vor den Mund, guckt mich an und bewegt sich nicht.

»Kannst du bitte deine Mutter an die Tür holen?«

»Mama, die Bettlerin ist da«, ruft die Kleine mit heller Stimme und verschwindet im Haus.

Am liebsten würde ich im Erdboden versinken, abhauen, aber wenn ich das mache, dann bekomme ich Ärger und meine Familie hat am Wochenende ziemlich wenig zum Essen. *Wir sind auf diese Spenden angewiesen.* Ich weiß, Mutter.

Es dauert noch einmal eine gefühlte Ewigkeit, bis Frau Marquard erscheint. »Scheußliches Wetter«, sagt sie statt einer Begrüßung.

Sie schnattert unaufhörlich, während ich bibbernd von einem auf das andere Bein trete. Dabei schiele ich unentwegt auf die Plastiktüten mit Lebensmitteln, die Frau Marquard in den Händen hält.

Ihre drei Töchter drängeln sich in den Vordergrund, bleiben wenige Schritte vor mir stehen und flüstern miteinander. Sie haben alle die gleiche Fontänenfrisur. Die Kleinste hält eine Astrid-Lindgren-DVD in der Hand. Diese Filme habe ich geliebt. Früher.

Es fällt mir schwer, Frau Marquard weiter zuzuhören, die nun davon spricht, wie teuer alles geworden ist. Ihre Kinder mustern mich ungeniert. Tuscheln und lachen. »Hab ich doch gesagt, dass die Lumpen anhat«, quiekt die Kleine, die mir die Tür aufgemacht hat. Die beiden anderen nicken, bohren in ihren Nasen und stecken die Köpfe zusammen.

Endlich bekomme ich die Lebensmittel ausgehändigt.

Als ich die Sachen in den Packtaschen meines Rads verstaue, höre ich die Marquard-Kinder singen: »… hat Kleider nicht, hat Lumpen an. So helft mir doch in meiner Not, sonst ist der bittere Frost mein Tod.«

Auf dem Rückweg bevorzuge ich den Feldweg, der einsam und verlassen liegt und zwei riesige Ackerflächen voneinander trennt. Der Wind bläst hier so extrem, dass ich kaum vorwärtskomme. Ich stehe über dem Sattel und trampele.

Als die letzte Wegbiegung in Sicht kommt, sehe ich das Fahrzeug. Das ist nichts Besonderes, häufig parken hier Jogger oder Hundehalter. Normalerweise am Seitenrand. Dieser Wagen steht mitten auf der schmalen Straße. Ich werde mit meinem Rad plus Anhänger nicht vorbeikommen. Trotzdem fahre ich weiter. Soweit ich es erkennen kann, sitzt eine Person am Steuer. Sie wird das Auto zur Seite fahren. Ich rumpele mit meinem Anhänger vorwärts. Als ich circa dreihundert Meter entfernt bin, gehen die Scheinwerfer des Wagens an. Mit quietschenden Reifen setzt sich das Auto in Bewegung und schießt direkt auf mich zu.

Rechts Acker. Links Acker. Neben dem Feldweg verlaufen hüfthohe Gräben. Ich bleibe stehen und starre dem Wagen entgegen. Dr. Bender schießt mir in den Kopf. Natürlich. Wer sollte sonst mit einem derartigen Affenzahn auf mich zuhalten? Von Glubschauge geht eine Bedrohung aus, der Mann ist irre. Fernlichter blenden auf, der Motor heult. Noch hundert Meter bis zum Crash.

Ich bin wie festgefroren, nicht in der Lage, vom Sattel zu springen oder sonst etwas zu unternehmen, um mich in Sicherheit zu bringen. Noch höchstens dreißig Meter bis zum Zusammenstoß. Noch zwanzig. Noch zehn.

Heiligenhaus

»Wo waren wir?«, fragte Veronika Engels, als sie wieder hereinkam, Wasser über die Teebeutel goss und sich setzte.

»Bei Constantin und seiner Mutter. Worüber sind sie in Streit geraten?«

»Es ging um Geld. Aber genau habe ich es nicht mitbekommen, mein Jüngster hatte Fieber, und Alea wollte nicht einschlafen.«

»Wie würden Sie das Verhältnis zwischen den beiden beschreiben?«

Veronika Engels rutschte auf ihrem Stuhl hin und her. »Nicht besonders herzlich. Rendel war sehr eigensinnig. Gut, Constantin ist auch nicht gerade der umgängliche Typ, aber seine Mutter konnte ein richtiger Besen sein.«

»Was meinen Sie damit?«

Aus dem Kinderzimmer drangen Poltern und Geschrei. Veronika Engels entschuldigte sich noch einmal. Diesmal hörte Lou sie gedämpft schimpfen.

»Constantin entsprach in vielerlei Hinsicht nicht Rendels Vorstellungen«, nahm sie den Faden wieder auf, als sie in die Küche zurückkam. »Am gravierendsten störte sie sein mangelnder Ehrgeiz. Er hätte ein großartiger Pianist werden können, aber er weigerte sich. Schon als Kind vernachlässigte er das Üben, rasselte durch verschiedene Aufnahmeprüfungen, obwohl er einer der Besten hätte sein können. Seine Mutter hat ihm das ziemlich übel genommen und konnte nicht akzeptieren, dass er später eigene Vorstellungen von seinem Leben verfolgte und sein Geld als Barpianist verdient.«

Frau Engels schüttelte lachend den Kopf. »Ursprünglich wollte er Lehrer werden, aber das hat nicht geklappt. Mit dem Klavierspielen hat er sich über Wasser gehalten, bis daraus ein Vollzeitjob wurde. Sie können sich sicherlich vorstellen, wie enttäuschend das für Rendel gewesen sein muss. Ich glaube, dass sie sich deshalb auf manche Schüler gestürzt hat, um sie aufzubauen und zu unterstützen. Sie sollten stellvertretend erreichen, was ihr Sohn nicht geschafft hat. Aber alles in allem waren auch ihre Schützlinge eine Enttäuschung. Nur ein einziger Junge schien ihren Ansprüchen zu genügen.«

»Ach, wirklich. Wer denn?«

»Da müssen Sie Constantin fragen. Er hat sich immer heftig über ihn aufgeregt. Ich glaube, er war ein bisschen eifersüchtig, weil Rendel den Jungen in den höchsten Tönen lobte.«

Das Handy, das auf dem Tisch lag, klingelte. Frau Engels

schaute aufs Display, nahm das Gespräch direkt an und lächelte, als sie kurze Zeit später auflegte. »Constantin wird auf eine normale Station verlegt. Er hat solches Glück gehabt!«

»Das freut mich«, sagte Lou und stand auf. »Könnte ich einen Blick auf die Schuhe Ihres Freundes werfen?«

»Ja, natürlich.«

Veronika Engels ging in den Flur und öffnete einen unscheinbaren Schrank, in dem ausschließlich Schuhe verwahrt wurden. »In der oberen Reihe stehen Constantins Treter.«

Zielstrebig zog Lou ein paar braune knöchelhohe Lederschuhe mit starkem Profil hervor. Größe vierundvierzig. Das »Dockers«-Logo war in Fersenhöhe angebracht. »Kann ich die mitnehmen? Sie müssen es nicht gestatten, aber es würde unsere Arbeit erleichtern.«

»Klar, mein Freund hat doch nichts zu verbergen.«

»Ich fahre heute noch in die Klinik, um ihm ein paar Fragen zu stellen, und werde ihn dann auch von der Mitnahme der Schuhe unterrichten.« Lou zog den Reißverschluss ihrer Jacke zu. »Ich muss los.«

»Sie haben ja noch gar keinen Tee getrunken.«

»Stimmt, aber ich habe noch einiges zu erledigen.«

»Es ist schrecklich, wie Rendel ums Leben kam«, sagte Veronika Engels und begleitete sie zur Tür. »Ich mochte sie irgendwie, auch wenn sie sich mir und den Kindern gegenüber nicht immer besonders nett verhalten hat. Sie fand mich nämlich nicht standesgemäß für ihren Herrn Sohn. Rendel konnte ziemlich arrogant sein, deshalb hat es mich auch gar nicht gewundert, dass sie uns nicht bei sich wohnen lassen wollte. Schon als Constantin mit dem Vorschlag ankam, fand ich die Idee absurd.«

Lou blieb in der geöffneten Tür stehen. »Sie hatten vor, gemeinsam in die Villa einzuziehen?«

»Constantin hatte die fixe Idee, er hat sich richtig reingesteigert, wollte mit Alea nach Weihnachten sozusagen vorziehen und uns dann nachholen, wenn seine Mutter sich an mehr Leben im Haus gewöhnt hat. Klar, ich meine … schauen Sie sich doch um. Wir hausen hier zu sieben Personen auf siebzig Quadratmetern, und Rendels Haus, ach, da hätte jedes Kind ein eigenes Zimmer gehabt. Und dann der himmlische Garten. Klar, ein schöner Traum, aber Rendel war bisher strikt dagegen.«

»Jetzt könnte der Traum Wirklichkeit werden«, sagte Lou. »Ihr Lebensgefährte wird die Villa erben.«

Veronika Engels seufzte. »Das stimmt, aber wissen Sie, mir ist gar nicht wohl bei dem Gedanken, dass wir in ein Haus einziehen, in dem ein Mensch umgebracht wurde.«

Köln-Rath, Rather Mauspfad

Musik. Laut und aggressiv.

Ich bin wie paralysiert, kann keine Bewegung machen, nicht einmal die kleinste. Der Wagen schliddert auf der vereisten Fläche, bricht aus. Das ist der Moment, in dem ich es schaffe, mich aus meiner Erstarrung zu reißen. Mit Karacho steuere ich das Rad samt Anhänger in den Graben zu meiner Rechten. Bremsen quietschen. Ich lande kopfüber in der Senke, die Lebensmittel fliegen im hohen Bogen und liegen verstreut. Das Auto ist aus meinem Sichtfeld verschwunden, harter Beat schallt herüber. Wie in Zeitlupe drehe ich mein Gesicht, sehe den Acker durch eine Vertiefung und entdecke einen Habicht, der majestätisch auf einem Pfahl thront. Er schimmert rötlich.

Mutter hat mal indianische Mythen und Bräuche mit uns durchgenommen, das Thema schloss auch die Bedeutung der Natur und Lebewesen ein. Demnach glaubten die Indianer, dass der Habicht in Situationen auftauche, in denen sich Menschen in brenzligen Lagen befinden.

Die Musik bricht ab, eine Autotür knallt. Schritte nähern sich, ich höre den gefrorenen Boden leise bersten.

»Hey! Was soll denn der Mist?« Es ist Jeremy. Ich erkenne seine Stimme sofort und hebe den Kopf. Rehaugen. Er linst zu mir herunter, seine Hände umfassen den Lenker seines Mountainbikes. Ein zweiter Typ taucht auf. Lederjacke. Haartolle. Er trägt eine Sonnenbrille, obwohl der Tag dunstig ist. Ich kenne ihn, er gehört zu der Clique, die meinen Bruder zusammengeschlagen hat. Er war der brutalste.

»Du Armleuchter! Was soll der Mist?«

»Chill, Alter, ich wollte der Schwester des Oberfreaks nur etwas Angst einjagen und sehen, ob meine Kiste auch im Schnee auf Touren kommt.«

»Ja, voll cool! Echt!« Jeremy stößt ihn in die Seite. »Aber jetzt lass den Scheiß, oder willst du, dass dir die Freaks Ärger machen?«

Der mit der Haartolle mustert mich, als wäre ich ein Affe im Zoo, nimmt etwas Schnee, formt ihn zu einem Ball und bewirft mich.

»Ich hab ›World of Warcraft‹.« Jeremy zieht ihn weg. »Los, Mika, wir fahren zu mir! Ich hab auch was zu rauchen.«

Sein Kumpel zögert, ich sehe, wie er einen Moment mit sich kämpft. Seine Augen leuchten merkwürdig. Jeremy lässt nicht locker, quatscht auf ihn ein.

Ich drehe mein Gesicht zum Feld. Der Habicht ist wunderschön. Die Indianer glaubten, er tauche auf, wo geistige und emotional stärkende Energien benötigt werden.

Eine Autotür wird geknallt. Motorgeräusche entfernen sich. Stille. Mein Habicht spreizt die Flügel, erhebt sich, fliegt davon und lässt sich vom milchigen Grau des Tages verschlucken.

Köln-Brück, Am Wildwechsel

Die Firma »Demitrias & Sohn« lag in einem Gewerbegebiet, eingekesselt zwischen zwei riesigen Fabrikhallen. Maline fuhr direkt auf das Gelände und parkte den Dienstwagen neben zwei Transportern, die Firmenlogos trugen. Als sie den Motor ausgemacht hatte, vernahm sie das Geräusch einer elektrischen Säge. Hier wurde gearbeitet. Bei der Glasreinigungsfirma hatte sie eben vor verschlossenen Türen gestanden. Betriebsausflug.

Zur Abwechslung zeigte sich die Sonne, allerdings nur für einen kurzen Moment. Maline stieg aus dem Wagen und zog den Reißverschluss ihrer Jacke zu. Kalter Wind kam über die nahen Felder. Kein Mensch war zu sehen.

Mit großen Schritten näherte sie sich einem roten Backsteingebäude, über der Tür hing ein Schild »Office«. Dabei kam sie an einer Halle vorbei, in der ein Arbeiter in grüner Latzhose und dickem Pullover einen Stamm auf eine Tischkreissäge hievte. Er trug Ohrenschützer und Handschuhe.

Maline wollte gerade die Stufen zum Büro hinaufgehen, als ein untersetzter Mann mit grauem Vollbart aus der Tür trat. Er war ebenfalls in grüner Arbeitskleidung und hatte eine schwarze Strickmütze auf dem Kopf, die er bis zum Haaransatz hochgeschoben hatte. Maline schätzte ihn auf Ende fünfzig. Sie stellte sich vor und formulierte ihr Anliegen.

Begeistert wirkte Herr Demitrias über die Störung nicht, aber er ging die Stufen wieder hinauf, öffnete die Tür und bat sie in ein kleines, ziemlich unordentliches Büro. Auf dem Schreibtisch stapelten sich Unterlagen, Briefe und Rechnungen. Es roch nach abgestandenem Rauch. Aus einem Kofferradio schepperte eine deutsche Schnulze. Der Raum war überheizt. Maline zog den Reißverschluss ihrer Jacke auf.

Demitrias hob entschuldigend die Hände. »Hier herrscht totales Chaos.« Er versuchte, einen Klappstuhl freizuräumen. »Kaffee? Ich habe gerade welchen gemacht.«

»Nein, danke. Ich möchte Sie auch gar nicht lange aufhalten.«

»Schrecklich, also ich … wir sind noch immer völlig erschüttert.« Demitrias lehnte sich gegen den Schreibtisch, zog ein Päckchen Tabak aus seiner Gesäßtasche und drehte eine Zigarette. »Die arme Frau Sukowa, sie war so ein herzensguter Mensch. Was ist das nur für eine Welt?«

Maline schaute aus dem Fenster. Ein junger Mann überquerte den Hof und ging zu einem der Lieferwagen. »Wie viele Leute beschäftigen Sie?«

»Zwei Arbeiter und dann meinen Sohn natürlich.«

»Unsere Ermittlungen haben ergeben, dass Sie am Mittwoch Frau Sukowas Garten winterfest gemacht haben.«

»Das stimmt. Ich glaube, ich war zusammen mit meinem Jungen bei diesem Auftrag. Moment, ich schaue nach.« Er tippte sich an die Stirn. »Mein Gedächtnis lässt mich im Stich, in letzter Zeit kann ich mir kaum etwas merken. Im Herbst haben wir aber auch wirklich unglaublich viel zu tun.«

Demitrias legte die Zigarette zur Seite, ging um den Tisch herum und schob einige Papiere zur Seite. Offenbar wurde er nicht fündig, denn er schaute in eine Schublade und dann zu einem Regal in der Ecke. Ein elektronischer Sound erklang. Er zog ein Handy aus seiner Brusttasche, warf einen Blick darauf, zuckte mit den Schultern und steckte es wieder ein. Während das Mobiltelefon weiterklingelte, wühlte sich Demitrias gemächlich durch Unterlagen.

An der Wand hinter dem Schreibtisch hing ein Kalender. Strahlend weiß ragten fünf Windmühlen in den azurblauen Himmel. Maline erkannte das Wahrzeichen der Insel Mykonos. Zwei Mal hatte sie dort Urlaub gemacht. Beide Male mit Yadet. Diese Zeiten schienen Lichtjahre her.

»Na bitte, das wahre Genie beherrscht das Chaos.« Demitrias schaute triumphierend, hielt ein dickes Schreibheft hoch und blätterte in den Seiten, die fast ausnahmslos Eselsohren aufwiesen. »Hier steht es! Sukowa. Mittwoch. Vierzehn Uhr.«

»Wie alt ist Ihr Sohn?«

»Er wird nächste Woche neunzehn.« Demitrias kam um den Tisch herum und zeigte den Eintrag.

Maline lächelte. »Sind Sie an dem Nachmittag fertig geworden?«

Demitrias klappte das Buch zu. »Drei Stunden, länger arbeiten wir dort eigentlich nie. Es war eine ziemliche Knochenarbeit, wir mussten sämtliche Kübel in den ersten Stock hinauftragen. Frau Sukowa möchte ihre Pflanzen nun mal gerne im Wintergarten stehen haben. Da ließ sie sich auch nicht reinreden, obwohl der Keller leichter zu erreichen und ebenso geeignet gewesen wäre.«

»Ist Ihnen irgendetwas komisch vorgekommen?«, fragte Maline. »Oder hat Frau Sukowa etwas gesagt, das Sie im Nachhinein vielleicht merkwürdig fanden? Wirkte sie nervös? Haben Sie etwas in der Umgebung bemerkt? Parkte vielleicht ein ungewöhnliches Auto vor ihrem Haus?«

»Also mir ist nichts aufgefallen. Frau Sukowa fühlte sich zwar nicht so gut, aber sie saß in ihrem Arbeitszimmer über einem Berg Papiere. Wir haben unseren Job gemacht, der Ablauf war wie üblich.« Demitrias kratzte sich am Kopf. »Ach nein, das stimmt nicht ganz. Wir hatten diesen Jungen dabei, Sie wissen schon, einen von der Schule. Die müssen doch so ein dreiwöchiges Praktikum machen.«

»Einen Schüler? Von welcher Schule?«

»Das weiß ich nicht auswendig, da muss ich nachsehen.« Demitrias zog einen Ordner aus dem Regal.

»Wie heißt er denn?

»Lion oder ... nein, Romeo. Ach Unsinn, Romeo heißt der Kleine von meinem Neffen. Scheußlich, diese Vornamen heutzutage.« Demitrias strich sich gedankenverloren über den Vollbart und schaute zur Decke. »Personalien kann ich mir schlecht merken, ich muss die Daten raussuchen. Alexios kennt den Jungen vom Sport. Ein Glücksgriff war er jedenfalls nicht, das kann ich Ihnen sagen.«

»Warum?«

»Ach, er hat die Arbeit nicht erfunden, wenn Sie verstehen, was ich meine.« Der Firmenchef dachte nach. »Mensch, wie hieß er noch gleich? Ist doch erst ein paar Tage her.«

»Ihr Sohn kann mir da bestimmt weiterhelfen. Ist es möglich, dass ich kurz allein mit ihm spreche?«

»Natürlich. Aber ich kann Ihnen gern die Personaldaten des Schülers heraussuchen. Hier hat alles seine Ordnung.« Demitrias schnalzte mit der Zunge und nahm sich eine Akte vor. »Merkwürdig, hier sind die Unterlagen auch nicht abgeheftet.«

Er blickte auf und ging zur Tür. »Moment, ich rufe Alexios. Und vielleicht erinnert er sich ja an irgendetwas, mein Sohn ist in solchen Dingen aufmerksamer als sein alter Vater.«

»Eine Frage habe ich noch«, sagte Maline. »Wo waren Sie am Freitagmorgen zwischen sieben und acht Uhr?«

Demitrias lächelte, überrascht schien er von der Frage nicht. »Das weiß ich, ohne dass ich in den Kalender sehen muss. Freitag war mein Geburtstag, meine Frau hat uns mit Brötchen und einem himmlischen Revani überrascht. Die Jungs und ich haben den Grießkuchen verputzt, bevor wir zusammen zu unserem ersten Termin rausgefahren sind.«

Kurze Zeit später betrat ein hochgewachsener junger Mann mit markantem Kinn das Büro. Trotz der Kälte trug er nur ein T-Shirt unter der Latzhose. So kamen seine muskulösen Oberarme zur Geltung. Er schob die Hände in die Taschen seiner Hose und kaute lässig Kaugummi. »Was geht ab?«

Maline ignorierte die lockere Ausdrucksweise und stellte ihm die gleichen Fragen wie seinem Vater, aber er schüttelte den Kopf. »Mir ist absolut null aufgefallen. Krass. Ich checke immer noch nicht, dass die alte Frau ins Gras … sorry, ich meine, getötet wurde.«

»Wo waren Sie am Freitag zwischen sieben und neun Uhr morgens?«

Im Gegensatz zu seinem Vater schien Alexios überrascht. »Sie denken, dass ich … was damit zu tun habe?«

»Routinefrage.«

Der junge Demitrias verdrehte die Augen. »Ich war hier, da können Sie meinen Vater fragen. Er hatte Geburtstag, meine Mutter hat uns Frühstück gebracht.«

»Okay«, sagte Maline und fragte nach besonderen Vorkommnissen in der Villa.

Alexios lehnte sich gegen den Schreibtisch, er schien zu zögern.

»Heraus damit«, ermunterte ihn Maline.

»Frau Sukowa war ziemlich unentspannt, weil unser Praktikant mit voll verdreckten Schuhen durch ihr Arbeitszimmer gelatscht ist. Sie hat rumgemeckert, sich bei Baba beschwert. Der Schluffi musste den Siff dann wegmachen, während wir voll leckere Brote gegessen haben.«

»Also Sie meinen, dass Frau Sukowa sauer auf Ihren Freund war.«

»Der Penner ist kein Freund von mir«, erregte sich Alexios. »Wir kicken im gleichen Team, aber meist sitzt er auf der Reservebank. Kein Wunder! Der steht mit Standby-Blick in der Ecke und verpeilt den Tag. Baba war auch ganz geschockt, der Typ war voll der Fehlgriff.«

»Haben er und Frau Sukowa sich gestritten?«

Alexios grinste, und Maline sah, dass ihm ein Eckzahn fehlte.

»Na ja, er war schon ziemlich angepisst, hatte die Hasskappe auf und gegen die Reifen unseres Transits getreten. Den habe ich mir vorgeknöpft, den kleinen Spinner.«

»Und wie ging es weiter?«

Alexios schnalzte mit der Zunge wie sein Vater. »Später hat er nur gesagt, dass die Alte eh bald den Acker von unten sieht. Mensch, der hat mich vielleicht vollgeblubbert.«

Maline holte tief Luft, der Slang nervte.

Alexios nahm das Päckchen Tabak, das sein Vater auf dem Schreibtisch liegen gelassen hatte, und begann, eine Zigarette zu drehen. »Ich glaube aber nicht, dass der Loser wirklich sauer war oder so. Nach Feierabend ist er nämlich freiwillig zu der Sukowa gefahren, um Werkzeug zu holen. Baba hatte es im Wintergarten liegen lassen.«

»Ach wirklich? Wie ist denn der Name Ihres Kumpels?«

»Wir nennen ihn Dumbo, weil er voll das Babyface hat und so«, sagte Alexios gedehnt. »Aber eigentlich heißt er Jeremy Dupont. Das klingt doch schon nach einem absoluten Null-checker, oder?«

Köln-Lindenthal, Uniklinik

»Ich bin froh, dass es Ihnen besser geht«, sagte Lou, als sie am späten Nachmittag zusammen mit Maline an Constantin Sukowas Bett stand. Sein behandelnder Arzt hatte einem kurzen Gespräch zugestimmt.

Er lächelte schwach und bedankte sich überschwänglich. »Ich bin noch glimpflich davongekommen und werde mit etwas Glück bald entlassen. Natürlich muss ich jetzt aktiv werden, meine Ernährung umstellen und mehr Sport treiben.«

»Ich habe heute mit Ihrer Freundin gesprochen und noch einige Fragen«, sagte Lou ohne Umschweife, weil sie wusste, dass ihre Zeit am Bett des Kranken befristet war. An dem Punkt hatte sich der Arzt unmissverständlich ausgedrückt.

Constantin Sukowa setzte sich auf und schien irritiert.

»Wie heißt der Musikschüler Ihrer Mutter, der so außerordentlich begabt war? Ihre Lebensgefährtin hat den Jungen erwähnt.«

»Dann meint sie bestimmt Levi. Seine Familie wohnt am Waldrand quasi direkt im Königsforst, jeder in Rath kennt das Grundstück. Die Fischbluts verschanzen sich hinter so einer Art Sicherheitszaun. Es gab einigen Ärger deswegen, die riesigen Stahlelemente verschandeln das ganze Viertel.« Sukowa schaute von Maline zu Lou. »Aber Sie glauben doch nicht, dass Levi etwas mit dem Tod meiner Mutter zu tun hat? Das kann ich mir beim besten Willen nicht vorstellen.«

»Wir sammeln immer noch und suchen nach Anhaltspunkten«, sagte Maline.

»Merkwürdig sind die Fischbluts ohne Zweifel.« Sukowa fuhr das Kopfende seines Bettes ein Stück herauf. Seine nackten Unterarme zierten Tattoos. Rechts eine Schlange, links ein efeuumranktes Kreuz. »Meine Mutter kannte die Eltern des Jungen nur flüchtig, aber allein die Tatsache, dass sie ihrem hochmusikalischen Sohn die bestmögliche Förderung verweigerten, brachte sie gegen diese Leute auf.«

»Wie meinen Sie das?«, fragte Lou.

»Meine Mutter war nahezu euphorisch und wurde anfangs nicht müde, mir von Levi vorzuschwärmen. Neulich habe ich ihn gesehen, da stand er am Zaun des Nachbars ...«

»Meinen Sie Herrn Halberstein?«

»Genau«, sagte Sukowa. »Levi ist mittlerweile zu einem Teenager herangewachsen, er hat die Ausstrahlung eines Boxers. Man sieht es ihm nicht an, aber er ist ein Jahrhunderttalent, ein Virtuose am Klavier. Und deshalb ist meine Mutter damals zu den Fischbluts marschiert, um mit ihnen über sein Talent zu sprechen.«

»Wann war das?«, fragte Lou.

»Ach, das ist schon lange her, bestimmt sieben Jahre. Aber von Begabtenförderung wollten sie nichts wissen. Im Gegenteil. ›Setzen Sie dem Jungen ja keine Flausen in den Kopf!‹ Diesen Satz bekam meine Mutter gebetsmühlenartig zu hören. Sie verboten ihr sogar, Levi ans Klavier zu lassen, geschweige denn ihn an diesem Instrument zu unterrichten. Er sollte Gitarre lernen und damit seine Begabung dem Wohl der Gemeinschaft unterordnen. Stellen Sie sich das vor!«

»Was für eine Gemeinschaft?«

»Es wird viel geredet, aber ganz offensichtlich gehören diese Leute einer abstrusen Sekte an.« Sukowa fuhr sich über den Oberlippenbart. »Meiner Mutter hat Levi immer leidgetan. Sie hat ihn übrigens gegen den Willen der Eltern in jeder Stunde ans Klavier gelassen.«

»Gab es Streit zwischen Ihrer Mutter und den Fischbluts?«, fragte Lou.

»Damals war sie ziemlich sauer auf Levis Eltern. Sie wollte sogar zum Jugendamt gehen, aber davon konnte ich sie abhalten. Ich habe ihr gesagt, dass sie ihn mehr unterstützt, wenn sie ihn einfach nach bestem Wissen unterrichtet. Schließlich konnte sie ja froh sein, dass er überhaupt kam. Sie hat also den Mund gehalten, und so war er freitags ihr krönender Abschluss jeder langen Woche. Sie stand extra früh auf, um ihn pünktlich um acht Uhr ins Haus zu lassen. Aber vor einigen Monaten musste sie auch Levis Musikstunden beenden. Das ist ihr ziemlich schwergefallen.«

»Wie hat er reagiert?«

»Er hat Rotz und Wasser geheult.«

Eine Reinigungskraft betrat das Zimmer. Sie schob einen Wagen mit Putzutensilien vor sich her. Maline bat sie, noch einen Moment draußen zu warten.

»Herr Sukowa«, nahm Lou den Faden wieder auf, »wir fragen uns nach wie vor, was Sie in der Stunde getan haben, bevor Sie nach Ihren Angaben am Haus Ihrer Mutter angekommen sind.«

»Ich kann mich nur wiederholen: Ich bin umhergefahren und zerbreche mir auch schon die ganze Zeit den Kopf darüber. Mir ist zwar kein Mensch begegnet, aber irgendjemand muss mich doch gesehen haben!«

»Ich war, wie ich schon gesagt habe, heute bei Ihrer Freundin.« Lou bückte sich, zog die Dockers aus einer Tüte und hielt sie hoch. »Sind das Ihre Schuhe?«

»Wenn sie aus meiner Wohnung stammen, dann werden

es meine sein. Warum? Worauf wollen Sie jetzt schon wieder hinaus?«

»Haben Sie die Schuhe an dem Morgen getragen, als Ihre Mutter ermordet wurde?«

»Ich glaube schon, wieso?«

»Weil wir Schuhspuren im Garten gesichert haben und nun untersuchen werden, ob diese Spuren zu diesem Paar passen.«

Sukowas Gesichtshaut wurde fahler.

»An dem fraglichen Morgen hat es geschneit«, sagte Lou. »Die Schuheindrücke waren frisch. Ich frage Sie jetzt noch einmal: Was haben Sie in der Zeit von sieben bis acht Uhr gemacht?«

Constantin Sukowa sah aus dem Fenster.

»Sie müssen jetzt nichts sagen, womit Sie sich selbst belasten«, sagte Maline.

»Ich habe nichts zu verbergen!« Sukowa schloss die Augen. »Es ist nur … Sie werden mir sowieso nicht glauben.«

»Versuchen Sie es einfach«, sagte Lou.

»Es stimmt.« Sukowa sprach leise. »Ich bin gleich nach der Tankstelle zum Haus meiner Mutter gefahren. Alea hat geschlafen, ich bin ausgestiegen und in den Garten der Villa gegangen. Ich weiß auch nicht, warum! Ganz ehrlich. Ich wollte nicht klingeln und auch nicht einfach hineingehen. Die Rollläden waren überall heruntergelassen, und verschneit sah die Villa so friedlich aus. Ich habe einfach dagestanden und die Kulisse auf mich wirken lassen.«

»Und bleiben Sie nun bei dieser Version? Denn vor drei Minuten haben Sie noch gesagt, dass Sie ziellos mit dem Auto umhergefahren sind.« Lou war es egal, dass sie genervt klang. Aus ihrer Sicht führte Sukowa sie an der Nase herum. »Und wie lange haben Sie dort gestanden?«

»Nur kurz. Es war kalt.«

»Diese Version entlastet Sie nicht gerade«, stellte Maline fest. »Gibt es zufällig Zeugen für diese Variante?«

»Ich denke nicht.«

»Okay. Sie sind also ums Haus gegangen. Kamen Sie dabei auch an den Kaninchenställen vorbei?«

»Nein.«

»Sie sind definitiv nicht in diesem Bereich des Gartens gewesen?«

»Nein, ganz sicher nicht.«

»Veronika Engels hat ausgesagt, dass Sie zusammen mit ihr und den Kindern in die Villa einziehen wollten«, sagte Lou.

»Das war eine Idee.« Sukowa ließ die Schultern hängen, schien zu resignieren. »Ich weiß, einiges spricht gegen mich, aber Sie verrennen sich.« Er flüsterte jetzt kaum hörbar. »Ich habe meiner Mutter kein Haar gekrümmt!«

»Was haben Sie gemacht, als Ihnen kalt wurde?«, fragte Maline.

»Ich bin zum Auto zurückgegangen, habe den Motor gestartet, damit es warm wird, und bin dann losgefahren, weil ich befürchtete, dass der Fahrzeuglärm die Anwohner stören könnte. Es ist ja eine reine Wohngegend.«

»Und dann?«

»Bin ich planlos herumgefahren.«

»Wissen Sie, was mich stört?«, sagte Lou. »Dass Sie bröckchenweise Zugeständnisse machen, wenn wir Ungereimtheiten feststellen. Dann tischen Sie uns eine Erklärung auf, die für mich genauso wenig plausibel klingt wie die vorherige Begründung. Herr Sukowa, das reicht nicht! Wir sind ganz und gar nicht von Ihrer Unschuld überzeugt.«

»Sprechen Sie mit Levi«, sagte Sukowa mit heiserer Stimme. »Der Junge kam weiterhin jeden Freitag zum Haus meiner Mutter.«

»Sehen Sie«, schnaubte Lou. »Das meine ich. Jetzt schieben Sie ihm den schwarzen Peter zu.«

»Ich behaupte ja nicht, dass der Junge etwas mit dem Tod meiner Mutter zu tun hat. Aber vielleicht hat er was gesehen, etwas, das mich entlasten könnte. Levi war bestimmt vor Ort.«

»Sie behaupten jetzt also, dass Levi Fischblut freitags zur Villa Ihrer Mutter kam. Warum haben Sie das nicht früher gesagt?«

»Keine Ahnung, es ist mir nicht eingefallen.«

»Hat sich Ihre Mutter bedroht gefühlt?«, fragte Maline.

»Unheimlich war ihr die Situation auf jeden Fall.«

»Und was wollte Levi Fischblut?«, fragte Lou und konnte nicht verhindern, dass sie gelangweilt klang.

»Keine Ahnung. Ich weiß nur, dass meine Mutter an einem Freitag getötet wurde und dass Levi ein wichtiger Zeuge sein könnte. Mehr sage ich ja gar nicht.« Sukowa war laut geworden.

Augenblicklich stürmte eine Krankenschwester ins Zimmer. »Ich glaube, es ist besser, wenn Sie gehen. Der Patient braucht jetzt absolute Ruhe.«

Köln-Rath, Donarstraße

Constantin Sukowa hatte nicht übertrieben. Das Grundstück der Familie Fischblut lag wie ein Fremdkörper inmitten eines ansonsten völlig unauffälligen Wohngebietes direkt am Königsforst. Der gigantische Sichtschutzzaun, der genauso gut in ein militärisches Sperrgebiet gepasst hätte, drängte sich zwangsläufig auf und ließ vermuten, dass sich dahinter ein besonders schützenswertes Objekt verbarg. So etwas wie eine Villa. Millionenschwere Autos. Reichtum.

Unüberwindbar stand der Metallsichtschutz in der hereinbrechenden Dämmerung. Maline parkte den Dienstwagen direkt vor einem geschlossenen Tor, den Blick fest auf die überragende Umzäunung gerichtet. »Unvorstellbar, dass die Familie hierfür eine Genehmigung erhalten hat.«

»Kein Wunder, dass die Nachbarn auf die Barrikaden gegangen sind«, murmelte Lou und stieg aus.

Maline folgte. »Siehst du eine Klingel?«

»Nur einen Briefkasten.«

»Die machen nicht auf!«, rief eine Frau, die auf einem Fahrrad vorbeifuhr. »Da können Sie lange klopfen!«

Maline schlug mit der Faust gegen das Tor.

Metall vibrierte. Das Geräusch, das entstand, glich einem überdimensionalen tibetischen Gong.

Sie warteten. Als nichts geschah, versuchten es die Kommissarinnen gemeinsam.

»Wir sind nicht zu überhören«, stellte Lou fest. »Die Nachbarn schauen jedenfalls aus den Fenstern.«

★★★

Begleitet von Tschaikowskys »Klavierkonzert Nr. 1« transportierte ein Fließband vor Levis innerem Auge seine heimlichen Leibgerichte direkt auf ihn zu. Pizza, Fritten, Chicken-Nuggets. Gedanklich stürzte er sich darauf und stopfte alles wie ein Wahnsinniger in den Mund, schluckte gierig, ohne zu kauen. Seine Fast-Food-Erfahrungen hielten sich in Grenzen. Oma Donata hatte ihm früher manchmal einen Ausflug in die Welt beschert, geblieben waren sporadische Sehnsüchte. Er spürte einen Stich in der Magengrube. Gedanken an seine Oma versuchte er zu vermeiden. Mit dem Geschmack von Majonäse auf der Zunge prallte er auf die Realität.

Das Abendessen stand pünktlich auf dem Tisch. Monoton betete Rica ein Erntedankfest-Mantra herunter und schaute starr geradeaus. »… wir streuen den Samen auf das Land, doch Wachstum und Gedeihen steht in des Himmels Hand …«

Levi drehte Tschaikowsky lauter. Seine Mutter lächelte mit geschlossenen Augen, obwohl sie erbärmlich aussah und den ganzen Abend über starke Magenschmerzen geklagt hatte. Zum ersten Mal bemerkte er ihren aufgeblähten Bauch. Ihr Rockbund spannte extrem, und er fragte sich, was das zu bedeuten hatte. Eine erneute Schwangerschaft schloss er aus, sein Vater lag schon zu lange in der Erde. Er nahm sich vor, Rica darauf anzusprechen.

Jonah saß auf einem erhöhten Spezialstuhl. Passgenaue Holzeinsätze gaben ihm Stabilität und verhinderten, dass er zur Seite kippte. Er konnte allein sitzen, aber nach längerer Zeit fiel es ihm schwer, das Gleichgewicht zu halten. Sein linker Mundwinkel hing schlaff nach unten. Speichel rann auf sein hellblaues Hemd.

Rica hob ihre Stimme an. »… der tut mit leisen Wehen sich mild und heimlich auf und träuft, wenn heim wir gehen, Wuchs und Gedeihen drauf …«

Levis Unruhe wuchs. Er machte sich Sorgen wegen der

Briefe, die er abgeschickt hatte. Wie hatten sie auf die jeweiligen Empfänger gewirkt? Mit welchen Reaktionen musste er rechnen, oder war es möglich, dass sie ignoriert wurden? Nein, dies schloss er aus. Er seufzte aus tiefster Seele. Er fühlte sich nicht gut, weil ein Gespräch mit seiner Mutter anstand. Seitdem er heute aus dem Königsforst zurückgekehrt war, strafte sie ihn mit Missachtung, darin war sie spitze.

Mit Rica hatte er noch nicht sprechen können, sie wich ihm aus, das spürte er deutlich. Sonst brachte sie ihm ein Glas Milch oder versuchte ihn aufzuheitern, aber sie hatte sich nicht blicken lassen. Den ganzen Nachmittag hatte er Holzscheite aufgeschichtet, eine grässliche Arbeit, die er hasste. Sein verfluchtes Bein schmerzte, aber immerhin schien die Wunde zu heilen.

Cola. Mit einem Mal verspürte er einen unheimlichen Schmacht auf sein Lieblingsgetränk. Stattdessen dampfte Hagebuttentee in dem Becher, der neben seinem Teller stand. Allein der Geruch verursachte ihm Brechreiz. In der Mitte des Tischs wartete ein Gemüseeintopf. Gekocht aus den Gaben der Unterstützer. Tschaikowsky endete.

»… und wir streuen den Samen auf das Land …«

Rica fand einfach kein Ende. Verstohlen griff Levi nach seinem Becher und umschloss ihn mit beiden Händen. Eigentlich war es verboten, sich während der Gebete zu bewegen. Aber seine klammen Finger schmerzten höllisch. Diese verflixte Neurodermitis wurde immer schlimmer, und die widerlichen Wickel aus Heidekraut und Kerbel, die seine Mutter regelmäßig auf die entzündeten Stellen gab, schienen die Symptome eher zu verschlimmern. Schmerzhafte Risse durchzogen Levis Handrücken und mittlerweile auch die Zwischenräume seiner Finger, breiteten sich sogar schon bis zu den Armbeugen aus. Zusätzlich schien die Kleidung, die er tragen musste, seine Haut bei sämtlichen Bewegungen zu reizen.

Das Soventol-Hydrospray, das er versteckt hielt und heimlich auf seinen Ausschlag sprühte, wirkte überhaupt nicht mehr, dennoch trug er es abends unter der Bettdecke auf.

Wieder ein Verstoß, der Repressalien mit sich bringen konnte. Die Schulmedizin und alle damit verbundenen Medikamente lehnte die Familie ab. *Prüfungen gilt es anzunehmen.* Vaters Grab im Garten war der beste Beweis dafür, wie ernst seiner Mutter die Gelöbnisse waren, die sie sich selbst und anderen auferlegte.

Trotzdem. Er hatte das Soventol behalten, das Rendel Sukowa ihm eines Tages kommentarlos zugesteckt hatte. Zwei Nächte hatte er wach gelegen, bis er sich traute, das Spray auf seine entzündete Haut zu geben. Anfangs hatte es unheimlich geholfen. Der sichtbare Heilungserfolg hatte seiner Mutter die Tränen in die Augen getrieben, sprach sie die Linderung doch ihren Wickeln zu. Levi hatte sie in dem Glauben gelassen.

Endlich beendete Rica das Mantra, indem sie sich mit ausgestreckten Armen dreimal nach Norden verneigte und sich hinsetzte. An ihren Fingern bemerkte Levi Kohlereste, offenbar hatte sie Zeit zum Zeichnen gefunden.

Wie auf ein stummes Zeichen bedienten sie sich aus dem Topf. Selbst Jonah schaffte es heute, allein zu essen. Nach zwei Bissen ließ seine Mutter den Löffel sinken, nur Rica rührte die Mahlzeit erst gar nicht an. In letzter Zeit machte sie häufig Theater. In dem taubenblauen, viel zu großen Wollkleid wirkte sie verloren. Ihr mitreißendes Lachen, mit dem sie früher alle Menschen angesteckt hatte, kam kaum noch über ihre Lippen. Sie hatte die gleichen ausdruckslosen Augen, den gleichen Blick, den er damals bei den Krispin-Kindern wahrgenommen hatte. Levi ballte eine Faust. Warum waren ausgerechnet *seine* Eltern irgendwann verrückt geworden?

Lautes Hämmern drang durch den Garten an den Esstisch.

Alle am Tisch zuckten zusammen. Zu selten schlug jemand derart penetrant ans Tor. Niemand rührte sich, allerdings flogen Blicke hin und her.

Es pochte erneut, diesmal noch lauter. Jonah wurde unruhig. Umständlich kletterte er aus seinem Stuhl und wollte sich nicht helfen lassen. In solchen Dingen war er eigen, gerade so, als wolle er sich einen Rest Autonomie bewahren. Schwerfällig setzte er einen Fuß vor den nächsten und verschwand schließlich in seinem Zimmer. Der Kleine kannte das schon, wenn sich Fremde ankündigten, musste er sich unsichtbar machen.

***

»Wer ist denn da?« Die Stimme kam von der anderen Seite des Zauns. Schwach und abweisend.

»Kripo Köln«, rief Maline. »Öffnen Sie bitte!«

»Was wollen Sie?«

»Machen Sie das Tor auf!« Maline klang ungehalten. »Oder ist es Ihnen lieber, wenn wir unser Anliegen über die ganze Straße schreien?«

Sekunden später öffnete eine Frau, deren Alter schwer zu schätzen war. Um ihren dürren Körper schlackerte Kleidung, komplett blau bis zu den Stoffturnschuhen. Eingefallene Wangenknochen, müde Augen mit Ringen unter den Lidern. Geschorene Haare. Sie umklammerte den Torgriff, als müsse sie sich festhalten, stützte die andere Hand in die Hüfte und schob ihren Bauch vor.

»Marietta Fischblut?«, fragte Maline.

Sie nickte stumm.

»Wir möchten kurz mit Levi sprechen. Ist das möglich?«

Keine Regung.

»Es ist wirklich wichtig«, versuchte es Lou. »Wir ermitteln in einem Mordfall, und Ihr Sohn könnte ein wichtiger Zeuge sein.«

Sie stand wie eine Statue. Maline fragte sich, ob Frau Fischblut das Gesagte verstanden hatte. »Können wir bitte …«

»Er ist nicht da.« Ihre Stimme klang jetzt rauchig, schroff und viel kräftiger, als Maline ihr zugetraut hätte.

»Wann kommt er denn wieder?«

»Wenn Sie meinen Sohn sprechen wollen, dann laden Sie ihn vor!« Mit diesen Worten schlug sie das Tor so unvermittelt zu, dass weder Maline noch Lou reagieren konnten.

»Das war ja wie eine Erscheinung aus einer anderen Zeit«, sagte Maline, als sie wieder im Wagen saßen. »Außerdem sah sie ganz und gar nicht gesund aus. Und dieser Bauch!«

»Vielleicht ist sie schwanger. Hast du einen Blick auf das Haus werfen können?«

»Soweit ich es erkennen konnte, waren sämtliche Fenster im Erdgeschoss beschlagen, und einige Ziegel sind vom Dach gerutscht.«

»In sich wirkte das Haus marode und schief, als würde es sich zu der Garage hinüberlehnen, die ein paar Meter entfernt stand.«

»So genau konnte ich es nicht sehen.« Maline warf einen Blick auf den Zaun. »Was spielt sich wohl auf diesem Grundstück ab? Was verbergen die Fischbluts hinter ihrem voluminösen Sichtschutz, wenn es offensichtlich nicht um materielle Werte geht?«

»Na ja, sie werden angefeindet und sind misstrauisch.«

»Was machen wir denn jetzt?«

»Uns bleibt nichts anderes übrig, als Levi Fischblut als Zeugen vorzuladen«, sagte Lou, öffnete den Reißverschluss ihrer Schreibmappe, die sie bei Ermittlungen immer dabeihatte, zog ein entsprechendes Formular aus einer Klarsichtfolie und füllte es aus. »Sekunde, ich stecke das Schreiben schnell in den Briefkasten.«

»Sollen wir noch bei Jeremy Dupont vorbeifahren?« Maline sah auf ihre Uhr, als Lou wieder auf der Beifahrerseite saß. »Er wohnt ganz in der Nähe, und irgendwie wäre mir wohler, wenn wir uns wenigstens einen Eindruck von ihm machen könnten. Ich habe heute schon zweimal bei seinen Eltern angerufen, die Familie steht noch ganz traditionell im Telefonbuch, aber es ging niemand an den Apparat.«

»Meinetwegen«, sagte Lou, während sie sich anschnallte, »dann lass uns mal mit diesem Jeremy sprechen.«

★★★

Wir haben Kerzen in Jonahs Zimmer getragen und angezündet, nachdem Levi ihn gebadet hat. Die Augen meines kleinen Bruders strahlen, zumindest das rechte. Das andere ist von Wucherungen zugeschwollen. Unübersehbar drückt der Großwuchs an der linken Schädelseite nach außen, dadurch wirkt Jonahs Kopf auffallend asymmetrisch. Seine Nase sieht aus, als habe sie jemand mit dem Hammer platt geschlagen, und an der Stirn zeigt sich eine unschöne Wölbung, die mich an Klingonen erinnern, das Volk der »Star Trek«-Episoden. In unserem alten Leben hat Levi mal so ein Kartenquartett besessen. Darauf waren alle Figuren der Sternensaga abgebildet.

»Welche Geschichte möchtest du heute Abend hören?«, fragt Levi und wirkt ganz entspannt, als hätte es die Störung am Tor nicht gegeben.

Ich weiß, dass Mutter innerlich explodiert, aber sie reißt sich zusammen.

Mir fällt es auch nicht leicht, mich zu konzentrieren. Jeremy spukt durch meinen Geist. Ich glaube, dass er mich gerettet hat, dort auf dem Feld. Wer weiß, was Mika mit mir angestellt hätte, wenn Jeremy nicht gewesen wäre? Sein Vorbeikommen wirkte zufällig, aber ich vermute, dass er mir gefolgt ist und diesen Idioten bewusst von mir weggelockt hat. Das war unheimlich lieb, auch wenn er mich kaum eines Blickes gewürdigt hat.

Levi lässt sich neben Jonahs Bett nieder, und ich versuche, bei der Sache zu bleiben. Wir sitzen auf Kissen, weich und warm – im Kamin knistert ein Feuer –, und richten unser Augenmerk auf Jonah. Außer der Küche wird nur Jonahs Zimmer zusätzlich beheizt. Wir haben die offene Feuerstelle selbst gebaut, alle zusammen. Mein Kleiner friert ständig, auch im Sommer.

»Gulliver! Gulliver!« Jonah reißt die Hände in die Höhe. Die Ärmel seines Schlafanzugs verrutschen. Sein linker Arm ist verkürzt, extrem dünn und knorpelig.

Ich reiche Levi das Buch, seine Hände sehen schrecklich aus. Offenbar kratzt er sich wieder.

Wir sind ganz nah zusammengerückt, bilden einen Kreis, der Jonah einschließt, und reichen uns die Hände.

»Wir haben zu danken«, höre ich Mutter sagen, sie klingt unsagbar erschöpft und blickt zu Levi. »Der Tag heute hat Kraft gekostet, Wolken ziehen über unserer Familie auf. Halte jedes Unheil von uns fern.«

Vater sitzt in der Ecke und sieht vorwurfsvoll herüber.

Jonah röchelt, offenbar bekommt er schwer Luft. Das passiert andauernd. Sofort bin ich da, bette ihn höher, wische ihm mit einem lauwarmen Lappen durchs Gesicht. Vorsichtig und zärtlich.

Levi schnauft und kaut Fingernägel. Er hält es kaum aus, wenn es Jonah nicht gut geht.

Proteus-Syndrom. Weltweit gibt es nur wenige hundert Fälle. Seitdem Vater Unterlagen liegen ließ, weiß ich Bescheid. Ich durfte nicht hineinsehen, aber ich wollte Klarheit. Jonah leidet an einer seltenen Krankheit, die ausufernden Wuchs von Knochen, Muskeln, Haut, Lymphgefäßen und Fettgewebe verursacht.

Bei seiner Geburt hat er ganz normal ausgesehen. Mein Gott, was war er für ein süßes Baby. Mutter hat ihn in diesem Haus zur Welt gebracht. Von dem Damoklesschwert, das über uns schwebte, hatten wir keine Ahnung. Symptomatisch wird die Krankheit erst im Kleinkindalter sichtbar.

Jonah konnte schon mit elf Monaten laufen, rannte lärmend umher und entdeckte die Welt. Die ersten Auffälligkeiten zeigten sich an seinen Fußsohlen, als er zwei Jahre alt wurde. Auf einmal weinte er beim Gehen, schrie, wenn wir ihm seine weichen Lederschühchen anzogen. Mutter fielen die Verformungen an den Füßen auf, die immer weiter anschwollen, als würde man seine Zehen aufblasen, die irgendwann gänzlich eins mit dem Ballen wurden. Immerhin kann Jonah laufen, meist hat er dabei allerdings Schmerzen.

Zeitgleich bildeten sich hässliche Geschwülste, bevorzugt an Muttermalen und am Kopf. Mittlerweile haben die Wucherungen viele Stellen seines Körpers eingenommen, vornehmlich aber auf der linken Seite.

Soweit ich es verstehe, ist die Lebenserwartung der Patienten äußerst gering, weil diese bescheuerten Deformierungen ein unheimliches Eigengewicht haben. Er wird vermehrt starke Gelenk- und Muskelschmerzen bekommen, und zu allem Überfluss vergrößern sich seine inneren Organe. Milz. Nieren. Gehirn. Die Atmungsorgane meines Bruders werden eines Tages stark beeinträchtigt sein, und er wird qualvoll ersticken.

Auch durch Jonahs Krankheit sind Levi und ich schneller erwachsen geworden. Abwechselnd haben wir das Thema am Diskussionsabend eingebracht. Mutter konnte kaum über Jonahs Krankheit sprechen, blockte Fragen gerne ab. Vater schweigt erst in letzter Zeit völlig.

Es ist alles so unfair! Ausgerechnet Jonah. Seine bevorstehende Geburt war *ein* Grund, weswegen wir vom Land in die Stadt gezogen sind. Unsere Eltern wollten sich einfach zukünftigen Stress mit den Behörden ersparen. Die Schwierigkeiten, die sie wegen Levi und mir hatten, sollten sich nicht wiederholen. Jonah ist so gesehen illegal, seine Geburt wurde nie angezeigt. Nicht beim Standesamt und bei der Kirche sowieso nicht. Jonah Fischblut existiert offiziell nicht.

Mutter und Vater geben sich Mühe, versuchen, Jonahs Leid als Fügung zu sehen, und streben täglich danach, ihm das Leben so schön wie möglich zu machen. Ich schließe mich ihnen an, ich denke auch, dass leidvolle Erfahrungen Talsohlen sind, die wir demutsvoll annehmen müssen. Unsere Überzeugungen verbieten uns, die Dienste der Schulmedizin in Anspruch zu nehmen, das gilt auch für Jonah.

Er liegt oft in seinem Zimmer, fast immer bei vorgezogenen Vorhängen. Aber manchmal entwischt er uns und schleicht sich aus dem Haus in den Garten, mitunter sogar auf allen vieren. Auch deshalb wurde der Zaun errichtet.

Jonah ist ein waches Kind, intelligent und unglaublich tapfer. Ich liebe seinen Geist, die vielen Fragen, die er stellt, bewundere ihn. Er hat Schmerzen, starke sogar, trotzdem weint er selten.

Levi weigert sich hingegen, Jonahs Schicksal anzunehmen. Ständig beginnt er Debatten über Behandlungsmöglichkeiten, die oft in lautstarken Auseinandersetzungen enden. Er will einfach nicht verstehen, dass es keine Hoffnung gibt und sogar die Schulmedizin ratlos ist. Vater hat es mal auf den Punkt gebracht. Jonah wurde uns nur geborgt, er kann uns jederzeit genommen werden. Chancen auf Genesung sind ausgeschlossen. Wir können den kleinen Kerl nur lieben und loslassen, wenn sein letzter Tag gekommen ist. Bis dahin soll sein Leben voller Sonne sein, und dafür sind wir verantwortlich.

Levi und mir ist klar, dass uns Jonah entrissen wird, sollte jemals jemand von seiner Existenz erfahren. Übereifrig wird dann das Grundgesetz zitiert, und das Geschrei wird groß sein. *Jeder hat ein Recht auf körperliche Unversehrtheit.* Für Außenstehende sind unsere Beweggründe schwer nachzuvollziehen, deshalb sind wir zu Stillschweigen verpflichtet, denn Artikel 4 über die Freiheit des religiösen und weltanschaulichen Bekenntnisses wird in solchen Situationen schnell mal über Bord geworfen.

Jonah hat sich beruhigt und lässt sich von Levi in Gullivers Welt entführen. Wie gefühlvoll seine Stimme ist, wenn er ihm vorliest.

Aber heute geht es dem Kleinen extrem schlecht. Während Levi alles daransetzt, sein Zimmer in Lilliput zu verwandeln, verzerrt sich Jonahs Gesicht, er wälzt sich im Bett. Als er unentwegt keucht, arbeiten wir Hand in Hand, legen ihm feuchte Bandagen an, sprechen beruhigend auf ihn ein. Mutter schickt uns erst hinaus, als er ruhiger wird. Vater wird ihn in den Schlaf singen.

Schweigend verlassen Levi und ich das Haus und treten hinaus in den Garten.

Köln-Rath, *Moosweg*

Frau Dupont blieb mit den Beamtinnen in der winzigen Diele der Wohnung stehen. Sie trug einen grauen Trainingsanzug, Sneaker und grüne Gummihandschuhe. In den Haaren steckten Dauerwellenwickler, ein kleiner Foxterrier wuselte um ihre Beine. »Entschuldigen Sie bitte meinen Aufzug, ich reinige das Aquarium, eine Arbeit, vor der ich mich immer so lange wie möglich drücke.«

»Wir müssen Sie um Verzeihung bitten, dafür, dass wir so unangemeldet hereinplatzen«, sagte Maline und steckte wie Lou ihren Dienstausweis ein. »Aber wir waren gerade in der Nähe. Ist es möglich, kurz mit Jeremy zu sprechen?«

Frau Duponts Augen huschten von Maline zu Lou, während ihr Hund schnüffelnd umherlief. »Worum geht es denn?«

»Wir ermitteln im Mordfall Frau Sukowa.«

»Ich verstehe nicht, was wollen Sie denn in dem Zusammenhang von Jeremy?«

»Kein Grund zur Sorge«, sagte Maline. »Er hat ein Praktikum bei der Firma Demitrias & Sohn gemacht, und dabei ist er, wie alle Angestellten, Frau Sukowa begegnet. Wir wollen einfach wissen, ob ihm etwas Verdächtiges aufgefallen ist.«

»Mein Mann ist noch nicht da.« Frau Dupont streifte sich die Gummihandschuhe ab. Ihre Stimme war jetzt um einige Nuancen heller. »Ich bin mir nicht sicher, was er … also, wir hatten noch nie die Polizei in der Wohnung.«

»Wir möchten Sie auch gar nicht beunruhigen«, sagte Lou.

»Ihr Sohn ist noch nicht volljährig, Sie können gerne dabei sein, wenn wir ihm einige Fragen stellen«, beeilte sich Maline zu sagen. »Kannten Sie die Musiklehrerin eigentlich?«

»Nein. Ich war in der Praxis, als es passierte. Wissen Sie, mein Mann und ich, wir haben gerade erst neue Jobs. Jahrelang haben wir von Hartz IV gelebt.«

»Sie arbeiten bei einem Arzt?«

Frau Dupont lachte verlegen und wurde rot. »Ja, es ist erst einmal nur ein Vierhundert-Euro-Job, nichts Weltbewegendes.«

»Aber ein Anfang«, bekräftigte Lou und lächelte aufmunternd.

»Genau, so sehe ich das auch. Ich gehe der Sprechstundenhilfe zur Hand, wenn ich Frühschicht habe, schließe morgens die Praxis auf, nehme die ersten Patienten in Empfang, gieße die Blumen, koche Kaffee, und in der Spätschicht mache ich Ordnung. Wer weiß, vielleicht wird ja mal mehr daraus.«

»Wo ist Ihre Arbeitsstelle?«

»Bei einem Allgemeinmediziner, Sie kennen doch sicher das Ärztehaus gegenüber den ›Köln Arcaden‹ in Kalk? Das Polizeipräsidium ist ja quasi vis-à-vis. Na ja, jedenfalls hatte ich an dem Morgen Frühdienst.«

»Und Ihr Mann?«, fragte Lou. »Wo arbeitet er?«

»Er fährt Tiefkühlgerichte für eine Speditionsfirma und verdient gar nicht so schlecht.« Frau Dupont holte tief Luft, der Terrier wedelte mit dem Schwanz. »Endlich. Nach sieben mageren Jahren steuern wir hoffentlich besseren Zeiten entgegen.«

»Am Freitag waren Sie also schon am frühen Morgen aus dem Haus«, fasste Maline die bisherigen Aussagen zusammen. »Und Ihr Mann?«

Frau Dupont überlegte einen Moment. »Er ist um fünf los, Richtung Ingolstadt.«

»Jeremy war Freitagmorgen also allein«, stellte Lou fest.

»Ja, es war sein erster Schultag nach dem Praktikum. Seitdem wir arbeiten, ist Jerry natürlich oft auf sich gestellt. Aber er ist ja kein Kind mehr, und ich glaube, ihm gefällt es ganz gut, dass wir ihn seiner Wege ziehen lassen.«

»Können wir nun mit ihm sprechen?«, fragte Lou.

Frau Dupont nickte. »Er ist in seinem Zimmer. Ich glaube, er lernt für die Schule, in letzter Zeit ist er richtig fleißig.«

Begleitet von dem Foxterrier trat sie vor eine Tür, auf der ein »Atomkraft? Nein danke«-Aufkleber« prangte. Bevor sie anklopfte, drehte sie sich noch mal zu den Ermittlerinnen um.

»In den letzten Jahren hat er sich mit Schule schwergetan«, flüsterte sie. »Zwei Ehrenrunden musste er drehen, wir hatten die Hoffnung schon aufgegeben. Andauernd hat er mit dieser Clique rumgehangen, die Jungs hatten keinen guten Einfluss auf ihn. Jerry war an mancher Schlägerei beteiligt, mein Mann musste ihm einige Male gehörig den Kopf waschen. Aber jetzt bringt er gute Noten nach Hause. Vielleicht wird es nun doch noch etwas mit seinem Berufswunsch. Wissen Sie, im Grunde ist er ein guter Junge, wirklich. Er möchte Pilot werden, und auch wenn daraus nichts wird, die Träume sollte man den Kindern nicht nehmen, oder?«

»Natürlich nicht«, sagte Maline.

Sie klopfte und verschwand zusammen mit dem Vierbeiner hinter der Zimmertür, um Sekunden später wieder zu erscheinen. »Er ist nicht da. Merkwürdig, ich habe nicht mitbekommen, dass er die Wohnung verlassen hat.«

»Sind Sie sicher?«, fragte Lou. »Vielleicht ist er im Bad.«

»Jeremy!« Frau Duponts Stimme schallte durch den Flur.

Es blieb ruhig. »In dieser Dreizimmerwohnung gibt es keine Möglichkeiten, sich zu verstecken.« Sie lachte einen Tick zu laut. »Nein, er ist fort, in seinem Zimmer liegt weder sein Handy noch der Haustürschlüssel.«

»Welche Schuhgröße hat Jeremy?«, fragte Maline, während Lou einen Blick in das Zimmer des Jungen warf.

»Neununddreißig.«

»Können wir uns mal die Schuhe Ihres Sohnes ansehen?«

»Warum das denn?«

»Angeblich soll er mit schmutzigen Boots durch Frau Sukowas Villa gegangen sein. Wir wollen sie uns einfach nur mal ansehen.«

Frau Dupont trat vor einen schmalen Schrank und öffnete gleich mehrere Fächer. Verschiedene Schuhe standen auf mehreren Abstellflächen. »Jerry trägt eigentlich immer Turnschuhe, sonst fühlt er sich eingeengt.«

»Er besitzt also keine Lederschuhe?«, fragte Maline.

»Doch, ein Paar hellbraune.« Frau Dupont blickte zur Tür. »Normalerweise stehen sie dort. Aber anscheinend war Jerry heute mal vernünftig und hat sie angezogen. Es schneit ja wieder wie verrückt!«

Köln-Rath, Donarstraße

Der Mond lässt den Schnee glänzen.

Mit wenigen Schritten sind wir an der Garage. »Es wäre gut, wenn wir einen Belüfter in Jonahs Zimmer stellen könnten«, sagt Levi. »So ein Ding würde ihm das Atmen erleichtern.«

»Wir haben im ganzen Haus keinen Strom«, entgegne ich lahm. Ich habe jetzt keine Lust, diese Diskussion zu führen, lieber möchte ich wissen, in welchem Schlamassel Levi steckt.

»Warum war die Polizei hier?«

Mein Bruder steht neben mir und schaut zum Nachthimmel.

Auf einmal bedeckt er sein Gesicht mit den Händen, ein Weinkrampf lässt seinen Körper beben. Sofort verwandelt sich meine ablehnende Haltung in Zuneigung. Ich ertrage es nicht, ihn so aufgelöst zu sehen. »Was ist denn nur los mit dir?«

»Lass uns abhauen!«

Ich bin entsetzt. »Wie meinst du das?«

Enthusiasmus fährt in ihn, so aufgeregt habe ich ihn selten erlebt, seine Wangen glühen. »Wir gehen fort, ich werde ein großer Musiker, und du … Ich könnte …«

»Bist du verrückt? Und was wird aus Jonah?«

Levis Begeisterung verfliegt.

»Er stirbt, wenn wir ihn hier zurücklassen, das ist dir doch klar, oder?« Ich klinge hart, aber ich weiß, dass ich Levis Gedanken am besten gleich im Keim ersticke. Ansonsten setzen sich solche Hirngespinste noch in seinem Kopf fest. »Er liebt dich und braucht uns. Er …«

»Wir nehmen ihn mit. Wir könnten zu Oma. Sie wird uns aufnehmen, wenn wir ihr alles erklären, bestimmt!«

Ich springe vor und halte Levi an den Schultern. »Du hörst mir jetzt genau zu. Jonah braucht seine gewohnte Umgebung, ansonsten dreht er durch.«

»Nein!« Levi reißt sich los. »Jonah benötigt Medizin. Ärzte, das volle Programm. *Du* bist diejenige, die nicht wegwill! Aber ich sage dir, wenn wir nicht bald etwas unternehmen, wird er tatsächlich sterben. Er krepiert. Du wirst sehen, bald liegt er unter der Erde neben Vater.«

»Vater lebt! Ich sehe ihn hier jeden Tag und neulich in Dr. Benders Küche.«

Levi schüttelt mich unsanft. »Verdammt! Was soll denn dieses Gerede? Du musst den Dingen endlich in die Augen sehen! Vater ist tot! Tot und begraben! Warum kannst du das nicht akzeptieren?«

Ich halte mir die Ohren zu. Ich will das nicht hören, aber Levi drückt meine Arme herunter.

»Ich lasse nicht zu, dass Jonah stirbt, weil unsere Mutter ihren Scheiß durchzieht, auch wenn ich Vater ein Versprechen gegeben habe.« Levi zieht meinen Kopf heran, unsere Nasen berühren sich. »Mutter lullt dich ein. Hast du mal in einen Spiegel gesehen? Du siehst aus wie ein KZ-Kind.

118

Abgemagert, geschoren, in Lumpen gehüllt. Du wirst mehr und mehr zu ihrem Spiegelbild!« Levis mürrischer Blick wird ganz weich. Er legt den Kopf schräg und lächelt unerwartet, es wirkt aufgesetzt. »Das ist kein Leben für mich. Wenn es nicht anders geht, dann ... ich schwöre, ich springe von der Autobahnbrücke!«

Ich packe seinen Kopf, halte ihn fest zwischen meinen Händen. »So etwas darfst du nicht sagen!«

Er starrt mich so finster an, dass ich eine Gänsehaut bekomme. »Rendel Sukowa wurde ermordet.«

»Was redest du für einen Unsinn?«

»Sie wurde erstochen.«

»Du spinnst doch!« Mein Mund ist ganz trocken. Deshalb war die Polizei also da.

Levi sinkt auf die Knie. Sein Gesicht ist schmerzverzerrt. Er schreit seine Verzweiflung in die Nacht, brüllt wie ein Tier, stößt tiefe animalische Laute aus.

Sein Schmerz und seine Hoffnungslosigkeit schwappen auf mich über, ich umfasse seinen Körper, halte ihn, so fest ich kann. Alles, was ich für ihn empfinde, ist in diesem Augenblick verfügbar. Levi, mein Levi. Immer musste ich auf dich achten, obwohl ich ein Jahr jünger bin als du.

»Hast du etwas mit Rendel Sukowas Tod zu tun?«, flüstere ich und habe Angst vor der Antwort.

»Ich wollte doch nur ...«

»Was ist hier los?« Mutter. Ich habe sie nicht kommen hören. Sie bestellt Levi ins Haus, und er löst sich aus meiner Umarmung, gehorcht sofort, obwohl er weiß, dass er wegen der jüngsten Vorfälle eine Nacht im Keller verbringen muss.

Ich bleibe zurück. Allein.

Hart gehe ich mit mir ins Gericht. Mein Bruder leidet Höllenqualen, und ich bin ihm aus dem Weg gegangen, habe seine flehenden Blicke ausgeblendet und ihn zurückgewiesen.

Ich sehe zum Himmel, am Firmament leuchten Sterne. Mit ausgebreiteten Armen lasse ich mich auf meine Knie fallen, und bete jeden Vers, den ich kenne.

Unmittelbar hinter mir knackt ein Ast. Ich erschrecke mich

beinahe zu Tode, als ich Jeremy entdecke. Er steht höchstens vier Schritte von mir entfernt und lächelt mich unsagbar lieb an.

Polizeipräsidium Köln, Walter-Pauli-Ring

»Ich habe das Gefühl, dass wir irgendetwas übersehen haben.« Lou legte ihr Dönersandwich ab und blätterte in der Akte, die Ben für den Fall Sukowa angelegt hatte. »Außerdem wäre ich beruhigter, wenn wir Jeremy Dupont angetroffen hätten.«

»Es ist Wochenende, da brauchen manche Dinge einfach etwas länger«, sagte Maline. »Montag geht dafür bestimmt alles Schlag auf Schlag.«

»Mist!« Lou sprang auf und raffte ihre Sachen zusammen. »In zehn Minuten muss ich am Neumarkt sein, Frieda wartet auf mich.«

Maline leerte ihre Cola und warf den Pappbecher in hohem Bogen in den Mülleimer.

Lou blieb in der Tür stehen. »Hat Heinrich sich gemeldet?«
»Bei mir nicht.«

Lou schlüpfte in ihre Jacke. »Los, komm! Wir machen beide Schluss für heute.«

»Ich schaue noch mal in die Akte«, sagte Maline. »Vielleicht springt mir ja etwas ins Auge.«

»Okay, dann bis morgen.«

Lous Schritte verhallten auf dem Korridor. Maline nahm die Akte, aber es fiel ihr schwer, sich zu konzentrieren.

Montagabend würde es vorbei sein. Sie hatte alles organisiert, was für die Beerdigung ihres Vaters von Bedeutung war. Der Bestatter hatte sie gut beraten, ein Pfarrer wollte einige Worte sprechen, und Alfred Brass' bester Freund würde ein Lied am Grab seines Freundes singen. Maline erwartete wenige Gäste, die, so war es der Wille ihres Vaters, zum Reueessen gemeinsam zum »Landgasthof Heideblick« in den Königsforst führen. Hier war Alfred nach mancher Wanderung eingekehrt, und hier sollte der letzte Schnaps auf ihn getrunken werden.

Maline gähnte. Eigentlich war sie ziemlich müde, aber sie wollte nicht nach Hause. Der Camper war auf die Dauer doch kein adäquater Wohnungsersatz, das beengte Dasein fing an zu nerven. Sie vermisste ihre Möbel und ein richtiges Badezimmer mit Badewanne. Ihr schwebte eine Wohnung mit Garten vor. Nichts Extravagantes, ein kleiner Rasen, Platz für ein Beet mit Kräutern. Und vielleicht erfüllte sie sich endlich einen Traum und übernahm Verantwortung für einen Hund.

Maline drehte die Heizung höher, schaltete eine zweite Schreibtischlampe ein und begann, Bens Vermerke zu lesen. Dabei richtete sie ihr Augenmerk besonders auf Ermittlungsabschnitte, die sie nicht persönlich begleitet hatte. Sie las Auszüge aus der Patientenakte, die Dr. Bender geschickt hatte. Anschließend überflog sie den Vermerk, den Ben nach einem Gespräch mit dem Augenarzt der Toten notiert hatte. Rendel Sukowa trug demnach eine Gleitsichtbrille. Ursache war eine fortscheitende Presbyopie, ein normaler altersbedingter Sehverlust, ohne Brille hatte sie nur verschwommen gesehen.

Maline vertiefte sich in Bernd-Boris Halbersteins Aussage und überflog die Angaben, die Constantin Sukowa bei seiner Vernehmung durch Lou gemacht hatte, kurz bevor er seinen Herzinfarkt erlitt. Aber egal wie aufmerksam sie las, Maline konnte einfach keinen neuen Ermittlungsansatz erkennen.

Köln-Nippes, Neusser Straße

Lou walkte mehr, als dass sie joggte, sog Morgenluft ein. Die Gehwege waren teilweise noch nicht geräumt. Zweimal hätte sie sich fast auf die Nase gelegt. Sport ist Mord … Immerhin schneite es nicht mehr. Sie spürte vor allem ihre Waden, die Beine waren schwer.

Die Bäckerei »Morgenroth« kam in Sicht. Hanna, Lous beste Freundin, führte den Betrieb, seit ihre Eltern verstorben waren. Mit ihrem kleinen, aber feinen Sortiment an Kuchen, Törtchen und Broten lockte sie auch Kölner aus anderen Stadtteilen in den Laden. Samstags brach im Verkauf regelmäßig Chaos aus, und vor Feiertagen gingen Kunden ohne Vorbestellung meist leer aus.

Trotzdem spielte Hanna nach wie vor mit dem Gedanken, das Geschäft zu verkaufen, daran hatte auch der fehlgeschlagene Übergabeversuch vor einigen Monaten nichts geändert. Sie steckte die Nachtschichten einfach nicht mehr so lässig weg, und für Privates blieb ihr auch zu wenig Zeit. Keine neue Erkenntnis, sie manifestierte sich nur. Hanna liebäugelte mit einem Job als Historikerin, ihre ehemaligen Kollegen von der Universität schickten ständig Stellenanzeigen. Lou wollte davon nichts hören. Sie liebte ihre morgendliche Runde, den Besuch bei Hanna, den gemeinsamen Kaffee, warme Croissants, den kurzen Schlagabtausch über Alltag und Probleme mit den jeweiligen Lovern. Hanna kannte sich in Lous Fällen aus, mit ihr konnte sie beinahe reden wie mit einer Kollegin.

Nur noch wenige Schritte, dann gab es Kaffee und Hefeweckchen. Lou gelangte durch den Hintereingang direkt in die Backstube. Schon vor der Tür hörte sie Barry White »Can't Get Enough of Your Love, Babe« schmettern. Natürlich voll aufgedreht, was nötig war, um die Maschinen zu übertönen. Lou lächelte. Hanna saß am Tisch, hatte beide Arme aufgestützt und gähnte. Es roch göttlich. Lou ließ sich auf einen Stuhl fallen, nachdem die Freundinnen sich begrüßt hatten.

»Ich weiß nicht, wie ich den Tag heute durchstehen soll«, sagte Hanna ziemlich laut, damit sie gegen Barry ankam. »Wie konnte ich mich nur für die Christstollenaktion breitschlagen lassen!«

Lou goss Kaffee aus einer Thermoskanne in zwei Becher, während Hanna aufstand und die Musik leiser drehte.

»Die Leute finden es toll, dass sie bei dir ihre eigenen Stollen backen können«, sagte Lou. »Das wird sich im ganzen Viertel herumsprechen, so etwas ist gut fürs Geschäft.«

»Gut wäre es auch, wenn ich mal richtig ausschlafen könnte. Stattdessen schlage ich mir jetzt auch noch die Sonntage um die Ohren. Außerdem habe ich das Gefühl, dass bei mir eine Grippe im Anmarsch ist.«

»Falls es dich beruhigt: Ich muss auch gleich ins Büro.«

Hanna gähnte erneut. »Das beruhigt mich kein bisschen.«

»Wo ist denn dein Lehrling?« Lou schaute sich in der Backstube um. »Ich dachte, er sollte helfen.«

»Der Junge hat sich erkältet, wahrscheinlich habe ich mich bei ihm angesteckt.« Hanna nieste ausgiebig.

»Gibt es Croissants?«

»Du kannst Vanillekipferl haben.« Hanna zeigte träge über ihre Schulter auf die Arbeitsfläche.

»Eigentlich sollte ich die Finger davonlassen«, sagte Lou, stand auf und bediente sich. Bei ofenwarmen Plätzchen konnte sie nicht widerstehen. »Ich nehme immer mehr zu.«

»Was soll ich denn sagen?« Hanna deutete auf eine Wölbung, die sich deutlich unter der Schürze abzeichnete. Sie hatte immer kämpfen müssen, und in letzter Zeit wurde sie tatsächlich rundlicher. Lou fand, dass sie dadurch weicher wirkte, und das sagte sie auch.

»Toll!« Hanna zog ein langes Gesicht. »Wie geht es Maline? Kommt sie klar?«

»Morgen wird es für sie noch mal hart. Ich denke, sie ist froh, wenn die Beerdigung vorbei ist.«

»Ich werde auf jeden Fall hinfahren, und nach dem Kaffee im ›Heideblick‹ kommt ihr dann zu mir, es gibt einen Gänsebraten.« Hanna stand auf, stellte das Piepsen einer Maschine ab und schob einige Bleche mit Spekulatius in einen riesigen Ofen. »Und du? Wie verkraftest du Friedas Reisevorbereitungen?«

»Wir haben gestern Abend ein paar Klamotten zusammen gekauft, aber leider bekomme ich im Moment nicht viel von ihr mit. Ich stecke in einem Mordfall und bin mal wieder selten zu Hause.«

Hanna stopfte eine widerspenstige Haarsträhne unter das straff gebundene Kopftuch. »Kommt ihr denn voran mit eurem Fall?«

»Wir ermitteln ja erst seit vorgestern und müssen noch ziemlich viele Spuren abarbeiten.« Lou erzählte von der Begegnung mit Frau Fischblut und dem Haus der Familie am Königsforst.

»Eine interessante Ecke«, sagte Hanna. »Wusstest du, dass

dieser Wald der größte zusammenhängende Forst der rechts-rheinischen Mittelterrasse ist und Kölns Stadtgrenze quer durch dieses Gebiet verläuft?«

»Ja. Aber was bitte ist eine Mittelterrasse?«

»Eine mittlere Flussterrasse, also ein früherer Talboden. Historisch ist das Arsenal auch interessant«, dozierte Hanna und kam dabei richtig in Fahrt. »Der Königsforst war früher ein Bannwald und gehörte zum Krongut der Frankenkönige und zum Besitz des Deutzer Erzbischofs Heribert von Köln sowie dem Kloster St. Pantaleon. Durch die, sagen wir mal, Einverleibung kirchlicher Güter durch staatliche Organe gelangte der Wald in den Besitz des Großherzogtums Berg und wurde vornehmlich als Jagdrevier genutzt. In den Wäldern hat es von Wild gewimmelt, in manchen Jahren wurden dort an die viertausend Hirsche abgeknallt. Schwer zugänglich, gefährlich und geheimnisvoll muss der Königsforst früher gewesen sein, um ihn rankten sich Mythen und Schauergeschichten.«

»In dem Gebiet kann man noch heute leicht die Orientierung verlieren«, sagte Lou. »Erst neulich hat sich ein Rentner da völlig verlaufen, und leider wurde dort auch schon die eine oder andere Leiche entdeckt.«

»Du nun wieder!« Hanna schnäuzte in ein Taschentuch. »Ich wollte immer mal zum Monte Troodelöh, immerhin ist es Kölns höchster Punkt. Weißt du, warum der ›Berg‹ so heißt?«

»Ich habe keine Ahnung«, gab Lou zu und ließ sich das nächste Vanillekipferl auf der Zunge zergehen.

»1999 wanderte eine Gruppe städtischer Mitarbeiter zu dieser Erhebung im Wald und setzte ein behelfsmäßiges Gipfelkreuz auf den 118,04 Meter hohen Hügel. Die Stadtverwaltung schrieb ein Jahr später einen Wettbewerb aus, und dabei wurde der Vorschlag gemacht, den Berg nach den Nachnamen seiner ›Entdecker‹ zu benennen: Troost, Dedden und Löhmer. Troodelöh eben.«

»Ich weiß nur, dass es dort mal ein Gipfelbuch gab, das leider immer wieder entwendet wurde«, sagte Lou trocken.

»Du kennst eben immer die unschönen Seiten einer Story.« Hanna zog ein neues Taschentuch hervor. »Was ist eigentlich mit Helene? Will sie wirklich bei dir einziehen? Das ist doch wieder eine ihrer Schnapsideen, oder?«

»Ich weiß gar nicht, wie ich damit umgehen soll. Und eins ist sicher: Wenn Helene einmal einzieht, bleibt sie für immer.«

»Und wenn ihr euch ein bisschen abwechselt? Mal wohnst du eine Zeit bei ihr, und dann kommt sie nach Nippes?«

»Ich habe keine Lust, morgens stundenlang im Stau zu stehen oder mich in die Reihe der Pendler zu stellen«, sagte Lou. »Ich brauche von meinem Haus keine zehn Minuten zum Präsidium. Früher, als Frieda klein war, wollte ich immer im Bergischen wohnen, aber nun genieße ich das Stadtleben. Helene setzt mich ganz schön unter Druck, und ich habe das Gefühl, dass ich eine schlechte Tochter bin, wenn ich mich nicht kümmere.«

Hanna lehnte sich über den Tisch und griff Lous Hände. »Für jedes Problem gibt es eine Lösung. Du wirst schon sehen.«

Eine junge Frau erschien, zögernd blieb sie an der Tür stehen. »Ich hatte angerufen und wollte meinen Christstollen in den Ofen schieben.«

»Es geht los.« Hanna stand auf und umarmte Lou. »Wir reden morgen weiter. Hab einen schönen Tag, wir sehen uns spätestens auf der Beerdigung.«

Lou drückte ihrer Freundin einen Kuss auf die bemehlte Wange. »Ich freue mich schon auf das Gänseessen, das wird uns allen guttun, nach Stunden auf dem Friedhof. Mir läuft jetzt schon das Wasser im Mund zusammen.«

Köln-Rath, Donarstraße

Jonah geht es heute Morgen immer noch schlecht. Er schreit vor Schmerzen und spricht wirres Zeug. Vater weicht nicht von seiner Seite und spricht beruhigend auf ihn ein, während ich mich zur Tür hinausschleiche. Ich will die Gelegenheit nutzen, Mutter und Levi sind unterwegs, obwohl es mir fast das Herz zerreißt. Ich lasse Jonah ungern zurück.

Ich habe die ganze Nacht kein Auge zugetan, weil Jeremy mich an der alten Blitzeiche erwartet. Er hat mich gestern Abend überredet, hinzukommen. Ich bin unheimlich aufgeregt und frage mich, was er von mir will.

In der Nacht ist ein kalter Wind durch den Wald gefegt und hat die Schneefläche mit einer Eisschicht überzogen. An der verwaisten Pferdekoppel dehnen sich zwei wetterfeste Jogger und unterhalten sich lautstark. Gesprächsfetzen hallen herüber. Es geht um Tannenbäume und ihren Preis. Der eine von beiden regt sich mächtig auf. Ich eile über die Hügelgräber auf den Waldlehrpfad zu. Schnee knirscht leise bei jedem meiner Schritte.

Die Eiche, die der Blitz vor Jahren gespalten hat, steht verwaist auf dem direkten Weg zum Ausgang Rösrather Straße. Ich bin froh, als sie in Sicht kommt, und werde automatisch schneller, stoße meinen Atem in die Winterluft.

»Hey Freak.« Jeremy tritt hinter einer Tanne hervor.

Ich spüre einen Stich im Magen und habe sofort das Gefühl, einen Fehler begangen zu haben. Was habe ich mir nur dabei gedacht, mich mit ihm im Wald zu treffen? »Was willst du von mir? Warum hast du mich herbestellt?«

Jeremy kommt auf mich zu und bleibt ganz dicht vor mir stehen. Grellrotes Kapuzenshirt und Jogginghosen, darunter lugt eine Boxershorts hervor. Über die schulterlangen Haare hat er eine dicke Strickmütze gezogen. In seinen Rehaugen erkenne ich Verletzlichkeit und nehme meinen ganzen Mut zusammen. »Warum schleichst du mir immer nach?«

»Weil ich auf dich aufpasse, kleiner Freak.« Jeremy lacht und nimmt meine Hände. Zärtlich, wirklich ganz behutsam. Ich will mich wehren, ihn zurückstoßen, aber ich unternehme nichts, stehe einfach nur da. Als er meinen Namen flüstert, merke ich, wie mir die Knie weich werden. Seine Lippen berühren meinen Mund. Ich weiß auch nicht, aber auf einmal verkrampfe ich mich, schäme mich in seiner Gegenwart. Mein erbärmliches Erscheinungsbild grätscht mir hinein in die erste Annäherung eines Jungen. Ich laufe wie Aschenputtel herum, während Jeremy der coolste Typ ist, den ich kenne.

»Was willst du wirklich?«, frage ich leise.

»Ich sehe dich einfach gern an.«

Das klingt ehrlich. Und diese Augen, ich kann nicht wegsehen.

»Ich … ich habe etwas für dich, schau mal, die möchte ich dir schenken.« Jeremy zieht eine Rose aus seinem Hosenbund. Jetzt wirkt er verlegen, presst die Lippen aufeinander und hampelt herum. »Sie ist verwelkt, weil ich sie schon ewig mit mir herumtrage. Ich hab mich einfach nicht getraut, sie dir zu geben.«

Ich stehe da wie vor den Kopf geschlagen.

Er weicht einen Schritt zurück, schiebt seine Mütze bis zum Haaransatz hoch und hält mir die vertrocknete Blume entgegen.

Ich bin völlig baff und weiß einfach nicht, wie ich reagieren soll.

»Nimm die Rose. Bitte!« Seine Stimme klingt so vertraut.

Ich spüre eine merkwürdige Wärme, die meinen Bauch hinaufwandert.

»Ich mag dich, wirklich.« Jeremy lächelt. »Und meine Freunde, sie werden dich ebenfalls mögen.«

Jetzt bin ich mehr als überrascht. »Dieser Mika hat mich neulich fast überfahren!«

»Er macht gerne einen auf wilden Macker, aber im Grunde ist er harmlos.«

Der Zauber verfliegt. Vielleicht weil ich auf einmal das Gefühl habe, dass der Wald Augen hat. Vielleicht weil ich Vater vor mir sehe, der missbilligend den Kopf schüttelt. Ich weiß nicht, warum, aber als Jeremy meine Hand erneut fassen will, stürme ich davon wie aufgescheuchtes Wild. Es ist ein Reflex. Ich renne, hetze, jage fort. Jeremy ruft meinen Namen, bittet mich, auf ihn zu warten.

Doch ich bringe mich in Sicherheit, auch wenn ich nicht genau weiß, wovor. Es ist ein diffuses Gefühl, aber ich spüre, dass von Jeremy etwas ausgeht, etwas, das mich in einen Abgrund ziehen kann. *Siebzehn ist ein gefährliches Alter.*

In Windeseile kommen die Hügelgräber in Sicht. Ich überwinde den Wall, der unser Haus schützt, und rette mich auf unser Grundstück. Erst jetzt schaue ich zurück. Jeremy ist an der Pferdekoppel stehen geblieben und winkt herüber.

Ich atme auf, fühle mich sicher. Gleichzeitig kann ich meinen

Blick nicht von ihm abwenden. Verwundert stelle ich fest, dass Jeremy mich unsagbar anzieht, obwohl sämtliche Alarmglocken in meinem Kopf schrillen.

Vater steht an der Garage und fordert mich auf, ins Haus zu kommen, aber ich ignoriere ihn. Ich will in Jeremys Sichtweite bleiben. Es ist, als stünde ich am Klippenrand, unter mir schäumende Gischt. Und mich überrollt eine rätselhafte Faszination bei dem Gedanken, mich in die eisigen Fluten zu werfen.

Polizeipräsidium Köln, Walter-Pauli-Ring

Levi vergrub seine Hände tief in den ausgebeulten Taschen einer blauen Strickjacke. Er hatte die Jutetasche zwischen die Knie gepresst, die seine Mutter ihm am Morgen in die Hand gedrückt hatte, und versuchte stoisch, der Situation zu entfliehen. Eben hatte er sich auf die Toilette verdrückt, weg von ihrem Blick, und Hydrospray auf seine Hände gegeben.

Seit der Bahnfahrt ging er imaginäre Noten zu Johann Sebastian Bachs »Toccata und Fuge in d-Moll« durch, dem wohl berühmtesten Orgelwerk der Kirchenmusik. Ein anspruchsvolles Stück, das Levi liebte, besonders wegen der schnellen Läufe und der vollgriffigen Akkorde. Die Orgel interessierte ihn sonst wenig, aber er träumte davon, diese Komposition einmal in einer voll besetzten Kathedrale spielen zu dürfen.

Dezemberkälte wehte in das Gebäude. Levi schaute auf, als zwei Männer den Empfangsbereich betraten, presste seinen Körper tiefer in die blaue Metallbank. Die beiden gestikulierten wild, während sie durch eine Scheibe mit einem Schutzpolizisten sprachen. Levi fröstelte, und sein Magen knurrte. Die Kriminalwache war der letzte Ort, an dem er sein wollte.

Seine Mutter stand in der Mitte des Wartebereichs. Sie hatte ihn überredet, herzufahren. Nein, sie hatte ihn gezwungen, das traf den Nagel wohl eher auf den Kopf. *Du hast uns die Suppe eingebrockt und löffelst sie auch aus, bevor du die ganze Familie in Gefahr bringst.* Gegen die Kälte trug sie zwei Röcke übereinander, ebenfalls Strickjacke und feste Schuhe. Den rasierten Kopf verbarg ein Wolltuch. Man hätte sie für eine Ökotante mit Hang zu blauen Wallegewändern halten können, wenn er nicht die gleiche Farbe getragen hätte. Zusammen zogen sie Blicke auf sich. Die beiden Männer hatten an der gegenüberliegenden Wand Platz genommen und glotzten herüber.

Levi setzte sich aufrecht, reckte den Hals und ließ den Blick durch den Raum hinter der Glasfront schweifen, die Musik in seinem Kopf schaltete er auf einen Hintergrundpegel. An der Wand neben einem Schreibtisch hing ein Adventskalender. Einige Türchen waren geöffnet, dahinter schimmerte bunte Plastikfolie. Ein Beamter telefonierte, ein anderer sprach leise auf einen schmächtigen Mann ein, der einen schwarzen Anzug trug.

Seine Mutter hatte die Arme um ihren Körper geschlungen, als müsse sie sich warm halten, und sprach auf eine uniformierte Polizistin mit lila lackierten Nägeln ein, die in den Vorraum gekommen war. Wahrscheinlich beschwerte sie sich wieder, weil sie warten mussten. Die Glastür öffnete sich erneut automatisch, und eine kräftige Frau erschien, die seiner Mutter die Hand reichte. Rollkragenpullover. Jackett. Jeans. Mit zwei Schritten stand sie vor ihm. Wangengrübchen. Rundes Gesicht. Eisblaue Augen. Energischer Händedruck.

Die Klaviermusik erstarb.

»Herr Fischblut, ich bin Hauptkommissarin Vanheyden. Wir gehen jetzt in mein Büro, dort können wir ungestört reden. Folgen Sie mir bitte.« Die Kommissarin drehte sich zu seiner Mutter. »Warten Sie bitte hier, ich möchte allein mit Ihrem Sohn sprechen.«

Damit hatte Levi nicht gerechnet. Seine Mutter mit Sicherheit auch nicht, und selbstverständlich überließ sie das Feld nicht ohne Kampf. »Ich habe ein Recht, dabei zu sein.«

»Levi ist volljährig.« Die Beamtin, deren Namen er schon wieder vergessen hatte, klang nicht unfreundlich, aber bestimmt.

Levi zog die Schultern hoch und versuchte, die Tasten seines inneren Klaviers anzuschlagen. Es gelang ihm nicht.

Immer musste seine Mutter Theater machen. Sie sah rot, wenn die Staatsgewalt ihre Finger im Spiel hatte, egal wie berechtigt die Maßnahmen waren. Verbote, Gesetze oder Vorschriften wertete Marietta Fischblut als Bevormundung, Schikane, Willkür der Behörden. Dagegen musste sie sich schon aus Prinzip wehren und erwartete die gleiche Haltung von ihren Kindern.

An dieser Kommissarin schien ihr Protest jedoch abzuprallen. »Es dauert nicht lange! Und ich rechne es Ihnen hoch an, dass Sie sogar an einem Sonntag hergefahren sind. Aber jetzt müssen Sie uns einfach unsere Arbeit machen lassen.«

Bei der Antwort seiner Mutter blendete Levi sich aus dem Wortgefecht aus. Er hatte die Nacht auf einer dünnen Strohmatte im Keller verbracht und kein Frühstück bekommen. Deshalb war er tierisch genervt. Zudem hatte seine Mutter auf ihn eingeredet, ihm vorgekaut, was er sagen und worüber er schweigen sollte.

Eindringlich hatte sie ihn daran erinnert, was auf dem Spiel stand, wenn er sich verquatschte. Sie hatte stark transpiriert. Er hatte ihre Angst förmlich gerochen. *Beantworte alle Fragen so, dass sie zufrieden sind. Eine Hausdurchsuchung gilt es unter allen Umständen zu verhindern. Du willst doch nicht, dass sie uns Jonah wegnehmen!* Er merkte, wie er zu schwitzen begann, und drückte die Jutetasche auf seinen Knien mit den Händen zusammen. Er fürchtete sich vor den Fragen der Kommissarin und bezweifelte, dass er zufriedenstellend antworten konnte.

Jetzt berührte sie ihn behutsam am Arm. »Kommen Sie?« Levi erhob sich ohne Eile.

Minuten später saß er in einem kleinen Büro, während seine Mutter im Wartebereich der Etage ausharrte. Wenn er aus dem Fenster sah, schaute er in den Innenhof des Präsidiums.

Eine weitere Beamtin erschien. Sie wirkte jung, durchtrainiert, größer als er. Wuschelfrisur. Spitzes Gesicht. Hellgrüne Augen. Jeans. Schwarze Bluse. Levi wunderte sich über ihr Piercing an der Augenbraue.

Wasser hatte er abgelehnt und bisher lediglich die Angaben zu seiner Person bestätigt. Die Belehrungen hatte er verstanden. »Sie müssen die Wahrheit sagen. Sie brauchen sich und Ihre Familie nicht zu belasten.«

Seine Hände begannen wie verrückt zu jucken. Er verfluchte die elende Neurodermitis. Dramatisch klang Bachs »Toccata und Fuge in d-Moll« in seinem Kopf an. Levi versuchte, sich zu konzentrieren, Musik störte jetzt nur.

Die Piercing-Kommissarin lächelte. »Ist Ihnen kalt? Möchten Sie vielleicht Tee? Ich kann in der Küche nachsehen, manchmal haben wir ganz leckere Sorten.«

»Eine Cola wäre toll«, sagte Levi und lächelte bei dem Gedanken an seine Mutter.

»Levi, ich darf Sie doch so nennen?«, begann die ältere Kommissarin, als die Cola vor ihm stand. »Wie Sie ja wissen, ist Ihre Musiklehrerin ermordet worden. Constantin Sukowa hat uns erzählt, dass Sie freitags vor ihrem Haus gestanden haben. Woche für Woche. Stimmt das?«

Er nickte zögernd. Auf ihrem Schreibtisch lag eine Tafel Schokolade. Vollmilch-Nuss. Levi lief das Wasser im Mund zusammen, er nippte an der Cola.

»Soweit wir informiert sind, hat Ihnen Frau Sukowa keinen Unterricht mehr erteilt. Trotzdem sind Sie weiter freitags zu ihrer Villa gegangen. Warum?«

Die Schokolade machte es ihm schwer, bei der Sache zu bleiben. War es unverschämt, die Kommissarin um ein Stückchen zu bitten? Bachs Komposition versuchte sich Gehör zu verschaffen.

»Levi?«

Beantworte alle Fragen so, dass sie zufrieden sind. Er gab sich einen Ruck. »Wegen der Musik. Ich liebe alles, was damit zusammenhängt.«

Die mit dem Augenbrauenpiercing hakte nach. »Ich verstehe Ihre Antwort nicht, können Sie uns das ein wenig genauer erklären?«

Beantworte alle Fragen so, dass sie zufrieden sind.

»Ich kann ohne Musik nicht leben.« Levi bemerkte, dass er fortwährend die Zwischenräume seiner Finger rieb, griff nach dem Colaglas und trank einen Schluck. »Es gibt keinen anderen Ort auf der Welt, an dem ich spielen kann. In Frau Sukowas Haus wohnt die Musik, verstehen Sie?«

»Hat Ihre Musiklehrerin Sie denn weiterhin empfangen?«, fragte die Kommissarin weiter.

»Normalerweise stand ich nur draußen, ich habe mich einfach nicht getraut zu klingeln. Aber diesmal habe ich meinen ganzen Mut zusammengenommen, und wir sind ins Musikzimmer gegangen.«

»Und dann?«

»Wir haben uns hingesetzt und gesprochen.«

»Worüber?«

Gib nichts preis!

Toccata und Fuge in d-Moll. *Weg! Ich muss mich konzentrieren.*

»Levi, ich muss auf einer Antwort bestehen. Warum haben Sie ausgerechnet an diesem Freitag an der Tür geklingelt?«

Stille. Schweißperlen bildeten sich auf Levis Stirn.

Vater liegt in unserem Garten. Eine Hausdurchsuchung gilt es unter allen Umständen zu vermeiden.

»Ich habe sie vermisst.«

»Sie haben Frau Sukowa gemocht, nicht wahr?«

Scheiße. Warum werde ich traurig? Ich will nicht weinen. Nicht jetzt, nicht hier. Ein Riegel Schokolade wäre toll. Nüsse, die zwischen den Zähnen knacken. Seine Finger juckten und brannten, er konnte die Kratzerei nicht lassen.

Die Kommissarin lehnte sich vor. *Eisblaue Augen. Scheißblaue Augen.* »Wir haben gehört, dass Ihre Familie einer Glaubensgemeinschaft angehört, ist das richtig?«

Gib nichts preis!

»Wir haben uns erkundigt«, sagte die mit den Wuschelhaaren. Er bemerkte die Ringe an ihren Fingern. Silberschmuck. Sogar am linken Daumen steckte einer. »Ihre Familie hatte jahrelang Stress mit der Schulbehörde, weil Ihre Eltern Sie und Ihre Schwester zu Hause unterrichten. Wie war das als Kind, wenn ständig Polizei vorfuhr, um Sie zur Schule zu eskortieren?«

Blaulicht. Mutters Wutausbrüche. Vaters Geschrei. Ricas ängstliche Augen und die bange Frage, ob uns die Beamten vielleicht für immer mitnehmen. »Es war nicht weiter tragisch.«

»Ihre Familie hat früher im Sauerland gelebt. Warum sind Sie nach Köln gezogen?«

Stell dich einfach dumm. Levi zuckt mit den Achsen.

»Sagen Sie uns doch einfach, was am Freitag passiert ist, dann können Sie gehen.«

Beantworte alle Fragen so, dass sie zufrieden sind.

»Ich wollte nur mit ihr reden, ich habe ihr vertraut, wissen Sie? Aber an dem Morgen hat sie mich wütend gemacht. Ich habe sie angeschrien, die Notenständer umgeschmissen und bin abgehauen. Als ich wieder zurückkam, lag sie im Flur.«

»Warum haben Sie Frau Sukowa angeschrien?«

»Ich weiß auch nicht.« Levi leerte die Cola und stellte das Glas mit etwas zu viel Schwung auf den Schreibtisch. »Sie wollte mir eigentlich helfen und hat es doch nicht getan.«

»Helfen? Wobei?«

»Es ging um die Musikhochschule, ach, egal.«

»Okay. Was hat Frau Sukowa gemacht, als Sie weggerannt sind?«

»Weiß ich nicht.«

»Ist sie sitzen geblieben, aufgesprungen? Hat sie versucht, Ihnen nachzulaufen?«

»Keine Ahnung.«

»Hatte sie eine Brille auf?«

»Natürlich«, sagte Levi, ohne zu zögern.

»Was haben Sie gemacht?«

»Ich bin zur Haustür rausgerannt und auf die Straße. Dann bin ich umgekehrt, weil ich mich entschuldigen wollte.«

»Wissen Sie, wie spät es war?«

»Ich habe keine Uhr.«

»Ist Ihnen jemand begegnet?«

»Nein.«

»Überlegen Sie noch mal.«

»Da war niemand.«

»Wie ging es weiter?«

»Ich bin den Weg zur Villa hinaufgelaufen. Die Haustür stand offen.«

»Hatten Sie die Tür geschlossen?«

»Ja, nein … Ich weiß es nicht mehr. Jedenfalls bin ich hinein und hab sie da liegen sehen.«

»Haben Sie etwas angefasst?«

Du musst zugeben, was sie beweisen können.

»Ich habe mich hingekniet. Da war überall Blut!«

»Was haben Sie dann gemacht?«

»Nichts. Ich wusste nicht, was ich tun sollte. Es war alles so unheimlich. Wie sie dalag … Ich habe noch nie einen toten Menschen gesehen.«

»Woher wussten Sie, dass Frau Sukowa tot war?«

»Keine Ahnung, wahrscheinlich wegen der Blutlache. Ich konnte gar nicht richtig denken und hatte unheimlich Angst, dass man mir die Sache in die Schuhe schieben wird.«

»Warum sollte Ihnen jemand dieses Verbrechen in die Schuhe schieben?«, fragte die mit dem Piercing.

Levi Fischblut. Fratzenarsch. Secondhand-Abschaum. Los, Freak, friss Dreck. »Sehen Sie mich doch an, ich bin der perfekte Sündenbock.«

Die Kommissarinnen tauschten Blicke.

»Was haben Sie dann gemacht?«, fragte die mit den Eisaugen weiter. »Warum haben Sie nicht die Polizei oder einen Rettungswagen gerufen?«

Toccata und Fuge in d-Moll. Laut. Dramatisch. Ohrenbetäubend. *WEIL ICH PANIK HATTE. SCHEISSANGST! Musik aus!*

»Levi, überlegen Sie mal genau. Hat Frau Sukowa noch gelebt? Hat sie irgendetwas gesagt?«

Ihre Haut war noch warm. »Nein.«

»Besitzen Sie Dockers?«

»Was ist das?«

»Schuhe einer besonderen Marke.«

»Ich laufe immer in solchen Schuhen herum.« Levi zeigte auf die Turnschuhe an seinen Füßen. »Ein identisches Paar steht zu Hause. Meine Mutter ist in diesen Dingen sehr praktisch.«

»Welche Kleidung haben Sie an dem fraglichen Morgen getragen?«

Eine Hausdurchsuchung gilt es unter allen Umständen zu verhindern. »Hier!« Levi riss die Jutetasche hoch, die er neben seinem Stuhl platziert hatte, stieß dabei das leere Glas um, ohne diesen

Umstand weiter zu beachten, und reichte sie der Eisaugenblauen über den Schreibtisch. »Da ist alles drin. Die Sachen sind voller Blut, weil ich mich neben sie gekniet habe. Und mein eigenes Blut ist an der Hose, weil ich mich an der Wade verletzt habe.« Levi riss sein Hosenbein hoch, zeigte seine Wunde und schielte auf die Schokolade. Wenn, dann war dies der perfekte Augenblick, um nach einem Stück zu fragen. *Los! Trau dich!*

Levi holte Luft. »Kann ich jetzt gehen?«

Köln-Ostheim, Hardtgenbuscher Kirchweg

Bernd-Boris Halberstein sperrte Adonis in den Wagen und befahl ihm, ruhig liegen zu bleiben. Der Hund gehorchte winselnd und drückte seine Nase an die Heckscheibe. Die Distanz zwischen Parkplatz und Turnhalle legte Halberstein bei Schneeregen im Nu zurück.

An diesem Sonntag trainierten die Mitglieder der D-Jugend von Union Köln e. V. in einer kleinen Halle neben der Aschebahn, wo traditionsgemäß der Nikolaus erschien, um das Team zu beschenken. Jedes Jahr freuten sich die Jungen auf dieses Spektakel, bei dem auch besondere Leistungen einzelner Spieler hervorgehoben wurden. Halberstein hatte seinen Enkel vor zwei Stunden zum Sportplatz gefahren und vor zwanzig Minuten den besorgniserregenden Anruf erhalten. Coach Aydin kam ihm entgegen, sobald er das Gebäude betrat, offenbar hatte er auf sein Eintreffen gewartet.

»Gut, dass Sie so schnell kommen konnten«, sagte er, schob seine Baseballkappe in den Nacken und spielte mit einem Schlüsselbund, den er in der Tasche seiner Jogginghose drehte. »Ich habe Tills Mutter einfach nicht erreichen können.«

Halberstein war ein wenig außer Atem. »Wo ist mein Enkel jetzt?«

»In der Umkleidekabine. Ich dachte, es sei besser, ihn von der Gruppe zu trennen.«

»Was war denn los? Am Telefon konnte ich Ihnen nicht ganz folgen.«

Der Trainer zog den Reißverschluss seiner Trainingsjacke zu und sah sich nach allen Seiten um, als befürchte er Lauscher. »Wir waren mitten im Aufwärmtraining«, flüsterte er. »Heute habe ich mir für die Jungs interessante Staffelspiele ausgedacht, so etwas fördert ja grundsätzlich auch den Kampfgeist. Na ja, und bei einer Übung sollten die Kids ein paar Klimmzüge an der Sprossenwand machen. Das war blöd, denn alle haben Till angestarrt, angefeuert und so. Deshalb konnten die Jungs auch sehen, dass er in die Hose gemacht hat. Das Pipi lief dem armen Kerl am Bein runter. Der Erste hat natürlich gleich losgebrüllt, so schnell konnte ich gar nicht reagieren. Sie wissen ja, wie Kinder sind. Jedenfalls ist Till sofort auf einen Mitspieler losgegangen und hat ihm die Nase blutig geschlagen.«

»Ach du meine Güte, so kenne ich ihn gar nicht!«

»Ich war auch platt.« Coach Aydins dichte Augenbrauen schnellten in die Höhe. »Till hat sich richtig festgebissen und wollte gar nicht mehr von dem Jungen ablassen.«

»Und wie geht es dem Kleinen, also dem, der die Prügel bezogen hat?«

»Sein Vater hat ihn gerade abgeholt und ein mächtiges Theater veranstaltet. Ich denke, er wird sich mit Tills Mutter in Verbindung setzen, und ehrlich gesagt: Ich kann so ein Verhalten selbstverständlich nicht tolerieren.«

»Verstehe. Ich möchte jetzt zu meinem Enkelsohn.«

»Hier entlang.« Coach Aydin ging ein paar Schritte, blieb vor einer Tür stehen und seufzte. »In den letzten Tagen ist Till irgendwie anders, bockig, manchmal auch aggressiv, und scheint nicht immer ganz bei der Sache.«

»Wie meinen Sie das?«

Der Trainer zuckte mit den Schultern. »Der Junge war bisher ja eher der ruhige, besonnene Vertreter, da fällt es schon auf, dass er in letzter Zeit leicht reizbar ist. Wissen Sie, ob ihn etwas bedrückt?«

Halberstein spürte einen Stich in der Magengrube. Irgendwie hatte er auf einmal das Gefühl, versagt zu haben. Bis vor einer Stunde hatte er gedacht, dass er wusste, was in Till vorging. Sein Verhältnis zu ihm hätte er geradezu als freundschaftlich und absolut einzigartig beschrieben. Seit der Vater die Familie verlassen hatte, kümmerte er sich besonders um seinen neunjährigen Enkel. Die Andeutung des Coachs, die implizierte, dass etwas in Tills Welt aus den Fugen geraten sein könnte, wovon er als Opa nichts wusste, beschämte ihn. Halberstein holte tief Luft und wollte an Coach Aydin vorbei, aber der junge Mann hielt ihn am Arm.

»Eins muss ich Sie noch fragen. Ich wollte Mika anrufen, als ich Tills Mutter nicht gleich erreichen konnte, aber der Kurze hat ein Mordstheater gemacht und wollte auf keinen Fall, dass ich mit seinem Bruder telefoniere. Können Sie sich das erklären? Soweit ich weiß, sind die beiden doch eigentlich richtige Kumpels.«

Der nächste Stich. Auch auf diese Frage wusste Halberstein keine Antwort. Er pflegte kaum Kontakt zu seinem erwachsenen Enkel, der sich seit einiger Zeit in eine bedenkliche Richtung entwickelte. Schule abgebrochen. Schlägereien. Verbale Gewalt, auch innerhalb der Familie. Zudem hatte er wiederholt Geld aus der Brieftasche seiner Mutter entwendet. Halberstein hatte wahrlich versucht, zu ihm durchzudringen. Aber Argumente und Gesprächsversuche prallten an Mika ab. Nach einer Handgreiflichkeit, die Halberstein geschockt hatte und die er nur nicht zur Anzeige brachte, weil seine Tochter an seinen Familiensinn appellierte, beschränkte sich der Kontakt zurzeit auf seltene Gelegenheiten. Deshalb konnte er den Einfluss, den Mika auf seinen Bruder hatte, im Moment nicht einschätzen. Aber der Kleine hatte Mika immer vergöttert. Obwohl, jetzt, wo Halberstein darüber nachdachte, fiel ihm auf, dass Till seinen Bruder in letzter Zeit kaum erwähnte.

»Ich werde mich um die Angelegenheit kümmern, aber nun nehme ich Till mit nach Hause.«

Halberstein öffnete die Tür und betrat die Umkleidekabine allein. Sämtliche Fenster waren gekippt, es herrschte eisige Kälte.

Till saß bibbernd am Ende der Bank neben dem Waschbecken, hatte die Füße auf die Sitzfläche gestellt und seine Arme um die Knie geschlungen. Er zeigte keine Regung, als sein Opa hereinkam und vor ihm in die Hocke ging.

»Was ist denn los, mein Großer?«

Till kaute auf seiner Unterlippe, wirkte zart und zerbrechlich. Halberstein strich ihm den zu lang gewordenen Pony aus den Augen und drückte ihm einen Kuss auf die Stirn. »Komm! Adonis wartet.«

Er schulterte die Sporttasche und reichte seinem Enkel die Hand. In dem Moment drückte sich Till an ihn und begann herzzerreißend zu weinen. Halberstein ließ sich auf die Bank fallen und nahm den Jungen auf seinen Schoß, wiegte ihn und strich ihm über die blonden Haare.

»Ich habe etwas ganz Schlimmes gemacht«, schluchzte Till.

»Ach Großer, es gibt Schlimmeres, als in die Hose zu machen, das kannst du mir ruhig glauben. Und dass du einen Jungen geschlagen hast, darüber sprechen wir zu Hause. Hauptsache, es tut dir leid und es kommt nicht wieder vor. Allerdings wirst du dich entschuldigen müssen, da führt kein Weg dran vorbei.«

Till wischte sich mit dem Handrücken Schleim weg, der aus seiner Nase zum Mund lief. Einen kurzen Moment hatte Halberstein das Gefühl, dass der Junge ihm etwas mitteilen wollte, dass er innerlich kämpfte, um Worte rang.

Die Tür wurde aufgestoßen. In der kalten Zugluft stand ein kräftiger Mann im billigen Santa-Claus-Kostüm mit weißem Wattebart. »Hohoho!«

»Raus!«, rief Halberstein unfreundlich.

Augenblicklich verschwand der Nikolaus von der Bildfläche.

Halberstein nahm die Tasche erneut vom Boden auf und geleitete seinen Enkel auf den Flur, vorbei an der Turnhalle, aus der Gelächter dröhnte, raus zum Parkplatz. Ihm wurde es schwer ums Herz, als er Till mit gesenktem Kopf neben sich hertrotten sah, so als trage er die Last der ganzen Welt auf seinen schmalen Schultern.

Polizeipräsidium Köln, Walter-Pauli-Ring

»Henry gibt heute einen Abschiedskaffeeklatsch für unsere Tochter und hat sämtliche Verwandte eingeladen. Ich muss echt los.« Lou nahm ihre Jacke aus dem Schrank und schnappte sich den Rucksack. »Ich habe übrigens mit Heinrich telefoniert, und er hat mir zugesagt, Frau Sukowa heute noch dranzunehmen. Hundertprozentig.«

»Es ist Sonntag«, sagte Maline und blickte flüchtig auf. »Da bin ich mal gespannt, ob er wirklich Wort hält. Ich schreibe in jedem Fall noch den Eindrucksvermerk über die Vernehmung von Levi Fischblut zu Ende, aber dann mache ich auch Schluss.«

»Versprochen?«

Maline hob die Hand und kreuzte Zeige- und Mittelfinger.

Lou drehte sich an der Tür noch einmal um. »Immerhin sind die Fischbluts gekommen. Was hältst du von Levi?«

»Schwer zu sagen. Hast du seine Hände gesehen?«

»Neurodermitis, schlimm. Bei psychischen Problemen können sich die Symptome verschlechtern.«

»Ich fand ihn nicht wirklich kooperativ«, sagte Maline. »Irgendwie wirkten manche Antworten wie auswendig gelernt.«

»Den Eindruck hatte ich auch. Und wirklich nachvollziehen konnte ich seine Gründe nicht, die ihn freitags zu Frau Sukowa führten. Im Grunde hat er sogar ein Motiv.«

Maline winkte ab. »Ach komm, nur weil man keinen Musikunterricht mehr bekommt, bringt man doch keinen Menschen um.«

»Die Beweggründe, die einen zum Mörder machen, sind manchmal völlig absurd und wenig nachvollziehbar.«

»Jetzt haben wir erst einmal seine Kleidung sichergestellt«, sagte Maline. »Haftgründe liegen nicht vor. Er hat einen festen Wohnsitz, taucht mit Sicherheit nicht unter, und die Verdunklungsgefahr kannst du auch vergessen. Wir warten jetzt die Analyse seiner Sachen ab, und dann sehen wir weiter.«

»Aber viel verspreche ich mir nicht davon. Er räumt ja ein, dass er neben der Leiche gekniet hat.«

Maline tippte auf die Ermittlungsakte. »Ben hat notiert, dass in Meschenich die nächste Verwandte der Fischbluts lebt, wahrscheinlich ist es Levis Oma. Ich finde, wir sollten ihr einen Besuch abstatten und auch mal mit seinem Vater reden.«

»Wäre interessant, zu sehen, wie Levi reagiert, wenn wir

den Druck auf ihn erhöhen. Aber erst mal bin ich gespannt, ob Jeremy Dupont morgen zur Vernehmung erscheint.«

»Warum denn nicht? Seine Mutter hat doch einen recht zugänglichen Eindruck gemacht, ich denke, sie wird positiv auf ihn einwirken. Und wenn nicht, dann fahren wir raus und befragen ihn vor Ort.« Maline gähnte. »Wenn wir wenigstens die Tatwaffe hätten, dann wären wir auch einen Schritt weiter. Außerdem hoffe ich immer noch, dass die gesicherten Spuren einen Ermittlungsansatz ergeben. Ansonsten müssen wir noch mal einen Zeugenaufruf über die Presse machen.«

»Das sehe ich auch so«, sagte Lou. »Ich muss los. Falls etwas ist, kannst du mich ja anrufen.«

Köln-Rath, Alte Forststraße

Weiße Tischdecken. Silberbesteck und Teller mit Engelbordüre. In der Mitte des Tisches lag ein halber Tannenbaum, alle paar Zentimeter streckten weiße Porzellanhirsche ihre Geweihe aus saftig grünen Zweigen. Runde bordeauxrote Kugelkerzen standen auf goldenen Leuchtern. Michael Bublé swingte weihnachtlich aus der Stereoanlage, es roch nach Gans und Rotkohl.

»Dir muss doch auffallen, wenn sich dein Jüngster merkwürdig verhält.« Bernd-Boris Halberstein klang gereizt und blies Rauch aus.

Seine Tochter gab eine Serviette in einen von Tills Fußballschuhen und legte eine Apfelsine sowie Süßigkeiten hinein. »Natürlich, jetzt bin ich wieder schuld, und ja, ich weiß, ich bin eine miese Mutter.«

»Das habe ich nicht gesagt.«

»Aber gemeint.«

Halberstein drückte seine Zigarette aus.

»Till hängt doch mehr bei dir herum als zu Hause«, sagte Camilla Halberstein, zupfte ihr Cocktailkleid zurecht und stellte den gefüllten Nikolausschuh auf die Fensterbank.

»Meinst du nicht, dass der Junge für so etwas ein bisschen zu alt ist?«, fragte Halberstein mit Blick auf die Süßigkeiten.

Camilla ignorierte den Einwand ihres Vaters. »Warum hast *du* denn nichts bemerkt?«, fragte sie stattdessen. »Du spielst dich doch neuerdings als Kinderpsychologe auf!«

Damit traf sie Halberstein an einem wunden Punkt. Er sank auf einen der Designersessel.

»Ich will dich ja nicht rausschmeißen«, fuhr Camilla gnadenlos fort. »Aber heute ist Nikolausabend, und ich habe ein paar Freunde eingeladen, sie werden jeden Moment klingeln. Und wo wir schon mal dabei sind, es stört mich kolossal, dass du herkommst und mir Vorwürfe machst. Du hast so viele Fehler begangen, als wir klein waren, und in der Regel durch Abwesenheit geglänzt!«

»So wie du jetzt.« Halberstein konnte sich diese Spitze nicht verkneifen. Camillas Lebensstil ging oft zulasten ihrer Kinder. Gut, sie arbeitete hart, als Werbetexterin eines Automobilherstellers und alleinerziehende Mutter blieb wenig Zeit für die Familie. Trotzdem monierte Halberstein regelmäßig, dass sie ihre wenige Freizeit lieber auf dem Golfplatz verbrachte, als für die Jungen da zu sein.

»Klar, bei Männern ist dieses Verhalten ganz normal«, sagte Camilla, als könne sie die Gedanken ihres Vaters erraten. »Frauen gelten hingegen gleich als egoistische Rabenmütter. Du glaubst gar nicht, wie sehr mich diese Denke ankotzt.«

»Wie redest du denn mit mir!«, echauffierte sich Halberstein, tastete nach seiner Zigarettenschachtel, ließ sie dann aber liegen. Er wusste, dass er sich auf dünnem Eis bewegte. Camilla hatte er nur aus der Ferne aufwachsen sehen. Geburtstage. Einschulung. Sportliche Wettkämpfe. Einige bedeutende Ereignisse aus der Kindheit seiner Tochter kannte er nur von Fotos. Er hatte sich krummgelegt, um seinen Liebsten ein angenehmes Leben bieten zu können, dabei war das Zwischenmenschliche auf der Strecke geblieben. Selbst die lebensbedrohliche Krankheit seiner Frau hatte er zu spät richtig ernst genommen. Persönliche Fehleinschätzungen. Davon konnte Bernd-Boris Halberstein ein Lied singen. Auch zu Mika hatte er nie einen richtigen Draht gefunden. Gerade deshalb nahm er alles, was mit Till zusammenhing, sehr ernst.

Camilla stolzierte auf roten Pumps in die Küche. »Wenn du dich nützlich machen willst, dann roll bitte die Knödel aus der Folie und gib sie in eine Schüssel.«

Halberstein gehorchte, während sich Camilla Topflappen schnappte, den Ofen öffnete und die Gans hervorzog. Sie roch himmlisch, die Haut brutzelte. Halberstein lief das Wasser im Mund zusammen, und ihm fiel auf, dass er den ganzen Tag kaum etwas gegessen hatte.

»Was hat Aydin denn genau gesagt?«, fragte Camilla, während sie das Geflügel auf eine Platte hievte.

Halberstein schilderte noch einmal die Ereignisse, die sich in der Sporthalle zugetragen hatten.

»Ich kann mir wirklich nicht erklären, was in Till gefahren ist«, schimpfte Camilla.

»Wie läuft es denn in der Schule? Du warst doch neulich beim Elternsprechtag.«

Seine Tochter druckste herum.

»Du warst nicht da, stimmt's?«

Camilla verteilte Rotkohl auf Schüsseln. »Vorstandssitzung. Ich hab es einfach nicht geschafft.«

Halberstein verzichtete auf das aus seiner Sicht angemessene Theater. »Ich denke, dass Tills Verhalten etwas mit Mika zu tun hat«, sagte er wie beiläufig.

»Das ist ja mal wieder typisch.« Camilla stellte die Gemüseschüsseln unsanft auf einem Tablett ab. »Immer wenn etwas mit Till nicht rundläuft, schiebst du es Mika in die Schuhe. Aber da hast du dich gehörig geschnitten! Der Junge hat nämlich einen richtigen Entwicklungsschub gemacht. Job. Freundin. Verlässlichkeit. Alles ganz passabel.«

»Ach wirklich?« Halberstein war überrascht. »Wo arbeitet er denn?«

»Er hat einen Aushilfsjob als Verpacker, ein Golfpartner hat ihm die Anstellung besorgt.«

»Anstellung, pah! Solche Jobs sind doch keine wirkliche Alternative zu Ausbildung und Abitur. Du tust ja gerade so, als hätte er den Nobelpreis gewonnen.«

»Er verdient ganz ordentlich und hat innerhalb kürzester Zeit

alle seine Schulden bei mir zurückbezahlt.« Camilla sprach langsam und betonte jedes Wort. »Punkt. Dass dies keine Perspektive
für seine Zukunft ist, weiß ich selbst. Und jetzt kümmere dich
bitte um deine Angelegenheiten.«

Die Küchentür wurde aufgestoßen. Camillas Ältester betrat
den Raum. Halberstein hatte Mika längere Zeit nicht gesehen.
Lederjacke. Haartolle. Er erinnerte ihn an den jungen Elvis
Presley.

»Ich habe meinen Namen gehört«, sagte er und drückte
seiner Mutter einen Kuss auf die Wange, ohne seinen Opa zu
beachten. »Was ist los? Versucht der alte Mann wieder, mich
schlechtzumachen?«

Unangenehmes Schweigen.

Mika machte einen Schritt auf die Küchentür zu und riss sie
ganz auf. »Nicht so schüchtern.«

Ein junges Mädchen erschien im Rahmen. Älter als siebzehn
war sie nicht. Brünett. Pferdeschwanz. Pinke Lippen, deutliches
Make-up. Turnschuhe und Joggingoutfit. Sie nahm den Blick
kurz vom Smartphone, aber bevor sie ein Wort sagen konnte,
klingelte es. Camilla schickte Mika an die Haustür.

Halberstein musterte die Freundin seines Enkels. Ihr Aufzug
und die Art, wie sie auf ihrem Handy herumtippte, erinnerte ihn
an jemanden, aber er hatte jetzt nicht die Zeit, sich weiter mit ihr
zu befassen. »Ich gehe kurz zu Till und sage ihm Gute Nacht.«

»Bitte nicht.« Camilla klang resolut. »Er schläft mit Sicherheit
schon; wenn du jetzt in sein Zimmer gehst, weckst du ihn nur
wieder auf.«

Halberstein schluckte seinen Groll herunter, verkniff sich
einen passenden Kommentar, warf einen letzten Blick auf Mikas
Freundin und verließ den Bungalow durch den Garten, weil er
weder seinem Enkel noch den Gästen begegnen wollte.

Köln-Nippes, Haus Schnackertz

Lou hielt Maline die kupferbeschlagene Eingangstür des
Traditionsgasthauses auf. Zügig durchquerten sie den The-

kenbereich, gingen durch in den ersten mit Holz vertäfelten Gastraum und ergatterten den letzten freien Tisch am Fenster. Es war laut, hell und irgendwie doch gemütlich. Am Nebentisch saß eine Gruppe Frauen, alle um die sechzig. Anscheinend hatten sie sich lange nicht gesehen. Sie versuchten sich gegenseitig zu übertönen und bestellten ein Kölsch nach dem anderen.

»Was gibt es denn so Dringendes?«, fragte Lou und sank auf die Eckbank.

»Moment.« Maline griff nach der Speisekarte. »Ich bin völlig ausgehungert.«

Als die junge Servicekraft erschien, bestellte sie Kölsch und Krustenbraten. Die Damengruppe vom Nachbartisch lachte einhellig. Schrill und übermütig.

»Im Grunde bin ich froh, dass du mich bei Henry herausgeklingelt hast«, sagte Lou und streckte ihre Beine aus. »Seine neue Freundin legt ein Revierverhalten an den Tag – ätzend, wirklich.«

»Aber die Sache mit deinem Exmann und dir ist doch gegessen, oder?«

Lou betrachtete Maline von der Seite, während das Bier an den Tisch kam. »Machst du Witze? Wir sind seit Jahren geschieden.«

»Das bedeutet gar nichts!«

»Themawechsel. Schieß los, was wolltest du mit mir besprechen?«

»Halberstein hat angerufen. Er hat gesagt, dass ihm eingefallen ist, dass er eine junge Frau vor der Villa Sukowa gesehen hat. Die Freundin seines erwachsenen Enkels hat ihn irgendwie daran erinnert.«

»Was hat sie vor der Villa gemacht?«

»Telefoniert. Sie könnte eine wichtige Zeugin sein.«

»Dann finden wir sie, wenn wir die vielen Handydaten auswerten …«

»Was ewig dauern wird.«

»Kann er sie beschreiben?«

»Leider nicht.«

»Okay«, sagte Lou lachend. »Was hast du noch? Deswegen wirst du mich ja wohl kaum angerufen haben.«

»Ich habe mir noch einmal die Protokolle zu den verschiedenen Vernehmungen durchgelesen, und dabei ist mir eine Bemerkung aufgefallen, die Constantin Sukowa gemacht hat, als ich ihn zuallererst befragt habe.«

Lou stellte ihr Glas auf den Tisch und sah Maline erwartungsvoll an. »Mach es nicht so spannend.«

»Er erwähnt nebenbei eine Serie von Diebstählen aus Pkws, die am Königsforst für einige Unruhe sorgt.«

»Und?«

»Diesem Punkt wurde bisher keine Bedeutung beigemessen.«

»Weil dieser Aspekt irrelevant ist.« Lou klang enttäuscht.

»Vielleicht, vielleicht aber auch nicht.« Maline beugte sich vor. »Wenn wir nun doch einen Fremdtäter suchen, einen, der Pkw-Einbrüche begeht und den, sagen wir mal, die Gelegenheit dazu veranlasst, bei Frau Sukowa einzusteigen.«

»Möglich ist das«, sagte Lou. »Aber ...«

»Bei der Pkw-Einbruchserie am Königsforst spielt der Parkplatz an der Rösrather Straße eine besondere Rolle, er liegt ziemlich nah am Stadtteil Rath.«

»Sind im Königsforst nicht die Kollegen aus Bergisch Gladbach zuständig?«

»Ich habe mich schlaugemacht«, sagte Maline. »Dieser Parkplatzbereich gehört noch zu Köln. Laut einer Kollegin vom KK 74 haben sie auswertbare Fingerspuren gesichert. Der Erkennungsdienst sagt, dass unsere Fingerspur aus der Villa Sukowa im AFIS, also automatisch im Identifizierungssystem drin ist und mit den Spuren aus den Pkw-Diebstählen verglichen wird. Sollte es einen Treffer geben, bekommen wir umgehend Bescheid.«

»Ja, aber AFIS spuckt uns sowieso einen Treffer aus, sollte unser Täter schon mal in Erscheinung getreten sein, und wenn er ...«

»... in der Villa Sukowa keine Handschuhe getragen hat«, fiel Maline Lou ins Wort. »Trotzdem habe ich die Dringlichkeit und Bedeutung, die das Ganze für unseren Fall haben könnte, dem Kollegen vom ED deutlich gemacht.« Maline lächelte, auch weil der ersehnte Krustenbraten gebracht wurde, auf den sie sich sofort stürzte.

»Und deshalb klingelst du mich aus Henrys Feier für Frieda heraus?«

»Eben hast du noch gesagt, dass du froh bist, dass ich dich unter dem Verweis auf dienstliche Gründe herbestellt habe. Weil du, und ich zitiere, ›seine neue Freundin und ihr Revierverhalten nicht erträgst‹.« Maline lachte. »Aber okay. Heinrich hat eine Sonderschicht eingelegt und wird gegen einundzwanzig Uhr mit der Obduktion von Rendel Sukowa fertig sein. Ich dachte, dass du mich bestimmt zur Gerichtsmedizin begleiten möchtest. Ich bin mit dem Auto hier, ich kann dich mitnehmen.«

Kölner Institut für Rechtsmedizin, Melatengürtel

Bevor sie den Sektionsraum betraten, schob sich Maline zwei Pfefferminz in den Mund.

Lou holte eine kleine Tube Mentholsalbe hervor und rieb davon ein wenig unter ihre Nase. »Nimm ruhig, und auch reichlich. Ich weiß doch, dass du den Geruch hier noch weniger erträgst als ich.«

Maline bediente sich. Mit den Jahren hatte sie sich an die Rechtsmedizin gewöhnt, aber die Aufenthalte hier gehörten für sie zum unangenehmsten Teil ihrer Arbeit. Dabei störten sie nicht die Leichen an sich, sondern der Zustand, in dem die meisten Toten, mit denen sie zu tun hatte, hier abgeliefert wurden. Unfallopfer. Verwahrloste Körper. Suizide. Vereinsamte Seelen. Totgeprügelte Kinder. Hier kamen sie zusammen, die persönlichen Tragödien, lagen in Kühlfächern nebeneinander, diejenigen, die nicht mehr leben wollten, und die, die sich der Tod einfach geholt hatte. Bei exakt fünf Komma vier Grad Celsius warteten unterschiedliche Einzelschicksale auf die letzte Aufmerksamkeit, die ihnen zuteilwurde.

Heinrich Meller arbeitete am hinteren Sektionstisch mit Edelstahlauflage im Licht einer grellen Lampe mit Schwenkarm.

Er schaute kurz auf, als Lou und Maline den Raum betraten, in dem sterile Kälte herrschte.

»Je später der Abend.« Heinrichs Stimme klang dumpf hinter dem Mundschutz.

Maline nahm einen süßlich-schwefeligen Duft wahr, der sich mit einem starken Desinfektionsmittelgeruch paarte.

»Dein Assistent hat uns reingelassen«, sagte Lou und blieb zusammen mit Maline neben dem Beistelltisch stehen, auf dem das Sektionsbesteck ausgebreitet lag. »Er hat gesagt, dass ihr Rendel Sukowa gerade zurück in die Kühlung gebracht habt.«

»Stimmt, ich bin schon beim nächsten Kandidaten.« Heinrich zog die Schwenklampe in Richtung Schädel der Leiche und streifte sich rote Gummihandschuhe über seine OP-Handschuhe. Vor ihm lag der Leichnam einer Frau. In ihrem schütteren Haar wimmelte es von verpuppten Maden. »Wahrscheinlich ist sie eines natürlichen Todes gestorben. Leider hat die alte Dame ewig in ihrer Wohnung gelegen, bis ihre Tochter das Dahinscheiden bemerkt hat.«

Trotz Mentholsalbe nahm Maline einen käsigen Geruch wahr und trat einen Schritt zurück.

»Euer Fall hat das übliche Prozedere durchlaufen. Wir haben Gewebeproben entnommen, Nagelabschnitte gesichert und vorsichtshalber alles unter den Fingernägeln rausgekratzt, was wir finden konnten, auch wenn die Tote keine Abwehrspuren hatte. Die Laboranalyse wird uns letzte Aufschlüsse geben.« Heinrich steckte einige Maden in ein verschließbares Röhrchen.

»Den Todeszeitpunkt kann ich eingrenzen. Der tödliche Stich wurde Frau Sukowa zwischen sieben und neun Uhr morgens zugefügt. Die Röntgenbilder haben bestätigt, dass keine Frakturen vorliegen, und entsprechen damit meinem ersten Tastbefund.« Der Rechtmediziner sah der Toten, die nun vor ihm lag, in sämtliche Körperöffnungen.

»Gibt es einen Anhaltspunkt in Bezug auf die Tatwaffe?«, fragte Lou.

»Die Eintrittsstelle des Stiches auf der Kleidung stimmt mit dem Spurenbild auf dem Körper überein. Um der Frau den Todesstoß zu verpassen, war nicht unbedingt ein großer Kraftaufwand nötig. Der Stoß ging direkt durch die Zwischenrippenmuskulatur ins Herz. Die Herz- und Gefäßverletzung war erheblich, die Frau ist schnell ihrer Verletzung erlegen. Mit ziemlicher Sicherheit wurde der Stich von oben gesetzt, der Winkel der Eintrittsstelle lässt darauf schließen. Entweder kam der Mörder gerade die Treppe herunter, oder er ist wesentlich größer als das Opfer. Zur Klingenlänge kann ich nur vage Angaben machen, da das Körpergewebe mit eingedrückt wurde. Aber sie dürfte so um die neun Zentimeter betragen, vielleicht ein bisschen mehr.«

»Demnach könnte das Messer eine Gesamtlänge von ungefähr zwanzig Zentimetern haben, wenn man davon ausgeht, dass der Griff meist etwas länger ist als die Klinge«, sagte Lou.

»Da weißt du mehr als ich«, gab Heinrich Meller zu. »Interessant ist vielleicht noch, dass wir an der Einstichwunde eine Hautschürfung gefunden haben, die sich als fischschwanzartige Vertrocknung äußert. So etwas entsteht, wenn im Klingenrücken des Stichwerkzeugs Sägezähne eingeschliffen sind.«

»Wir suchen also nach einem Messer mit zusätzlicher Sägefunktion«, stellte Lou fest.

»Entschuldigt, mehr kann ich euch zu diesem Thema nicht sagen. Natürlich schicke ich euch noch das Gutachten. Ansonsten muss ich der Seniorin hier jetzt die Organe herausnehmen. Dabei könnt ihr mir natürlich gerne assistieren.«

Polizeipräsidium Köln, Walter-Pauli-Ring

Lou fand einen Parkplatz auf der vierten Etage des Parkhauses, ein Indiz dafür, dass sie früh dran war. Normalerweise musste sie mindestens auf die zehnte Ebene fahren, um eine Lücke für ihren Wagen zu finden.

Sie blieb sitzen, um den Wetterbericht im Radio zu hören. Höchsttemperaturen um zwei Grad minus. Eisige Aussichten. Lou gab sich einen Ruck, verließ den Citroën, eilte ins windgeschützte Treppenhaus und lief dem Polizeipräsidium entgegen. Sie war ein bisschen stolz darauf, dass sie sich um halb sechs aus dem Bett geschält hatte, um nun im Fitnessraum des Präsidiums zu trainieren. Ihr Programm stand fest: Crosstrainer. Laufband. Übungen auf der Matte. Bisher hatte der Schnee als Entschuldigung für ausgefallenes Jogging herhalten müssen. Damit war nun Schluss, vom Wetter wollte sie ihre körperliche Fitness nicht länger abhängig machen.

Zu ihrer Überraschung trainierte bereits ein Kollege am Rudergerät, als sie den Kellerraum betrat, ein weiterer schwitzte in der Hantelecke. Auf einem Flachbildschirm flimmerte das ARD-Morgenmagazin. Gerade wurden Bilder von New York eingespielt. Auch in der Megametropole regierte der Winter mit eisiger Hand. Lou stieg auf den Crosstrainer und startete ihr Aufwärmprogramm.

Zur Frühbesprechung erschien Lou voller Elan. Ben begrüßte Piet, der normalerweise Einbruchsdelikte bearbeitete und zur Unterstützung der »MK Villa« von seinem Kommissariat abgestellt worden war. Lou hatte schon mehrmals mit ihm zusammengearbeitet und mochte den rundlichen Kollegen mit NY-Baseballkappe, der immer zu einem Scherz aufgelegt war.

»Am besten beginnst du heute mit der Auswertung von Frau Sukowas Schülerliste«, sagte Ben zu Piet. »Arbeite dich einfach Schritt für Schritt durch.«

»Ich dachte, wir bekommen zwei Kollegen zur Unterstützung«, sagte Lou.

Ben schüttelte den Kopf. »Vorerst haben wir Piet.«

Maline trug kurz die Ergebnisse der Obduktion vor und erläuterte anschließend ihre Idee vom Zusammenhang der Tat mit den Diebstählen aus den Pkws. »Die Kollegen vom KK 74 sprechen von vierzehn Einbrüchen in Pkws im letzten Monat, immer an diesem einen Parkplatz. Entweder haben der oder die Täter einen Bezug zu dem Stadtteil Rath …«

»… oder sie haben ihn sich ausgesucht, weil sie von dort schnell auf die Autobahn können«, sagte Ben. »Wir werden ja sehen, ob der Fingerspurenabgleich im AFIS einen Zusammenhang ergibt.«

Ben erkundigte sich nach den Firmen, die in und um Frau

Sukowas Haus gearbeitet hatten. Maline berichtete, dass sich daraus bisher kein Hinweis ergeben hatte. Ein Besuch bei der Glasreinigungsfirma stand noch aus.

»Da muss jetzt auf jeden Fall jemand hin«, sagte Ben. »Maline?«

»Heute ist die Beerdigung meines Vaters, ich bin nur bis vierzehn Uhr im Job.«

Ben sah zu Lou, und als sie abwinkte, weil sie Jeremy Dupont vorgeladen hatte, übergab er den Auftrag an Piet.

Lou setzte die Anwesenden über den Besuch bei den Duponts und Malines Telefonat mit Halberstein in Kenntnis. »Leider kann der Nachbar die junge Frau nicht näher beschreiben.«

»Wie weit sind die Kollegen vom LKA?«, fragte Maline mit Blick auf Ben. »Haben sie die Daten der Funkzellenmessung schon geschickt?«

»Ja, ich gehe davon aus, dass wir den Beschluss heute noch vom Amtsgericht bekommen. Wenn wir ihn haben, schicke ich ihn ans KK 35, damit uns die Netzbetreiber die Daten aller eingeloggten Handynummern in der Frist übermitteln können.« Ben rutschte auf seinem Stuhl hin und her.

Er stand unter Erfolgsdruck, auch wenn Dienststellenleiter Max Conrady ihm den Rücken freihielt, ihn vor der Behördenleitung und den Medien abschirmte. Dazu kam die familiäre Situation. Er wollte den Fall unbedingt vor Weihnachten lösen, damit er in Ruhe mit seiner Frau und den Kindern feiern konnte. Damit hatte er gestern allen Beteiligten aus der Seele gesprochen.

»Levis Vernehmung lässt einige Fragen offen«, sagte Maline und fasste seine Aussagen zusammen.

»Ich würde gerne mal mit seiner Großmutter und den Eltern reden«, sagte Lou. »Irgendwie geht mir diese Familie nicht aus dem Kopf, und mein Instinkt sagt mir, dass wir an den Fischbluts dranbleiben sollten.«

»Ein Motiv sehe ich aber nicht«, sagte Piet. »Der Junge wird doch nicht zum Mörder, weil er keine Musik mehr machen darf. Wenn die Sache umgekehrt wäre, dann könnte ich es ja verstehen.«

Niemand lachte.

»Immerhin wurde einiges Bargeld gestohlen und auch Wertgegenstände«, sagte Lou. »Wieso soll Levi da nicht in Frage kommen? Soweit ich das einschätzen kann, wird er von seinen Eltern eher an der kurzen Leine gehalten. Da sehe ich durchaus ein Motiv.«

»Okay, dann befragen wir die Familie«, sagte Ben. »Aber denkt daran, für pädagogische Maßnahmen sind wir nicht zuständig und haben wir keine Zeit. Wenn es nötig ist, sollten wir das Jugendamt einschalten.«

»Levi Fischblut ist achtzehn«, sagte Piet.

»Aber seine Schwester ist noch minderjährig«, meinte Maline. »Ich rufe vorsichtshalber mal beim Jugendamt an und frage, ob die Familie dort bekannt ist.«

»Dann denk aber auch bitte dran, bei der zuständigen Behörde im Sauerland anzurufen.« Ben zog die Schultern hoch. »Vielleicht sind sie früher schon aufgefallen.«

»Was gibt es sonst für Entwicklungen?«, fragte Lou.

»Der ED hat am Fensterrahmen im Keller neben der Faserspur eine brauchbare Fingerspur sichern können«, antwortete Ben.

Es klopfte, die neue Schreibkraft des Geschäftszimmers winkte Ben auf den Flur. Maline verschwand auf die Toilette, während Piet Kaffee nachschenkte und Lou einen Blick in die Tageszeitung warf.

Köln-Deutz

Wie ferngesteuert bewegte sie sich durch das Gewusel von Menschen, die durch die kleine Shoppingmeile im Deutzer Bahnhof eilten. Ziellos lief sie umher, versuchte, Zeit totzuschlagen, und registrierte verstört die Geräuschkulisse.

Musik. Durchsagen. Züge, die quietschend zum Stehen kamen. Gesprächsfetzen. Sie versuchte, den Lärm zurückzudrängen, flüchtete unter ihre Schutzglocke, die alles dämpfte. Menschen strömten von A nach B, die meisten hielten ein Mobiltelefon in der Hand und trugen Minikopfhörer im Ohr.

Graue Individuen, die aus ihrer Sicht unbedeutenden Dingen entgegenhetzten oder vor solchen flohen. Da hob sie sich ab, und sie bedachte die gesichtslosen Gestalten mit abfälligen Blicken. Nichts, gar nichts hatte sie mit diesen Leuten gemein.

Mehrmals umkreiste sie ein kleines Bistro, bis sie sich endlich ein Glas Wasser bestellte. Sie trank es stehend an einem runden Tisch, der voller Kaffeeflecken war, und gab den Menschen, die vorübereilten, für einen kurzen Moment ein Gesicht, verpasste ihnen zum Zeitvertreib Phantasieleben. Der brünetten Sechzigjährigen mit Pelzkragen, die ihren Koffer umständlich schob, hängte sie eine Scheidung an. Dem Schönling im Anzug, der einen Arm um die Taille einer attraktiven Blonden gelegt hatte, schob sie eine Affäre unter, er betrog gerade seine Frau. Sie lächelte, solche trivialen Gedanken hatte sie ewig nicht zugelassen.

Aus reinem Übermut spendierte sie sich ein Puddingteilchen und biss hinein. Die Süße war ungewohnt, künstlich und doch köstlich. Für einen Moment genoss sie den Geschmack der Vergangenheit auf ihrer Zunge. Leider bekam sie die Quittung stehenden Fußes. Ihr Magen rumorte so schrecklich, dass sie auf die öffentliche Toilette der Bundesbahn eilen musste. Dort regte sie sich maßlos über den Euro auf, den sie für die Benutzung zahlen musste, und war wieder einmal froh, dass sie sich weitestgehend aus dieser profitsüchtigen Welt verabschiedet hatte.

Als es Zeit wurde, verließ sie die Bahnhofshalle am Haupteingang. Hier war ein großer Bereich durch Bauzäune abgesperrt. Sie brauchte einen Moment, um sich zu orientieren, und ging dann Richtung Rhein. Autos hupten, Radfahrer klingelten. Zu ihrer Zieladresse waren es nur wenige Meter.

Im Wartebereich ließ sie sich auf weiches Leder fallen, füllte den Erfassungsbogen aus und tastete nach dem Geld in ihrem Bauchgurt. Erleichtert lehnte sie sich zurück und versuchte, ein wenig zu entspannen. Doch sie fand keine Ruhe. Fragen wirbelten auf, die sich nicht beantworten ließen. Zweifel schossen wie Harpunen in diesen beunruhigenden Moment und ließen sie mit schlimmsten Befürchtungen zurück.

Als sie aufgerufen wurde, reagierte sie nicht sofort. Die Stimme der Empfangsdame musste lauter werden. »Frau Fischblut! Sie sind die Nächste.«

Polizeipräsidium Köln, Walter-Pauli-Ring

»Die Laboruntersuchung der Dockers ist abgeschlossen«, sagte Ben, als er wieder ins Besprechungszimmer zurückkam. »Eine Eindrucksspur im Vorgarten lässt sich eindeutig Constantin Sukowa zuordnen.«

»Damit ist seine Aussage bestätigt«, sagte Maline. »Was den anderen Schuhabdruck angeht, wissen wir nur, dass Jeremy Dupont Größe neununddreißig trägt, und das bedeutet noch gar nichts.«

Piet seufzte und schob seine Kappe gedankenverloren in den Nacken. »Fakt ist, es gibt keine Einbruchsspuren am Kellerfenster.«

»Nehmen wir mal an, Rendel Sukowa hat es nicht offen gelassen«, sagte Lou. »In dem Fall suchen wir jemanden, der sich Zutritt zum Haus verschaffen konnte, ohne verdächtig zu wirken, und die Möglichkeit hatte, das Fenster von innen zu öffnen. Die Person muss sich entweder in Geldnot befinden oder sie hat es von Anfang an auf Rendel Sukowa abgesehen und den Raub nur vorgetäuscht.«

Ben holte tief Luft. »Die Liste der in Frage kommenden Personen kann sich sehen lassen.«

»Demitrias, sein Sohn und ein Angestellter haben ein Alibi für die Tatzeit«, sagte Maline. »Da bleibt noch Jeremy, er war wütend auf die alte Frau. Aber ob sein Motiv für einen Mord reicht?«

»Constantin Sukowa ist auch nicht aus dem Schneider«, sagte Piet. »Ebenso wenig wie der Hausarzt, der wegen der Krankheitstage im Haus ein und aus gegangen ist. Ein Motiv sehe ich bei ihm allerdings nicht.«

Ben schaute in seine Notizen. »Dr. Bender war am Freitag nachweislich ab sieben Uhr in seiner Praxis.«

»Bernd-Boris Halberstein können wir auch auf die Liste setzen«, meinte Lou. »Der Nachbar hat sogar einen Haustürschlüssel.«

»Dann sind seine ganzen Angehörigen auch verdächtig, weil sie theoretisch alle Zugriff auf den Schlüssel hatten«, stöhnte Maline. »Und die Leute von der Glasreinigung haben wir noch gar nicht befragt. Mensch, wo soll man denn da einen Cut machen!«

Piet schenkte Kaffee nach. »Der Mord bereitet mir Kopfzerbrechen.«

»Er muss nicht geplant gewesen sein«, ereiferte sich Maline. »Um die Uhrzeit sollte Frau Sukowa gar nicht mehr zu Hause sein. Eigentlich hatte sie einen Arzttermin. Nehmen wir mal an, sie überrascht den Einbrecher, und er gerät in Panik, weil er glaubt, dass sie ihn erkannt hat?«

»Geplant oder nicht, der Täter ist entschlossen und brutal vorgegangen«, sagte Ben. »Höchstwahrscheinlich trug er die Tatwaffe sogar bei sich. Leider lässt sich nicht feststellen, ob ein Messer aus Rendel Sukowas Bestand fehlt.«

»Was mich nach wie vor beschäftigt, ist die Tatsache, dass sie an einem Freitag ermordet wurde«, sagte Ben. »Das führt uns zu Levi Fischblut. Seine Begründung, warum er freitags bei ihr vor der Tür stand, hört sich für mich vorgeschoben an, ganz plausibel ist seine Erklärung nicht.«

»Der Täter muss Nerven wie Drahtseile haben«, meinte Lou. »Denn wer sticht schon zu und verschwindet planmäßig durchs Kellerfenster! Denn wäre er in Panik aus dem Haus gelaufen, hätte ihn in jedem Fall jemand sehen müssen. Nur hinten bei den Kaninchenställen, wo auch das Kellerfenster liegt, konnte er ungesehen ein- und aussteigen.«

»Die Frage, die sich mir stellt, ist, warum der Einbrecher überhaupt ein Messer dabeihatte«, sagte Maline. »Heinrich Meller nimmt aufgrund der Obduktion an, dass es sich dabei um ein Messer mit Sägeklinge handelt.«

»So etwas gibt es in jedem Haushalt«, sagte Piet.

»Wenn der endgültige Bericht der GM da ist, erhalten wir mit Sicherheit eine genauere Vorstellung von der Tatwaffe«, beendete Ben vorerst dieses Thema.

»Was ist denn mit den Laboranalysen vom LKA?«, fragte Piet. »DNA wäre hilfreich.«

»Kommt heute.« Ben klang optimistisch.

»Für mich ist Jeremy Dupont noch nicht einschätzbar«, sagte Maline. »Alexios Demitrias hat angegeben, dass der Praktikant noch einmal zum Haus von Frau Sukowa gefahren ist, weil die Truppe Werkzeug in der Villa vergessen hatte.«

»Stimmt«, sagte Ben. »Das war zwei Tage, bevor der Mord geschah.«

»Also ist es möglich, dass er das Fenster geöffnet hat«, sagte Maline. »Rendel Sukowa kam kaum aus dem Bett, weil sie krank war, und deshalb kann es sein, dass sie das offene Fenster gar nicht bemerkte.«

Es klopfte, die Geschäftszimmerfrau erschien erneut, und Ben folgte ihr auf den Flur. Als er zurückkam, klang er beinahe feierlich. »Die Kollegen vom AFIS setzen uns darüber in Kenntnis, dass Fingerabdrücke, die in der Pkw-Einbruchserie genommen wurden, eine hundertprozentige Übereinstimmung mit den Spuren haben, die in der Villa Sukowa gesichert wurden. Allerdings handelt es sich um einen unbekannten Spurenleger.«

Zufriedene Gesichter.

»Das ist noch nicht alles«, fuhr Ben fort. »Ich habe gerade mit dem LKA telefoniert. Die Faserspur am Scharnier des Kellerfensters kann von einem Overall aus beschichtetem Polypropylen stammen. Optisch ähnlich wie unsere Spurensicherungsoveralls, nur dass dieses Produkt aus einem anderen Material ist und meist in der Industrie, in Laboren, im Handwerk oder in Hygienebereichen verwendet wird, also zum Beispiel in der Nahrungsmittelindustrie.«

»Soll das etwa heißen, dass der Täter in so einem Overall in die Villa eingestiegen ist?«, fragte Piet.

»Keine Ahnung«, sagte Ben. »Vielleicht fand er die Idee besonders clever.«

Köln-Rath, Donarstraße

Heute findet eine Glaubensversammlung in Neuss statt. Mutter wollte unbedingt los, obwohl sie sich kaum auf den Beinen halten konnte. Sie kommt erst am späten Nachmittag zurück.

Bis dahin soll ich zehn Kilo Äpfel einmachen, zumindest Benders Hemden nähen, sie abliefern und natürlich das Abendessen vorbereitet haben. Aber ich finde keine Ruhe, meine Gedanken fahren Achterbahn.

Ich möchte Jeremy wiedersehen, schäme mich gleichzeitig dafür und wünschte, ich hätte die Rose mitgenommen. Stattdessen bin ich ins Haus gestürmt, wie von einer Tarantel gestochen. Er wird mich für völlig verrückt halten. Zum ersten Mal in meinem Leben vermisse ich eine Freundin, möchte ich mich jemandem anvertrauen. Flüstern, mich offenbaren, Fragen stellen. Es ist schlimm, wenn es keinen Menschen gibt, mit dem man diese Dinge teilen kann. Levi kommt dafür nicht in Frage, er mag Jeremy nicht, und außerdem will ich solche Geheimnisse lieber nicht mit ihm besprechen.

Über meinen Bruder kann ich sowieso nur den Kopf schütteln und mich wundern.

Verwirrende Fakten sind ans Tageslicht gekommen. Levi hat gelogen. Er hatte seit Monaten keinen Musikunterricht mehr, das hat er uns gestanden. Trotzdem ist er jeden Freitag verschwunden, und ich frage mich natürlich, was er gemacht hat. Ich habe versucht, etwas aus ihm herauszubekommen, aber er mauert, spricht nicht, was mich wirklich zur Weißglut treibt.

Schweigen ist Macht, und dessen ist sich Levi bewusst.

Weil er nicht reden wollte, hat Mutter ihn in den Kartoffelkeller gesperrt. So sauer habe ich sie selten erlebt. Gott sei Dank gehorcht er, ohne zu klagen, allein von der Statur ist Levi ihr ja haushoch überlegen. Aber er weiß, dass er Mist gebaut hat und eine Strafe verdient. Die ganze Nacht musste er da unten verbringen. Vater saß vor der Kellertür, um Wache zu halten. Ich habe ihn da gesehen, als ich aufgewacht bin und auf die Toilette musste.

Heute Morgen kam mir Levi beängstigend niedergeschlagen vor. Mir wäre wohler, wenn ich wüsste, was in ihm vorgeht. Körperliche Arbeit wird ihm guttun. Er soll die Begrenzungsmauer an der Nordseite weiter aufschichten, aber er hat sich in Luft aufgelöst, nachdem Mutter sich auf den Weg gemacht hat. Er ist bestimmt im Blockhaus der Schmitts. Ich kann sein

Wegschleichen nicht ignorieren und werde ihm diesmal folgen, wenn er nicht bald wieder aufkreuzt.

Polizeipräsidium Köln, Walter-Pauli-Ring

Lou nahm sich den Laborbericht vor, der zwischenzeitlich vom LKA angekommen war. Die Faserspur gehörte mit hoher Wahrscheinlichkeit zu einem Einmal-Overall, bestehend aus beschichtetem Polypropylen. Luftdurchlässig, abriebfest, fusselfrei, mit Gummizügen an Ärmeln und Beinen. Farbe: perlmuttweiß. Mit und ohne Kapuze erhältlich. In vier Größen lieferbar. Ein Massenprodukt, das jeder im Internet für wenige Euro bestellen konnte, und außerdem die Art von Schutzkleidung, die in unzähligen Betrieben getragen wurde.

Lou hatte bei der Firma Demitrias angerufen und erfahren, dass dort solche Overalls nicht zur Arbeitskleidung gehörten. Diese Spur führte weiter ins Leere.

Lou sah auf die Uhr. Jeremy Dupont musste jeden Moment zur Vernehmung erscheinen.

Köln-Lindenthal, Am Gleueler Bach

Begleitet von Franz Liszts »Ungarischer Rhapsodie« bog Levi zögernd in die Straße ein, die nur einen Steinwurf vom alten jüdischen Friedhof entfernt in einem stillen Wohngebiet lag. Hier waren eingezäunte Anwesen mit Videoüberwachung an den Toren keine Besonderheit. Nicht einmal fünf Gehminuten von hier erstreckte sich der Stadtwald, ein riesiges Naherholungsgebiet für Spaziergänger, Freizeitsportler und Sonntagsausflügler. Für Normalverdiener waren die Miet- und Wohnungspreise in dieser Gegend mittlerweile beinahe unerschwinglich.

Levi humpelte vorwärts. Jedes Wort hatte er sich zurechtgelegt. Den Rest wollte er improvisieren, obwohl er wusste, dass dies nicht gerade seine Stärke war. Er blieb stehen, die Musik stoppte, als er das richtige Haus gefunden hatte. Zögernd trat er an die Gegensprechanlage. Aber so kurz vor dem Ziel verließ ihn sein Mut. Wie gebannt starrte er auf den golden gravierten Namen auf dem schwarzen Klingelschild. »Professor Doktor Schmitt«. Zaghaft berührte Levi die Klingel, aber er traute sich nicht zu drücken.

Dabei hatten die Schmitts seinen braunen Umschlag mit Sicherheit längst bekommen. Darin hatte er sein Kommen angekündigt, Jonahs Schicksal konnte ihnen nicht egal sein, und Ricas Zeichnung musste einfach die Neugier des Ärztepaares wecken. Levi legte seinen Daumen erneut an die Klingel. *Drück. Los, du Feigling!* Es ging nicht. Er konnte das Geheimnis seiner Familie nicht freiwillig preisgeben, schaffte es nicht, das Versprechen, das er gegeben hatte, zu brechen.

Stattdessen schob Levi seine Hände in die Taschen der Leinenhose, zog den Kopf ein und verharrte im kalten Wind. Tränen. Die Enttäuschung über die eigene Feigheit war stark. *Große Klappe, nichts dahinter.* Seine Mutter besaß die Gabe, manche Dinge mit erstaunlicher Schärfe auf den Punkt zu bringen. Und egal von welcher Seite Levi sein Vorhaben auch betrachtete, hier, während er vor dem Haus der Schmitts stand, schwante ihm, dass es ihm unmöglich war, mit wildfremden Menschen über Jonah zu sprechen.

Zwangsläufig rückte die gesamte Familie in den Fokus, wenn er seinem kleinen Bruder half. Damit würde er eine Kettenreaktion auslösen, die sich nicht rückgängig machen ließe. Mutter warnte ihn ständig vor den Konsequenzen, die unüberlegte Handlungen mit sich brachten. *Ein Stein, der ins Wasser geworfen wird, schlägt Wellen. Immer.* Erinnerungen an die vielen furchtbaren Szenen holten ihn ein, die ihn als Kind geängstigt hatten. Polizisten, die mit seinen Eltern stritten. Blaulicht vor ihrem Haus im Sauerland. Schreie. Böse Worte. Rica, die sich an ihn klammerte. Nachbarn, die sich wegdrehten. Die Parolen seiner Mutter. *Wir müssen zusammenhalten. Wir gegen den Rest der Welt.*

»Ungarische Rhapsodie«. Levi holte die Musik zurück. Brutal und laut.

Seine Mutter warf ihm oft vor, dass er agierte, ohne nachzudenken. Auch Rica schien der Meinung, dass er sich häufig zu impulsiv verhielt. Aber davon konnte keine Rede sein. Diese Situation war für Levi der beste Beweis, dass er sein Verhalten steuern konnte. Aktiv wollte er seine Familie nicht verraten.

Er drehte um, entfernte sich im Takt der Musik vom Haus der Schmitts, drückte die Wut über die Aussichtslosigkeit seiner Situation und den Schmerz weg. Hinkend erreichte er die Bushaltestelle und ließ sich auf den Plastiksitz im Warteunterstand fallen. Rendel Sukowa schlich sich in die Rhapsodie. *Es ist an der Zeit, sich von allem zu befreien, was dich hindert, deinen Traum zu leben.*

Gehen oder bleiben? Handeln oder den jetzigen Zustand bewahren? Gehorchen oder eigene Wege einschlagen? Das Gedankenkarussell drehte Levi schwindelig.

Was, wenn die Dinge anders lagen? Was, wenn er den Ausgang seiner Mission in die Hände des Schicksals legte, wenn er den Lauf der Dinge provozierte, ohne direkt vor die Schmitts zu treten? Er ließ den Gedanken sacken, und die Idee gefiel ihm. Er hinkte zurück, näherte sich erneut dem Grundstück der Schmitts, checkte die niedrige Mauer des Nachbargrundstücks, überwand sie mit Leichtigkeit und lief in gebückter Haltung am Maschendrahtzaun entlang.

Die Vorsehung meinte es gut mit ihm. Er entdeckte ein Loch im Zaun, zwängte sich hindurch und robbte auf das Gelände. Kälte, Schnee und Schmerzen störten ihn nicht. Levi kroch bis zu einem kleinen Pavillon, der verlassen in der Mitte eines riesigen Gartens thronte und im Sommer mit großer Wahrscheinlichkeit ein Prunkstück in einem herrlichen Rosenfeld war. Dort richtete er sich auf und starrte zum großen Panoramafenster des Bungalows. Deutlich erkannte er die Gestalt eines Mannes, der im Lichtkegel einer Lampe saß und las. Professor Dr. Schmitt. Seine Frau war nicht zu sehen.

Eine Stunde blieb Levi neben dem Gartenrondell stehen. Liszts »Rhapsodie« half ihm auszuharren. Immerhin schneite es nicht. Er war sicher, dass er längst bemerkt worden war, und machte sich nicht die Mühe, durch das Loch im Zaun zu kriechen, als er, vor Kälte rot gefroren, den Rückweg antrat. Absichtlich schritt er quer über die Wiese und hinterließ dabei eindeutige Spuren im Schnee. Levi wollte, dass Schmitt ihn sah, hoffte, dass er seine Anwesenheit begründen musste, wollte zur Rede gestellt und gezwungen werden, über Jonah zu sprechen. Aber Professor Dr. Schmitt kam weder aus dem Haus gerannt, noch stellte er ihn zur Rede. Wahrscheinlich rief er auch nicht die Polizei. Völlig unbehelligt verließ Levi das Grundstück, erreichte die Haltestelle und nahm den Bus.

Enttäuscht fuhr er quer durch die Stadt nach Rath zurück, marschierte in den Königsforst, unzufrieden mit sich und der Welt. Er hasste sich für seine Ängstlichkeit und war gleichzeitig wütend auf das Schicksal, das ihm heute keinen Schritt entgegengekommen war und zwang, radikalere Maßnahmen zu ergreifen.

Köln-Rath, Donarstraße

Jonah hält Mittagsschlaf. Ich lasse ihn ungern allein, aber zur Not muss Vater sich eben mal um ihn kümmern.

Ich greife nach Mutters Stola und der Stofftasche mit Benders geflickten Hemden. Wenigstens diesen Arbeitsauftrag muss ich abschließen, wenn ich mit Levi gesprochen habe. Ich verlasse das Grundstück durchs Tor, damit Vater mich nicht sieht, und vergewissere mich, dass Jeremy nicht in der Nähe ist. Seinen Schatten kann ich jetzt nicht gebrauchen.

Schnee knirscht unter den Schuhsohlen. Nach wenigen Metern erreiche ich den Forst. Der Winterwald ist wie verzaubert, gaukelt der Welt Frieden vor und versucht, uns alle zu täuschen.

Ich habe einen strammen Schritt, begegne Spaziergängern und Walkern. Die halbe Stadt scheint unterwegs zu sein, um die Winterwunderlandschaft zu genießen. Ich richte meinen Blick auf den Schnee zu meinen Füßen, schaue niemanden an, will keine fragenden Augen sehen und keinen Spott auf fremden Lippen provozieren.

Köln-Rath, Moosweg

»Lass doch mal ein bisschen Licht ins Zimmer«, sagte Frau Dupont, steuerte, begleitet von ihrem Foxterrier, auf das Fenster zu und zog die Alujalousie ruckartig herauf.

Lou blieb an der Tür. Es roch nach abgestandener Luft. Sie hatte sich vorgenommen, sich ihren Groll auf Jeremy nicht anmerken zu lassen. Wegen einer Magen-Darm-Grippe war der Teenager nicht im Präsidium erschienen und machte ihr nun zusätzliche Arbeit. Sie wollte seine Befragung schnell hinter sich bringen, um anschließend zur Beerdigung von Malines Vater weiterzufahren.

Jeremy zog die Decke bis zum Kinn, seine Haare waren ungekämmt. Über seinem Bett prangten Poster der Spieler vom 1. FC Köln, und an den Schranktüren klebten mehrere Bilder von Lukas Podolski. Im Zimmer herrschte auffallende Ordnung. Keine Kleidungsstücke auf dem Boden, der Schreibtisch war aufgeräumt.

»Beantworte bitte alle Fragen der Kommissarin«, sagte Frau Dupont, bevor sie zusammen mit dem Hund den Raum verließ.

»Entschuldige bitte, dass ich hier so hereinplatze«, sagte Lou.

»Sie kommen wegen meinem … Praktikum, oder?«

»Ja. Du hast doch in den vergangenen Wochen bei der Firma Demitrias gearbeitet, stimmt's?«

Jeremy wischte sich über die Stirn, sein ovales Gesicht glänzte vor Schweiß. »Geht es um die Motorsäge? Ich habe sie wieder zurückgelegt, hundertpro.«

»Es geht um den Mord«, sagte Lou. »Du hast Herrn Demitrias geholfen, Rendel Sukowas Blumenkübel winterfest zu machen. Ist das richtig?«

Jeremy zuckte mit den Schultern. »Ja, wieso?«

»Ich möchte einfach nur wissen, ob du an diesem Tag an oder bei der Villa etwas Verdächtiges bemerkt hast.«

»Was soll mir denn da auffallen?«

»War jemand im Garten? Parkte vielleicht ein auffälliges Fahrzeug vor der Tür? Hat Frau Sukowa etwas gesagt, das dich irritiert hat?«

»Sie war eine unfreundliche alte Frau, mehr ist mir nicht aufgefallen.«

»Was hat Frau Sukowa gemacht, während ihr gearbeitet habt?«

Jeremy zögerte. »Sie saß im Arbeitszimmer, hat Ordner durchgesehen, dabei hat sie gehustet. Anscheinend war sie krank.«

»Hast du das Arbeitszimmer betreten?«

»Nein.«

»Kanntest du sie vorher?«

»Nur so vom Sehen.«

Lou sah deutlich, dass er rot wurde. »Hattest du Musikunterricht bei ihr?«

»Nee!«

»Herr Demitrias hat angegeben, dass es Streit gab, zwischen dir und Frau Sukowa. Stimmt das?«

»Wenn er es sagt.«

»Ich würde gerne von dir hören, was los war.«

»Ich bin mit schmutzigen Schuhen durch ihr Arbeitszimmer gelaufen. Darüber hat sie sich voll aufgeregt.«

»Ich denke, du hast ihr Arbeitszimmer nicht betreten?«

Er stutzte. »Sorry, doch. Ich habe eine Abkürzung zu ihrem Wintergarten genommen, da hat sie rumgemeckert.«

»Ich hörte, dass du ihr eine Glühbirne in eine Fassung gedreht hast.«

»Stimmt, dafür hat sie sich nicht mal bedankt!«

»Wo war das? In der Küche?«

»Nee, in ihrem Schlafzimmer. Ich musste mir extra die Schuhe ausziehen.«

»Hast du etwas angefasst?«

Jeremy drückte sich noch weiter ins Kissen. »Was soll ich denn anfassen? Ich bin auf die Leiter, Birne rein und weg.«

Lou spürte deutlich, dass er an diesem Punkt nicht bei der Wahrheit blieb, und hakte nach. »Wir können deine Fingerabdrücke nehmen und sehen, wo sie sich im Schlafzimmer befinden. Also frage ich dich noch einmal: Hast du etwas berührt, außer der Leiter und der Glühbirne?«

Jeremy schaute zur Decke. »Nee.«

»Okay.« Lou beließ es vorerst dabei. »Du bist dann nach Feierabend noch einmal zu Frau Sukowa, weil ihr Werkzeug vergessen hattet.«

»Ja, ist keine Entfernung, unsere Wohnung ist ja um die Ecke. Aber sie war nicht zu Hause, oder sie hat nicht aufgemacht. Vielleicht hat sie auch gepennt, dachte ich, wegen ihrer Grippe. Ich habe jedenfalls mehrmals geklingelt, aber sie hat nicht geöffnet.«

»Wirklich nicht?«

»Nein, ich schwöre. Und dem alten Demitrias hab ich das auch gesagt, ich habe ihn extra angerufen.«

»Wo warst du letzten Freitag zwischen sieben und neun Uhr morgens?«

Jeremy pfiff durch die Zähne, die braunen Augen weit aufgerissen. »Ich habe gefrühstückt und bin zur Schule gefahren.«

»Wann hast du diese Wohnung verlassen?«

»Gegen acht, wir hatten Mathe.«

»Bist du an diesem Morgen am Haus von Frau Sukowa vorbeigekommen?«

»Nee, wieso? Liegt doch gar nicht auf dem Schulweg.«

»Welche Schuhe hast du am Freitagmorgen getragen?«

»Keine Ahnung, meine Allstars denke ich, warum stellen Sie mir tausend Fragen?«

»Bist du sicher, was die Schuhe betrifft?«

»In denen laufe ich meistens herum. Wieso, warum fragen Sie?«

Lou legte ihre Visitenkarte auf seinen Schreibtisch. »Falls dir noch etwas einfällt, kannst du mich anrufen. Jederzeit.«

Sie öffnete die Tür und drehte sich noch einmal zu ihm um. »Eine Frage habe ich noch.«

Der Teenager lachte auf.

»Was ist denn so lustig?«

»Im Fernsehen stellen die Cops auch immer noch eine Frage, wenn die Verdächtigen denken, dass sie aufatmen können. Jedenfalls sagt das mein Vater.«

»Bist du denn verdächtig?«

Jeremy errötete erneut. »Nee, ich weiß nicht … ich meine ja nur.«

»Woher hatte Frau Sukowa die Glühbirne?«

»Was?«

»Die Lampe, die du in die Fassung drehen solltest? Hat sie die in der Hand gehabt, oder musste sie die irgendwo herholen?«

»Wir waren im Keller. Auf dem hinteren Regal verwahrt sie Hunderte von den Dingern. Ich musste auf eine leere Limokiste steigen, um die richtige herauszusuchen, die Leiter stand ja oben im Schlafzimmer.«

»Kannst du dich erinnern, ob das Fenster offen gestanden hat?«

»Ich glaube, es war geschlossen, aber ganz sicher bin ich nicht.«

»Überleg noch mal.«

Es dauerte einen Moment, bis er erneut antwortete. »Zu, ja doch.«

»Sicher?«

Achselzucken.

Lou beließ es dabei. »Noch etwas, hast du einen Job, irgendetwas, um dein Taschengeld aufzubessern?«

»Nee, mit der Schule habe ich echt genug am Hals.«

Lou ging auf den Flur und fand Frau Dupont in der Küche beim Abwasch. Ihr kleiner Terrier knurrte Lou entgegen. »Sie haben neulich erzählt, dass Ihr Mann für eine Firma Nahrungsmittel fährt.«

»Das stimmt.«

»Hat er mal erwähnt, ob er dort Schutzkleidung tragen muss?«

Frau Dupont trocknete sich die Hände ab. »Ich verstehe nicht.«

»Spezielle Overalls, die den Hygieneschutzmaßnahmen entsprechen.«

»Nein. Davon hat er noch nie etwas erwähnt.«

Königsforst

Mein Bruder sitzt mit dem Rücken zur Tür auf einem Sessel. Klaviermusik. Liszts »Ungarische Rhapsodie« füllt das Haus und einen Teil des Waldes, wie ich besorgt festgestellt habe. Levi verhält sich leichtsinnig.

Ich lasse das Wäschebündel fallen, mache kleine Schritte und lege eine Hand auf seine Schulter. Er fährt herum, dynamisch, mit aufgerissenen Augen. Panik weicht Erleichterung, als er mich erkennt. Mein Blick fällt auf das Buch, das auf seinen Oberschenkeln liegt. Ich quetsche mich neben ihn in den Sessel, lehne meinen Kopf an seine Schultern, lausche der Musik und drücke mich an ihn. Er riecht nach Honig. Süß und irgendwie vertraut.

»Du hast geduscht.«

Levi nickt und schmiegt sich an mich.

Ich nehme seine Hände. »Soll ich sie dir eincremen?«

»Ich habe Spray draufgetan, gerade jucken sie nicht so schlimm.«

Ich werde gegen meinen Willen sanft, kann ihn auf einmal nicht tadeln, will ihn jetzt weder mit meiner Wut noch mit meiner Enttäuschung konfrontieren. Es ist so lange her, dass wir so gesessen haben, und es ist lange her, dass ich unter einer Dusche stand.

Seit einigen Jahren müssen wir samstags in den Zuber, alle nach der Reihe. Es ist schrecklich, ich hasse diese altertümliche Gepflogenheit und würde meine Intimsphäre gerne wahren. Keine Chance. Gemeinschaft geht über alles, in jeglicher Hinsicht.

»Ich habe dich sehr lieb«, flüstere ich Levi ins Ohr.

Er lächelt, sitzt mit geschlossenen Augen, spielt ein imaginäres Klavier und wirkt verletzlich wie seltenes Porzellan. Mein Blick fällt auf den Verband, der über der Sessellehne hängt. Ich ziehe sein Hosenbein hoch, die Wunde ist rot, scheint aber gut zu heilen.

Ich löse mich und verschwinde ins Badezimmer. Levi hat die Heizung angeschmissen, der Fußboden ist warm. Minutenlang stehe ich barfuß auf Fliesen, spüre, wie sich die Wärme in meinem Körper verteilt.

Gedankenversunken streife ich meine Kleidung ab.

Obwohl ich weiß, dass ich mich inkonsequent verhalte, kann

ich heute nicht widerstehen. Ich sollte Levi gehörig die Meinung sagen, mich um Jonah kümmern. Aber ich denke an mich, nur an mich. Etwas zieht mich magisch in die Duschkabine. Alles geschieht unweigerlich, als wäre ich eine Marionette. Meine Hand umfasst den Wasserhahn und dreht ihn auf. Dampfend prasselt der Strahl auf mich nieder. Gleichmäßig. Ich vergesse Levi, Jonah, meine Eltern und sogar Jeremy. Wie weicher Regen perlt das Wasser von meiner Haut, läuft gleichmäßig über meinen rasierten Schädel, den Rücken hinunter. Ich lasse meine Schultern hängen, stehe still, bewege mich nicht. Atme und lausche auf das Geräusch des Wassers, das sich mit der Rhapsodie paart. Kontinuierlich fließt der Strom aus dem Duschkopf, spendet Behaglichkeit und einen Frieden, den ich ewig nicht verspürt habe.

Ich vergesse jedes Gefühl für Zeit. Stehe, lasse mich halten von einem wohligen Warmwasserstrahl. In einer Umgebung, in der ich nichts zu suchen habe. Fremdes Eigentum. Widerrechtlich in Beschlag genommen. Diese Gedanken beenden meinen kleinen Ausflug ins Paradies. Ich schrecke auf und drehe das Wasser ab.

Die Realität hat mich wieder.

Handtücher. Sie liegen hoch auf einem Brett über einem Wäschetrockner. Ich steige aus der Dusche, schiebe einen Hocker heran, steige hinauf, recke mich und ziehe mit spitzen Fingern ein Handtuch aus einem Stapel. Dabei kippt das ganze Bündel zu Boden, und ein Gegenstand schlägt auf die Fliesen, länglich, in ein hellblaues Taschentuch eingewickelt. Ich bücke mich und falte es auseinander.

Ein Messer. Gezackte Klinge. Der Griff ist auffällig und erinnert mich an geschliffenes Holz. Das Taschentuch gehört Levi. Mein Herz schlägt mir bis zum Hals. Ich fische ein beliebiges Handtuch aus dem Stapel, hülle mich ein und laufe ins Wohnzimmer. Levi sitzt unverändert. Energisch reiße ich den Tonarm von der Plattenrille.

Mein Bruder schreckt auf, als ich ihm meinen Fund unter die Nase halte. »Kannst du mir das erklären? Hast du etwa doch etwas mit dem Tod von Rendel Sukowa zu tun?«

Er verschränkt die Hände vor der Brust und presst die Lippen aufeinander. Ich schmeiße das Messer auf den Glastisch und renne ins Badezimmer. Gedanken wirbeln durch meinen Kopf. Mein Bruder ein Mörder? Niemals!

Ich suche meine Klamotten zusammen, versuche, andere Möglichkeiten in Betracht zu ziehen. Levi ist in etwas hineingeraten, dafür ist mein Bruder prädestiniert. Meine Augen füllen sich mit Tränen der Verzweiflung. Vielleicht reicht ein Anruf, um Levis Unschuld aufzuzeigen. Er hat die Visitenkarten der Kommissarinnen aufgehoben. Sie liegen bei Fotos, die er heimlich verwahrt und sich regelmäßig ansieht. Bilder von früher. Die rechteckigen Kärtchen hat er mit einer Büroklammer an einem Foto befestigt, auf dem Oma Donata zu sehen ist.

Egal was passiert ist, egal was Levi getan hat, ich werde diese Sache mit ihm durchstehen. Nur wie? Wie? Auf dem Weg ins Wohnzimmer steigere ich mich in Tatendrang. Die Tür zum Keller steht offen. Eisiger Wind weht ins Haus, das Messer liegt nicht mehr auf dem Tisch, und Levi ist verschwunden.

Hinterher, das ist mein erster Impuls. Aber ich bremse mich, zwinge mich, systematisch vorzugehen und einen klaren Kopf zu bewahren. Ich muss sämtliche Spuren unserer Anwesenheit beseitigen. Zusätzlichen Ärger können wir jetzt gar nicht gebrauchen.

Also mache ich Ordnung.

Zehn Minuten später hetze ich los, stapfe durch den Schnee und ziehe wütend Mutters Stola straff. Augen verfolgen mich, mehrfach höre ich es im Gebüsch knacken. Einmal meine ich, Jeremy zu sehen, bin mir fast sicher, dass mir sein Schatten folgt, bleibe stehen und rufe seinen Namen. Keine Antwort. Ich presse Benders Hemdenbündel an mich; hätte ich doch bloß mein Rad mitgenommen. Ich könnte dem Wald schneller entfliehen und würde keine kostbare Zeit verlieren, ich muss doch noch zum Haus des alten Doktors. Stinksauer auf Levi, Bender, Mutter und den Rest der Welt renne ich durch den Königsforst und bin erleichtert, als die ersten Häuser der Siedlung in Sicht sind.

Was mache ich nur mit Benders Sachen? Ich will und kann ihm jetzt nicht unter die Augen treten. Jonah braucht mich, und ich muss mir Levi vorknöpfen.

Mein Blick fällt auf ein unscheinbares Wasserrohr. Im Sommer plätschert hier ein dünnes Rinnsal. Kurz entschlossen springe ich über den Schnee, bücke mich vor der Öffnung und schaue mich noch einmal zu allen Seiten um, bevor ich das Bündel mit Benders Oberhemden tief in das Betonrohr schiebe.

Köln-Rath, Lützerather Straße

Dr. Emanuel Bender nahm zwei Knackwürste aus einer Konservendose, gab sie in einen Topf, der auf dem Herd stand, schloss ihn mit einem Deckel und stellte die Herdplatte auf kleinste Stufe. Danach holte er die Schüssel Kartoffelsalat aus dem Kühlschrank, den er am Mittag angemacht hatte. Manchmal verspürte er einen regelrechten Heißhunger auf Hausmannskost.

Er probierte den Salat. Salz fehlte. Mehr Gurkenwasser konnte auch nicht schaden. Umrühren. Perfekt.

Bender stellte den Kartoffelsalat in den Kühlschrank zurück und öffnete eine Flasche Chianti. Ein paar Schlucke Rotwein konnten nicht schaden. Er nippte, ging in die Diele hinaus und platzierte sich am Fenster neben der Haustür. Rica musste gleich kommen. Die Allee lag verschneit im Lichtkegel der Straßenlaternen, die gerade angegangen waren. Ein paar Kinder veranstalteten auf dem Nachbargrundstück eine Schneeballschlacht, lachten und lärmten.

Bender sah auf die Uhr. Diffuse Unruhe nahm von ihm Besitz. Er ging ins Wohnzimmer, griff nach der Fernbedienung und schaltete den Bildschirm an. Ungeduldig zappte er durch Programme und blieb bei einer Dokumentation über Florida hängen. Die Stimme des Sprechers zog ihn in den Bann. »Am südlichen Ende des Bundesstaates erstrecken sich die berühmten Florida-Keys, die durch zweiundvierzig Brücken miteinander verbunden ...« Florida. Sonne. Meer. Weiße Strände.

Rendel hatte dort Urlaub gemacht, mehrere Jahre in Folge. Wie hatte er sie um ihre Reisen beneidet. Nun war sie tot, und von Missgunst konnte keine Rede mehr sein.

»Key West liegt am Rande dieser Inselkette. Von dort aus sind es gerade einmal einhundertvierzig Kilometer bis Kuba ...«

Nach Kuba zog Bender überhaupt nichts. Guantánamo, da hätte er gern mal einen Blick hineingeworfen. Sogenannte Schwerverbrecher wurden von den USA ziemlich drangsaliert. In dem berüchtigten Gefängnis herrschten Zucht und Ordnung. Davon konnte im Justizsystem Europas keine Rede sein und in Deutschland schon gar nicht. Hier wurden Straftäter mit Glacéhandschuhen angefasst und gewalttätige Jugendliche in Abenteuercamps geschickt. Verrückte Welt.

»Die Hauptstadt des Bundesstaates ist Tallahassee …«

Neulich hatte Bender einen Bericht im Fernsehen gesehen, in dem vier junge Männer zur Resozialisierung zusammen mit drei Betreuern in den Wäldern von Bolivien auf Staatskosten sieben Wochen Urlaub machten. Da konnte einem wirklich die Galle hochkommen.

Bender stand auf. Er musste jetzt etwas essen, egal ob Rica nun kam oder nicht. Die Würstchen dampften im Topf. Er drapierte sie zum Kartoffelsalat, stellte alles auf ein Tablett und trug es vor den Fernseher.

Bender aß ohne Appetit.

»Im Winter herrscht in Florida eine durchschnittliche Tages-temperatur von fünfundzwanzig Grad Celsius. Schnee ist sehr selten …«

Er seufzte, drückte die zweite Wurst in den Senf und sah hinaus in den Garten. Im Licht der Außenbeleuchtung konnte er erkennen, dass es wieder zu schneien begonnen hatte. Das Wetter machte ihn krank, bei Kälte spürte er seine Arthrose in den Fingergelenken.

Bender schob das Tablett zur Seite, leerte ein weiteres Glas Rotwein. So kam er mit Rica nicht weiter. Dr. Emanuel Bender seufzte und versuchte, sich den Strand von Clearwater Beach vorzustellen, an dem ein warmer Wind wehte. Vergeblich.

Köln-Rath, Am Gieselbach

Adonis spitzte die Ohren, sprang vom Sofa und stürzte bellend zur Terrassentür. Bernd-Boris Halberstein schaute die lokalen

Nachrichten. Sein Hund lief von der Tür zum Sofa, winselte, stürmte zurück und kratzte mit seinen Tatzen am Alurahmen. Halberstein stand erst auf, als der Hund zu bellen begann. Eigentlich ein untrügerisches Zeichen dafür, dass er in den Garten wollte, dabei war er erst vor einer Stunde draußen gewesen. Halberstein sah hinaus, vielleicht streunte jemand auf dem Grundstück umher. Aber soweit er sehen konnte, ruhten die Beete verlassen unter einer dicken Schneeschicht.

»Ruhig, mein Guter«, sagte er und tätschelte Adonis den Kopf, aber das Tier beruhigte sich nicht.

Halberstein spähte noch einmal angestrengt in die Dunkelheit. Sein Blick fiel auf die Villa seiner getöteten Nachbarin. Im Erdgeschoss nahm er einen Lichtstrahl wahr, schwach, aber eindeutig.

Einen Moment stand er unschlüssig, dann zog er die Visitenkarte hervor, die in seinem Portemonnaie steckte, und wählte ohne Zögern die angegebene Handynummer.

Kleineichen, An der Krumbach

Auf den Tischen des »Landgasthofs Heideblick« leuchteten Kerzen. Die teils antiken Möbel versprühten zusammen mit den Querbalken der Decke und den braunen Steinfliesen einen rustikalen Charme. Am Nachbartisch stürzte sich eine Familie auf frische Waffeln mit Sahne. Vor den Fenstern tanzten Schneeflocken, der große Terrassenbereich des Restaurants, auf dem sich zur Grillsaison viele Ausflügler des nahen Königsforsts tummelten, lag verwaist im Dezemberwind.

»Wo sind denn alle hin?«, fragte Lou, rieb sich die kalten Hände und rutschte auf die Eckbank neben Maline.

»Mein Onkel musste los, und Karli wurde unruhig, weil seine Hunde allein zu Hause sind. Vaters alter Freund hatte noch nie Sitzfleisch.«

»Es tut mir wirklich leid, dass ich es nicht zur Beerdigung geschafft habe. Aber Jeremy Dupont hat meinen ganzen Zeitplan durcheinandergebracht. Dabei hat er mir, glaube ich, etwas vorgespielt, denn als ich wieder im Auto saß, hat er sich aus dem Haus gestohlen. Ich könnte ihn erwürgen! Gott sei Dank wohnt die Familie hier quasi um die Ecke.« Lou schloss für einen Moment die Augen. »Wie war es denn?«

»Sehr kalt und ungemütlich, auch deshalb ging alles schnell. Außerdem waren gerade mal fünf Menschen anwesend, auch aus diesem Grund wurde keine lange Trauerfeier aus dem letzten Geleit meines Vaters. Aber keine Sorge, ich bin okay.«

Lou sah sich um. »Ich bin hier noch nie gewesen.«

»Mein Vater hat hier so manches Schnitzel verdrückt.« Maline bestellte Kaffee. »Schon als ich klein war, sind wir oft im Königsforst gewesen, und in den Jahren, in denen es Alfred gut ging, sind wir im Sommer hierherspaziert und haben zusammen auf der Terrasse gesessen. Mit diesem Ort hat er schöne Erinnerungen verbunden, die auch mit meiner Mutter zusammenhängen.«

»Daher kennst du dich hier aus, ich hätte es fast nicht gefunden.« Sie schwiegen einen Moment.

»Schade, dass Hannas Gänseessen ausfällt«, sagte Lou, als der Kaffee gebracht wurde. »Aber bei knapp vierzig Grad Fieber sollte sie wirklich das Bett hüten. Auch wenn ich heute gern ein Stück knusprige Gans gegessen hätte.«

»Wie war es denn mit Jeremy? Was hat er gesagt?«

»Er ist ein schmächtiger Kerl, es fällt mir schwer, ihn mir als Mörder vorzustellen«, sagte Lou. »Aber er war sowohl im Arbeitszimmer als auch im Schlafzimmer, und Frau Sukowa hat ihn mit in den Keller genommen. Zum Fenster kann er keine Angaben machen, er glaubt aber, dass es geschlossen war. Wir werden Jeremys Alibi überprüfen müssen und seine Fingerabdrücke nehmen. Wenn sie sich am Fensterrahmen im Keller befinden, hat er was zu erklären. Seine Mutter kommt morgen mit ihm ins Präsidium.«

»War er denn wirklich später noch mal allein bei Frau Sukowa, um Werkzeug abzuholen?«

»Ja, schon, aber sie hat ihm nicht geöffnet. Ich muss Demitrias deswegen noch mal kontaktieren.«

Malines Smartphone blinkte, und als sie das Gespräch annahm, wurde aufgelegt. »Wer wohl hinter diesen Anrufen steckt?

Seit Tagen wählt jemand meine Nummer. Ich glaube, ich checke mal den Anschluss.«

»Vielleicht ist es Charlie, ihr habt euch ja nicht gerade im Guten getrennt.«

»Unsinn«, sagte Maline. »Warum sollte mich Charlie mit einer unbekannten Nummer anrufen, geschweige denn auflegen, wenn ich drangehe?« Maline drehte ihr Augenbrauenpiercing. »Ich habe schon mal an Dr. Schott gedacht.«

»Wer ist das denn?«

»Die Ärztin, die meinen Vater im Pflegeheim behandelt hat.«

»Schott? Wir haben doch mal diesen Mann kennengelernt, damals beim Gänseessen in Hannas Wohnung. Ray Schott. Ich glaube, er war Kunstlehrer. Hanna hat ewig nichts von ihm erzählt.«

»Ja, ich erinnere mich. Und?«

»Vielleicht sind sie ja verwandt.«

Maline lachte. »Klar, bestimmt.«

»Und wieso sollte sie dich anrufen?«

»Keine Ahnung, wenn sie es überhaupt ist«, sagte Maline und leerte ihre Kaffeetasse.

Lou zog ihre Jacke über. »Sollen wir zu mir fahren? Ich könnte den Kamin anmachen, dich in eine Decke packen und mit dir den Whiskey killen, auf den ich es schon so lange abgesehen habe.«

»Okay.«

Lous Handy klingelte.

»Halberstein hier! Sie müssen sofort kommen. In Rendel Sukowas Villa schleicht jemand umher.«

Köln-Rath, Donarstraße

Jonah ist wie vom Walfisch verschluckt, ich kann ihn nirgends finden, und Vater hält sich ebenfalls versteckt, wahrscheinlich will er mir eine Lehre erteilen. Ich hätte niemals so lange wegbleiben dürfen. Das Haus ist dunkel und ausgekühlt. Ich versuche, ein Streichholz anzuzünden. Es fällt mir aus der Hand.

Ich zittere zu stark, versuche, kontrollierter zu atmen und meine Hand zu beherrschen. Endlich brennen zwei Kerzen.

Ich stelle noch einmal jedes Zimmer auf den Kopf, leuchte in alle Winkel und renne sogar in den Keller. Immer lauter rufe ich nach Jonah, kreische seinen Namen gegen die Wände. Schlage Türen. Poltere treppauf, treppab.

Das ist die Strafe für meinen Ungehorsam. Wie konnte ich ihn allein lassen! Über Stunden. Ohne Essen. Ohne Orientierung.

Mein schlechtes Gewissen schnürt mir die Luft ab. Noch einmal stürze ich in Jonahs Zimmer, durchwühle sein Bett, schaue darunter. Richte mich wieder auf und stocke.

Die Schlittschuhe sind nicht am Platz, neben der Tür glänzt ein verwaister Haken. Ungläubig trete ich näher, versuche in Sekundenschnelle, eins und eins zusammenzuzählen. Im gleichen Moment beginnen die Wände zu flüstern. Tote, blutunterlaufene Augenpaare klicken wie Flashlights, fixieren mich argwöhnisch. Die Mauern scheinen sich auf mich zuzubewegen. Mörderin, Mörderin zischen die Wände, die mich regelrecht eingekesselt haben. Ich schreie, so laut ich kann, und bemerke mit Bestürzung, dass kein Laut meiner Kehle entfährt.

Köln-Rath, Am Gieselbach

Nicht einmal zehn Minuten waren seit Halbersteins Anruf vergangen. Der Gasthof »Heideblick« lag nur wenige Kilometer von der Sukowa-Villa entfernt. Lou parkte in Sichtweite des Grundstücks und schaltete den Motor des Citroën aus.

»Siehst du Licht?«, fragte Maline.

Lou verneinte.

»Am besten schleiche ich mich hinters Haus, und du kommst von vorn«, schlug Maline vor und streifte dünne Lederhandschuhe über.

Bevor sie aus dem Auto stiegen, informierte Lou die Schutzpolizei über Standort und Vorhaben. In der Villa war der Netzempfang Glücksache, dieser Umstand war ihr von der Tatortaufnahme in Erinnerung geblieben.

»Achte auf Spuren im Schnee«, sagte Maline und verschwand im Garten.

Lou behielt die Umgebung im Blick, während sie sich der Front des Hauses näherte. Fast lautlos stahl sie sich am Küchenfenster vorbei und arbeitete sich zur Terrasse vor. Sämtliche Fenster waren geschlossen. Sie achtete auf Abdrücke im Schnee und tastete nach Einbruchsspuren an den Fensterrahmen und erreichte die tiefen Panoramafenster des Wohnzimmers. Auch hier konnte sie nichts Auffälliges entdecken. Kamen sie zu spät? Hatte Halberstein falschen Alarm geschlagen?

Kälte kroch Lou unter die Kleidung. Ihre Füße waren eiskalt, die dünnen Lederschuhe boten kaum Schutz vor den Temperaturen. Für einen winterlichen Outdoortrip war sie heute wirklich nicht gekleidet. Wiederholt rutschte sie auf ihren glatten Sohlen aus, stoppte noch kurz am Küchenfenster, drückte ihr Gesicht an die Glasscheibe und spähte hinein. Auch dort rührte sich nichts. Eine Bewegung im Augenwinkel ließ Lou herumfahren.

Im Strauch an der Hauswand bewegte sich etwas. Sofort hatte sie eine Hand am Holster, zögerte, als sich eine Gestalt abzeichnete. »Maline?«

»Pst. Hier ist etwas.«

Augenblicklich stand Lou neben ihrer Kollegin.

»Das Fenster ist nur angelehnt, und hier sind Spuren. Los, wir steigen ein.«

Im Handumdrehen standen sie im Treppenhaus der Villa. »Lass uns erst oben nachsehen«, flüsterte Maline.

Lou ging mit der Pistole im Anschlag vor. Leise schlichen sie die Stufen hinauf. Dabei ächzte das Holz mancher Stiegen. Gefühlt so laut wie Silvesterkracher in völliger Stille, die der in einer Bibliothek glich, und jedes Mal verharrten Lou und Maline kurz in ihrer Bewegung.

»Hier oben ist nichts«, flüsterte Lou, als sie sämtliche Räume und das Bad inspiziert hatten. »Lass uns wieder nach unten gehen.«

Beinahe geräuschlos näherten sie sich dem Erdgeschoss.

Klaviermusik. Unerwartet. Sanft schwebten Töne durch die

Villa. Maline verlor kurzzeitig die Balance, fing sich allerdings sofort wieder. »Präludium Nr. 1 in C-Dur«. Lou erkannte Johann Sebastian Bachs Komposition. Sie sprang die restlichen Stufen hinab. Maline folgte. Gemeinsam stürmten sie ins Musikzimmer. Levi Fischblut saß kerzengerade am Flügel. Maline wollte vorpreschen.

»Lass ihm noch einen Moment«, flüsterte Lou und steckte die Pistole ein.

Als der letzte Akkord verklungen war, drückte Maline auf den Lichtschalter neben der Tür. Langsam drehte sich Levi zu ihnen um. Sein Gesicht verriet weder Erstaunen noch Abwehr.

Ruhig näherte sich Lou dem Piano und blieb einen halben Meter vor ihm stehen. Auf dem Deckel lag ein Messer, Gesamtlänge geschätzte zwanzig Zentimeter. Sägefunktion an der Klinge. Lou legte eine Hand ans Holster, aber sie zog die Waffe nicht.

»Ich habe Sie angelogen, und nun möchte ich die Wahrheit sagen.« Levis Stimme bebte.

Lou und Maline standen ganz still.

»Als ich ins Haus zurückkam, lag Rendel Sukowa am Boden, und in der Blutlache neben ihr sah ich ein Messer«, flüsterte Levi. Dabei sprach er gehetzt, als müsse er endlich alles loswerden, was ihn bedrückte. »Dummerweise habe ich es angefasst. Ursprünglich wollte ich es nur an die Seite legen. Wissen Sie, es war ein Reflex. Ich habe einfach nicht nachgedacht, und dann hatte ich schreckliche Angst, wegen der Fingerabdrücke … Deshalb habe ich es mitgenommen.«

Lou machte einen beherzten Schritt nach vorn, stieß das Messer vom Flügel, um es aus Levis Reichweite zu schaffen. Maline hob das Messer auf und verließ augenblicklich das Musikzimmer, um Ben anzurufen. Lou hörte sie leise mit dem MK-Leiter sprechen.

»Gehört Ihnen das Messer?«, fragte Lou.

Levi ließ den Kopf sinken.

Lou sprach bewusst in ruhigem Ton. »Dann fahren wir jetzt gemeinsam zur Dienststelle, um über alles zu sprechen.«

Levi erhob sich, gemeinsam gingen sie durch den Vorgarten zum Streifenwagen, wo ihn zwei Kollegen in Empfang nahmen.

»Ben ist noch im Präsidium«, sagte Maline und stieg in Lous Citroën. »Der Laborbericht vom LKA ist gekommen. Beim Abkleben des Tatorts wurde Fremd-DNA gefunden, die jetzt mit den DNA-Spuren verglichen wird, die bei den Pkw-Einbrüchen gesichert wurden.«

Köln-Rath, Donarstraße

Dr. Emanuel Bender trat nah an das Tor der Fischbluts und sah verstohlen zu allen Seiten. Sollte er klopfen, oder war es besser, seiner Wege zu gehen? So langsam war er mit seinem Latein am Ende. Eigentlich hatte er gehofft, Rica unter vier Augen sprechen zu können, wenn sie ihm Strümpfe und Hemden brachte, aber sie war nicht erschienen. Bender schlug den Kragen seines Mantels hoch.

Gestützt auf seinen Gehstock ging er ein paar Schritte. In seinen Lackschuhen wurden ihm die Füße taub von der Kälte. Die gefütterten Winterstiefel hatte er eben auf die Schnelle nicht gefunden.

Dr. Emanuel Bender überlegte, ob er mit seinem bisherigen Engagement Rendel Sukowas Wunsch genügend nachgekommen war. Seitdem er die Praxis seinem Sohn überlassen hatte, hatte er ein freundschaftliches Verhältnis zu seiner früheren Patientin gepflegt. Wiederholt hatte sie ihn gebeten, ein Auge auf die Fischbluts zu haben, vor allem wegen des Jungen.

Rendel hatte den Verdacht geäußert, dass etwas hinter dem Zaun nicht stimmte, und diese Meinung teilte Bender absolut. Deshalb hatte er sich schon vor Wochen ganz offiziell für die Idee mit der Flickwäsche begeistert, selbstverständlich nur, weil er einen Vorwand gebraucht hatte, um irgendwie an die Familie heranzukommen.

Bisher ging seine Rechnung nicht auf, ihm fehlte der richtige Zugang und einfach auch der nötige Enthusiasmus. Aber diese Familie benötigte Hilfe, das stand für ihn fest, auch wenn er sie kaum zu Gesicht bekam.

Rica Fischblut wies seiner Meinung nach alle Anzeichen

einer Psychose auf. Den Grad konnte er nicht bestimmen, natürlich nicht. Er hatte sie ja nicht untersucht, aber ihr ganzes Verhalten ließ vermuten, dass sie Qualen ausstand, vielleicht sogar unter Wahnvorstellungen litt. Neulich in seiner Küche hatte sie ein Gebaren an den Tag gelegt, das diesen Rückschluss zuließ, und wenn er die junge Frau betrachtete, fand er einiges, was seine Ferndiagnose unterstützte: Irritierbarkeit. Reizbarkeit. Einen gewissen Grad von Verwahrlosung. Gefühlsausbrüche. Ausgeprägtes Misstrauen.

Rendel Sukowa hatte versucht, zu Ricas Bruder durchzudringen, behutsam. Leider ohne Erfolg, der Junge hatte dichtgehalten. Welches Geheimnis die Familie auch immer hütete, egal worunter sie litten, sie ließen sich nicht helfen. Dabei gehörte Rica definitiv in psychologische Behandlung, das erkannte Bender, auch wenn er Allgemeinmediziner und die Psychologie nicht sein Fachgebiet war. Neulich, bei ihrem letzten Besuch, war sie aus seinem Haus gestürmt, als wäre der Leibhaftige hinter ihr her. Sein Nachbar hatte ihm den Eindruck bestätigt und geschildert, wie sie auf ihn zugerast sei, mit Panik in den Augen und aufgerissenem Mund, aus dem kein Laut gekommen war. Verrückt. Meschugge. Plemplem. Der Nachbar hatte sich wenig zimperlich geäußert.

Rendel hatte ihm vorgeschlagen, die Fischbluts dem Jugendamt zu melden. Rica war schließlich noch minderjährig. Aber davon hielt Bender nichts. Ein Gespräch, ja, das konnte er noch versuchen. Also klopfte er laut und richtig kraftvoll an das Tor. Diesen einen Versuch war er sich und Rendel schuldig.

Bender wartete. Als die gewünschte Reaktion ausblieb, machte er sich auf den Heimweg. Aus seiner Sicht hatte er alles getan, was in seiner Macht stand. Mehr konnte kein normaler Mensch von ihm erwarten. Vorsichtig bewegte er sich über den verschneiten Bürgersteig, setzte mit Hilfe des Stocks achtsam seine Schritte im Schnee.

Nachdem er ein kurzes Stück zurückgelegt hatte, überkam ihn ein schlechtes Gewissen. Hatte er wirklich alles getan, um den Fischblut-Kindern zu helfen? Reichte es wirklich aus, einmal an das Tor der Familie zu klopfen? Bei einem Spaziergang im Königsforst hatte er neulich entdeckt, dass das Grundstück an der Waldseite zugänglich war. Von dort konnte er einigermaßen bequem zum Haus gelangen.

Unentschlossen verharrte er einen Augenblick. Schneeflocken schwebten zu Boden, verwandelten sich in Minuten zu einem fiesen Schneeregen. Das Wetter nahm Bender die Entscheidung ab. Er setzte seinen Heimweg fort.

Die Privatsphäre anderer Menschen zu verletzen, war nicht Benders Ding. Und überhaupt, was ging ihn diese Familie an? Ihn zog es nach Hause vor den Ofen, er wollte ein Glas Rotwein genießen. Diese Familie ließ sich sowieso nicht helfen, da waren ihm die Hände gebunden.

Drei Affen tanzten in seinem Kopf. Nichts sehen. Nichts hören. Nichts sagen. Dr. Emanuel Bender schüttelte die Affen ab und verscheuchte sie zusammen mit der Familie Fischblut aus seinem Bewusstsein.

Köln-Rath, Donarstraße

Undeutliche Spuren im Schnee führen mich zum Ufer unseres zugefrorenen Tümpels, als ich es endlich schaffe, aus dem Haus zu laufen und dem Vorwurf und der Bedrohung durch die Wände zu entgehen. Nur diese schrecklichen Augen kann ich nicht abschütteln, sie verfolgen mich weiterhin. Auch wenn es ziemlich dunkel ist, kann ich erkennen, dass Jonah nicht im Eis eingebrochen ist. Erleichtert darüber stolpere ich weiter, rufe ihn mit gedämpfter Stimme, ungewollte Aufmerksamkeit ist das Letzte, was ich jetzt will. Unweit des Ufers falle ich über Schlittschuhe. Mein Herz klopft bis zum Hals. Wie von Sinnen haste ich über das Grundstück, suche nach weiteren Spuren, aber wenn es sie gab, hat neuer Schnee sie verdeckt. Mein Bruder kann überall sein, vielleicht ist er über den Wall geklettert und irrt im Königsforst umher. Dort kann ihm alles Mögliche passieren. Ich bin halb verrückt vor Angst.

»Rica.«

Jonahs dünne Stimme kommt aus der Garage. Sofort bin ich an der verschlossenen Schwingtür. Der Bodenstangenriegel ist wie die Stahlfedern im Rahmenelement ausgeleiert, schnappt selbstständig ein, wenn das Tor zufällt. Der Riegel des kleinen Schiebeschlosses ist, wie ich erwartet habe, nicht in den Kolben geschoben. Ich drehe den Stangenriegel, hebe ihn leicht an und stoße das Tor auf. Jonah liegt unter einem Stapel Brennholz und röchelt. Ich ziehe ihn darunter hervor. Er klammert sich an mich. »Es ist zugeknallt, das blöde Tor!«

Ich bin so erleichtert, weine, lache durcheinander. »Ja, das Tor ist doof! Deshalb sollst du nicht in die Garage gehen!«

»Meine blöden Füße können nicht mehr laufen, und mir ist so kalt, Rica.« Jonah weint.

Ich drücke ihn an mich und überlege, wie ich ihn ins Haus bekomme. Tragen kann ich ihn höchstens ein Stück, er ist viel zu schwer. Gleichzeitig habe ich Angst, dass Mutter nach Hause kommt. Sie wird ein fürchterliches Theater machen.

Ich suche nach einem Ausweg. Die Schubkarre. Es ist ein Gewaltakt, Jonah hineinzuverfrachten. Es dauert, bis ich ihn schließlich im Haus habe.

In Windeseile raffe ich Decken zusammen, wickele meinen Bruder ein und entfache ein Feuer im Kamin. Nach und nach hört Jonah auf zu zittern, erzählt von seinem kleinen Ausflug und klingt stolz. »Ich war allein draußen im Schnee; als ich nicht mehr gehen konnte, bin ich gekrabbelt.«

Ich schimpfe nicht. Schließlich ist alles meine Schuld. Stattdessen koche ich mehrere Kessel Wasser, bereite ihm ein Bad. Parallel koche ich Tee, beschmiere Brote mit Butter und lasse Zucker darüberrieseln. Jonah liebt Zuckerbrote.

Gewissensbisse fressen mich beinahe auf. Was soll ich Mutter sagen? Ich kann so etwas nicht verheimlichen, aber dann muss ich ihr auch beichten, wo ich mich herumgetrieben habe.

Levis Hilfe könnte ich jetzt mehr denn je gebrauchen, aber er taucht nicht auf und lässt mich im Unklaren darüber, was es mit dem Messer auf sich hat. Und ich kann mich mit dem Gedanken herumschlagen, ob mein Bruder ein Mörder ist. In meiner Wut auf ihn nehme ich mir vor, Mutter vom Blockhaus der Schmitts zu erzählen. Seine und meine Extratouren müssen endlich ein Ende haben. Das ist unsere gerechte Strafe.

Ich brauche ewig, bis ich den Kleinen im Zuber habe. Ausgiebig wasche ich seine Geschwülste, creme ihn ein, füttere ihn und bringe ihn ins Bett, nachdem er die Brote verschlungen hat.

Erleichtert und glücklich über den glimpflichen Ausgang dieses schrecklichen Vorfalls sinke ich an den Küchentisch, nachdem ich brennende Kerzen in die Fenster gestellt habe. Ich schaue über den Wall in Richtung der Hügelgräber. Dort herrscht Düsternis. Kälte. Tod. Aber auch Ruhe. Frieden und absolute Stille. Immerwährende Stille. Dieser Zustand erscheint mir mit einem Mal unbedingt erstrebenswert. Nicht nur für mich, für uns alle. Was soll dieses Leben? Warum führen wir ein Dasein und kämpfen um jeden Tag? Warum? Ich bin auf einmal müde, fühle mich verlassen. Vater, du fehlst mir so sehr.

Als Mutter nach Hause kommt, bringe ich es nicht fertig, sie zu belügen, und beichte Jonahs Ausflug. Vom Haus der Schmitts erzähle ich nichts. Sie ist empört, läuft in sein Zimmer, kann sich kaum beruhigen und kriegt sich erst wieder ein, als sie sieht, dass es ihrem jüngsten Sohn gut geht. Sie fragt nach Levi, aber ich kann nur den Kopf schütteln.

Ich weiß, was mir blüht. Ohne zu protestieren, gehe ich freiwillig in den Keller, wähle diesen Ort, bevor mich Mutter auf den Dachboden schickt, worauf sie manchmal besteht, um mich zusätzlich zu quälen. Aber da will ich nicht hin. Dort halte ich es keine Nacht aus. Lieber sterbe ich.

Köln-Rath, Am Gieselbach

Adonis bellte, als es an der Haustür klingelte, und raste die Treppe zum Erdgeschoss hinab, bevor Halbersteins Füße in Pantoffeln steckten.

Jetzt drückte jemand die Türklingel ohne Unterbrechung. »Was soll denn der Krach!«, rief Halberstein, machte Licht, schnappte sich seinen Hausmantel und eilte ins Erdgeschoss. Ehe er öffnete, warf er einen Blick aus dem schmalen Flurfenster, während Adonis gegen die Tür sprang, abwechselnd bellte und jaulte. Im Licht der Außenbeleuchtung erkannte Halberstein seine Tochter und den kleinen Till. Er riss die Tür auf. Adonis sprang an beiden hoch.

»Du meine Güte, es ist zwei Uhr morgens«, schimpfte Halberstein. »Der Junge muss doch in die Schule!«

Wortlos zog Camilla ihren Sohn hinter sich her ins Wohnzimmer und ließ sich auf das Sofa fallen. Halberstein folgte äußerst beunruhigt.

»Erzähl deinem Großvater, weshalb du mich vor einer Stunde geweckt hast«, schnaufte Camilla mit Blick auf Till.

Till war im Schlafanzug, darüber trug er eine Daunenjacke und an den Füßen Hausschuhe. Offenbar waren die beiden Hals über Kopf aufgebrochen.

Camilla schien die Geduld zu verliehen. »Jetzt rede gefälligst!«

Die Hände des Kleinen ruhten auf seinen Oberschenkeln. Zusammengesunken saß er ganz still und schaute zu Boden.

»Verdammt noch mal!«, herrschte Camilla ihn an. »Jetzt mach endlich den Mund auf!«

Halberstein ging neben seinem Enkel auf die Knie. »Du kannst mir alles sagen, das weißt du doch. Nur zu, hab keine Angst, mein Großer.«

»Mika hat gesagt, ich soll das Fenster im Keller öffnen«, flüsterte Till kaum hörbar und begann zu weinen.

»Welches Fenster?« Halberstein sah zu seiner Tochter. »In welchem Keller? Was meint er denn? Wovon spricht der Junge?«

Camilla zündete sich eine Zigarette an, obwohl sie eigentlich nicht rauchte. »Sag es ihm, Till.«

»Frau Sukowas Fenster.« Über die Wangen des Kleinen kullerten Tränen. »Sie war doch krank, ich musste ins Haus und … die Suppe …« Till drückte seine Lippen fest aufeinander.

Adonis winselte. Halberstein ließ sich schwer auf den Sessel fallen und griff nun ebenfalls nach den Zigaretten. »Aber ich … verstehe nicht.«

Camilla stieß Rauch aus. »Mika hat seinen kleinen Bruder

in die Villa deiner Nachbarin geschickt und ihn angewiesen, das Fenster im Keller zu öffnen, damit er einsteigen kann.«

Halberstein wandte sich an den Kleinen. »Stimmt das?«

Till nickte und sprach mit stockender Stimme. »Es war schwer, ich musste auf ein Regal steigen und mich strecken.«

Halbersteins Verstand begriff die Zusammenhänge, bevor er den Rest der Ausführungen kannte. Sein Geist wehrte sich, sträubte sich, das Gesamte in den Blick zu nehmen. Trotzdem setzten sich alle Ereignisse wie ein Puzzle neu zusammen und ergaben einen völlig anderen Sinn. Tills übertriebener Eifer, mit dem er Rendel Sukowa die Hühnersuppe gebracht hatte. Tills Verhaltensänderung, die Coach Aydin angesprochen hatte.

»Aber warum?« Halberstein bemühte sich um einen ruhigen Ton. »Wieso hast du das gemacht?«

»Er wusste nicht, was sein Bruder vorhatte, davon gehe ich jedenfalls aus.« Camilla lehnte sich vor, legte eine Hand auf ein Knie ihres Vaters und sah Till auffordernd an. »Sag deinem Opa, was Mika dir versprochen hat, wenn du für ihn das Fenster öffnest.«

Till rutschte auf die Kante des Sofas vor. Seine Augen glänzten, strahlten beinahe. »Das Messer!«

Halberstein vernahm einen hellen Pfeifton. Gleichzeitig hatte er das Gefühl, als würde sich das gesamte Zimmer drehen. Langsam nur, aber kontinuierlich.

»Mikas Messer ist geil, wirklich, Opa!«, plapperte Till los. »Die Klinge ist aus vierhundertzwanziger Stahl mit Sägevorrichtung, Gesamtgewicht einhundertzehn Gramm, Griffstärke vier Millimeter, sie ist aus gemasertem Walnussholz. Ein Sammlerstück ... Opa?«

Bernd-Boris Halberstein fehlten die Worte. Der helle Ton in seinem Kopf schwoll dermaßen an, dass er sich die Ohren zuhalten musste.

Camilla nahm seine Hände und hielt sie fest. »Wir müssen die Polizei einschalten. Ich sehe keinen anderen Ausweg.«

Till schrie und stampfte mit den Füßen auf. »Nein! Dann kommt Mika ins Gefängnis, und ich habe keinen Bruder mehr!«

Seine Tochter zog ihn an sich, drückte Tills Gesicht an ihre Brust.

Halberstein zündete sich eine neue Zigarette an und ließ die alte im Aschenbecher verglühen. Dann stand er auf, holte eine Decke hervor, löste seinen Enkel vorsichtig aus Camillas Armen, wickelte ihn ein und bettete ihn aufs Sofa. Till wehrte sich nicht, augenblicklich fielen ihm die Augen zu. Halberstein postierte Adonis vor das Kind und zog seine Tochter in die Küche. »Hast du mit Mika gesprochen?«

»Ich habe mich nicht getraut, ihn zu wecken, die Anschuldigungen sind so massiv, ich fühle mich nicht in der Lage, ihn zu konfrontieren.« Camilla tupfte sich die Augen mit einem Stofftaschentuch. »Was machen wir denn jetzt? Ich kann doch unmöglich meinen eigenen Sohn anzeigen.«

»Am besten beruhigen wir uns erst einmal, noch ist doch gar nicht klar, ob das Ganze etwas mit dem Mord an Rendel zu tun hat«, sagte Halberstein. »Ich koche jetzt einen starken Kaffee, und dann besprechen wir in aller Ruhe, wie wir vorgehen.«

Polizeipräsidium Köln, Walter-Pauli-Ring

Maline und Lou schlossen ihre Pistolen in den Schließfächern am Eingangsbereich ein und folgten der Wachdienstführerin in den Korridor, von dem die Zellentüren abgingen. Im Vorbeigehen grüßten sie zwei Kollegen, die abwechselnd durch den Spion einer Zellentür sahen. Der Gefangene, der dahinter eingeschlossen war, schien zu randalieren, jedenfalls brüllte er aus Leibeskräften. Die Maßnahme der Beamten diente seiner Sicherheit, im Notfall konnten sie sofort eingreifen.

Über Nacht sollte Levi in Gewahrsam bleiben, weil er nichts sagte. Weder, wie er in den Besitz des Messers gelangt war, noch, warum er in die Villa Sukowa eingedrungen war. Der Staatsanwalt würde am nächsten Tag über einen Haftbefehlsantrag entscheiden.

Die Wachdienstführerin blieb vor einer Zellentür stehen und schaute durch den Spion. »Der Insasse betet, jedenfalls sieht es so aus.«

Maline warf einen Blick auf den Zettel, der sämtliche Ereignisse dokumentierte, die sich während des Aufenthaltes des Häftlings ereigneten.

»Er hat um Soventol-Hydrospray gebeten«, sagte die Beamtin. »Wir haben ihm eine kühlende Salbe auf seine Hände getan. Ansonsten ist er ein ruhiger Vertreter. Fußfesseln oder sonstige Maßnahmen zum Schutz des Häftlings waren bisher nicht notwendig.«

Lou sah ebenfalls durch den Spion. Levi kniete auf der ebenerdigen Schlafstätte, hatte sich die braune Zellendecke um die Schultern gehangen und hielt seine gefalteten Hände in die Höhe. »Wenn etwas ist, dann ruft uns bitte, egal, wie spät es ist«, sagte sie zu der Wachdienstführerin. »Wir bleiben sowieso noch eine Weile im PP und erledigen den Papierkram.«

»Warum hat er das gemacht?«, fragte Lou, als sie kurze Zeit später ihr Büro erreichten. »Ich halte Levi für einen intelligenten Jungen und glaube nicht, dass er einfach so in die Villa eingestiegen ist und das Messer zufällig dabeihatte. Er will uns etwas sagen.«

»Aber was?« Maline gähnte, ließ sich auf ihren Stuhl fallen und knipste die Schreibtischlampe an. »Das Messer könnte jedenfalls die Tatwaffe sein, ich ziehe mir direkt mal den Laborbericht und vergleiche die Klinge mit den Maßen des Stichkanals, auch wenn ich hundemüde bin.«

»Fahr ruhig nach Hause«, sagte Lou. »Wir müssen nicht beide die Festnahmeanzeige und Aktenvermerke schreiben. Und das Messer müssen wir sowieso zur Analyse schicken.«

»Ich kann jetzt nicht schlafen.« Maline warf ihre Jacke über die Rückenlehne ihres Stuhls. »Wie weit ist Piet eigentlich mit der Schülerliste?«

»Heute Nachmittag hat er mit einigen Personen gesprochen und weitere Leute vorgeladen. Bisher haben sich keine neuen Anhaltspunkte ergeben, außer dass eine ehemalige Musikschülerin von Frau Sukowa in irgendeinem Labor arbeitet, in dem sie Hygieneoveralls tragen. Allerdings ist die Frau fast sechzig. Piet stattet ihr morgen einen Hausbesuch ab. Aber grundsätzlich suchen wir die Nadel im Heuhaufen, es gehört nicht viel dazu, sich so ein Ding online zu bestellen.« Lou stöhnte. »Bei der

Glasreinigungsfirma war er übrigens umsonst. Frau Sukowa hatte den Termin wegen ihrer Grippe abgesagt. Ach ja, mit Demitrias senior habe ich auch telefoniert. Er bestätigt Jeremys Aussage in Bezug auf das Werkzeug. Als Frau Sukowa ihn nicht ins Haus ließ, hat er ihn tatsächlich angerufen. Demitrias hatte es schlicht vergessen, und soweit ich ihn verstanden habe, liegt sein Arbeitsgerät immer noch irgendwo auf Rendel Sukowas Grundstück.«

»Das passt zu ihm«, sagte Maline und stand auf. »Okay, dann mache ich uns jetzt mal einen doppeltstarken Kaffee. Und anschließend bereite ich die Unterlagen für Levis erkennungs-dienstliche Behandlung vor.«

Köln-Rath, Alte Forststraße

Der Bungalow lag am Ortseingang. Noch herrschte hier ab-solute Ruhe. Auch aus diesem Grund hatten sich sämtliche Dienstfahrzeuge ohne Blaulicht dem Objekt genähert. Mika Halberstein sollte nicht gewarnt werden, und Gaffer brauchte niemand.

Auf Anordnung des zuständigen Richters, den Lou extra aus dem Bett geklingelt hatte, konnte der Zugriff im Haus der Halbsteins zu dieser frühen Stunde erfolgen. Die Beamten standen in kleinen Gruppen auf der Straße und sprachen im Flüsterton miteinander. Für Unbeteiligte musste die Szenerie wie Filmaufnahmen für eine Polizeiserie wirken. Schutzwesten wurden angelegt, uniformierte Beamte umstellten das Haus.

Bernd-Boris Halberstein saß wie ein Häufchen Elend etwas abseits des Geschehens neben Lou in einem Streifenwagen.

»Sie haben richtig gehandelt«, sagte sie zum wiederholten Mal. »Wenn Mika der Täter ist, dann muss er jetzt zur Verant-wortung gezogen werden. Und überlegen Sie mal, er hat sogar seinen kleinen Bruder in die Sache hineingezogen.«

»Aber er ist ebenfalls mein Enkel, verstehen Sie? Er wird mich sein ganzes restliches Leben hassen.« Halberstein stand die Verzweiflung ins Gesicht geschrieben. Er wurde auf einmal ganz hektisch. »Mika wird sich zu Tode erschrecken, wenn Sie da jetzt reingehen. Ich rufe nun auf jeden Fall unseren Familienanwalt an. Vielleicht ist es nur ein riesiges Missverständnis.«

Lou schwieg, weil sie an diese Möglichkeit nicht glaubte. Mikas Handynummer war ein Treffer in der Mobildatenerfassung, und nach dem, was Till berichtet hatte, passte alles zusammen. Zudem hatte Mika einen Aushilfsjob in der Verpackungsabteilung eines Pharmakonzerns und musste einen Hygieneoverall tragen. Ben hatte es tatsächlich irgendwie geschafft, mit dem Abteilungsleiter zu telefonieren, und herausgefunden, dass Mika sich Freitag und Montag krankgemeldet hatte. Lou zweifelte von daher nicht eine Minute an seiner Tatbeteiligung und konnte den Zugriff kaum erwarten.

Maline und Ben befanden sich unterdessen zu Tills weiterer Anhörung zusammen mit dessen Mutter in Bernd-Boris Halbersteins Haus. Den Weg ins Präsidium hatte man den beiden zu dieser frühen Stunde nicht zugemutet, allerdings sollten sie auch nicht sich selbst überlassen bleiben, während der Zugriff erfolgte. So übergab Lou Bernd-Boris Halberstein nun in die Obhut zweier uniformierter Beamter und scharte die Schutzpolizei sowie die Kollegen von der Fahndung um sich.

»Wir verschaffen uns mit Hilfe des Hausschlüssels Zutritt und nehmen den Tatverdächtigen fest, der sich höchstwahrscheinlich zusammen mit seiner Freundin im Haus aufhält. Das Zimmer der Zielperson befindet sich laut Angaben des Großvaters auf zwölf Uhr, also genau gegenüber der Eingangstür. Es gibt noch einen weiteren Zugang zum Bungalow von der Gartenseite. Für die Sicherung des Außenbereichs postiert euch bitte um das Grundstück.« Sie sah in die Runde und teilte die Kollegen ein.

»Wir haben keinen Grund zur Annahme, dass Mika Halbersteins Freundin in die Geschehnisse involviert ist. Wir werden sie also gehen lassen. Ferner gibt es, laut der Mutter des Tatverdächtigen, keine Waffen im Haus. Achtet bitte auf Beweismittel. Vornehmlich suchen wir nach großen Bargeldsummen, Goldschmuck, einem wertvollen Metronom und auffälligen Kerzenständern. Hier, ich habe Fotos der gestohlenen Sachen.

Zudem suchen wir einen weißen Schutzoverall, vielleicht hat er ihn ja aufgehoben.«

Nahezu geräuschlos verschafften sie sich Zutritt zum Bungalow. Mikas Zimmertür wurde doppelt gesichert. Parallel checkten zwei Beamtinnen sämtliche Räume und postierten sich anschließend in der Küche und an der Terrassentür im Wohnzimmer.

Ganz behutsam drückte Lou die Türklinke herab. Im Zimmer war es stockdunkel. Ihre Hand tastete nach dem Lichtschalter und wurde fündig.

Der Raum war höchstens vierzehn Quadratmeter groß. Hellgrauer Teppichboden. CDs, DVDs und Klamotten lagen verstreut. An den Wänden hingen Ferrari-Poster und FC-Bayern-München-Schals in verschiedenen Größen. Mika Halberstein schlief in Boxershorts und T-Shirt mit dem Gesicht zur Wand, seine Beine lagen über dem Federbett, das mit grellgelber Bettwäsche bezogen war. Seine Freundin konnte Lou nur erahnen, ihr Körper wurde komplett von einem dicken Plumeau verdeckt.

»Herr Halberstein. Polizei, wir müssen mit Ihnen reden«, sagte Lou leise, aber mit Nachdruck, als sie neben seinem Bett Posten bezogen hatte.

Mika hob zuerst träge den Kopf, dann setzte er sich ruckartig auf und drückte seinen Oberkörper gegen die Wand. Sein dunkles Deckhaar fiel ihm ins Gesicht, die Augen huschten zwischen Lou und den Schutzpolizisten hin und her.

»Ich wollte die Sukowa nicht töten!«, schrie er augenblicklich los. »Und ihr ganzer Plunder ist in einer Tüte da im Schrank! Sie müssen mir glauben, die Alte ist mir ins Messer gelaufen! Ich bin doch kein bescheuerter Mörder!«

Köln-Kalk, eine Woche später

Angenehme Wärme schlug Marietta Fischblut zusammen mit »Santa Claus Is Coming To Town« entgegen, als sie die Schwelle der »Köln Arcaden« übertrat. Die Weihnachtsmusik dudelte aus unsichtbaren Lautsprechern. Zimtgeruch hing in der Luft und paarte sich mit den Ausdünstungen der Menschen, von denen manche mit einer Ruhe von Schaufenster zu Schaufenster schlenderten, die Marietta erstaunte. Immerhin war es gleich Mittag, da musste doch jeder zu Hause sein, kochen oder Besorgungen erledigen. Obwohl sie sich vor Schmerzen kaum auf den Beinen halten konnte, schleppte sie sich mühsam auf »Saturn« zu. Dieses Geschäft wollte sie besuchen, koste es, was es wolle, denn sie ahnte, dass es das letzte Mal sein könnte.

Marietta Fischblut passierte den Eingangsbereich, um zwischen Kameras, Computern und Tablets zu verschwinden. Fast zärtlich streifte sie über Tastaturen, Displays und Objektive. Technische Neuheiten übten auf sie eine irrsinnige Anziehung aus. Dabei ging es ihr nicht um die Geräte. Hier in dieser Abteilung, in diesem Laden, an diesem schrecklichen Ort, fühlte sie sich ihrem Mann nah. Das war absurd, sie lehnte jegliche Konsumgüter ab, aber Andrés Herz hatte für diese Dinge geschlagen. Der Verzicht auf neuste Technik, zu akzeptieren, dass diese Entwicklungen an ihm vorbeizogen, auch damit war er schwer zurechtgekommen. Dies war ein kleines Puzzlestück in einer Reihe von unzähligen Teilchen, die das Bild um die persönliche Tragödie ihres Mannes komplettierten.

Gegen elf Uhr verließ Marietta das Geschäft und tauchte erneut in die Hektik der Ladenstraßen ein. Sie gönnte sich einen Tee und kaute an einem Fleischwurstbrötchen herum. Wurst, das war ihr persönlicher Verlust. Und obwohl sie wusste, dass die Quittung für ihren schwachen Moment unmittelbar und schmerzhaft sein würde, gab sie der Versuchung nach.

Die Blicke, die sie verfolgten, als sie das Einkaufszentrum verließ, blendete Marietta Fischblut aus. Schwankend und von Krämpfen geplagt, überquerte sie den Vorplatz der Kalker Post, ging auf die Eingangstür eines Gebäudes zu, klingelte und wurde von einem dunklen Flur verschluckt. Wie immer suchte sie den Lichtschalter, drückte den Fahrstuhlknopf und fuhr in die vierte Etage. Marietta Fischblut verließ den Aufzug und öffnete die Glastür, hinter der sich die Hoffnung verbarg, an die sie sich so sehr klammerte.

Schon nach kurzer Wartezeit wurde sie in das Arztzimmer gerufen.

»Ich habe keine guten Nachrichten«, sagte der Doktor nach einer flüchtigen Begrüßung und verschanzte sich regelrecht hinter seinem imposanten Schreibtisch. »Ich möchte Ihnen nichts vormachen: Die Ergebnisse der fachärztlichen Untersuchungen sind wenig erfreulich. Ich kann im Prinzip nur versuchen, Ihr Leid mit Morphium zu lindern.«

Marietta konnte sich kaum auf dem Stuhl halten. Ihr ganzer Körper war ein einziges Schmerzfeld. »Sie brauchen sich keine Sorgen um die fehlende Krankenversicherung zu machen«, sagte sie ruhig und suchte nach einer angenehmeren Sitzposition. »Ich habe Geld, sehr viel Geld.«

»Darum geht es nicht«, sagte der Arzt. »Sie sind einfach viel zu spät gekommen, dazu noch diese schlimme Gelbsucht. Und jetzt möchte ich Sie gerne in ein Krankenhaus einweisen, dort kann man Ihnen wenigstens einen Teil der Schmerzen nehmen.«

Marietta Fischblut erhob sich und versuchte zu lächeln. »Es geht schon, Herr Doktor.«

»Aber in dem Zustand kann ich Sie nicht wieder gehen lassen.«

»Ich verstehe, aber sehen Sie, ich möchte über mein Ende selbst bestimmen. Die schulmedizinische Versorgung hätte ich zugelassen, wenn Sie mir einen Funken Hoffnung gemacht hätten. Aber unter diesen Umständen möchte ich die Zeit, die mir bleibt, mit meinen Kindern verbringen.«

Königsforst

»Ihr seid Freaks.« Jeremy küsst mich auf die Wange.

Augenblicklich vergesse ich Mutters schlechten Gesundheitszustand. Heute Morgen habe ich sie neben ihrem Bett gefunden. Das war ein Schock, ich dachte, sie sei tot. Levi hat Wasser vom Brunnen geholt, und wir haben ihr Tee gemacht. Eine Stunde später hatte sie sich wieder aufgerappelt, sie konnte sogar mit uns beten. Ich war wirklich beruhigt, denn für mich zählt gerade nur Jeremy.

»Wenn wir Freaks sind, warum triffst du dich dann mit mir?«

»Weil *du* süß bist.«

Ich schmiege mich an ihn. Schneeflocken schweben zum Waldboden, überdecken ihn wie einen weichen Teppich. Seit einigen Tagen bin ich wie in Trance, das Leben kann so schön sein.

Unsere Schritte hinterlassen Spuren im Schnee. Der Königsforst liegt wie ausgestorben vor uns, vielleicht weil es bitterkalt ist. Ich stelle mir vor, dass wir die einzigen Menschen sind, die noch leben. Nuklearkatastrophe. Die Bevölkerung wurde dahingerafft. Niemand hat überlebt. Nur Jeremy und ich. Und natürlich meine Familie.

Er hat mir seine Daunenjacke umgehangen, zieht mich ganz nah zu sich und plaudert von der Schule. Ich höre nicht richtig zu. Es ist mir egal, was Jeremy sagt, er soll nur nicht aufhören zu reden. Ich liebe den Klang seiner Stimme, ich könnte ihm stundenlang zuhören.

»... denkst du nicht auch?«

»Was?«

Er lacht. »Du hörst mir gar nicht zu.«

»Entschuldige.«

Ein paar Schritte gehen wir schweigend. Ich bin so aufgeregt und will nicht, dass er es merkt.

»Was ist mit deinen Eltern?«, fragte er. »Warum haben sie dich gehen lassen?«

»Ich habe gesagt, dass ich Ilix aus dem Wald hole.«

»Dein Bruder mag mich nicht.«

Ich zucke nur mit den Schultern, ich will jetzt nicht über Levi sprechen. Heute habe ich etwas Besonderes vor, heute werde ich Jeremy mit zum Haus der Schmitts nehmen. Ich glaube, dass ich verliebt bin. Und Jeremy ist es auch. Er betet mich an, und wenn er meinen Namen sagt, schmelze ich dahin.

Levi würde ausrasten, wenn er wüsste, dass ich Jeremy mit in unser Versteck nehme. Ganz wohl ist mir auch nicht dabei, aber es ist so kalt, und zu Jeremy können wir nicht gehen, seine Eltern erlauben ihm angeblich keine Freundin. Das nehme ich ihm nicht so ganz ab, vielleicht schämt er sich doch für mich und will mich nicht vorzeigen. Aber was sollen dann seine süßen Blicke? Ach, ich weiß einfach nicht, was ich denken soll. Wir kommen zur Wassertretstelle und sind immer noch keiner Seele begegnet.

»Wo führst du mich hin?«

»Das wirst du früh genug sehen.«

»Mir ist kalt«, mault er. »Sind wir bald da?«

»Es ist nicht mehr weit.«

Nach weiteren zwanzig Minuten taucht das Wochenendhaus der Schmitts auf. Mein Herz klopft bis zum Hals, und meine Knie fühlen sich an wie Pudding.

Schwör, dass du niemanden jemals mit hierhinbringst. In keiner Not, in keiner Verzweiflung. – Ich schwöre. Ich habe noch nie ein Versprechen gebrochen, das ich Levi gab. Ich verheimlichte Dinge vor ihm, gelogen habe ich nie. Dabei geht Levi rücksichtslos seiner Wege, hintergeht mich und macht mir was vor. *Freitags habe ich Musikunterricht.* Warum soll ich ihm immer ergeben sein? Außerdem möchte ich einmal mit Jeremy allein sein. Nicht draußen in dieser fürchterlichen Kälte, sondern an einem warmen Ort.

Die Luft ist rein, um das Haus ist es still. Ich lasse Jeremy los und springe über die Mauer, höre, dass er mir folgt. Mit wenigen Schritten sind wir an der Hintertür und betreten den Vorraum.

Er ist ganz leise, schaut sich um. Zielstrebig gehe ich zur nächsten Tür, dem eigentlichen Zugang.

»Kennst du die Leute, die hier wohnen?« Er klingt erstaunt.

»Nicht direkt.«

»Wow.« Offensichtlich ist er beeindruckt. »Einbruch. Voll spooky!«

Ich zögere, bevor ich die Schlüssel hervorhole. Ich glaube auf einmal, dass es besser ist, Jeremy nicht alle Geheimnisse preiszugeben, und drehe mich zu ihm um. »Schließ die Augen.«

»Wieso?«

Ich drücke ihm einen Kuss auf den Mund. »Bitte.«

Als er gehorcht, greife ich blitzschnell nach den Schlüsseln und schließe auf. Hand in Hand laufen wir die Treppe hinauf und gelangen zum Wohnzimmer.

»Oh Mann, das ist ja der Hammer hier!« Er wirbelt herum, schaut in jedes Zimmer, in sämtliche Schränke und schaltet den Flachbildschirm an. Einige Sekunden lauschen wir den Gags einer amerikanischen Serie, bis er auf MTV umstellt und an einem Schmusesong hängen bleibt. Der Titel und der Name der Band werden eingeblendet. Family of the Year. Das Stück heißt »Hero«, ich höre es heute zum ersten Mal und werde es für immer mit Jeremy in Verbindung bringen.

Er drückt sich an mich, meine Hände gleiten unter sein Sweatshirt, und wir beginnen zu tanzen. Wir machen kleine Schritte, wiegen uns im Takt der Musik. Wie warm sich sein Körper anfühlt. Ich könnte heulen vor Glück. Für mich bleibt die Zeit stehen und mit ihr die ganze Welt. Dieser Moment ist verbunden mit diesem einen Song und dem Duft von seinem Haar. Ich möchte, dass der Augenblick niemals endet. Niemals. Bitte, lieber Gott! Ich klammere mich an ihn. Jeremy Dupont, mein *Hero*, meine große Liebe.

Als das Lied vorbei ist, tanzen wir noch eine Weile weiter, obwohl ein Moderatorenteam quasselt. Sachte stößt er mich auf das Sofa, küsst meinen Mund, den Hals. Ehe ich mich versehe, sind seine Hände unter meiner Bluse, und er beginnt meine Brüste zu kneten. Dabei flüstert er meinen Namen. Ich schmelze dahin, erbebe, spüre prickelnde Stiche am ganzen Körper.

Jeremy fummelt an meiner Wollstrumpfhose herum. »Hilf mir doch mal.« Er klingt ungeduldig.

Mein Herz klopft wie eine Trommel. »Du hast doch ein Kondom bei dir, oder?« Aufklärungsunterricht. *Siehst du, Mutter, ich habe dir zugehört!*

Jeremy liegt keuchend auf mir. »Ich passe auf, keine Angst.« Das beruhigt mich, ich vertraue ihm voll und ganz.

»Schließ einfach die Augen«, stöhnt er.

Ich will es. Ich will es wirklich. Die meisten Mädchen meines Alters hatten längst Sex. Diese Leier hat Mutter neulich erst wieder von sich gegeben und mich vor den Gefahren gewarnt und vor Jungs, die nur auf eine schnelle Nummer aus sind. Ich fand die Formulierung komisch, Mutter drückt sich sonst immer so gewählt aus.

Sanft stoße ich Jeremy zur Seite, und er rollt von mir runter. Er schaut wie ein bockiges Kind. »Was ist denn?«

»Ich kann nicht, wenn ich einen derartigen Druck auf der Blase habe. Es dauert nicht lange.«

Als ich wieder ins Wohnzimmer zurückkomme, telefoniert Jeremy, die knisternde Stimmung ist verflogen. »Meine Mutter nervt«, sagte er entschuldigend und legt das Handy auf den Glastisch. »In letzter Zeit ruft sie ständig vom Job aus an und will wissen, was ich gerade mache.«

»Wo arbeitet sie denn?«, frage ich beiläufig, denn in Wahrheit interessiere ich mich gerade überhaupt nicht für dieses Thema, und kuschele mich in seinen Arm.

»Bei einem Arzt, das weißt du doch. Deine Mutter ist eine seiner Patientinnen.« Jeremy küsst mich auf die Nase und streichelt mir zärtlich über den Kopf. »Wie geht es ihr eigentlich? Meine Mutter sagt, dass sie bei ihrem letzten Besuch in der Praxis ganz schlecht ausgesehen hat.«

Jeremy beharrt auf seiner Aussage und beschreibt nun einige Symptome meiner Mutter. Blähbauch. Gelbliche Augen. Er kennt sogar ihr Geburtsdatum. »Meine Mutter hat ein Faible für Zahlen.«

Ich fühle mich wie vor den Kopf geschlagen, versuche, die Bedeutung und Tragweite seiner Worte zu verstehen.

Jeremys Hände fahren wieder unter meine Bluse und tasten nach meinem Busen. Ich umfasse seine Handgelenke. »Lass mich.«

»Was hast du denn auf einmal?«

»Nichts.« Ich setzte mich aufrecht, ziehe die Beine an meinen Oberkörper und umschlinge sie mit den Armen.

Jeremy zieht ein langes Gesicht, aber dann lächelt er und legt vorsichtig eine Hand auf meine Schulter. »Ich bin da, wenn du mich brauchst. Versprochen.«

Köln-Nippes, Wilhelmstraße

Mit einer ruckartigen Bewegung zog die Thailänderin den dünnen Behang zwischen den beiden Futons zu und bedeutete Lou, sich auf den Bauch zu legen. Lediglich das orangerote Licht einer Salzlampe erhellte die kleine Kabine. Panflötenklänge sorgten zusätzlich für eine beruhigende Atmosphäre. Irgendwo gluckste ein Springbrunnen.

»Ist es bei dir auch so dunkel?« Helenes Stimme drang leise durch den Vorhang.

Lou ignorierte die Frage.

Ohne Hoffnung hatte sie vor einer halben Stunde die Telefonnummer der kleinen Thai-Oase gewählt und zu ihrer Freude zwei freie Massageplätze ergattert. Normalerweise waren spontane Eingebungen in dieser Hinsicht nicht von Erfolg gekrönt. Jetzt wollte Lou für eine Stunde angenehmen Gedanken nachhängen, das Schmuddelwetter draußen ebenso vergessen wie den bevorstehenden Abschied von Frieda.

Sie registrierte die Wärme des beheizten Lakens, schloss die Augen, spürte, wie ihr Atem ruhiger wurde, und tauchte ab. Palmen. Türkisblaues Wasser, eine leichte Brise von Südwest. Feiner Sand zwischen den Zehen. Ananassaft …

»Louisa? Hast du schon mit Dorit telefoniert?«

Noch mehr Palmen. Eine stärkere Brise von Südwest. Wolken zogen auf. Helene kam den Strand entlanggelaufen …

»Louisa?«

»Ja, Mutter! Dorit und die Kinder landen am dreiundzwanzigsten und bleiben eine Woche.«

»Schön, dass ich das auch mal erfahre.«

Lou bereute augenblicklich, dass sie ihre Mutter mitgeschleppt hatte. Stille und Einkehr waren nicht gerade ihre Stärken. Aber Frieda hatte sich kurzfristig zu einem letzten Cappuccino mit Freunden in der Stadt verabredet, bevor sie am nächsten Morgen in aller Frühe endgültig abflog. Helene war begeistert eingesprungen.

»Eine Frau aus der Yogagruppe hat erzählt«, fuhr Helene fort, »dass Thaimassagen ziemlich schmerzhaft sind!«

»Sagen Sie mir bitte, wenn ich Ihnen wehtue«, hörte Lou die Masseurin nebenan flüstern.

Ruhe. Endlich. Während die Massage an den Füßen begann, ließ Lou sich von der Panflöte forttragen. Ihre Haut saugte das warme Öl auf. Also noch einmal: Südsee. Brise von Südwest …

»Louisa! Hast du schon eine Auslandsversicherung für Frieda abgeschlossen?«

Lou zog es vor, nicht zu antworten.

»Ach ja, und Wilson hat angerufen, er wollte wissen, ob wir ihn mit zum Flughafen nehmen, wenn wir Frieda wegbringen.«

»Um Himmels willen, Mutter!« Lou stöhnte laut auf. »Jetzt sei doch endlich mal ruhig. Ich versuche, mich zu entspannen.«

»Entschuldige bitte. Dass du gleich immer so empfindlich bist.«

Lous Massage ging an den Waden weiter. Teakholzliegen. Weißer Sand. Leider drängte sich nun Friedas Exfreund in Lous Südseebild. In Badehose trat Wilson neben ihre Liege und bat sie, ihm den Rücken einzucremen. Super, Mutter. Danke!

Oberschenkelmassage. Gedankenstopp. Wohlige Wärme durchströmte Lous Körper. Sie freute sich auf den Rücken. Lendenbereich und Nacken waren ihre Problemzonen. Lou schielte zum Wecker, der neben der Pritsche tickte. Noch dreißig Minuten.

Türkisblaues Wasser. Südwestwind. Sand, ein wolkenloser Himmel und das Schrillen eines alten Gabeltelefons. Stopp! Was hatte das Telefon in ihrer Wohlfühlphantasie zu suchen?

»Louisa!«

Nein, ich möchte hier nicht weg! Pazifik. Südseeflair …

»Louisa! Wie soll ich entspannen, wenn dein Handy die ganze Zeit klingelt?«

Lou setzte sich mit einem Ruck auf, griff sich benommen ihr Smartphone. »Hallo?«

»Frau Vanheyden?

»Ja.«

»Hier ist Levi.«

Lou war überrascht. Gedanken um die Fischbluts hatte sie sich seit Mika Halbersteins Festnahme kaum gemacht. Nach dessen Geständnis hatten sich die Türen des Polizeigewahrsams für Levi geöffnet.

»Entschuldigen Sie bitte die Störung.«

Lou bedeutete der Masseurin, dass sie einen Moment brauchte. »Was ist los? Alles in Ordnung?«

»Ich … ich wollte mich noch einmal entschuldigen, weil ich Sie wegen des Messers … Na ja, es tut mir alles echt leid.«

Pause.

»Das haben wir ja geklärt.« Lou setzte sich auf die Matratze. »Levi, warum rufen Sie wirklich an? Ich habe das Gefühl, dass Sie mir noch etwas anderes sagen möchten.«

Sie hörte ihn laut Luft holen. »Ja, ich habe eine Frage.«

»Raus damit.«

»Was passiert mit Mika? Ist er jetzt im Gefängnis? Ich bin nicht mit ihm befreundet oder so, ich will es einfach nur wissen.«

»Er sitzt in Untersuchungshaft und wird dann in die JVA überführt, warum?«

»Louisa!« Helene klang genervt. »Ich kann mich überhaupt nicht entspannen. Wie lange willst du denn noch telefonieren?«

»Kann ich Sie zurückrufen?«, fragte Lou.

»Nein, das geht nicht, ich rufe von einer öffentlichen Telefonzelle an, war gar nicht einfach, eine zu finden.«

»Warten Sie einen Augenblick.« Lou zog ihren Pullover über, riss den Vorhang zur Seite und ging hinaus auf den Flur. Hier saßen drei Massagewillige im Wartebereich. Sie tranken Tee und schauten verunsichert, als ihnen Lou in Slip und Pulli entgegentrat. Sofort kam eine Mitarbeiterin des Teams hinter der Kasse hervor. »Brauchen Sie Hilfe?«

»Ich muss kurz telefonieren.«

Die Thailänderin deutete auf eine Tür mit der Aufschrift Gäste-WC.

»Levi?«

»Ja, ich bin noch da. Was glauben Sie, für wie viele Jahre muss Mika ins Gefängnis?«

»Schwer zu sagen.« Lou verriegelte. »Aber einige Jahre wird er schon absitzen müssen.«

Pause.

»Levi? Warum möchten Sie das wissen?«

»Danke, Sie haben mir sehr geholfen.«

»Hallo? Levi?«

Aufgelegt.

Lou stand einen Moment unschlüssig in dem winzigen Bad. Sie beschlich ein ungutes Gefühl und eine merkwürdige Ahnung, dass sich im Zusammenhang mit dieser Familie etwas zusammenbraute, etwas, das ihre Vorstellungskraft bei Weitem übertraf.

Als sie sich wieder auf dem Futon ausstreckte, ging die Massage an den Armen weiter. Lou versuchte zu entspannen, aber Levi Fischblut wurde sie nicht wieder los.

Köln-Rondorf, Am Steinneuerhof

Die Verspätung, mit der Maline am Besichtigungsort ankam, war in Anbetracht des Wetters nicht gravierend. Massiv waren hingegen die Mängel der Wohnung, die ihr präsentiert wurde. Die Maklerin versuchte trotzdem, ihr ein X für ein U vorzumachen. Die extrem schmalen Fenster verkaufte sie als pflegeleicht, das braun gekachelte Bad, in dem die Wanne fehlte, nannte die Maklerin nostalgisch, und die heruntergekommene Einbauküche, die der nächste Mieter auf jeden Fall übernehmen musste, pries sie als Schnäppchen an. Maline wurde laut, bevor sie den Termin abbrach, ganz zum Erstaunen der Maklerin, die ihr so gern noch die wunderschöne Terrasse gezeigt hätte.

Maline stiefelte durch Schneematsch zu ihrem Wagen und ärgerte sich, dass sie sich für diese Besichtigung durch das Wetter und den elenden Verkehr gewälzt hatte.

Als sie wieder in ihrem Auto saß und überlegte, wo sie in dieser Gegend etwas zu essen bekam, klingelte ihr Handy.

Lou berichtete von dem Telefonat mit Levi. »Wo bist du gerade?«

Maline machte ihrem Ärger über die Maklerin und die zwei unerfreulichen Besichtigungstermine Luft, die sie an diesem Tag schon absolviert hatte. »Jetzt hab ich tierischen Hunger und sehe weit und breit keinen Imbiss. Der Empfang ist hier schlecht, und deshalb helfen meine Apps auch nicht weiter.«

»In Meschenich wohnt eine Verwandte der Fischbluts«, sagte Lou. »Das ist doch um die Ecke von Rondorf.«

»Ich weiß, und Donata Fischblut wohnt direkt am Kölnberg.«

»Schau doch mal bei ihr vorbei.«

»Also erstens habe ich Hunger«, sagte Maline unwirsch. »Und zweitens fahre ich jetzt ganz bestimmt nicht unangemeldet zu Donata Fischblut. Darüber hinaus ist der Fall abgeschlossen!«

»Ich habe einfach ein seltsames Gefühl seit Levis Anruf«, meinte Lou. »Aber egal, dann fahre ich vielleicht morgen mal bei ihr vorbei, da muss ich sowieso in den Kölner Süden und könnte einen Abstecher nach Meschenich machen.«

»Mensch, Lou, vergiss doch mal den Job, genieße deine freien Tage und unternimm etwas mit Frieda«, schlug Maline vor.

»Meine Tochter trifft sich der Reihe nach mit sämtlichen Freunden, und dabei verabschieden sie sich voneinander, als wäre es für immer. Frieda rennt nur noch mit verheulten Augen herum. Okay, hör zu, wenn du bei Frau Fischblut klingelst, dann koche ich dir Gnocchi alla panna.« Lou sprach leise weiter. »Bitte! Ansonsten bleibt mir nur ein Fernsehabend mit meiner Mutter. Ich möchte heute nicht allein mit ihr sein, sie macht mich wahnsinnig!«

»Wie uneigennützig.«

»Heißt das ja?«

»Das ist eher ein entschiedenes Vielleicht.«

Köln-Rath, Donarstraße

Mutter hat mir Stickarbeiten aufgebrummt, sitzt neben mir und verziert mit unfassbar ruhiger Hand eine Tischdecke. Heute hält sie sich erstaunlich gut, obwohl ich ihr ansehe, dass sie von unsagbaren Schmerzen attackiert wird. Literweise trinkt sie einen Sud aus Kümmel, Dill, Fenchel und Kamille. Etwas anderes kann sie kaum noch zu sich nehmen.

Ich müsste Mitleid haben, aber ich kann ihre Gegenwart kaum ertragen, meine Ablehnung fühle ich auch physisch. Es fällt mir schwer, Mutter beizustehen, sie zu waschen und fürsorglich zu sein. Ständig muss ich an Jeremys Worte denken. *Meine Mutter sagt, dass sie bei ihrem letzten Besuch in der Praxis ganz schlecht ausgesehen hat.* Ich möchte sie damit konfrontieren, aber ich weiß nicht, was ich sagen soll. Vielleicht ist alles nur eine Verwechslung, ein dummer Irrtum.

Jetzt habe ich mich schon wieder vertan, sticke fehlerhaft, weil ich mich nicht konzentriere, kaum etwas sehe bei dem blöden Kerzenlicht, und meine Hände zittern.

Vater kommt ins Zimmer, sieht Mutter an, schüttelt leise den Kopf und geht in den Garten. In dem Moment wird mir klar, dass er im Bilde ist. Er kennt ihr Geheimnis, weiß, dass sie sich über eine der obersten Regeln hinweggesetzt hat und etwas für sich in Anspruch nimmt, was sie uns und vor allem Jonah verwehrt. Vielleicht hat Vater deshalb aufgehört, mit ihr zu sprechen.

Mutter lehnt sich zu mir herüber, streicht mit ihren dürren Fingern über meine Stiche und nimmt mir die Tischdecke aus den Händen. Eine unheimliche Ruhe geht von ihr aus. »Mädchen, Mädchen, das ist aber keine ordentliche Handarbeit.«

Sie riecht ganz übel aus dem Mund, irgendwie nach Leber, obwohl sie seit Jahren kein Fleisch isst. Ich drehe mich weg, aber sie zeigt mir demonstrativ ihr Werk. Mutter arbeitet mit grünem Garn auf Weiß. Ihre Stiche sind meisterhaft, sauber, tadellos. Wie kann sie so sein? Wie ist es möglich, dass sie hier hockt und seelenruhig an einem beknackten Adventsmotiv stickt?

Jonahs Lachen holt mich aus meiner ablehnenden Haltung. Levi spielt mit dem Kleinen. Ich muss unbedingt mit ihm reden und ihm von Jeremys Behauptung unterrichten. Ich bin auf seine Reaktion gespannt. Levi ist unberechenbar, und ein bisschen bin ich es auch.

Jonah sitzt mit verbundenen Augen auf dem Boden. Meine Brüder singen gemeinsam. *Im Keller ist es duster, da wohnt ein armer Schuster. Er hat kein Licht, er hat kein Licht und sieht die liebe Sonne nicht.* Levi tippt Jonah auf die Schulter. »Schuster, was machst du? Weinst du oder lachst du?«

»Ich weine nicht, ich lache nicht, ich flicke meine Schuh«, antwortet Jonah und tastet nach Schuhen, die Levi vor ihm verteilt hat. Wenn er zwei Paare findet, die zusammengehören, jauchzt er und bekommt ein Stück Apfel. Sie können sich mit diesem Spiel stundenlang vergnügen, und oft hat mich ihre Singerei wahnsinnig gemacht. Aber heute werde ich richtig traurig. Wegen Jonah und Levi. Und wegen Vater. Nur mit großer Anstrengung gelingt es mir, die Tränen zurückzuhalten.

Vater. Vater. *Er hat kein Licht. Er hat kein Licht. Er sieht die liebe Sonne nicht.*

Köln-Meschenich, Kölnberg

Donata Fischblut war eine zierliche Person mit gleichmäßigen Gesichtszügen, die von einer herausgewachsenen Dauerwelle eingerahmt wurden. Dunkle, wache Augen. Sie saß in einem unhandlichen Rollstuhl und kraulte eine schwarz-weiß gescheckte Katze, die auf ihrem Schoß saß und genüsslich gähnte. Maline nahm auf einem Sofa Platz, das ziemlich abgewetzt wirkte.

Neben der Couch stand ein großer Korb mit Wolle, darin schlief ein übergewichtiger Kater. Über dem Beistelltisch baumelte ein Halogenstrahler. Fünf Glühbirnen konnten den Wohnbereich beleuchten, aber es brannten nur drei. Insgesamt wirkte die Wohnung beengt, die wenigen Möbel hatten die besten Tage hinter sich. Auf einem Schränkchen stand ein schnurloses Telefon, das Kabel der Feststation war nicht eingesteckt.

»Ich habe Probleme mit meinem Anbieter«, sagte Donata Fischblut, als sie Malines Blick bemerkte. »Das Telefon ist kaputt, in diesem Haus funktioniert rein gar nichts!«

Maline zweifelte keinen Augenblick daran. Schon von außen wirkte das Hochhaus marode. Feuchte Fassaden, kein Licht im Treppenhaus, und am Aufzug klebte ein handgeschriebener Zettel. »Außer Betrieb«. Maline hatte es sportlich genommen und war bis in den siebten Stock hinaufgespurtet.

Donata Fischblut saß hingegen fest und winkte ab, als Maline sie darauf ansprach. »Manchmal vergehen Tage, bis ich vor die Tür komme.«

»Haben Sie denn niemanden, an den Sie sich im Haus wenden können?«

»Meine Nachbarin ist hilfsbereit, wirklich, da kann ich nicht meckern«, sagte Donata Fischblut und nickte mit dem Kopf Richtung Wand. »Aber sie ist häufig unterwegs. Oft kommt sie erst spät nach Hause. Sie arbeitet in einem Supermarkt. Schrecklich, diese langen Öffnungszeiten.«

Über ihrer Wohnung lief eindeutig ein Fernseher. Schusswechsel, es wurde geballert.

»Geht es meinen beiden Enkeln gut? Sie sind doch wegen der Kinder hier, nicht wahr?« Fragende Augen, Frau Fischblut klopfte nervös auf die Bremshebel ihres Rollstuhls.

Maline zögerte, sie wollte die alte Frau nicht unnötig aufregen, deshalb antwortete sie ausweichend, fasste aber die Ereignisse um Frau Sukowas Tod kurz zusammen.

Donata Fischblut seufzte. »Du lieber Himmel! Ich dachte mir schon, dass es mal ein böses Ende nehmen wird. Dieser Lebensstil, die harte Erziehung der Kinder. So etwas rächt sich früher oder später.« Sie verscheuchte die Katze von ihren Knien.

»Wie ich schon sagte, es besteht kein Anlass zur Beunruhigung. Levi war lediglich Zeuge in einem Tötungsdelikt.«

»Aber er hat doch Hausfriedensbruch begangen, wenn ich Sie richtig verstanden habe.«

»Solche Dinge lassen sich klären. Ich bin hier, weil sich für uns aus Levis Angaben Fragen ergeben, die seine Familiensituation betreffen. Einiges ist … lässt sich schwer einordnen. Wir möchten uns einfach ein Bild machen. Sie müssen nicht mit mir sprechen, wenn Sie nicht wollen.«

»Ich verstehe, nur, helfen kann ich Ihnen da leider auch nicht, weil ich seit Ewigkeiten keinen Kontakt mehr zur Familie meines Sohnes habe.«

»Aber vielleicht können Sie mir ein bisschen von der Zeit erzählen, als noch Zusammentreffen stattfanden.«

Donata Fischblut lehnte sich zurück. »Im Grunde begann alles mit dieser Erbschaft. Der Patenonkel meiner Schwiegertochter starb und hinterließ ihr ein beachtliches Vermögen. Die genaue Summe kenne ich nicht, aber es muss sich um eine unvorstellbare Größenordnung gehandelt haben. Denn kurz darauf hängte sie ihre Arbeit als Grundschullehrerin an den Nagel. Können Sie sich das vorstellen?«

»So etwas ist eher selten.«

»Da stimme ich Ihnen zu. André ist weiter ins Büro gefahren. Er arbeitete als selbstständiger Innenarchitekt, leider nicht besonders erfolgreich, aber eigentlich hatte ich immer angenommen, dass ihm seine Arbeit Spaß machte.«

»Was meinen Sie damit, wenn Sie sagen, dass Ihr Sohn nicht besonders erfolgreich war? Hatte er zu wenige Aufträge? Lag ihm die Freiberuflichkeit nicht?«

»Beides, denke ich. André hat sich immer ein bisschen schwergetan, so generell mit dem Leben, verstehen Sie?«

»Ist er depressiv?«

»Soweit ich weiß, nicht diagnostiziert. Er ist eben kein ›Spring-ins-Feld‹. Schon als Kind empfand ich ihn als antriebslahm.« Donata Fischblut sammelte sich einen Moment. »Eines Tages hat er mich angerufen und verkündet, dass er seinen Beruf aufgibt, um sich ganz der Familie zu widmen. Ich hab die Welt nicht mehr verstanden, aber meine Bedenken hat er abgetan.«

»Wann war das?«

»Ach, das ist fast neun Jahre her.«

»Gehörten André und seine Frau zu dem Zeitpunkt schon dieser Glaubensgemeinschaft an?«

»Nein.«

»Können Sie mir etwas zum familiären Hintergrund Ihrer Schwiegertochter sagen?«

Donata Fischblut strich über eine Falte ihres Rockes. »Viel weiß ich auch nicht. Marietta ist ein Einzelkind und stammt aus einer Familie, die stark atheistisch geprägt war. Ihre Eltern vertraten die Überzeugung, dass es weder den einen Gott noch irgendwelche Götter gibt, folglich lehnten sie alles Religiöse ab und sind nicht einmal zur Hochzeit der Kinder erschienen.« Die gescheckte Katze sprang erneut auf Donata Fischbluts Oberschenkel.

»Vielleicht wollte Marietta ihren Eltern eins auswischen, als sie sich dieser ... wie soll ich sagen ... Religiosität zuwandte, unbewusst, so etwas gibt es ja. Aber fanatisch war sie nicht. Ihr Glaube ließ sich auch nicht richtig einordnen. Einerseits ging sie zur Kirche, andererseits zog es sie in buddhistische Zentren. Sie war eine Suchende, ja, das trifft es wahrscheinlich am ehesten. Marietta gehörte keiner Kirche an, die Kinder sind auch nicht getauft. Darüber habe ich mich immer sehr geärgert.«

»Hatte Ihre Schwiegertochter denn Kontakt zu ihren Eltern?«

»Sie sind ungefähr ein Jahr nach Mariettas Erbschaft kurz hintereinander verstorben.«

»Die Veränderung bezog sich also anfänglich nur auf die Kündigungen der Arbeitsstellen«, stellte Maline fest.

»Genau. Mein Sohn fuhr auf einmal zum Angeln und nicht mehr ins Büro. Für mich sah es zuerst so aus, als wollte er mal durchatmen. Vielleicht ist ihm auch einfach ein Stein vom Herzen gefallen. Nun hatte er weder Druck noch finanzielle Sorgen und Zeit für die Familie. Jetzt konnte er die Kinder ins Auto packen und seinem Hobby frönen. Das Erbe seiner Frau beschied ihm ungeahnte Freiheiten. Etwa zur selben Zeit lernten Marietta und André Samy Krispin kennen. Levi und Rica berichteten mir ausführlich über die neuen Freunde, die zu fünft in einem ausrangierten Wohnwagen am Stadtrand von Köln ohne Konsumgüter, Küche oder Badezimmer lebten. Samy Krispin unterrichtete seine Kinder selbst. Er und seine Frau gehörten zu den Homeschooling-Vertretern. Ich hatte vorher noch nie von einer solchen Bewegung gehört.«

»In meinem Berufsalltag bin ich schon damit konfrontiert worden. Es gibt ja immer wieder Familien, die ihre Kinder nicht auf unsere Schulen schicken wollen, dabei geht es allerdings nicht unbedingt um religiöse Aspekte.«

Maline schaute zu den Kinderfotos, die in bunten Rahmen an der Wand über dem Fernseher hingen. »Soweit ich weiß, ist gerade wieder eine Petition im Bundestag anhängig. Über fünftausend Gleichgesinnte fordern, dass Eltern, die ihre Kinder zu Hause unterrichten wollen, nicht länger kriminalisiert werden dürfen.«

»Ich habe mich damals sehr mit dem Thema beschäftigt und dazu eine zwiespältige Meinung. Menschen werden durch unser rigoroses Schulsystem in die Illegalität gedrängt, was kein Wunder ist, wenn man sieht, wie vehement da vorgegangen wird. Man nimmt ihnen das Recht, frei nach ihren Vorstellungen zu leben. Aber andererseits, wo kommen wir hin, wenn sich der Einzelne über bestehende Gesetze hinwegsetzt. Es gibt sogar Familien, die ihre Kinder nach der Geburt nicht anmelden, damit sie erst gar nicht im System auftauchen.«

»Das kann ich mir wiederum nicht vorstellen«, sagte Maline. »So etwas muss doch auffallen.«

»So naiv habe ich auch mal gedacht. Aber glauben Sie mir, Sie haben keine Ahnung!« Donata Fischblut schaute aus dem Fenster. »Anfangs war Marietta, glaube ich, einfach fasziniert von den Krispins, und bald verbrachten die beiden Familien die Sonntage gemeinsam, dies wurde zur unumstößlichen Regel. Rica und Levi fanden die Lebensweise dieser Leute spannend und freuten sich jedes Mal auf die Besuche dort. Sie waren ganz Feuer und Flamme. Aber dann meldete meine Schwiegertochter die Kinder von der Schule ab. Fortan stritten sie mit den Behörden. Beamte versuchten, meine Enkel zwangsweise zur Schule zu eskortieren. Ich weiß noch, wie entsetzt ich war, als ich davon hörte.«

»Wie haben Sie davon erfahren?«

»Rica hat mich weinend angerufen. Sie hatte Angst, dass ihre Eltern ins Gefängnis müssen, weil sie sich lautstark mit Polizisten stritten. Natürlich habe ich meinen Sohn darauf angesprochen, aber er hat jedes Gespräch abgeblockt und mir deutlich zu verstehen gegeben, dass Einmischung nicht erwünscht ist. Eine Zeit lang ließ ich ihn gewähren, ich dachte, dass sie sich schon wieder einkriegen würden. Als sie irgendwann nicht mehr ans Telefon gingen, habe ich mich in den Zug gesetzt und bin losgefahren.«

»Ins Sauerland?«

»Ja, natürlich.« Frau Fischblut sprach jetzt leiser. »Ich war entsetzt, als ich am Haus ankam. Rica hat mir die Tür geöffnet. Ihren Blick werde ich niemals vergessen. Sie sah mich aus ernsten, traurigen Augen an, wirkte ängstlich und distanziert. Zur Begrüßung ist sie mir nicht wie früher um den Hals gefallen, und sie sprach nicht, kein Wort.«

»Wie haben Ihr Sohn und seine Frau auf Ihr Erscheinen reagiert?«

»Wenig erfreut. Aber das war mir egal. Ich erfuhr, dass sie quasi über Nacht zu extremen Verfechtern der Homeschooling-Bewegung geworden waren. Sie besaßen Atteste für die Kinder, die sie bis auf Weiteres dazu berechtigten, zu Hause zu bleiben. Und diese hielten André und Marietta den Behörden jetzt unter die Nase, zankten sich mit Polizeibeamten und saßen Bußgeldverfahren aus oder zahlten im letzten Moment. Marietta hat versucht, mich zu beruhigen. Ich meine, sie ist ja Lehrerin, und es ging auch nicht darum, dass ich befürchtete, dass meine Enkel nicht ordentlich lernen. Aber Schule bietet den Kindern ja auch andere Aspekte. Sozialverhalten. Gruppenerlebnisse und Kontakte. Gerade weil sich Levi und Rica mit Schule immer etwas schwergetan hatten, fand ich den Schritt in diese Richtung falsch. Aber Marietta vertrat die Ansicht, dass Schule den Kindern zu viele Zwänge auferlegt, die sie ja nun täglich hautnah mitbekommen hatte, und dass sie dies ihren Kindern ersparen wollte.«

»Und André? Wirkte er genauso engagiert wie seine Frau?«

»Er ordnete sich unter und ließ Marietta größtenteils schalten und walten. An dem Wochenende habe ich damals einen Streit zwischen den beiden mitbekommen, dabei forderte Marietta ihn auf, sie tatkräftiger und kompromissloser zu unterstützen.«

»Homeschooling ist eine Sache«, sagte Maline, »aber das erklärt noch lange nicht diese … Ich weiß gar nicht, wie ich es sagen soll.«

»Ich weiß, was Sie meinen.« Donata Fischblut legte die Hände auf die Lehnen ihres Rollstuhls. Maline bemerkte, dass sie zitterten.

»Leider spitzte sich die Situation immer weiter zu. Als Rica und Levi eines Tages vom Spielen nach Hause kamen, waren die Fernsehapparate sowie sämtliche Hi-Fi-Geräte aus dem Haus verschwunden. Statt PlayStation wurde nun abends gesungen. Levi hat sich entsetzlich darüber aufgeregt und sich am Telefon beschwert.«

»Zusammensitzen und singen hört sich ja erst mal nicht bedrohlich an«, warf Maline ein. »Es ist ja nicht schlecht, wenn alte Werte wieder mehr zählen.«

»Die Kinder waren natürlich anderer Meinung. Doch ihre Proteste wurden abgebügelt, vor allem von Marietta, die ihnen endlose Reden über Konsumverzicht hielt.«

»Haben Sie denn nicht versucht, mit Ihrem Sohn oder Ihrer Schwiegertochter zu reden?«

»Was glauben Sie denn! Ich habe auch später noch angerufen, geschrieben, habe alles probiert, was in meiner Macht stand. Vor allem, als ich hörte, dass die wenigen Spielgefährten, die meine Enkel ohnehin nur hatten, ausblieben. Die imaginäre Mauer um das abbezahlte Fertighaus wuchs und wurde solider. Ich bekam sogar Anrufe von Nachbarn, die mich darüber informierten, dass André und Marietta durch die Gegend fuhren, um andere Menschen zu missionieren.«

»Gehören sie denn einer Sekte an?«

»Es ist eher eine lose Glaubensgemeinschaft.« Donata Fischblut schaute zur Decke und dachte einen Moment nach. »Ich weiß gar nicht genau, wo André und Marietta Mitglieder dieser ... na ja, sagen wir mal ... Gemeinde kennenlernten. Im Grunde geht es darum, dass der Kreislauf der Natur und die Besinnung auf das Wesentliche im Fokus stehen. Darüber hinaus können sie ihre Gesinnung frei ausrichten.«

»Das hört sich eigentlich ganz okay an. Es ist nichts dagegen zu sagen, wenn sich auch der Blick von Kindern auf Verzicht und die Abkehr von Überflüssigem richtet.«

»Aber wie immer, wenn etwas fanatisch betrieben wird, entstehen Verletzung und Unterdrückung, denn in dieser Glaubensgemeinschaft zählen individuelle Wünsche wenig. Sehen Sie zum Beispiel Levi. Er hätte ein hochgelobter Pianist werden können, aber seine eigenen Eltern verweigerten ihm die Unterstützung, die so eine Begabung braucht.«

»Haben Ihre Enkel Sie je um Hilfe gebeten?«

»Sie waren sehr loyal. Ich meine, die Kinder wurden angefeindet. Levi hat sich geprügelt. Er verteidigte seine Eltern und raufte mit Kindern, die behaupteten, dass sie einer Teufelssekte angehörten. Der Ärmste kam wohl regelmäßig mit einer blutigen Nase nach Hause. Das Ergebnis war, dass er kaum noch vor die Tür ging.«

»Und seine Schwester?«

»Sie hat versucht, der Umstellung auch Positives abzugewinnen. Immerhin erkannte sie, dass André und Marietta endlich Zeit für sie hatten.«

»Sie hatten also immer noch Kontakt zu den Kindern.«

»Es gab Telefonate und auch Besuche. Und wie gesagt, hin und wieder riefen mich auch Nachbarn an und hielten mich auf dem Laufenden.«

»Wie kam es dann zum Kontaktabbruch?«

»Bei meinem letzten Besuch konnte ich die Missstände nicht mehr ignorieren. Die Kinder waren nur noch zwei Schatten, die durchs Haus geisterten. Ständig wurde gebetet oder ein Ritual abgehalten, auch in den frühen Morgenstunden. Rica und Levi baten mich um Hilfe, ohne ein Wort zu sagen. Ehrlich gesagt, ich hielt die bedrückende Atmosphäre kaum aus und habe meinem Sohn erneut Vorwürfe gemacht. In meiner Verzweiflung habe ich ihm gedroht, das Jugendamt einzuschalten. Daraufhin hat mich Marietta des Hauses verwiesen, und André hat sie nicht davon abgehalten.« Donata Fischblut schluckte. »Klug war das nicht. Ich hätte den Kindern besser helfen können, wenn ich nicht so direkt vorgegangen wäre. Ich mache mir noch heute Vorwürfe deswegen.«

»Aber im Grunde war die Idee, die Behörden einzuschalten, doch richtig.«

»Absolut. Für mich lief das Fass über, als ich erfuhr, dass mein Sohn und Marietta auf einmal jegliche ärztliche Behandlung ablehnten.«

»Wieso das denn?«

»Sie haben die fixe Idee, dass Krankheiten Gegebenheiten sind, die man annehmen muss. Auf einmal hantierte Marietta mit Kräutern und irgendwelchen Wickeln.«

»Hatte Sie sich denn schon früher für Naturheilverfahren oder Ähnliches interessiert?«

»Nein. Frau Krispin hat sie unterwiesen, aber die hatte wenigstens eine medizinische Ausbildung. Marietta eiferte ihr nach, dokterte herum und behandelte Levis Neurodermitis. Sie hat ihm verboten, seine Medikamente zu benutzen, obwohl es ihm immer schlechter ging. Du lieber Himmel! Dampfbäder, das ist Mariettas Allheilmittel. Dampfbäder und Wadenwickel. Es tut mir leid, aber da hört bei mir der Spaß auf.«

»Sie wurden also des Hauses verwiesen. Haben Sie das Jugendamt eingeschaltet?«

»Nein. Ich wollte nicht, dass die Kinder in ein Heim müssen, so weit wollte ich dann doch nicht gehen. Denn ich konnte sie nicht aufnehmen, sehen Sie sich mal hier um. Da ist kaum Platz für mich allein, außerdem habe ich ein Nervenleiden. Jedes Mal bin ich schweren Herzens abgereist und habe heimlich mit meinen Enkeln Kontakt gehalten. Regelmäßig habe ich bei Levis damaligem Musiklehrer angerufen. Aber irgendwann wollte der Junge nicht mehr mit mir telefonieren, und Rica fing an, mich zu beleidigen. Sie hat mir Sachen an den Kopf geworfen, also, da machen Sie sich keine Vorstellung!«

»Sie wurde doch bestimmt angestiftet«, sagte Maline. »Ich glaube, dass es schwer ist, sich gegen die eigenen Eltern zu stellen. So etwas beobachte ich in meinem Beruf immer wieder.«

»Ich war trotzdem sehr enttäuscht, auch wenn mir klar ist, dass André und Marietta ihnen Anweisungen erteilt haben. Na ja, irgendwann wurde Schweigen oberstes Gebot, die gesamte Verwandtschaft wurde zu unerwünschten Personen gestempelt. Risse wuchsen zu Gräben. Und der Bruch mit der Familie erschien selbst meinen Enkeln offenbar als logische Konsequenz.«

»Und wie kam es zu dem Umzug?«

»Laut den Nachbarn war das eine Nacht-und-Nebel-Aktion. André und Marietta haben kurzerhand alles ins Auto gepackt und sind in Kölns Anonymität untergetaucht. Ich bin halb verrückt geworden vor Angst. Anfangs wusste ich ja gar nicht, wo sie waren.«

»Haben Sie versucht, Kontakt herzustellen?«

»Natürlich. Ich habe recherchiert und herausgefunden, welche Firma den Umzug durchgeführt hat, aber überall bin ich vor die Wand gelaufen. Es vergingen Wochen, bis mich ein Brief von Levi erreichte. Er teilte mir die Adresse mit und berichtete von der neuen Situation. So erfuhr ich, dass sich das Familienleben mit dem Umzug noch radikaler verändert hatte. Sie leben jetzt in einem baufälligen Fachwerkhaus ohne den geringsten Komfort. Wie Sie sich sicher vorstellen können, war ich schockiert, und gleichzeitig waren mir die Hände gebunden. Ich konnte nicht einfach hinfahren, um nach dem Rechten zu sehen. Damit hätte ich ja Levi verraten.«

»Überstürzt kommt mir der Umzug nicht vor.«

»Er war mit Sicherheit von langer Hand geplant.«

»Und wie ist Ihr Verhältnis heute? Sehen Sie Ihre Enkel manchmal?«

»Nein. Und ich will auch keinen Kontakt mehr. Das Ganze wühlt mich zu sehr auf. Mittlerweile leide ich unter Depressionen, nehme Tabletten, bin ein Nervenbündel und hatte zudem einen Schlaganfall. Ohne Rollstuhl traue ich mich nicht mehr vor die Tür, mittlerweile sind meine Beinmuskeln stark verkümmert.«

»Haben Sie denn jemals versucht, Levi und Rica mit Hilfe eines Anwalts aus der Situation herauszuholen?«

»Also hören Sie mal! Sehe ich etwa so aus, als ob ich mir einen Anwalt leisten könnte?« Donata Fischblut lachte schrill auf. »Außerdem haben mir meine Enkel immer wieder unmissverständlich zu verstehen gegeben, dass sie bei ihren Eltern bleiben wollen und ich mich unter keinen Umständen einmischen darf. Da sind mir als Großmutter doch die Hände mehr als gebunden.«

Königsforst

Levi fuhr direkt hinter seiner Schwester in den Königsforst. Die Lichter ihrer Räder fielen auf den schmalen Pfad, auf dem sie trotz der winterlichen Witterung mit hohem Tempo unterwegs waren. Dabei rumpelten ihre Fahrradanhänger über den Schnee.

Zu dieser Jahreszeit mussten die Geschwister alle paar Tage in den Forst. In der Nähe des Monte Troodelöh gab es eine Stelle, an der Mitarbeiter des Forstamtes Brennholz für Privatleute zersägten und zur Abholung stapelten. Einige Stämme waren in handliche Stücke zerlegt. Die bestellten Holzscheite wurden farblich markiert, auf manchen standen sogar die Namen der Abholer.

Levi und Rica besaßen keinen Holzsammelschein, sie vertraten die Überzeugung, dass alles, was sich im Wald befand, der Allgemeinheit gehörte. Bisher waren sie noch niemals erwischt worden. Im Winter leerte sich das Waldgebiet in der Regel mit Einbruch der Dunkelheit am späten Nachmittag.

Eine Rotte Wildschweine wechselte die Waldseite und rannte in einiger Entfernung über den Weg. Levi und Rica verließen den Pfad und bogen auf eine asphaltierte Straße ab, die den Königsforst teilte. Nach kurzer Fahrzeit erreichten sie ihr Ziel.

Levi wollte sich gleich an die Arbeit machen, aber Rica hielt ihn am Arm. »Warte mal, ich muss dir etwas sagen.«

Köln-Meschenich, Kölnberg

Sie lenkte den Rollstuhl ins Schlafzimmer und sah aus dem Fenster in die Tiefe. Die Kommissarin war längst in ihre Welt verschwunden. Auf den Straßen machte Donata Fischblut Scheinwerfer aus, die durch dichtes Schneetreiben schlichen. Die Blechlawine schob sich im Schritttempo Richtung Köln und auf der Gegenfahrbahn nach Brühl. Fabrikate konnte sie aus dieser Höhe nicht ausmachen. Donata Fischblut mochte es, wenn sich die Nacht über den Kölnberg legte und die Trostlosigkeit verschluckte, die dieser Adresse anhaftete.

Neun Betonklötze. Hineingepflanzt in eine historisch früh erwähnte, eher dörfliche Idylle vor den südlichen Stadttoren Kölns. Eine Gegend, eigentlich geprägt von riesigen Feldern, auf denen je nach Jahreszeit Spargel, Kürbis und Zucchini geerntet wurde. Da wirkten die Bausünden der sechziger Jahre wie Fremdkörper, daran änderte die Zeit nichts. Tausende Menschen aus über sechzig Nationen lebten hier mit traumhafter Aussicht, wenn sie weit genug oben wohnten und es schafften, das Umfeld auszublenden.

Donata Fischblut versuchte es jeden Tag. Die Frage, wie sie eigentlich hier gelandet war, stellte sich die Tochter eines Finanzbeamten nach Möglichkeit nicht mehr. Zwei verhängnisvolle Ehen mit Männern, die sie finanziell und psychisch ausgesaugt hatten. Pech. Blindheit. Falsche Entscheidungen. Im Nachhinein betrachtet, war die Straße nach Meschenich ziemlich gradlinig verlaufen. Donata Fischblut klammerte sich an den Trost, dass früher oder später jeder Mensch zahlen musste. Jeder, wenn auch in unterschiedlicher Währung.

Als alarmierend hatte sie die Störung durch die Kommissarin empfunden. Sehr aufgewühlt platzierte sie ihren Rollstuhl vor ihrem Schlafzimmerschrank, schob die rechte Tür zur Seite, lehnte sich weit vor und hob eine kleine Blechkiste hervor, die sie hinter einem Stapel ordentlich gefalteter Blusen verbarg. Früher hatte sie in der Vorweihnachtszeit selbst gemachte Printen darin verwahrt. Donata Fischblut hob den Deckel.

Vierundzwanzig Briefe. Allesamt an sie adressiert. Levis Handschrift. Kantig, klein, als würde er sich zurücknehmen. Donata Fischblut strich über die Umschläge, berührte jeden einzelnen. Zweiundzwanzig waren ungeöffnet. Die beiden ersten Briefe hatte Donata Fischblut damals gelesen. Aber die Vorwürfe, die er zu Papier gebracht hatte, konnte sie nicht ertragen. Nächtelang hatte sie wach gelegen. Damals nahm die Depression ihren Lauf, und irgendwann hatte sie sich geschworen, sich Levis Geschmiere nicht mehr anzutun.

Sein letzter Brief war vor zwei Tagen eingetroffen, und sie verspürte nicht die geringste Lust, ihn zu öffnen. Auch jetzt nicht, obwohl die Fragen der Polizistin schmerzhafte Erlebnisse hochgespült hatten.

Donata Fischblut schloss den Deckel, stellte die Dose zurück und löschte das Licht. Auf dem Lesesessel wartete ihre Lektüre. »Liebesnächte in der Taiga«. Konsaliks Werk schien ihr jetzt genau das Richtige. Packende Spionage, gepaart mit einer dramatischen Liebesgeschichte. In solche Szenarien flüchtete Donata Fischblut oft und gern. In dieser Welt herrschte noch Ordnung, oder sie wurde am Ende auf beruhigende Weise hergestellt. Und danach stand ihr jetzt der Sinn mehr als jemals zuvor.

Köln-Nippes, Gustav-Nachtigal-Straße

Maline parkte direkt vor Lous Reihenhaus und hörte Gelächter, noch bevor sie die Klingel gedrückt hatte. Lou öffnete im Bademantel, im Gesicht eine Quarkmaske, die Haare wurden von einem schmalen Frotteeband nach hinten gehalten. Sie fiel Maline um den Hals, als hätten sie sich Jahre nicht gesehen.

»Schön, dass du endlich da bist! Deine Gnocchi warten im Ofen.«

Wärme hüllte Maline ein, es duftete köstlich nach Knoblauch und Zwiebeln. Sie zog die Schuhe aus, hängte ihre Lederjacke an die Garderobe und begrüßte Helene. Lous Mutter war ebenfalls im Bademantel. Sie hatte das Fußteil des Sessels in die Waagerechte gefahren und es sich vor dem Kamin gemütlich gemacht, in dem ein Feuer knisterte. Ihre Augen verdeckten Gurkenscheiben. Auf dem Couchtisch vor ihr standen eine leere sowie eine halb volle Sektflasche und drei Gläser.

»Setz dich, meine Liebe«, sagte Helene, ohne sich zu bewegen. »Ich versuche gerade, Lou zu überreden, eine Anzeige zu schalten, damit sie vielleicht doch noch Mister Right findet. Ich habe die Hoffnung für meine Tochter jedenfalls noch nicht aufgegeben. Eine Frau um die fünfzig kann doch noch einmal durchstarten, oder?«

»Unbedingt.« Maline grinste breit, setzte sich aufs Sofa und sah sich zu Lou um, die gerade eine feuerfeste Form aus dem Ofen holte.

»Gieß dir Sekt ein«, sagte Helene. »Und wenn du schon mal dabei bist, kannst du mir direkt auch noch einmal nachschenken.«

»Wie war es bei Frau Fischblut?«, fragte Lou und stellte einen Teller Gnocchi alla panna sowie eine Parmesanreibe vor Maline ab.

»Nicht doch«, stöhnte Helene. »Könnt ihr die Arbeit nicht mal einen Augenblick vergessen? Louisa, du hast Urlaub!«

Als Maline dann begann, ihre Eindrücke zu schildern, hörte Helene aber doch ganz aufmerksam zu.

»Was für eine egoistische Person«, empörte sie sich schließlich, nahm die Gurken von den Augen und setzte sich aufrecht. »Wie kann man seine eigenen Enkel dermaßen im Stich lassen? Solchen Leuten wünsche ich die Pest an den Hals!«

Lou seufzte. »Danke, dass du hingefahren bist.«

»Das Ergebnis ist, dass ich nun ebenfalls beunruhigt bin«, sagte Maline. »Eigentlich ist die Familie ein Fall für das Jugendamt. Ich weiß auch nicht, ich habe jedenfalls jetzt ein komisches Gefühl. Denn wenn ich es richtig verstanden habe, gibt es so gut wie keine Außenkontakte. Dazu einen Vater, der zu Depressionen neigt, und eine Mutter, die sich fanatisch verhält. Ehrlich gesagt will ich zu gern wissen, was hinter dem Zaun tatsächlich vorgeht.«

»Dann fahrt doch hin und stattet der Familie einen Besuch ab«, schlug Helene vor.

»So einfach ist das nicht, Mutter. Der Fall ist abgeschlossen, es gibt keinen Grund, bei den Fischbluts vorzusprechen.«

»Du meine Güte, dann beschaffst du dir eben einen Anlass«, ereiferte sich Helene. »Das kann doch nicht so schwer sein! Da sind vielleicht Kinder in Gefahr. Bist du nicht auch deshalb Polizistin geworden, um für die Schwächsten einzutreten?«

»Sei doch bitte nicht so pathetisch, Mutter. Ich gehe mir die Quarkmaske abwaschen, das Zeug beginnt zu jucken.« Lou verschwand aus dem Zimmer.

Maline wusste, dass Lou spätestens, seit sie mit Levi telefoniert hatte, nach einer Möglichkeit oder einem Anlass suchte, bei der Familie vorzusprechen. Nie und nimmer würde Lou die Fischblut-Kinder ihrem Schicksal überlassen. Die Frage war nur, welchen Vorwand sie fand, um unverfänglich Kontakt aufzunehmen. Dabei spielte es keine Rolle, dass sie gerade ein paar dienstfreie Tage hatte.

»Was macht denn die Wohnungssuche?«, fragte Helene und riss Maline damit aus ihren Überlegungen.

»Es ist schwierig, dabei sind meine Wünsche eher bescheiden. Ich bin doch schon mit einer Zweizimmerwohnung mit Garten zufrieden, die es mir finanziell ermöglicht, jeden Monat noch ein paar Grundnahrungsmittel einzukaufen. Aber anscheinend ist das schon zu viel verlangt.«

»Jetzt lass den Kopf nicht hängen. Du suchst doch noch gar nicht so lange.«

»Das stimmt, aber ich will jetzt endlich mal zur Ruhe kommen. Weißt du, irgendwie habe ich das Gefühl, dass ich seit Jahren herumziehe. Seit der Trennung von Yadet bin ich nirgendwo mehr so richtig sesshaft geworden.«

»Zieh doch zu mir«, sagte Helene.

»Bitte?«

»Es ist mein Ernst. Wie du weißt, ist mein Haus groß genug, es gibt eine Einliegerwohnung im oberen Stock, nichts Tolles, du müsstest sie dir ein bisschen herrichten, aber ich habe einen wunderbaren Garten. Marialinden ist zwar nicht Köln, aber dort gibt es ebenfalls eine Kirche mit zwei Türmen.«

»Wie groß ist denn die Wohnung?«

»Knapp fünfzig Quadratmeter plus Dachterrasse.«

»Und was willst du dafür haben?«

»Ach, da werden wir uns schon einig, es geht mir ja nicht ums Geld. Vielleicht dreihundert Euro, mehr nehme ich von dir auf keinen Fall.«

Maline schluckte, legte die Gabel zur Seite und holte tief Luft. »Das ist ein tolles Angebot, wirklich. Nur, kannst du das so spontan …«

»Ich habe schon neulich darüber nachgedacht, als Lou mir von deiner Wohnungssucherei erzählt hat. Und keine Angst, ich kann sehr wohl die Privatsphäre anderer Menschen respektieren, auch wenn meine Tochter mit Sicherheit eine andere Meinung vertritt. Es wäre ein gutes Gefühl, eine weitere Person im Haus zu wissen.«

Tausend Gedanken schossen Maline durch den Kopf. Marialinden lag keine dreißig Autominuten von Köln entfernt, oben auf einem Berg, von dem man an klaren Tagen angeblich bis Köln gucken konnte. Und Helenes Garten war wirklich ein Traum. Nur, war es wirklich gut, Lous Mutter so nah auf der

Pelle zu sitzen und noch mehr von Lous Privatleben mitgeteilt zu bekommen?

»Denk ganz in Ruhe über mein Angebot nach.« Helene schenkte Sekt ein, hob ihr Glas und zwinkerte ihr zu. »Und die Feiertage verbringst du gemeinsam mit uns, an diesem Punkt dulde ich keine Widerrede!«

Köln-Rath, Donarstraße

Noch nie habe ich meinen Bruder so wütend gesehen. Er tritt gegen Bäume, schreit seine Wut in den Forst, schwingt sich auf sein Rad und fährt los, ohne auf mich zu achten. Ich folge ihm und muss gehörig treten, um mitzuhalten. Nach kurzer Fahrt kommen die Pferdekoppel und der Zaun in Sicht, der unser Grundstück umschließt. Levi lässt sein Rad an den Hügelgräbern fallen, überwindet die hüfthohe Mauer und stürmt ins Haus. Atemlos bin ich ihm auf den Fersen.

Mutter liegt im Bett und hält unseren Bruder in ihren Armen. Levi stürzt sich auf sie, schiebt Jonah zur Seite und reißt sie an den Schultern hoch. »Du gehst heimlich zu einem Allgemeinmediziner?«

Die Frage ist hinausposaunt, unwiederbringlich hallt sie gegen die Wände. Mutter scheint völlig konsterniert, und Jonah beginnt zu weinen. Levi drückt sie gegen die Rückwand ihres Bettes und speit ihr seinen Zorn entgegen. »Wie kannst du so scheinheilig sein? Wie kannst du uns so dermaßen täuschen, dich aufspielen, Tag für Tag, als Heilige und Unfehlbare? Wie kannst du für *dich* sorgen und deine Kinder ihrem Schicksal überlassen?«

Ich springe vor, ziehe Levi am Arm, flehe ihn an, Mutter loszulassen. Auf einmal mache ich mir Sorgen und bekomme es mit der Angst zu tun.

»Ich kann es euch erklären.« Mutter presst die Wort einzeln und unter größter Anstrengung hervor. »Bitte, Junge, ich habe es doch nur gut gemeint.«

Levi lässt sie los, fährt herum und wischt unsere gerahmten

Fotos von der Kommode. Glas zerspringt. Ich konzentriere mich auf Jonah, nehme ihn in den Arm, wiege ihn, drücke sein Gesicht in meinen Schoß und streichle ihm über den Kopf.

Levi dreht sich zu Mutter um. »Du hast unsere volle Aufmerksamkeit.«

»Ich habe Bauchspeicheldrüsenkrebs«, sagt sie schwach. »Der Tumor hat bereits gestreut, eine Operation kommt nicht mehr in Frage.«

Levis Blick fliegt zu mir.

»Ich habe mich schweren Herzens entschieden, zum Arzt zu gehen, weil ich euch nicht so früh allein mit der Verantwortung für Jonah zurücklassen wollte. Aber ich habe zu lange gezögert, eine Heilung ist in dem fortgeschrittenen Stadium nicht möglich.«

Ich habe das Gefühl, brechen zu müssen, und stoße sauer auf. Bauchspeicheldrüsenkrebs. Ausgerechnet. Opa ist daran verstorben. Zwischen Diagnose und Tod lagen wenige Monate. Levi streckt seine Hände zur Zimmerdecke. Sein Blick verrät Panik, Wut, Verzweiflung und Mitleid. »Nein!«, schreit er und fällt Mutter um den Hals. »Du darfst nicht sterben. Bitte, verzeih mir. Ich wollte dich nicht anschreien, wollte dir niemals wehtun! Ich war nur so … wütend, aber ich hatte ja keine Ahnung!«

Jonah krabbelt in Mutters Schoß, schmiegt sich an sie, und ich kann meine Tränen nicht zurückhalten. Augenblicklich füllt sich das Zimmer mit grenzenloser Traurigkeit.

Levi bedeckt ihr Gesicht mit Küssen. »Du musst zu einem anderen Arzt, zu einem Spezialisten. Wir haben doch Geld, oben im Koffer auf dem Dachboden. Warum soll es dort verrotten? Mutter, bitte! Stirb nicht!«

»Ich habe schon einen Teil des Programms durchlaufen«, flüstert Mutter. »Blutuntersuchungen, Ultraschall und Computertomografie. Allein für diese diagnostischen Untersuchungen ist eine Menge Geld draufgegangen und …«

»Das spielt doch keine Rolle!«, schreit Levi mit hochrotem Kopf. Rotz läuft aus seiner Nase. »Wir brauchen dich! Jonah braucht dich! Was sollen wir denn ohne dich machen?«

Kraftlos umfasst Mutter Levis Handgelenke. »Es gibt keine

Heilungschance. Bestenfalls verlängert eine Kombination aus Strahlen- und Chemotherapie mein Leben um ein paar Monate, vielleicht sogar nur um einige Wochen.«

»Dann musst du das probieren.« Levi reißt sich los. »Du darfst jetzt nicht aufgeben!«

»Ich werde meinem Körper diese Prozedur ersparen, mein Sohn.« Mutter lässt den Kopf hängen. »Ich hätte gekämpft, wenn die Heilungschance größer wäre, und das auch nur, weil ich euch im Blick habe. Ich wollte Gewissheit, aber mit dieser vernichtenden Diagnose sehe ich keinen Grund, mich in das System zu begeben.«

»Keinen Grund?«, schreit Levi, schweißnass und rot vor Zorn. »Sind deine drei Kinder nicht Gründe genug? Wir mussten schon mitansehen, dass Vater uns einfach im Stich lässt und –«

»Euer Vater hat euch nicht einfach im Stich gelassen«, fällt Mutter Levi ins Wort, wird von einem Hustenanfall geschüttelt und spricht trotzdem weiter. »Er hat gegen seine Dämonen gekämpft und verloren.«

Mein Bruder will etwas sagen, aber Mutter hebt die Hand und schüttelt den Kopf. »Nein! Ich habe versucht, mich gegen das Schicksal zu stemmen, obwohl es nicht meiner Überzeugung entspricht. Nun muss ich mich in Demut dem stellen, was für mich vorgesehen ist. Ich akzeptiere die Vorsehung und erwarte von euch das Gleiche. Lasst uns auf die Knie fallen und beten.«

»Das kann ich nicht!« Levi springt auf, ist mit drei Schritten an der Tür und dreht sich zu uns um. »Ich kann nicht zusehen, wie du Höllenqualen leidest, bevor du von uns gehst. Mutter, du solltest dich besinnen und auch Jonah medizinisch versorgen lassen. Noch ist es nicht zu spät.«

»Da irrst du dich gewaltig«, sagt Mutter. »Glaubst du, die Menschen draußen hinter dem Zaun haben Verständnis für uns? Wie die Geier werden sie sich auf uns stürzen, mich an den Pranger stellen und uns als Familie auseinanderreißen. Willst du das? Ist es wirklich das, was du möchtest?«

Levi presst seine Lippen aufeinander.

»Du beugst dich gefälligst meinen Wünschen und unseren Regeln. Wir besinnen uns auf unsere Werte und erneuern das

Versprechen, das wir Vater gegeben haben.« Mutter lässt sich in die Kissen zurücksinken. Es scheint, als habe sie alle Kraft verloren. Wie in Zeitlupe nimmt sie Jonah an die eine Hand und mich an die andere. Levi kämpft, das kann ich sehen. Sein Gesichtsausdruck ist voller Abneigung und Hilflosigkeit. Hin- und hergerissen zwischen Davonlaufen und Bleiben, schwankt er von einem Bein auf das andere. Es dauert, bis er sich entschieden hat, sich nähert, meine und Jonahs Hand ergreift und wir auf Mutters Bett in einem Kreis sitzen.

»Wir erneuern feierlich unser Versprechen, dass wir niemals, zu keinem Menschen außerhalb der Familie, ein Wort über Jonah verlieren«, sagt Mutter, so schwach, dass ich mich anstrengen muss, um sie zu verstehen. »Das Geheimnis seiner Existenz hüten wir bis in den Tod.«

Köln-Meschenich, Kölnberg

Donata Fischblut fror in ihrem Frotteehausanzug. An den Füßen trug sie lediglich dünne Socken. Sie ignorierte sogar ihre Katzen, die herzzerreißend miauten und um den Rollstuhl strichen. Wie gebannt starrte sie auf das Kuvert, das vor ihr auf dem Küchentisch lag. Regen perlte an der Fensterscheibe ab. Über Nacht war das Thermometer gestiegen, laut Wettervorhersage setzte angeblich dauerhaftes Tauwetter ein.

Vor einer Stunde hatte die junge Türkin von gegenüber geklingelt und ihr die Post ausgehändigt, die sie aus dem Briefkasten geholt hatte. Das Schreiben von der Krankenkasse hatte Donata Fischblut genauso wie die Werbung eines Autohauses geöffnet und in den Papiermüll befördert. Der Umschlag, von dem sie ihren Blick nicht abwenden konnte, trug eindeutig Levis Handschrift. Das war der zweite Brief innerhalb weniger Tage. Die Abstände wurden kürzer.

Donata Fischblut suchte nach einem Wort, das ihre Verfassung am ehesten beschrieb. Unschlüssig, ja genau, das passte. Sollte sie den Brief öffnen oder ihn zu den anderen in die Dose legen? Die Fragen und das Gerede der Polizistin hatten sie mehr aufgewühlt, als sie gedacht hatte. Vorbei war es mit der Ruhe. Donata Fischblut stöhnte. Sie spürte, dass Verdrängung nicht mehr so einwandfrei funktionierte. Was mochte ihren Enkel veranlassen, sie erneut zu kontaktieren?

Sie strich über den cremefarbenen Umschlag. Wenn sie darüber nachdachte, gab es ein weiteres Wort, das ihren Gefühlszustand ziemlich genau traf. Angst. *Die Geister, die ich rief.* Einmal geöffnet, ließen sie sich vielleicht nicht wieder in die Flasche zurückdrücken. Dann musste sie unter Umständen tätig werden. Helfen. Trösten. Maßnahmen ergreifen, die den Rhythmus ihres eigenen Lebens nachhaltig stören würden.

Donata Fischblut schämte sich für ihre Gedanken. Immerhin ging es um die Familie. Ihr Fleisch, ihr Blut. Mit sich ringend saß sie eine weitere Ewigkeit am Küchentisch.

Nein. Sie ertrug Belastungen nun mal nicht. Alles schlug ihr sofort auf den Magen, da war sie schon als Kind empfindlich gewesen. Nach langem Ringen entschied sich Donata Fischblut, auch diesen Brief in die Dose zu sperren, und rollte ins Schlafzimmer.

Als sie in die Küche zurückkam, fütterte sie endlich ihre Katzen und aß selbst eine Kleinigkeit. Für einen kurzen Moment fühlte sie sich befreit, atmete auf, summte sogar und herzte ihre Tiere.

Aber die scheinbare Leichtigkeit verflog schnell. Ständig drängte Levi in ihr Bewusstsein. Deshalb stellte Donata Fischblut entgegen ihrer Gewohnheit den Fernseher schon am Mittag an und machte den Ton besonders laut. Die mahnende Stimme in ihr ließ sich damit allerdings nicht übertönen. Schließlich glaubte sie sogar, in den Augen ihrer Katzen einen deutlichen Vorwurf wahrzunehmen, scheuchte sie deshalb ins Badezimmer und sperrte sie dort für eine Weile ein.

Köln-Rath, Am Gieselbach

Regen hatte große Teile des Rasens freigelegt und den Schnee weggespült. Matschiges Grün stach zwischen den verbliebenen

Schneeflecken hervor. Levis Stoffturnschuhe waren durchgeweicht, der Pullover schwer von Nässe. Seine Hände schmerzten vor Kälte. Regentropfen perlten ihm von der Nase, während ihn Chopins »Tristesse« begleitete. Wind ließ seine dünne Hose flattern.

Levi steckte einen Finger durch den Maschendrahtzaun, der das Holzgerüst des Stalls gänzlich umgab, und schaffte es, eins der Chinchillakaninchen zu berühren. Sein aschgraues Fell fühlte sich flauschig an, der Geruch von Stroh und Trockenfutter stieg Levi in die Nase. Reste des Fressens vom Vortag lagen in der gesamten Einzäunung verstreut. Beide Tiere mümmelten und knusperten leise mit den Zähnen, ein Zeichen von Wohlbefinden. Oma Donata hatte ihm früher alles über Kaninchen beigebracht. Am liebsten hätte Levi die beiden aus dem Käfig geholt, aber die Angst, dass ihm eins dieser putzigen Tiere entwischen könnte, hielt ihn davon ab. Trotzdem beruhigte ihn die Nähe. Ruhe und einen klaren Kopf konnte er gebrauchen, denn seine Gedanken machten ihn halb wahnsinnig. Das Telefonat mit der Kommissarin hatte ihm einen Weg aufgezeigt, und nun war es an der Zeit, ihn zu beschreiten.

Einige Jahre. Länger musste Mika nicht absitzen, obwohl er einen Menschen getötet hatte. Einige Jahre glaubte Levi Fischblut entbehren zu können, Hauptsache, seine Tat setzte die gewünschte Kettenreaktion in Gang. Keine Strafe erschien ihm zu hoch, wenn Jonah nur endlich ärztliche Hilfe erhielt. *Keine Angst, Mutter, ich werde mit niemandem reden.*

Als er sah, dass das Licht in der Küche der Villa anging, verbarg er sich mit der Musik, die in seinem Kopf unablässig spielte, hinter Rendel Sukowas Komposthaufen in der Nähe der Kaninchenställe. Constantin Sukowas Freundin blieb meistens im Haus, sah nach dem Rechten, lüftete oder vermaß die Zimmer mit einem Zollstock, wie Levi beobachtet hatte. Manchmal waren noch andere Kinder dabei, aber in der Regel kamen sie und Alea am späten Nachmittag allein, blieben eine halbe Stunde und rauschten wieder ab. Aus seinen Beobachtungen wusste er, dass es nicht lange dauern würde, bis das Mädchen in den Garten gelaufen kam. Levi dämpfte Frédéric Chopins »Tristesse«.

Rendel Sukowas Enkelin liebte die süßen Hoppler und konnte sich stundenlang mit ihnen beschäftigen. Wie oft hatte er sie an den Ställen spielen sehen. Im Grunde musste er sie weglocken oder, wenn sie darauf nicht einging, sich die Kleine einfach nur schnappen. Messer oder anderes Werkzeug brauchte er nicht. Unnötige Angst wollte er dem Kind nicht machen, und ein Blutbad wollte Levi unter keinen Umständen anrichten. Es ging darum, Fakten zu schaffen, schnell und effizient, um sich dann der Polizei zu stellen. *Es gilt, eine Hausdurchsuchung herbeizuführen.*

Insgesamt rechnete Levi nicht mit Problemen, was die Durchführung seines Plans anging. Nüchtern betrachtet, war die Aktion ein Kinderspiel. Aufkommende Zweifel bügelte er ab. Seit dem Morgen war er nicht mehr er selbst. Tristesse hatte sich über sein Herz gelegt.

Köln-Meschenich, Kölnberg

Donata Fischblut öffnete das Kuvert, indem sie es mit Hilfe ihres Schälmessers an der Oberseite einritzte. Sie hatte sich entschieden, den Tatsachen ins Auge zu schauen. Der Kater drückte sich gegen ihre Beine, maunzte eindringlich, als wolle er ihr raten, nun keinen Rückzieher zu machen. Noch einmal zögerte Donata Fischblut, bevor sie den Zettel auseinanderfaltete und auf dem Küchentisch ablegte. Sie konnte ihn nicht halten, weil ihre Hände einfach zu stark zitterten.

Obwohl das Papier keine Linien hatte, hatte Levi die Reihen völlig gerade geschrieben, die Schrift verlief gleichmäßig und sauber. Mit klopfendem Herzen las Donata Fischblut die erste Zeile.

Liebe Omi.

Sofort lief die erste Träne. Die vertraute Anrede löste tiefe Traurigkeit aus. Donata Fischblut zog ein Papiertaschentuch aus der Verpackung, die neben dem Adventskranz lag.

Liebe Omi, du hältst den letzten Brief in deinen Händen, den ich dir schreiben kann. Jedenfalls gehe ich davon aus, denn mir

ist nicht klar, welche Rechte ich habe, wenn ich erst im Gefängnis untergebracht bin. In meinem letzten Schreiben an dich war ich noch optimistischer, aber leider haben sich die Dinge anders entwickelt als erhofft.
Hilfe erwarte ich von keiner Seite mehr, im Grunde hat mich jeder im Stich gelassen.
Rendel Sukowa wurde ermordet. Vater hat sich am Dachbalken aufgehängt …

Donata Fischblut las den Satz wieder und wieder, konnte den Blick nicht davon lösen, versuchte zu begreifen. Allmählich erreichte die Tragweite dieser Worte ihr Bewusstsein. *Vater hat sich aufgehängt.*

Die Katzen streiften um die Gummiräder des Rollstuhls. Donata Fischblut beachtete sie nicht weiter. Sintflutartig stürzten Tränen wie Bäche hervor, tropften auf den Brief ihres Enkels, verwässerten die Zeilen. Sie ließ es geschehen und starrte auf den Wasserhahn, der gleichmäßig tropfte.

André hat sich selbst getötet, mein Sohn hat seinem Leben ein Ende gesetzt.

Köln-Rath, Donarstraße

Es ist mir schleierhaft, wie ich einschlafen konnte. Draußen ist es diesig. Graue Eintönigkeit macht es mir schwer, Tage zu unterscheiden. Der Winter drückt sich durch die Ritzen ins Haus, macht meine Glieder steif, die Wäsche klamm und lässt uns frieren.

Jonah schreit im Schlaf. Deshalb bin ich überhaupt wach geworden. Schlaftrunken wanke ich ins untere Stockwerk, aber es ist still im Haus. Absolut ruhig. Vater hat sich ebenfalls hingelegt. Mutter besucht die Krispins, und Levi streunt durch den Königsforst.

Ich öffne Jonahs Zimmertür und trete an sein Bett. Er röchelt im Schlaf. Seine Atemwege sind wieder geschwollen, er bekommt schlecht Luft. Beunruhigt sinke ich auf ein dickes

Bodenkissen und betrachte sein Gesicht. Die verunstaltete Seite wird von seinem Laken verdeckt, so sehe ich nur die rechte Seite, die völlig ohne Geschwüre ist. Wie zart und verletzlich Jonahs Züge sind. Über seinem Bett hängt ein Mobile. Planeten umkreisen ein Raumschiff. Eigentlich ist Jonah zu alt für so etwas, aber er will nicht, dass wir es abhängen. Ich bleibe an seinem Bett, bis er ruhig und gleichmäßig atmet. Anschließend setze ich Wasser auf. Vater weiß einen Tee bestimmt zu schätzen. Dabei fällt mein Blick auf die Dachbodentreppe. Sie ist heruntergeklappt. Merkwürdig. Vater muss auf den Speicher gestiegen sein, als ich nach Jonah gesehen habe. Argwohn begleitet mich die Stufen hinauf.

»Vater? Hallo?«

Totenstille. Mit einem Mal bin ich merkwürdig angespannt, zittere unkontrolliert, bekomme schlecht Luft. Widerwillig bewege ich mich die Stufen herauf, bis ich einen kleinen Bereich des Dachbodens überblicken kann. »Vater?«

Keine Antwort.

Stockend setze ich Schritt für Schritt auf staubige Dielenbretter, gehe, als würde ich mich durch Schlamm oder zähen Morast quälen. Ein Gefühl nimmt von mir Besitz, das ich nicht beschreiben kann. Es ist eine Mischung aus Angst und Vorahnung.

Wäsche. Große Laken. Gemeinsam haben Mutter und ich sie am Morgen zum Trocknen aufgehängt. Die feuchten Bettlaken schwingen sachte, obwohl kein Lüftchen weht. Jetzt bemerke ich die Hitze. Hier oben müsste es eiskalt sein, noch kälter als im Rest des Hauses. Aber mir läuft Schweiß den Rücken hinab. Kalter Schweiß. Trotzdem taste ich mich vorwärts, aus irgendeinem Grund gehe ich weiter, obwohl jede Pore meines Körpers umdrehen möchte.

Den umgekippten leeren Eimer sehe ich zuerst, er rollt mir wenige Zentimeter über den Boden entgegen, so als hätte ihm jemand einen Schubs gegeben, und dabei ist er lauter als ein Düsenjet. Hier stimmt etwas nicht. Panikartig stürze ich vorwärts, schnelle um den hohen gemauerten Kamin. Das Seil sehe ich zuerst, es hängt von der Mitte des Dachbalkens. Daran baumelt ein Körper. »VATER!« Ich schreie. Schreie und schreie eine halbe Ewigkeit. »Oh mein Gott! Vater!«

Ich lasse wichtige Zeit verstreichen, weil ich nicht weiß, was ich tun soll. Dann werfe ich mich gegen Vaters Beine, umschlinge seine Knie und kann nicht aufhören zu brüllen. Zu spät kommt mir der Gedanke, dass ich ihn anheben muss. Panisch versuche ich, ihn zu stützen, aber ich kann seinen schweren Leib nicht bewegen. Nicht ein bisschen. Vater hängt am Seil, schwingt jetzt wie der Klöppel einer Glocke. Ich kann nicht richtig denken, stehe da, brülle wie am Spieß, mir ist die ganze Situation unerklärlich, ich hyperventiliere fast.

Wie von Sinnen stürze ich polternd die Treppe hinab, laufe in die Küche, greife das erstbeste Messer und haste zurück. Geistesgegenwärtig springe ich jetzt auf zwei gepackte Bücherkisten und versuche, Vater loszuschneiden. Dabei schreie ich hysterisch, rufe ihn beim Namen. Aber ich kann ihn nicht befreien, schaffe es einfach nicht, Spannung vom Seil zu nehmen. Trotzdem schneide, säge, hacke ich wie eine Wahnsinnige. Erkenne, dass mein Unterfangen sinnlos ist, und lass es trotzdem nicht sein. Verbissen arbeite ich weiter und weiter und weiter, bis Mutter mir das Messer aus der Hand nimmt. Sie taucht aus dem Nichts auf, steht neben mir auf den Kisten, spricht zu mir, ist ganz ruhig und drückt meinen Kopf an ihren Hals. Sie duftet nach Erde und einem Hauch Lavendel. Es ist dieser besondere Geruch, der mich allmählich ruhiger werden lässt.

Levi ist auch da. Er löst mich behutsam aus ihren Armen und hält mich fest, als ich von den Kisten steige. Gemeinsam gelingt es ihnen, Vater loszuschneiden und die Treppe hinunterzutragen.

Sie betten ihn auf ein weißes Leinenlaken, das Levi auf dem Küchenboden ausgebreitet hat. Niemand spricht ein Wort, während sie ihn waschen. Stumm, nur mit Gesten, fordert Mutter mich auf, ihnen zu helfen. Aber ich kann mich nicht rühren, ich bin wie gelähmt, und es ist, als sähe ich ihnen durch eine riesige Glasscheibe zu.

Beim Hindurchsehen verschwinden die Farben um mich herum. Alles wird beinahe vollständig von einem fahlen Licht geschluckt. Nach und nach legt sich ein dunkler Schleier über die Szenerie und das ganze Haus. Meine Umgebung wird dunkel. Stockdunkel. Ich kann nicht sagen, wie lange diese Schwärze anhielt. Stunden? Tage? Wochen?

Als sie verschwindet und ich wieder zu mir komme, sind die Kraniche längst aufgebrochen. Levi trägt Jonah auf seinen Schultern durchs Haus. Der Kleine jauchzt vor Vergnügen.

Mutter bittet mich, den Tisch fürs Abendbrot zu decken. Gehorsam nehme ich fünf Teller, fünf Gläser, fünf Gabeln und fünf Messer. Als ich fertig bin, rufe ich meine Familie zu Tisch. Mutter! Levi! Jonah! Vater! Sie kommen. Alle außer Vater. Ich rufe ihn, immer noch. Jeden Tag.

Mein Körper zuckt. Schweißgebadet schrecke ich auf. Wieder dieser schlimme Traum, wieder diese Angst. Es ist mir ein Rätsel, wie ich einschlafen konnte.

Ich blicke hinaus. Grauer Dunst hält sich beharrlich über dem Garten. Nebel hat den Zaun verschluckt. Jonah schreit in seinem Mittagsschlaf, dadurch bin ich also wach geworden.

Unverzüglich haste ich ins Erdgeschoss. Mutter hütet das Bett. Seit dem Morgen klagt sie über schreckliche Bauchschmerzen, und sie hat hohes Fieber. Wadenwickel haben keine Linderung gebracht. Alles muss ich wieder allein machen, Levi hat sich verdrückt. Als ich Jonahs Zimmer betrete, schläft er friedlich. Ich gehe in die Küche, um Wasser aufzusetzen. Als ich die Tasse Salbeitee in Mutters Schlafzimmer tragen will, fällt mir die Dachbodentreppe auf. Sie ist heruntergeklappt. Die Tasse fällt mir aus der Hand. Eine Teepfütze dampft auf den Dielen.

Déjà-vu.

»MUTTER!« Ich rase die Stufen hinauf, stürme um den Kamin. »MUTTER!«

Kein Körper baumelt am First. Tonnenschwere Last wälzt sich von meinem Herz. Eine Wanne mit Wäsche steht auf dem Holzboden. Es fällt mir ein, dass ich sie vor Stunden dort abgestellt habe. Folglich habe ich die Dachbodentreppe heruntergeklappt. Ich war es. Ich.

Mit Herzrasen stolpere ich die Stufen hinab. Ruckartig stoße ich die Schlafzimmertür auf und falle vor Mutters Bett auf die Knie. Sie röchelt nicht mehr. Blass ist sie. Blass und eiskalt. Ich

springe auf, setze erneut Wasser auf, diesmal für eine Wärm-
flasche. Währenddessen lüfte ich ihre Bettdecke an den Füßen
und mache ihr immer neue Wadenwickel. Wadenwickel sind
Mutters Allheilmittel. Wadenwickel können Tote zum Leben
erwecken.

Königsforst

Aleas Finger lagen weich und warm in seinen wunden Händen,
die Levi wie Pranken erschienen. Plappernd hüpfte sie neben
ihm, quasselte im Gegenwind über den Nikolaus, der ihr dieses
Jahr komisch vorgekommen war. »Papa hat auch solche Schuhe,
hörst du?«

Dunkelheit fiel schneller über den Tag, als er gedacht hatte.
Längst verschwammen die Konturen der Tannen mit dem
Abend, der Forst gehörte den Tieren und der Stille. Es regnete
kontinuierlich. Ausladende Äste überrankten weite Teile des
Weges, aber vor dem Niederschlag schützten sie kaum. Dicke
Tropfen platschten von den blätterlosen Zweigen, direkt auf
ihre Köpfe. Auf dem Waldweg tauten Schneereste, stellenweise
mussten Alea und Levi durch morastähnliche Abschnitte waten.

Levi führte das Mädchen tiefer und tiefer in den Wald,
während sie mit piepsiger Stimme von Proben zu irgendeiner
Weihnachtsfeier erzählte, die offenbar unmittelbar bevorstand.
Längst hatten sie die Wassertretstelle des Giesbachs hinter sich
gelassen, als sie mit glockenklarer Stimme zu singen begann. »…
auf die Erde wieder, wo wir Menschen sind. Kehrt mit seinem
Besen ein in jedes Haus …«

»Es heißt Segen, nicht Besen«, unterbrach Levi.

Alea legte den Kopf schräg. »Wo sind denn nun die Zwerg-
kaninchen?«

»Es ist nicht mehr weit.«

Erstaunlich still trottete sie jetzt weiter. »Mir ist kalt«, quengelte sie los.

Er konnte sie mundtot machen. Hier und jetzt. *Okay, worauf
wartest du noch? Warum zögerst du? Große Klappe, nichts dahinter.*

Abrupt blieb er stehen. Sie stoppte ebenfalls, warf den Kopf in den Nacken und sah zu ihm auf. Augen wie Jonah. Pechschwarzes Haar, das ihr weich auf die Schultern fiel. Auf dem rosa Anorak tanzten Feen mit Einhörnern.

»Aua! Du quetschst meine Hand!« Alea klang empört.

Er riss sie hoch. *Wie leicht sie ist. Federleicht.* Dagegen war Jonah ein Brocken. Als sie schrie, packte er sie am Genick und drückte ihr Gesicht in Brusthöhe gegen seinen Pullover. Fest. Ganz fest. Levi stellte sich vor, dass ihn jemand so halten würde. Fest. Ganz fest.

Köln-Rath, Forsbacher Straße

Lou ließ den Motor laufen, steckte ihr Smartphone ein, während sie im Handschuhfach nach einen Pfefferminzbonbon suchte. Dabei lauschte sie dem Wetterbericht, nebenbei brummten die Scheibenwischer gleichmäßig. Unter dem linken Schwinger klemmte ein welkes Blatt und wedelte über die Windschutzscheibe. Die Vorhersage prophezeite ein weiteres Regenband, das in der Nacht über Nordrhein-Westfalen hereinbräche. Tauwetter und Niederschlag, im Gegensatz zu heute war mit Wind kaum zu rechnen. Gute Bedingungen für Friedas Abflug. Zwei Stunden blieben Lou bis zum gemeinsamen Essen in der Pizzeria, dem letzten mit ihrer Tochter, bevor sie am Morgen endgültig abhob. Das schaffte sie locker. Lou drehte den Zündschlüssel, als Bruno Mars zu singen begann. Nach »I'd catch a grenade for ya« stand ihr der Sinn jetzt überhaupt nicht.

Im gegenüberliegenden Forstbetrieb brannte Licht in allen Fenstern. Vor dem Gebäude parkten ein Traktor sowie zwei Jeeps. Menschen sah Lou nicht. Sie spähte aus dem Beifahrerfenster. Rechts, nur wenige Schritte vom Parkplatz entfernt, lag der Zugang zum Hügelgräberfeld, und dahinter begann das Grundstück der Fischbluts.

Es kostete sie ein wenig Überwindung, den Wagen zu verlassen. Draußen war es einfach zu ungemütlich. Starker Wind peitschte Regen gegen die Scheiben. Sie instruierte sich positiv, gab sich einen Ruck, verließ das Fahrzeug, setzte die Kapuze ihrer wasserabweisenden Jacke auf und befestigte die Stirnlampe routiniert am Kopf.

Sie wollte an die Rückseite des Grundstücks heranlaufen und dann ihren Eingebungen folgen. Zugegeben, kein besonders durchdachter Plan, aber in erster Linie ging es ihr darum, sich einen Eindruck zu verschaffen und sich inspirieren zu lassen. Lou wollte in Bezug auf die Fischbluts endlich aktiv werden.

Sie streifte Thermohandschuhe über und joggte los. Reichlich durchnässt erreichte sie nach wenigen Metern den Aufgang zum Gräberfeld.

Polizeipräsidium Köln, Walter-Pauli-Ring

Maline saß im Büro und wärmte sich die Hände am siebten Kaffeebecher des Tages. Sie hatte die Heizung bis zum Anschlag aufgedreht, ihre Lederjacke übergezogen und fror trotzdem.

Sie stand auf, um sich einen kurzen Moment die Beine zu vertreten, und schaute in den Innenhof. Nach einem Tag voller Hektik, durchgeschleusten Zeugen, Vernehmungen und Handschellen, die geklickt hatten, war Ruhe im Präsidium eingekehrt. Die Stühle der Wartebereiche standen verwaist. Maline räusperte sich. Sie konnte sich nicht vorstellen, dass Weihnachten so kurz vor der Tür stand. Advent, Plätzchen backen, Weihnachtsmärkte, all das war an ihr vorbeigerauscht.

Sie leerte die Kaffeetasse. Die Flure der gegenüberliegenden Kommissariate, die Maline von ihrem Platz aus sehen konnte, waren wie leer gefegt. Außer ihr schien niemand im Präsidium zu sein. Helenes Vorschlag huschte durch ihre Gedanken. Lou hatte sehr verhalten auf die Idee reagiert. Vielleicht war es für ihre Beziehung nicht gut, wenn sie tatsächlich zu Lous Mutter zog. Aber das Angebot war verlockend. Trotzdem nahm Maline sich vor, es nur anzunehmen, wenn Lou ausdrücklich ihren Segen gab.

Als ihr Smartphone vibrierte, schaute sie mechanisch auf ihr Display. Wieder die unbekannte Nummer. Maline nahm das

Gespräch schnell an, und diesmal wurde nicht aufgelegt. »Hören Sie, was wollen Sie? Wer ist da?«

»Dr. Schott, Amy Schott, die Ärztin Ihres Vaters.« Der Satz klang wie unzählige Male auswendig gelernt. »Entschuldigen Sie bitte, ich habe schon ein paarmal angerufen, aber ich …«

Knallrote Lippen. Tiefe Stimme. Amy Schott. Maline war perplex, weil sie richtiggelegen hatte.

»Ich habe mir Ihre Handynummer von der Stationsschwester … Ich wollte mich erkundigen, wie es Ihnen geht.«

»Mir?«

Ben platzte ins Büro. »Gott sei Dank, du bist noch da!«

»Kann ich später zurückrufen?«, fragte Maline. »Ich bin noch im Büro, und gerade ist es etwas ungünstig.«

»Natürlich.« Amy Schott lachte und klang entspannter. »Meine Nummer haben Sie ja.«

Maline drückte das Gespräch weg und sah Ben erwartungsvoll an.

»Piet hat gerade angerufen.«

»Ich denke, er ist auf der Weihnachtsfeier seines Kommissariats.«

»Ist er auch.« Ben setzte sich auf Lous Schreibtischstuhl. »Jedenfalls unterhält er sich da mit seinen Kollegen und erfährt, dass heute Nachmittag ein Ehepaar erschienen ist, um Anzeige gegen unbekannt zu erstatten. Sie vermuten, dass jemand in ihr Wochenendhaus eingestiegen ist.«

»Okay«, sagte Maline gedehnt. »Und das interessiert uns, weil …?«

»… das Haus quasi direkt im Königsforst steht, und zwar ziemlich nah am Rather Weg.«

»Na und? Ich kenne die Ecke, das ist kurz vor der Auffahrt zur A 4. Aber die Tatsache, dass da ein Wochenendhaus steht, ist nicht wirklich spektakulär.«

Ben lehnte sich vor, seine Wangen glühten. »Das Paar hat vor Kurzem einen Briefumschlag erhalten. Darin lag eine Zeichnung, ein selbst gemaltes Bild, das ein ziemlich entstelltes Kind zeigt. Der Körper des kindlichen Aktes ist übersät mit schlimmen Wucherungen, das Gesicht verformt.«

»Ich fürchte, ich kann dir nicht folgen.«

»Aus dem Kuvert holten sie ebenfalls einen Briefbogen, der laut den Schmitts, so heißen die Anzeigenerstatter, eindeutig aus ihrem Wochenendhaus stammt. Offensichtlich handelt es sich um auffälliges Papier. Deshalb sind sie überhaupt auf die Idee gekommen, dass jemand bei ihnen eingestiegen ist.« Ben schaute zur Decke. »Mist, jetzt habe ich mich verzettelt. Wo war ich?«

»Wochenendhaus, die Schmitts, auffälliges Briefpapier …«

»Ach ja.« Ben stützte die Ellbogen auf. »Die Person, die das Kuvert geschickt hat, bittet das Ärztepaar um ein Gespräch. Und jetzt halt dich fest! Zwei Tage später sieht Herr Schmitt einen jungen Mann in seinem Garten stehen. Stämmig, breites Kreuz, kahl rasierter Schädel und vollkommen hellblau gekleidet.«

Maline saß wie vom Donner gerührt. »Levi Fischblut.«

»Bingo. Piet hat mich sofort angerufen.«

Maline griff nach ihrer Jacke. »Dann lass uns doch mal zum Wochenendhaus der Schmitts rausfahren.«

»Warum?« Ben hob beschwichtigend die Hände. »Dazu besteht so ad hoc kein Grund. Außerdem ist das der Part der Kollegen vom Einbruch. Unser Mord ist aufgeklärt, und so gesehen haben wir mit den Fischbluts nichts mehr zu tun. Es ist interessant, eine merkwürdige Geschichte, aber mehr ist es erst einmal nicht.«

»Informieren werde ich Lou trotzdem.«

Ben zuckte mit den Schultern und stapfte davon.

Maline nahm ihr Smartphone und hatte noch nicht einmal die Kurzwahl zu Lous Nummer gedrückt, als Ben atemlos zurückkam. »Constantin Sukowas kleine Tochter ist verschwunden! Ich habe den Kollegen von der Vermisstenstelle angeboten, dass du mit rausfährst.«

Königsforst

»Tristesse«. Levi summte die Melodie mit offenem Mund. Laut und lauter. Die Kleine trommelte mit ihren Fäusten gegen seine

Brust und schrie immerzu nach ihrem Papi. Das anfängliche Fliegengewicht hatte sich in Blei verwandelt und brüllte aus Leibeskräften. Levi hetzte durch den Wald, stieß »Tristesse« aus und überlegte fieberhaft, was er mit dem Kind anstellen sollte. Je mehr sie schrie, umso lauter brüllte er Chopin. Am liebsten hätte er sich die Ohren zugehalten. Er wollte Alea nicht mehr hören, wollte, dass sie schwieg. Ruhe geben sollte sie, damit er nachdenken konnte. Tristesse.

Alea warf ihren Kopf hin und her, trat mit den Beinen und bäumte sich auf. Levi stolperte weiter und presste das Mädchen energischer an sich, fester, bis das Getrampel nachließ und sie ganz ruhig wurde. Tristesse.

Köln-Rath, Hügelgräberfeld

Lou löschte die Stirnlampe, während sie sich dem Grundstück der Fischbluts über das Hügelfeld näherte. Bedacht setzte sie ihre Schritte, um zu vermeiden, dass sie auf dem unebenen, feucht-glitschigen Waldboden umknickte oder ausrutschte. Der Platzregen hatte sich in leichten Niederschlag verwandelt. Kräftiges Rauschen fuhr in Baumgipfel. Stämme ächzten im Wind.

Lou erreichte eine halb fertige Steinmauer. Schemenhaft zeichnete sich die Silhouette des Hauses dahinter ab. Im unteren Stockwerk brannte warmes Licht. Sie schielte zu allen Seiten und schüttelte sich vor der Kälte, die längst ihre atmungsaktiven Laufklamotten durchdrungen hatte und unter die Haut kroch. Bewegung, dachte sie. Bewegung hilft gegen Zähneklappern. Hausfriedensbruch, mahnte eine andere Stimme in ihr, die alles andere als wohlwollend klang.

Da sind vielleicht Menschen in Gefahr. Bist du nicht auch deshalb Polizistin geworden, um für die Schwächsten einzutreten?

Lou schob alle rechtlichen und berechtigten Zweifel beiseite. Geschickt überwand sie die Mauer und näherte sich geduckt der angrenzenden Garage. Da das Tor offen stand, riskierte sie einen Blick. Leichter Regen prasselte gleichmäßig auf das Wellblechdach. Betonwände. Viel mehr konnte sie nicht erkennen, wagte aber nicht, die Stirnlampe einzuschalten. Sie lief weiter zur Rückseite des Hauses und verbarg sich mit Sicht auf das Küchenfenster hinter dem Stamm einer Buche. Als unmittelbar hinter ihr ein Ast knackte, warf sie einen Blick über ihre Schulter und entdeckte einen Erdhügel. Die Kopfseite der Anhäufung markierte ein schlichtes Holzkreuz.

Ein Grab. Adrenalin. Lous Herzfrequenz erhöhte sich. Augenblicklich war jede Zelle ihres Körpers angespannt. Dennoch trat sie näher, versank mit ihren Joggingschuhen im aufgeweichten Gartenboden. Als sie um das Grab herumging, um das Holzkreuz zu inspizieren, nahm der Regen wieder zu. Zielgerichtet ging Lou in die Hocke und schaltete die Stirnlampe ein. Eine Inschrift konnte sie nicht ausmachen. Der Wind frischte deutlich auf. Lou zog den Reißverschluss ihrer Jacke bis zum Hals zu.

In dem Moment setzte sintflutartiger Regen ein, der Sekunden später in Hagel überging. Körner in der Größe von Haselnüssen prasselten zur Erde, attackierten Lou wie Peitschenhiebe. Sie richtete sich auf. Zur Garage konnte sie mit wenigen Schritten gelangen, das Tor schepperte im Wind, der jetzt so dermaßen blies, dass Lou sich richtig dagegenstemmen musste, um vorwärtszukommen. Durchnässt und schlotternd erreichte sie die Garage, harrte dort aus, sah zu, wie der Hagel den Garten in ein weißes Eisfeld verwandelte. Ein orkanartiger Wind rüttelte die Äste der Bäume, einige krachten zu Boden. Der Lärm, den die Hagelkörner beim Aufprall auf das Aluminiumdach verursachten, war ohrenbetäubend.

Lou schaute sich um und beleuchtete flüchtig mit der Stirnlampe den Innenraum. Vor unverputzten Wänden war Holz aufgeschichtet. Schubkarren und Gartengerät lagerten in einer Ecke. An einer Wand lehnten Fahrräder. Ein ausrangierter Kühlschrank erregte ihr Interesse. Solange der Hagelschauer nicht abflachte, konnte sie die Zeit nutzen und einen Blick hineinwerfen.

Vorsichtig stieg Lou über Schaufeln und Rechen und inspizierte den Innenraum des Schranks, in dem Federballschläger, Kricketbälle und rostige Öldosen verrotteten.

Das Schwingtor schlug völlig unerwartet auf den Stahlrahmen.

Eine Sekunde lang war Lou perplex, dann sprang sie zum Tor und faustete gegen die Alulamellen. »Was soll denn das? Polizei! Öffnen Sie! Hallo!«

Lou rüttelte am Zylinder des Schlosses und riss an der Verschlussstange, steigerte sich in Wut und Selbstschelte. Sie schrie, tobte und donnerte ihren Frust ans Tor, schlug und trat dagegen. Dann verharrte sie, lauschte. Aber sie hörte nur den Wind und den Hagel. Lou zog ihr Smartphone hervor und drückte Malines Nummer. Kein Empfang. Sie hielt das Handy hoch und suchte nach einer Ecke, in der sie einen Balken bekam. Als sie sich auf den alten Kühlschrank stellte, wurde sie fündig.

»The person you have called is temporarily not available.«

Mist, aber wenigstens konnte sie telefonieren. Wiederholt drückte sie die Kurzwahltaste, die sie Maline zugeteilt hatte. Andere Kollegen wollte Lou vorerst nicht rufen. Immerhin befand sie sich auf Privatgelände ohne rechtliche Grundlage. Sie nahm die Stirnlampe vom Kopf und leuchtete die Wände ab. Super, kein Fenster. Dafür entdeckte sie eine Lücke zwischen Mauer und Dach. Handbreit. Da konnte sich allerhöchstens eine Katze durchzwängen.

Köln-Rath, Am Gieselbach

Veronika Engels kauerte auf dem Holzfußboden im Flur der Villa Sukowa und ließ sich nicht dazu bewegen aufzustehen. Pausenlos stammelte sie Aleas Namen. Maline zog sich in die Küche zurück, während die Kollegen von der Vermisstenstelle den Einsatz führten.

»Wir haben bisher nur wenig aus ihr herausbekommen«, flüsterte eine Schutzpolizistin und deutete mit dem Kinn zu Veronika Engels. »Eine Hundertschaft ist angefordert, die den angrenzenden Königsforst vom Haus beginnend und in Sektoren aufgeteilt absuchen wird.«

Dunkelheit und das miese Wetter erschwerten die ganze

Aktion. Ein Einsatzmittel von der Hubschrauberstaffel aus Düsseldorf konnte aufgrund des schlechten Wetter gar nicht erst starten.

»Wie sieht es mit einem Mantrailer aus?«, fragte Maline leise, damit Frau Engels sie nicht hörte. »Ist ein Team verfügbar?«

»Soweit ich weiß, wurde ein Hundeführer angefordert. Es wird allerdings etwas dauern, bis er aus Holte-Stukenbrock angereist ist. Und ob er dann heute Abend noch zum Einsatz kommen kann, wage ich zu bezweifeln. Jetzt hagelt es auch noch wie verrückt!«

Maline sah, dass der Notarzt erneut versuchte, zu Veronika Engels durchzudringen. Aber sie hielt sich die Ohren zu und stieß ihren Hinterkopf rhythmisch gegen die Wand.

»Die arme Frau«, fuhr die Kollegin flüsternd fort. »Erst erleidet ihr Freund einen Herzinfarkt und jetzt das. Ich wäre ebenfalls am Ende, wenn meinen Kleinen etwas zustoßen würde.«

»Wo befinden sich denn ihre anderen Kinder?«

»Soweit ich es mitbekommen habe, sind zwei auf einer Geburtstagsfeier und die beiden Jüngsten spielen bei Nachbarskindern. Wir haben Frau Engels' Eltern verständigt, sie müssen jeden Moment hier sein.«

Maline verließ die Küche, als der Notarzt sich mit einem Assistenten beriet, und ging vor Veronika Engels in die Hocke, blickte in leere, verweinte Augen und nahm behutsam ihre Hände.

»Ich überlebe es nicht, wenn der Süßen etwas zugestoßen ist. Alea ist ein so fröhliches Kind, unglaublich aufgeschlossen. Und was hat sie schon alles durchgemacht in ihrem kurzen Leben. Die Scheidung, dann der Tod der Oma und jetzt … Wenn sie jemand mitgenommen hat! Sie ist doch völlig ahnungslos … Verstehen Sie?«

»Vielleicht ist sie einfach nur losgelaufen«, sagte Maline. »Dem Schnee hinterher oder dem Hagel. Kinder sind so unberechenbar.«

»Sie stand am Kaninchenstall und hat die Tiere gefüttert, ich habe es vom Musikzimmerfenster aus gesehen. Und keine fünf Minuten später war sie wie vom Erdboden verschluckt.«

»Die meisten Kinder tauchen nach ein paar Stunden wieder auf.«

»Wirklich?«

»Ja, nur darüber wird nicht so eindringlich berichtet.« Maline lächelte aufmunternd.

Veronika Engels drehte den Kopf, ihr Lidschatten war völlig verschmiert. »Aber es ist schon dunkel. Sie werden die Suche bestimmt jeden Moment einstellen, und dann ist Alea da draußen. Allein dort, wo sich selbst Erwachsene fürchten. Dazu noch bei dem Regen und dieser Kälte, sie wird doch erfrieren. Oh Gott! Und Constantin liegt im Krankenhaus und ist ebenfalls halb wahnsinnig vor Sorge. Ich traue mich gar nicht, ihm unter die Augen zu treten.« Sie brach erneut in Tränen aus.

»Ich hätte besser aufpassen müssen. Es ist meine Schuld, und ich bin mir nicht sicher, ob unsere Beziehung diese Tragödie überstehen kann. Egal, wie sie endet.«

Köln-Meschenich, Kölnberg

Vater hat sich selbst getötet.

Donata Fischblut übersprang diesen Satz. Sie hatte sich ein wenig beruhigt, soweit das in dieser Situation überhaupt möglich war, und widerstand der Versuchung, Levis Brief einfach wegzuschließen. *Die Geister, die ich rief.* Diese Sorge bewahrheitete sich jetzt.

Donata Fischblut hielt die Zeilen erneut in der Hand und suchte den Abschnitt, an dem sie aufgehört hatte zu lesen.

Ich kann sagen, dass ich wirklich einiges versucht habe. Aber anscheinend sind alle Menschen nur mit sich selbst beschäftigt. Nicht einmal die Herren von der Musikschule haben sich auf mein Schreiben gemeldet. Um gehört zu werden, muss man wohl sehr laut schreien.

Von dir erwarte ich auch keine Reaktion mehr. Seit Jahren schweigst du ja zu allem, was uns passiert. Das soll kein Vorwurf sein, aber ich kann einfach nicht verstehen, warum du uns so alleinlässt. Wir sind deine Enkelkinder, und Jonah kennt dich nicht einmal. Bist du denn gar nicht neugierig? Er ist so ein toller Junge, aber ich fürchte, dass er tot ist, bevor du dich überwinden kannst, ihn zu besuchen.

Rendel Sukowa war keine besonders gute Musiklehrerin, jedenfalls nicht für meine Bedürfnisse. Trotzdem bin ich gerne zu ihr gegangen, sie war meine Auszeit, mein Refugium. Ihr Tod hat mich unheimlich getroffen, ich gäbe alles darum, wenn ich sie bloß nicht gesehen hätte, ermordet, blutüberströmt in ihrem Hausflur. Sie verfolgt mich, besucht mich zu allen möglichen Tages- und Nachtzeiten.

Dieses Verbrechen ist ein Schlüsselerlebnis für mich. Kurzzeitig bin ich sogar unter Verdacht geraten. Aber letztlich hat man einen anderen Jungen festgenommen. Zuvor hatte er eine ganze Serie von Einbrüchen begangen. Er wurde in seinem Elternhaus verhaftet. Die Polizei hat alles auf den Kopf gestellt. Jedes Zimmer durchwühlt und mit Sicherheit jedes Geheimnis gelüftet, wenn es dort eins gab. Das ist meine Chance.

Versteh mich bitte richtig, ich glaube, ich muss ein Verbrechen begehen, damit die Dinge endlich ihren Lauf nehmen können. Eine andere Möglichkeit sehe ich nicht. Ich kann über das, was in unserem Haus vorgeht, nicht reden, ich kann mein Versprechen nicht abschütteln, Jonah nicht den Behörden zu melden. Ich hab's versucht, Omi, wirklich. Aber es funktioniert nicht. Loyalität, das hat Vater uns eingeimpft.

Und heute weiß ich, warum er sich selbst getötet hat. Er steckte im gleichen Dilemma wie ich. Für ihn kam nur die Selbsttötung in Frage, als ihm klar wurde, dass er unsere Mutter nicht zur Vernunft bringen kann. Den Strick zu nehmen, schien für ihn die Lösung. Ich werde diesen Weg nicht gehen! Ich werde etwas anderes versuchen, Hauptsache ist, dass ich laut genug schreie …

Genau von diesem Punkt an sah Donata Fischblut die Zeilen doppelt. Zeitgleich setzte Taubheit in den Händen und Oberschenkeln ein. Wiederholt blinzelte sie mit den Augen und rieb über die Lider. Es half nichts. Ihre Sehkraft schwand. Vom äußeren Rand ausgehend legte sich ein dunkler Schatten über ihre Iris, bewegte sich wie eine Scheibe nach innen, ähnlich wie sich der Mond bei einer Sonnenfinsternis vor den Planeten schiebt. Innerhalb weniger Minuten umgab Donata Fischblut Dunkelheit.

Hektisch lösten ihre Hände die Bremsen des Rollstuhls und gaben Schwung auf die Reifen. Sie konnte ihn nicht steuern und stieß wiederholt mit dem Fußbrett an. Je länger ihr Zustand dauerte, desto rabiater ging sie vor, lenkte, kurvte und riss die Augen dabei weit auf, hoffte auf Wiederherstellung ihrer Sehkraft. Ihre Katzen schrien, sie hörte, dass sie umhersprangen, sich vor ihr in Sicherheit brachten, und übertrug ganz ohne Zweifel ihre Panik auf die armen Tiere.

Verzweiflung packte Donata Fischblut, als sie mit Karacho gegen die Tischkante fuhr und dabei einen heftigen Schlag gegen die Brust erhielt. Da hielt sie inne und sackte zusammen. Zuerst bemitleidete sie sich selbst und jammerte um ihr Augenlicht. Dann trauerte sie um André, beweinte ihre Enkelkinder und schaute endlich der Einsamkeit ins Gesicht, die sie seit Jahren gefangen hielt und zermürbte. Säuerliche Speichelfäden liefen ihr aus den Mundwinkeln, rannen über den Hals zum Kragen ihres Pullovers.

In ihrer Not begann Donata Fischblut zu beten und gelobte Besserung. Sie bat Gott um Verzeihung und flehte ihn an, mit ihr genauso gnädig zu sein wie mit dem blinden Bartimäus, dem Jesus auf dem Weg nach Jericho das Augenlicht schenkte. Auch den Erzengel Raphael rief sie und bat den Schutzpatron der Blinden, ihr beizustehen.

Köln-Rath, Donarstraße

Lavendel. Dein Geruch verfliegt. Und deine Hände bleiben kalt, Mutter, eisig kalt wie deine Füße, egal, wie viele Wärmflaschen ich in dein Bett lege, egal, wie oft ich deine Waden wickele. Mutter, die, vor denen du uns immer gewarnt hast, dringen in unsere Welt ein. Der erste Vorbote ist aus den Hügelgräbern gestiegen und hat die Mauer überwunden. Augen verfolgen mich. Sie sind überall. Stimmen sprechen zu mir, Mutter. Sie versuchen, mich einzulullen, aber ich bleibe hellwach. Sie kommen, Mutter. Genau wie du gesagt hast. Schnell, so schnell.

Aber keine Angst, ich habe den ersten Störenfried schachmatt gesetzt, ich kann die Köpfe der Hydra abschlagen. Ich beschütze Jonah und auch Levi, Mutter, so, wie ich es dir versprochen habe. Dir und unserem geliebten Vater.

Nur, was soll ich tun, wenn es zu viele werden? Was mache ich, wenn immer mehr über die Hügelgräber kommen oder uns frontal angreifen? Nein, sorge dich nicht, Mutter. Keinesfalls lasse ich zu, dass Jonah leidet. Wir werden nicht auseinandergerissen. Niemals, Mutter, du hast dich klar ausgedrückt, und ich habe dich genau verstanden. Levi übrigens auch, da bin ich ganz sicher. Wenn es hart auf hart kommt, werde ich mich auf ihn verlassen können. Du kannst auf uns bauen, und wir bewahren unser Geheimnis, Mutter. Verstehen uns blind, flüstern höchstens untereinander, wie die Stimmen, die von den Hügelgräbern herüberwehen, manchmal, an ganz stillen Tagen.

Königsforst

Alea schrie nicht mehr und wimmerte nur noch kaum hörbar. Levi hatte die Hand von ihrem Mund und der Nase genommen, als sie dunkelrot angelaufen war und zu zucken begonnen hatte. Wie ein Fisch an Land, der mit dem Tode ringt, hatte sie nach Luft geschnappt und ihn dabei unsagbar traurig angestarrt. Musik. Er hatte versucht, sie anzuschalten, hatte verschiedene Stücke probiert, aber kein Ton erreichte sein Bewusstsein.

Trotzdem musste er die Sache mit dem Mädchen jetzt durchziehen, für seinen Bruder. Nur selbst Hand anlegen, nein, das konnte er nicht. Er wollte nicht spüren, wie Alea um ihr Leben kämpfte, sich wehrte. Physischen Kontakt hielt er in diesem Fall nicht aus, und ihre Jonah-Augen mied er ohnehin. Levi stolperte vorwärts, und dabei dämmerte ihm, dass Töten doch kein Kinderspiel war. Schwitzend hastete er weiter. Bis zum Haus der Schmitts war es nicht mehr weit. Da konnte er verschnaufen, die Angelegenheit in aller Ruhe durchdenken, das Problem indirekter angehen.

Vielleicht reichte es einfach, Rattengift mit Saft zu mischen. Eine Tüte dieses Pulvers stand im Regal, gleich neben diversen Sauerkrautdosen. Levi hatte die Verpackung mit dem orangen Warnetikett und dem abgebildeten Totenkopf genau vor Augen. Wenn er dem Kind einige Löffel davon ins Getränk rührte, musste er nicht einmal zusehen, wenn sie starb, konnte sich in der Zwischenzeit stellen.

Endlich kam die Blockhütte in Sicht. Er hievte ihren schlaffen Körper auf die Mauer, sprang auf die andere Seite und zog sie herunter. Levi bemerkte frische Reifenspuren, ansonsten fiel ihm nichts Verdächtiges auf. Schon erreichte er die Tür des flachdachigen Anbaus und wollte sie aufziehen, aber sie ließ sich nicht öffnen. Damit hatte er nicht gerechnet, und er weigerte sich einen Moment, zu akzeptieren, dass der Zugang zum Vorraum wirklich verschlossen war. Vorsichtig legte er das Kind ab und rüttelte am Türknauf. Ausgerechnet jetzt, ausgerechnet, wenn er so nötig wie noch nie in dieses verdammte Haus musste.

Levi hob das mittlerweile apathisch wirkende Mädchen wieder an, lief einige Meter zurück zum Hundezwinger, öffnete das kleine Tor, schlüpfte selbst hindurch und zog Alea nach. Weil wieder Regen einsetzte und um sie vor neugierigen Blicken zu verstecken, drückte er sie in die morsche Hundehütte, verließ den Zwinger und sicherte den Eingang notdürftig mit mehreren Ziegelsteinen, die er von außen vorschob. Keine bombastische Barriere, aber sie musste ja auch nicht lange halten. Wenn er sich erst Zugang zum Haus verschafft und den Cocktail gemixt hatte, dann ginge alles ganz schnell.

Musik hätte ihn jetzt unheimlich beruhigt, aber sie ließ sich einfach nicht einschalten, sosehr Levi es auch versuchte.

Köln-Rath, Donarstraße

»The person you have called is temporarily not available.«
Lou blieb auf dem Kühlschrank stehen und versuchte, ihre

zunehmende Aggression zu beherrschen. In zwanzig Minuten traf sich die Familie beim Italiener. Wiederholt hatte sie versucht, Frieda und Helene zu erreichen. Bei ihrer Tochter war dauerbesetzt, und ihre Mutter hatte ihr Handy nicht eingeschaltet.

Der Hagelschauer hatte nachgelassen, der Wind sich gelegt. Sie hätte um Hilfe rufen oder sämtliches Gerümpel gegen das Aluminiumtor werfen können. Das Gelände der Fischbluts war Teil einer Siedlung. Einfamilienhäuser standen relativ dicht beieinander. Es gab Nachbarn. Menschen, die ihre Hunde ausführten, Lärm konnte da nicht ungehört bleiben. Aber Lou gab die Hoffnung nicht auf, sie wollte hier ohne großes Aufsehen herauskommen.

Im Minutentakt stieg sie im Licht ihrer Lampe auf die Ladefläche einer Schubkarre und untersuchte die Garagentoraufhängung. Sie warf einen Blick auf Laufschienen, die Querstrebe, rüttelte an Schrauben und prüfte die Stabilität der Verankerung. Lou versuchte sogar, die rostigen Torfedern auszuhängen und die Laufrollen aus der Schiene zu drücken. Zu ihrer Enttäuschung fand sie keine Schwachstelle. Beinahe pausenlos hatte sie ihr Ohr am Smartphone.

»The person you have called is temporarily not available.«

Wenn sie Maline jetzt nicht bald erreichte, dann musste sie Ben anrufen. Dieser Gedanke war ihr lieber, als die Schutzpolizei zum Grundstück der Fischbluts zu bestellen. Noch ein Versuch.

»The person you have called is temporarily not available.«

Auch wenn es ihr widerstrebte, wählte Lou jetzt Bens Nummer, hatte aber auch hier mehrfach kein Glück. Schließlich war sie mit ihrer Geduld am Ende, rief die Kollegen an und erklärte ihre Lage.

Erleichtert nahm sie zur Kenntnis, dass sich der Beamte am anderen Ende der Leitung negative Kommentare verkniff. »Wir sind gleich da«, sagte er nur. Lou atmete auf, hockte sich auf den Rand der Schubkarre und rieb mit den Händen über ihre Oberarme, um sich ein bisschen warm zu halten.

★★★

Jonah soll mir helfen, Mutter warm zu halten. Ich habe ihn extra in ihr Bett getragen, aber er weint und will nicht liegen bleiben.

Er findet, dass sie komisch riecht, und stört sich an dieser einen Fliege, die ständig um ihren Kopf schwirrt. Mein Bruder ist so ein Unruhegeist, gibt auf einmal Widerworte und ist bockig. So kenne ich Jonah gar nicht.

Er fragt zum hundertsten Mal nach Levi, und ich lüge ihn an, sage ihm, dass er Schlittschuhe besorgt. Neue dunkelblaue aus Leder mit funkelnden Kufen. Eine Spezialanfertigung. Strahlende Kinderaugen. Ohne Skrupel gelingen mir Ausschmückungen bis ins Detail. Vielleicht weil Jonah niemals erfährt, dass es keine Schlittschuhe für ihn geben wird. Heute Abend werden wir alle dort sein, wo Mutter und Vater bereits sind.

In Anbetracht des Geschenks gehorcht Jonah jetzt und ist ganz brav. Er kriecht unter die Decke und schmiegt sich an Mutters steifen Körper. Wir rahmen sie ein, er rechts, ich links.

Ich weiß nicht, woher meine Tränen kommen. Sie laufen und laufen. Levi sollte bei uns sein, jetzt, in dieser Stunde. Er ist aus dem Haus gestürmt heute, nachdem er einen Blick auf Mutter geworfen hatte. Gebrüllt hat er, mit hochrotem Kopf. An seiner linken Schläfe schwoll eine Ader so ungemein an, dass ich dachte, sie würde platzen. Wütend war er und grob. Er hat mich festgehalten und auf mich eingeredet. Aber ich habe kein Wort verstanden.

Köln-Meschenich, Kölnberg

Donata Fischblut konnte wenige Minuten nach den Gebeten wieder Umrisse erkennen. Nach und nach gelang es ihr, Konturen schärfer zu stellen, dafür war sie wirklich dankbar, und zwar aus tiefster Seele. Sie fasste ihr Glück kaum, weinte, lachte und rief ihre Katzen herbei. Überschwänglich küsste sie ihre weichen Schnauzen, rubbelte ihnen durchs Fell und vergoss Freudentränen. Sofort, sofort wollte sie ihre Versprechen einlösen, die sie den himmlischen Mächten gegeben hatte. Vorbei waren die trüben Tage, zum Teufel mit der elenden Passivität. Sie musste die Behörden über Levis Vorhaben informieren. Vielleicht war der Junge wirklich imstande, einen Menschen zu töten.

Diese Kommissarin schien ihr die richtige Ansprechpartnerin und die einzige Person, der sie sich in dieser Angelegenheit anvertrauen wollte. Sie hatte Interesse an Levi gezeigt und ihr eine Visitenkarte dagelassen. Donata Fischblut rollte ins Wohnzimmer. Soweit sie sich erinnern konnte, hatte sie die Karte in die TV-Zeitung gesteckt, aber da war sie nicht. Kopflos fächerte sie »Liebesnächte in der Taiga« auf, durchsuchte sämtliche Seiten. Fehlanzeige. Blitzartig fiel es ihr ein. Sie hatte die Visitenkarte in den Müll geworfen. Also durchsuchte sie den stinkenden Abfall, holte sich schmutzige Finger vom Kaffeefilter und wurde fündig. Verdreckt war die Karte, aber lesbar.

Sie schaltete ihr Handy ein. Kein Guthaben, außerdem hatte sie vergessen, den Akku aufzuladen. Dann musste sie eben die 110 vom Festnetz aus wählen. Möglichst rasch fuhr sie wieder ins Wohnzimmer, riss es von der Basisstation und tippte die Notrufnummer. Es dauerte, bis Donata Fischblut bemerkte, dass die Leitung tot war. Die Realität packte sie unsanft. Hindernisse. Blockaden. Ihr Leben war voll davon. Nie, nicht einmal, hatte es das Schicksal gut mit ihr gemeint, und wenn doch, dann hatte sie im Gegenzug dafür bezahlen müssen. Wieder und wieder. Jäh wurde Donata Fischblut von der gewohnten Lethargie umklammert. Bewegungen verlangsamten sich, der Schwung drohte zu verschwinden. Ihre Nachbarin war noch eine Option, eine, die sich bewerkstelligen ließ.

Sie fuhr an die Wand und schlug mit der Faust dagegen. Drei Mal hintereinander, das vereinbarte Zeichen für Notfälle. Sie lauschte auf Antwort, achtete auf Schritte im Flur. Nichts geschah. Der letzte Rest Energie verabschiedete sich von Donata Fischblut.

Ernüchtert rollte sie zum Sofa, hievte ihren Körper mit letzter Kraft hinauf. Schlaf. Da führte kein Weg dran vorbei.

Köln-Rath, Donarstraße

»Hallo? Können Sie mich hören?«

Eine jugendliche Stimme. Männlich. Lou schreckte hoch. »Ja! Öffnen Sie bitte das Tor!«

Schweigen, eine gefühlte Ewigkeit. Sie lauschte. »Hallo?«

»Moment, diese blöde Stange lässt sich nicht bewegen, und an der Seite ist ein Riegelschloss vorgeschoben.«

Also doch. Jemand hatte sie vorsätzlich festgesetzt. Lou vernahm ein Poltern, gefolgt von Stille. »Hey? Sind Sie noch da?«

Keine Sekunde später schwang das Tor auf. Jeremy Dupont. Er starrte ihr mit offenem Mund entgegen, dann bildete sich ein spöttischer Zug um seinen Mund.

»Was machst du denn hier?«, fragte Lou. »Hast du mich etwa eingeschlossen?«

»Quatsch. Nein! Dann hätte ich Sie ja wohl jetzt kaum befreit, oder?«

»Wirklich nicht?«

»Nein.« Er trat einen Schritt zurück, versteckte eindeutig etwas hinter seinem Rücken.

»Was hast du da?«

Jeremy zögerte einen Moment, zeigte Lou dann aber doch einen Stoffbeutel vor. Sie warf einen Blick hinein, zog einige feuchte Oberhemden heraus und sah Jeremy fragend an.

»Die wollte ich Rica bringen, sie hat sie … verloren. Ich hatte sie für sie verwahrt, aber meine Mutter schnüffelt immer überall herum, und da dachte ich, ich bringe sie doch besser her.«

Lou konnte ihm nicht folgen.

»Ich mache mir Sorgen um Rica«, stieß Jeremy hastig hervor. »Sie ist im Haus, macht merkwürdige Laute und spricht die ganze Zeit mit sich selbst. Ich weiß auch nicht, ich dachte, Sie könnten …«

»Ich schaue nach, was da los ist«, sagte Lou. »Und du verlässt bitte das Grundstück.«

»Aber …«

»Keine Widerrede. Gib mir die Hemden, ich werde sie abliefern. Später melde ich mich bei dir, okay?«

Sichtlich widerwillig überreichte Jeremy Dupont ihr den Beutel und verschwand, wenn auch betont langsam, über den Steinwall.

Geistesgegenwärtig rief Lou ihre Tochter an.

Frieda klang sauer. »Mensch, Mama, wo bleibst du denn schon wieder? Wir warten alle auf dich.«

»Ich komme gleich, esst doch schon mal eine Vorspeise.«

»Ganz toll«, erwiderte Frieda und legte auf.

Vorsichtig näherte sich Lou dem Haus. Wenn Jeremy sie nicht eingeschlossen hatte, wollte sie wissen, wer sonst dahintersteckte und warum. Sie stopfte die Hemden tief in die Tasche. Dabei bemerkte sie ein Etikett innen an einer Halsmanschette und zog das Hemd heraus. »Dr. Emanuel Felix Bender.« Bender. So hatte Rendel Sukowas Hausarzt geheißen. Lou besah sich nun auch die anderen Oberhemden. Alle trugen die gleiche Kennzeichnung. Was hatte Rica mit Dr. Bender zu schaffen, warum »verlor« sie seine Hemden?

Lous mulmiges Gefühl verstärkte sich. Fast hatte sie die Haustür erreicht, als jemand gegen das große Tor hämmerte. Lou erfasste den Schein von kreisendem Blaulicht, zögerte einen Moment, entschloss sich aber doch, zuerst die Streifenpolizisten auf das Grundstück zu lassen.

★★★

Das Kissen wird Jonah nicht bemerken, wenn ich es ihm auf sein Gesicht presse. Er ist eingeschlafen und wird keine Gegenwehr leisten. Ich kann ihn röcheln hören, Mutter, er schnauft wie eine kleine Dampflok. Ich habe Angst, Mutter. Nicht vor deiner Welt, sondern vor unserer. Sie meint es nicht gut mit uns, und ich bin nicht so kämpferisch wie du.

Wir sind alle nicht so stark wie du und kommen an dem Punkt eher nach Vater. Auch wenn du darüber lachst, ich kann den Gefahren nicht die Stirn bieten, bin schwach, du siehst ja, wie leicht ich Jeremy gefolgt bin. Es tut mir so leid, dass ich dich hintergangen habe, Mutter. Ich hätte für dich da sein müssen und bin davongeflattert wie ein Schmetterling. Vater redet mir ebenfalls zu. Er will uns bei sich haben, wir sollen euch folgen.

Ich habe Samen, Knollen und zusätzlich etliche Gramm getrocknete Blüten der Herbstzeitlosen im Mörser zerstoßen.

Nach längerer Suche habe ich das große Glas gefunden, das du zwischen den eingemachten Früchten versteckt hattest, Mutter.

Zuerst wollte ich Jonah auch von dem Tee geben, den ich für Levi und mich vorbereitet habe. Aber ich möchte nicht, dass er unnötig leidet. Er soll nicht mit Schluckbeschwerden, Übelkeit und blutigem Durchfall aus dieser Welt scheiden, nach all den Qualen, die er schon erleiden musste. Laut deiner alten Kräuterfibel kann sich der Tod nach Einnahme des Suds über Stunden hinziehen. Der Gedanke, dass Levi und ich Schmerzen ertragen müssen, macht mich genauso fertig, aber ich weiß einfach nicht, wie ich uns sonst gleichzeitig erlösen kann, ohne dass Levi Verdacht schöpft. Tee wird er unbedarft trinken. Ich habe die Dosis erhöht, Mutter, das Gebräu ist stark, damit wir schnell erlöst sind.

Aber zuerst kümmere ich mich um Jonah.

Am besten warte ich nicht mehr, Mutter, ich ziehe nur alles in die Länge.

Geräuschlos erhebe ich mich, nehme das Kissen und gehe um dein Bett herum, Mutter. Still forme ich meine Lippen zu einem Gesang, flüstere Vaters Lieblingsstrophe des Totenliedes, das wir an seinem Grab gesungen haben. *Tut mir auf die schöne Pforte, führ ins letzte Haus mich ein. Ach, wie wird an diesem Orte meine Seele fröhlich sein!*

Ich schlage die Decke zur Seite. Jonah sabbert im Schlaf und dreht sich auf den Rücken, als wollte er mir meine Aufgabe erleichtern. *Hier ist lauter Trost und Licht, es halten Vater und Mutter dich.* Ich halte das Kissen in meinen Händen und beuge mich über meinen Bruder. Er sieht niedlich aus, wenn er schläft. Wie sehr habe ich ihn geliebt, und wie sehr werde ich ihn immer lieben. »Gute Reise, Gulliver«, flüstere ich.

Zaudernd lege ich das Kissen auf sein bleiches Gesicht. Ein kräftiger Arm umfasst meinen Körper und reißt mich von Jonah weg. Ich schlage mit dem Kopf an den Bettpfosten und stürze zu Boden. Eisblaue Augen, direkt über mir. Der Eindringling schreit auf mich ein, Mutter. Es ist eine Frau. Ich weiß nicht, warum sie so wütend ist. Sie sind zu dritt und nehmen dein Zimmer ein wie ein Fort.

Ich drücke mich an die Wand, werde von einem Mann in derben Stiefeln in Schach gehalten und muss tatenlos zusehen, wie sich ein anderer Jonah schnappt und davonträgt. Das ist der Moment, in dem ich zu schreien beginne, auf die Beine kommen will, aber sie lassen mich nicht, Mutter. Behaarte kräftige Hände drücken mich auf den Boden, mein Gesicht wird auf die Dielen gepresst, weil ich um mich schlage. Kleine Holzsplitter bohren sich in meine Wange. Hart werde ich an meinen Handgelenken gepackt, Fingernägel durchstoßen meine Haut. Ich habe Schmerzen, Mutter, drehe schreiend den Kopf und sehe Vater. Er versucht, mit den Gestalten zu reden, aber sie ignorieren ihn, als wäre er nicht da. Am Fenster bemerke ich einen Schatten. Jeremy. Seine Rehaugen sind randgefüllt mit Tränen, sein Blick ist vor Bestürzung angstverzerrt.

Immer mehr Ankläger stürmen herein, sie tragen blaue Uniformen, und alle haben Pistolen, Mutter. In ihren Augen lese ich Vorwurf und Entsetzen. Du hattest recht, sie verstehen gar nichts. Sie bombardieren mich mit Fragen, aber ich schweige, habe keine Worte für sie. Ich werde ganz still, Mutter, und weiß, dass ich verloren habe. Alles.

Köln-Rath

Maline setzte den Blinker. Der Einsatzleiter hatte sie nach Hause geschickt. Ein Krisenteam war noch in der Villa, sie koordinierten Spuren und bereiteten die Aufgaben für den nächsten Tag vor. Sie versuchte, Lou zurückzurufen, die es mehrmals bei ihr probiert hatte. Besetzt. Maline drückte Amy Schotts Nummer. Ebenfalls erfolglos. Sie hatte sich vorgenommen, ein Date mit der Ärztin auszumachen. Es gab nichts, was dagegensprach. Mehrfach tippte Maline auf Wahlwiederholung und hatte kein Glück.

Dafür bekam Helene sie an die Strippe, als Maline den Ortsausgang von Rath gerade hinter sich lassen wollte. »Weißt du, wo Lou steckt? Sie hat angerufen und gesagt, dass wir schon mal mit dem Essen anfangen sollen, aber das ist ewig her! Wir sitzen wie bestellt und nicht abgeholt im ›Mitica Italia‹ und warten. Und das an Friedas letztem Abend!«

Äußerst beunruhigt legte Maline auf. Als ihr Smartphone erneut klingelte, rechnete sie mit Lous Rückruf und schaltete die Freisprechanlage ein.

»Hier ist die Nachbarin von Frau Fischblut, Donata hat mich eindringlich gebeten, Sie anzurufen. Es geht um ihren Enkel.«

»Levi? Was ist mit ihm?«

»Donata hat mir einen Brief gezeigt, den sie heute erhalten hat. Darin kündigt der Junge an, dass er ein Verbrechen begehen will. Ich verstehe die Zusammenhänge nicht, aber Donata meinte, es wäre bestimmt gut, wenn Sie nach dem Jungen sehen. Sie hätte sie ja selbst angerufen, aber meine Nachbarin befindet sich in einem schrecklichen Zustand.«

Maline wendete das Zivilfahrzeug und fuhr auf die Lützerather Straße Richtung Bensberg. Parallel rief sie Ben an und unterrichtete ihn von ihrem Telefonat. »Levi hat bestimmt etwas mit Aleas Verschwinden zu tun. Und ich vermute, dass er sich im Haus der Schmitts aufhält.«

»Wo bist du jetzt?«, fragte Ben.

»Auf der L 358, kurz vor der Auffahrt zur A 4. Hier geht gleich eine Schotterpiste ab, die an einem Schlagbaum endet, der seit Jahr und Tag offen steht. Dort fahre ich in den Königsforst, ich weiß, dass in der Nähe eine Blockhütte steht.«

»Nein! Warte an der Zufahrt, ich informiere die Kollegen und bin selbst auch gleich da.«

»Hallo? Ben? Ich höre dich nur noch abgehackt. Ben?« Maline legte auf und verlangsamte das Tempo des BMW, um die Schotterpiste nicht zu verpassen. Sie hatte nicht vor, auf die Kollegen zu warten, sie wollte keine wertvolle Zeit verlieren.

Mit Schwung lenkte sie den Dienstwagen an der richtigen Stelle von der Landstraße auf den Weg, rumpelte durch Schlaglöcher und passierte den Schlagbaum.

Jetzt drosselte sie das Tempo, fuhr langsam und überwiegend mit Abblendlicht, ihr war nicht geholfen, wenn ihr ein Tier in den Wagen lief. Vereinzelt blinzelten Augenpaare aus der

Finsternis. Rehe? Wildschweine? In der Dunkelheit war es nicht zu erkennen.

Nach kurzer Fahrt bog sie scharf rechts ab. Hier standen die Tannen so dicht, dass tiefer hängende Zweige das Autodach streiften. Der Waldweg glich mehr einem Tunnel, lag vor ihr wie eine düstere Röhre.

Fernlicht. Maline schaltete einen Gang höher. Gleich musste sie die Ecke erreichen, an der sie das Wochenendhaus der Schmitts vermutete. Noch zwei Kurven, maximal drei. Nachts sah es hier ganz anders aus als am Tag. Zusammen mit Yadet war sie hier damals häufig gejoggt, kannte die Gegend eigentlich ganz gut. Doch jetzt fehlten wichtige Orientierungspunkte. Immer wieder kam es vor, dass sich Menschen im Königsforst verirrten. Natürlich waren die meisten zu Fuß unterwegs und natürlich tagsüber, und auch hier gab es riesige Bereiche, in denen kein Handy funktionierte.

Mensch, wo blieb denn das Haus? Soweit sie sich erinnerte, stand es auf Stelzen, ein solides Blockhaus. Es war das einzige Gebäude, das ihrer Meinung nach in Frage kam. Endlich erkannte sie Umrisse im Scheinwerferlicht.

Maline blendete ab, fuhr so nah wie möglich heran, stieg aus und näherte sich dem Objekt, den Blick auf die Fassade gerichtet. Licht. Grell und überraschend. Unwillkürlich schützte Maline ihre Augen.

»Polizei«, rief sie automatisch, blieb stehen, rührte sich nicht. »Herr Schmitt?«

Die Silhouette verharrte, baute sich neben der Haustür auf. Maline erkannte die Statur eines hünenhaften Mannes, der jetzt die Stufen hinabkam, an einer Leine knurrte ein Dobermann.

»Das Haus der Schmitts liegt zwei Kilometer weiter den Weg rauf«, rief er barsch. »Sie haben vielleicht Nerven, hier mitten in der Nacht aufzulaufen!«

Falsches Haus. Maline lief zum BMW zurück, stieg ein und war nach wenigen Metern wieder vom dunklen Königsforst umgeben. Sie öffnete das Beifahrerfenster, ließ die Fahrtluft herein, die kühl war und ihren Geist belebte.

Nach einer gefühlten Ewigkeit beleuchteten die Scheinwerfer

des Zivilfahrzeugs eine niedrige Mauer und streiften die Stelzen, auf denen das Blockhaus errichtet war. Maline atmete auf. Das war eindeutig das richtige Haus. Dieses Gebäude stand von Tannen umgeben einsam im Mondlicht. Sie schaute durch die Windschutzscheibe auf das Grundstück. Auf den ersten Blick bemerkte sie nichts Ungewöhnliches, schaltete die Scheinwerfer aus, ließ das Fahrerfenster zusätzlich einen Spalt hinab und machte den Motor aus. Feuchte Kälte enterte den Innenraum des Wagens. Maline hörte den Wind, der in den Wipfeln der Bäume flüsterte, und vernahm den Ruf eines Käuzchens. Der Wald umgab sie wie eine schwarze Wand. Sie nahm eine große Maglite aus dem Handschuhfach und beleuchtete sitzend die nahe Umgebung. Nichts zu sehen.

Maline stieg aus.

Mit einem Satz überwand sie die Mauer, stand vor einem geräumigen Hundezwinger und inspizierte den Innenraum samt Hundehütte. Danach näherte sie sich einem flachen Anbau und bemerkte ein eingeschlagenes Fenster, überall lagen Glassplitter. Die Tür war nur angelehnt, Maline stieß sie auf. Im Licht der Lampe machte sie Regale mit Ordnern, Konserven sowie einen Satz Reifen aus und gelangte zu einer zweiten Tür, die verschlossen war. An dieser Stelle kam sie nicht weiter.

Draußen frischte der Wind jetzt auf, rauschte ungestüm in die mächtigen Tannen. Maline ging einmal um das Haus herum, konnte allerdings in kein Fenster sehen, da das Blockhaus auf Pfählen stand. Sie horchte noch einmal, bevor sie zu ihrem Wagen zurückging. Als sie den Motor startete, klingelte ihr Smartphone. »Mensch, Lou! Deine Mutter hat mich angerufen, wo steckst du denn?«

»Ich habe hundert Mal versucht, dich zu erreichen.«

»Das habe ich gesehen«, antwortete Maline. »Aber in der Villa Sukowa hatten wir alle kein Netz, und hier im Königsforst ist das auch nur sporadisch der Fall. Lou, die kleine Alea ist wie vom Erdboden verschluckt und …«

»Ich weiß, die Kollegen haben mich eben informiert.«

»Donata Fischblut hat mich angerufen. Offensichtlich dreht Levi gerade durch. Er hat seiner Oma einen Brief geschrieben und ein Verbrechen angekündigt. Ben und ich vermuten, dass er etwas mit dem Verschwinden von Alea zu tun haben könnte und sie vielleicht bei den Schmitts versteckt hält. Da bin ich jetzt, aber hier ist alles ruhig, obwohl ein Fenster eingeschlagen ist, aber Levi scheint nicht hier zu sein.« Maline stutzte. »Wieso hast du versucht, mich zu erreichen? Und was ist das für ein Lärm bei dir im Hintergrund?«

»Wir sind im Haus der Fischbluts. Levis Mutter ist tot, und Rica hat versucht, ihren kleinen Bruder umzubringen. Ich habe sie im letzten Moment davon abhalten können.«

»Welchen kleinen Bruder?«

»Ein Kind mit einer seltenen Krankheit, erkläre ich dir später! Pass auf: Levi streunt irgendwo herum, und wir gehen davon aus, dass er sich, wie seine Schwester, in einem emotionalen Ausnahmezustand befindet. Nach ihm wird mittlerweile gefahndet, und es ist leider wahrscheinlich, dass er tatsächlich etwas mit Aleas Verschwinden zu tun hat. Ein Zeuge hat ausgesagt, dass er ihn heute Nachmittag an der Villa Sukowa beobachtet hat. Hier herrscht das reinste Chaos, die Ereignisse überschlagen sich. Hinter dem Haus haben wir ein Grab gefunden, wir stehen mit den Ermittlungen ganz am Anfang, aber wir vermuten, dass der Vater der Kinder ebenfalls tot ist. Fakt ist, dass sich, wie wir vermutet haben, hier Dramen abgespielt haben. Alles ist noch schlimmer, als wir es uns vorstellen konnten.«

Maline wollte etwas sagen, aber Lou ließ sie nicht zu Wort kommen.

»Ich bin völlig fertig. Der heutige Abend war gelinde gesagt eine Katastrophe, und zu allem Überfluss war ich nicht einmal bei Friedas Abschiedsessen. Helene ist stinksauer. Friedas Flieger geht um sechs. Sie macht sich quasi gleich mit Henry und meiner Mutter auf den Weg zum Flughafen. Dummerweise kann ich meinen Wagenschlüssel nicht finden. Entweder habe ich ihn bei den Hügelgräbern verloren, oder er liegt irgendwo auf dem Grundstück der Fischbluts. Kurzum: Könntest du mich abholen? Ich kann etwas seelischen Beistand gebrauchen. Du sollst sowieso nicht allein nach Levi suchen, überlass die Sache bitte der Fahndung! Hörst du?«

»Alles klar, ich komme jetzt zum Grundstück der Fischbluts.«

Maline fuhr los und schaltete das Fernlicht ein. Lou hatte recht, sie sollte die Festnahme des Flüchtigen den Kollegen überlassen. In diesem Zustand war er unberechenbar und vielleicht sogar gefährlich.

Levi.

Wie aus dem Nichts tauchte er im Scheinwerferlicht auf, stand mitten auf dem Waldweg. Bewegungslos. Die Arme ausgebreitet, wie die Christus-Statue von Rio de Janeiro. Maline trat auf die Bremse und sah das Kind. Es trug einen rosa Anorak und lag zu Levis Füßen. Alea. Maline machte den Motor aus, riss die Fahrertür auf, hatte mit einem Griff die P99 in der Hand und sprang aus dem Auto.

»Keine Bewegung!«, schrie sie und zielte auf Levi. Die Entfernung zwischen ihnen schätzte sie auf maximal acht Meter. Energisch machte sie einige Schritte auf ihn zu, ließ ihn dabei nicht aus den Augen. »Dreh dich um, los, Gesicht weg von dem Kind!«

Levi gehorchte.

»Auf die Knie! Und lass die Arme abgespreizt!«

Mit langsamen Bewegungen ging Levi runter.

»Hinlegen! Auf den Bauch mit dir, los! Runter, und lass deine Arme weg vom Körper!«

Maline stürzte sich auf Levis Rücken, als er auf dem Waldboden lag, drückte ihm ein Knie ins Kreuz, steckte die Waffe ein und riss seine Hände nach hinten. Ihre Bewegungen liefen strukturiert und automatisch ab. Sekunden später klickten Handschellen.

Jetzt galt Malines Sorge Alea. Sie näherte sich dem Mädchen, sprach beruhigend auf sie ein. Aber das Kind zeigte keine Reaktion. Maline tastete nach Verletzungen. Blut konnte sie nicht entdecken, suchte ihren Puls und sah zu Levi. »Was hast du getan?«

Er drehte ihr sein Gesicht zu. »Ich wollte doch nur …«

»Sag mir, was du gemacht hast!«

»Nichts. Wirklich.«

»Hast du ihr etwas gegeben?«

»Ich wollte es, aber ich habe es nicht übers Herz gebracht. Sie hat Jonahs Augen.«

Endlich. Ein schwacher Puls. Maline nahm Alea vom Boden und bettete das Kind auf die Rückbank des BMW. Dabei behielt sie Levi so gut es ging im Auge. Sie konnte den Zustand des Kindes nicht einschätzen. War sie lediglich unterkühlt, einfach erschöpft, oder hatte Levi ihr etwas verabreicht? Sie durfte keine Zeit verlieren. Maline drückte die Notrufnummer. Empfang. Gott sei Dank. Sie gab die Symptome des Mädchens und ihre Position durch. Sofort war sie neben Levi und riss ihn unsanft hoch. »Auf die Beine mit dir!«

Maline sah keine andere Möglichkeit, als ihn mitzunehmen, schließlich konnte sie ihn nicht einfach im Wald lassen. Mit auf den Rücken gefesselten Händen platzierte sie ihn auf dem Beifahrersitz. Sie stieg auf der Fahrerseite ein und presste Levi ihren rechten Unterarm gegen die Stirn, damit sein Hinterkopf an der Kopfstütze fixiert war, fasste mit der linken Hand seinen Gurt und schnallte ihn an.

So schnell es die unebenen Wege zuließen, fuhr Maline den BMW durch den pechschwarzen Wald. Immer wieder drehte sie sich zu der Kleinen um und sprach beruhigend auf sie ein. Levi stieß tiefe Seufzer aus und weinte leise. Maline öffnete ihr Fenster und das auf der Beifahrerseite.

Als sie hinter einer scharfen Linkskurve den Wald verließ und auf die asphaltierte Straße aufgefahren war, sah sie Blaulichter auf sich zurasen. Rettungswagen. Streifenwagen in dichtem Abstand. Nie war Maline erleichterter über den Anblick von Kollegen gewesen. Sie schob ihre rechte Hand zwischen den Rückenlehnen der beiden Sitze hindurch, fand Aleas Hand, drückte sie vorsichtig und hielt am Seitenstreifen.

Als eingespieltes Team übernahmen die Sanitäter das Mädchen und die uniformierten Kollegen Levi, der sich anstaltslos abtransportieren ließ.

Maline machte sich auf den Weg zum Haus der Fischbluts. Die Stimme des Radiosprechers kündigte eine neue Schneefront an, die im Laufe der kommenden Tage das Rheinland erreichen sollte. Das Tauwetter der letzten Tage stellte sich als bloßes Zwischenspiel heraus. Geistesabwesend drehte Maline die Heizung bis zum Anschlag auf, weil sie zitterte und nicht damit aufhören konnte, während sie durch die Nacht fuhr, um Lou einzusammeln.

Im Grunde fror Maline von diesem Zeitpunkt an durchgängig. Obwohl sie ihr neues Zuhause in Marialinden einrichtete und begann, sich mit Amy Schott zu verabreden. Vielleicht war ihr andauernd kalt, weil sich ihr nach und nach das Ausmaß der gesamten Tragödie offenbarte. Vielleicht zitterte sie, weil ihre Wut nicht nachließ, die sie auf die Eltern der Kinder und alle verspürte, die weggesehen hatten. Vielleicht bekam sie die Kälte nicht in den Griff, weil sie sich wie Lou vorwarf, die Zeichen falsch gedeutet zu haben, und weil der Blick in menschliche Abgründe eben niemals wärmt. Maline fror. Den ganzen endlosen Winter hindurch.

Danksagung

Ich danke: Tanja Au, Anette Gehrke, Michaela Hartmann, Maren Leisner, Marion Marchewka, Renate Neu, Gerd Tuchscherer, Cedric Waßer, Ralf Waßer, Uschi Zich-Waßer, Christiana Zwicker, Hilla Czinczoll und dem gesamten Team des Emons Verlags.

Myriane Angelowski
TÖDLICHES IRRLICHT
Broschur, 240 Seiten
ISBN 978-3-89705-632-9

»Ein spannender Thriller, der auch Einblick in aktuelle Entwicklungen der Stadt gibt.« Westdeutsche Zeitung

»Überaus spannend ist nicht nur die Handlung, sondern auch das Rätsel um die historischen Hintergründe der Taten.«
Kölner Stadt-Anzeiger

Myriane Angelowski
DER WERWOLF VON KÖLN
Broschur, 288 Seiten
ISBN 978-3-89705-772-2

»Ein Buch, das einen sofort in den Bann zieht, gerade weil man anfangs überhaupt nicht begreift, was passiert. Aber je näher man dem Kern der Geschichte kommt, desto mehr stellen sich die Nackenhaare auf.« Westdeutsche Zeitung

»Es gelingt der Autorin, eine Atmosphäre von ständig wachsender Bedrohung aufzubauen, in der Visionen und Wirklichkeit, Leben und Tod sowie Vergangenheit und Gegenwart verschmelzen.« ekz

www.emons-verlag.de

Myriane Angelowski
FINKENMOOR
Broschur, 256 Seiten
ISBN 978-3-95451-024-5

*»Myriane Angelowski zeichnet in ihrem Krimi ›Finkenmoor‹ ihre
Figuren so plastisch und realitätsnah, dass man als Leser ständig
zwischen Verstehen, Mitleid, Wut und Ekel hin- und hergerissen
ist.«* Sonntags Post

*»Mit ›Finkenmoor‹ hat Myriane Angelowski einen Kriminalroman
geschrieben, der herkömmliche Muster durchbricht und auf scho-
nungslose Art und Weise die schwere Zeit nach einem Verbrechen
thematisiert. Ein düsteres und nachdenklich machendes Buch, das
den Leser lange beschäftigt.«* www.media-mania.de

Myriane Angelowski
BLUTLINIEN
Broschur, 240 Seiten
ISBN 978-3-95451-055-9

*»Mit ›Blutlinien‹ ist Autorin Myriane Angelowski ein spannender,
raffinierter und ungewöhnlicher Kriminalroman gelungen, der
mit unerwarteten Wendungen überrascht. Souverän – ein starker
Köln-Krimi!«* Top Magazin Köln

www.emons-verlag.de